W0365502

Du meme auteur chez le même éditeur

Un long, long chemin, 2006
Annie Dunne, 2005

Chez d'autres éditeurs :

Les tribulations d'Eneas McNulty, Omnibus, 1999, 10/18, 2004

Le testament caché

COLLECTION DIRIGÉE PAR JOËLLE LOSFELD

Titre original : *The Secret Scripture*

L'éditeur remercie l'Ireland Literature Exchange (fonds de traduction, Dublin .rlande)
pour l'aide financière accordée au présent ouvrage.
www.irelandliterature.com
info@irelandliterature.com

© 2008 by Sebastian Barry.
© Éditions Gallimard pour la traduction française, 2009

ISBN : 978-2-07-078763-0

Sebastian Barry

Le testament caché

Roman

Traduit de l'anglais (Irlande)
par Florence Lévy-Paoloni

ÉDITIONS JOËLLE LOSFELD

Pour Margaret Synge

La plus grande imperfection se trouve dans notre vision intérieure, c'est-à-dire que nous apparaissons comme des fantômes à nos propres yeux.

SIR THOMAS BROWNE,
Christian Morals

De tous ceux qui étudient, ou au moins lisent l'histoire, combien rares sont ceux qui tirent profit de leur peine !... En outre, il existe beaucoup d'incertitudes même dans les ouvrages d'histoire ancienne et moderne les mieux authentifiés ; et cet amour de la vérité, qui chez certains est inné et immuable, conduit nécessairement à l'amour des Mémoires secrets et des anecdotes intimes.

MARIA EDGEWORTH,
préface de *Castle Rackrent*

PREMIÈRE PARTIE

1

Témoignage de Roseanne sur elle-même

(Patiente, hôpital psychiatrique régional de Roscommon, 1957-)

Mon père disait toujours que le monde recommence avec chaque naissance. Il oubliait de dire qu'il s'achève avec chaque décès. Ou bien il pensait que ce n'était pas nécessaire. Car durant une bonne partie de sa vie il a travaillé dans un cimetière.

Ce lieu où je suis née était une ville froide. Même les collines se tenaient à distance. Pas plus que moi, elles ne faisaient confiance à ce lieu sombre, ces collines.

Une rivière noire traversait la ville, et si elle n'avait aucun attrait pour les mortels, elle en avait pour les cygnes. Beaucoup de cygnes y avaient élu domicile et filaient même sur la rivière pendant les crues, comme s'ils plongeaient.

La rivière charriait aussi les ordures vers la mer, ainsi que des fragments d'objets qui avaient un jour appartenu à des gens et avaient été arrachés aux rives, des corps aussi, mais rarement, oh et de pauvres bébés qui étaient embarrassants, de temps en temps. La vitesse et la profondeur de la rivière constituaient de grandes alliées du secret.

C'est de la ville de Sligo dont je parle.

Sligo m'a faite et Sligo m'a défaite, mais j'aurais dû abandonner beaucoup plus tôt cette façon d'être faite et défaite par les villes des hommes et m'occuper seule de moi-même. La terreur et les blessures de mon histoire se sont produites parce que, quand j'étais jeune, je croyais que les autres étaient les auteurs de mes heurs et malheurs ; je ne savais pas qu'on pouvait ériger un mur de briques et de mortier imaginaires contre les horreurs et les mauvais tours cruels du temps qui nous assaillent et être ainsi l'auteur de ceux-ci.

Je ne suis plus là-bas, je suis maintenant à Roscommon. C'est une vieille bâtisse, jadis un manoir, mais aujourd'hui peint de couleur crème partout avec des lits en fer et des verrous aux portes. C'est le royaume du docteur Grene. Le docteur Grene est un homme que je ne comprends pas mais dont je n'ai pas peur. Je ne sais pas quelle est sa religion mais il ressemble beaucoup à saint Thomas, avec sa barbe et son crâne dégarni.

Je suis complètement seule, plus personne ne me connaît dans le monde en dehors d'ici, toute ma famille, les quelques rares parents qui vivaient autrefois, mon petit roitelet de mère en premier lieu je suppose, ils ont tous disparu. Et mes persécuteurs ont je crois disparu pour la plupart, et la raison pour laquelle il en est ainsi est que je suis une vieille, vieille femme à présent, je dois bien avoir cent ans, même si je ne sais pas et que personne ne sait. Je ne suis plus qu'une chose laissée pour compte, un reste de femme, et je ne ressemble même plus à un être humain, mais plutôt à un sac de peau et d'os en jupe et corsage délavés et en veste de toile, et je suis assise dans ma niche comme un rouge-gorge muet – non, comme une souris morte sous la pierre du foyer où il faisait chaud et couchée à présent comme une momie dans les pyramides.

Personne ne sait que j'ai une histoire. L'année prochaine, la semaine prochaine, demain, j'aurai sans doute disparu, et il ne leur faudra qu'un tout petit cercueil et un trou étroit pour moi. Je n'aurai jamais de pierre tombale et peu importe.

Mais toutes les choses humaines sont peut-être petites et étroites.

Le silence est partout autour de moi. Ma main est ferme et j'ai un beau stylo à bille rempli d'encre bleue que m'a donné mon ami le docteur, parce que j'ai dit que sa couleur me plaisait – ce n'est pas un mauvais homme, en vérité, peut-être même un philosophe. J'ai aussi une liasse de papiers que j'ai trouvée dans un placard au milieu d'autres objets au rebut et je cache ces trésors sous une latte de plancher disjointe. J'écris ma vie sur du papier dont personne ne veut – un excédent de stock. Je commence avec une feuille vierge – avec de nombreuses feuilles vierges. Car désormais je souhaite ardemment laisser un récit, une sorte d'histoire de moi-même, fragile et honnête, et, si Dieu m'en donne la force, je raconterai cette histoire et je l'emprisonnerai sous la latte de plancher, puis, avec un certain plaisir, j'irai reposer moi aussi sous le gazon de Roscommon.

Mon père était l'homme le plus propre de tout le monde chrétien, de tout Sligo en tout cas. À mes yeux il était impeccablement sanglé dans son uniforme – en aucun cas de manière désordonnée, mais aussi soigné qu'un livre de comptes. Il était gardien du cimetière et, pour son travail, on lui avait donné un uniforme tout à fait resplendissant, ou du moins je le voyais ainsi avec mes yeux d'enfant.

Il avait installé dans la cour un tonneau qui recueillait l'eau de pluie avec laquelle il se rinçait tous les jours de l'année. Il nous faisait tourner le visage vers le mur de la cuisine, à ma mère et à moi, et se tenait debout sans peur d'être vu parmi les mousses et les lichens de la cour, entièrement dévêtu, et il se lavait impitoyablement par tous les temps, grognant comme un taureau au plus profond de l'hiver.

Il remuait le crésyl, qui servait à nettoyer les sols graisseux, pour en faire la mousse savonneuse qui lui convenait et il se frottait avec une pierre grise qu'il plaçait dans une niche spéciale du mur lorsqu'il avait terminé – elle en dépassait comme un nez. Tout cela, je ne faisais que l'entrevoir en tournant rapidement la tête, car j'étais une fille malhonnête à cet égard et j'étais incapable d'obéir.

Aucun numéro de cirque n'aurait pu autant me plaire.

Mon père était un chanteur que rien ne faisait taire, il chantait tous les airs d'opérette de l'époque. Et il adorait lire les sermons des pasteurs disparus depuis longtemps, parce que, disait-il, il imaginait les sermons écrits pour un dimanche d'autrefois et les mots tout neufs dans la bouche des pasteurs. Son propre père avait été pasteur. Mon père était un presbytérien passionné, je dirais presque qu'il avait l'esprit tourné vers le ciel, ce qui n'était pas vraiment une qualité très à la mode à Sligo. Il tenait les *Sermons* de John Donne en très haute estime, mais sa véritable bible était *Religio medici* de sir Thomas Browne, livre que je possède encore parmi toutes les épaves et les tumultes de ma vie, sous la forme d'un petit volume en mauvais état. Je l'ai là devant moi sur mon lit, avec son nom à l'encre noire à l'intérieur, Joe Clear, et la date 1888, et la ville Southampton, car dans son extrême jeunesse il avait été marin, naviguant vers tous les ports de la chrétienté avant d'avoir dix-sept ans.

À Southampton se produisit l'un des événements majeurs ou capitaux de sa vie, dans le sens où il fit la connaissance de ma mère Cissy, qui était femme de chambre dans la pension de marins qu'il préférait.

Il racontait une histoire curieuse sur Southampton et, enfant, je la prenais pour parole d'Évangile. Elle était peut-être vraie malgré tout.

Un jour, en rentrant au port, il ne trouva pas de lit dans sa pension favorite et il fut obligé de poursuivre sa route le long des façades ventées et des enseignes, et trouva une maison individuelle avec un panneau chambres libres pour attirer les clients.

Il entra et fut accueilli par une femme mûre au visage gris qui lui donna un lit au sous-sol de sa maison.

Au milieu de la nuit il se réveilla, pensant avoir entendu quelqu'un respirer dans la pièce. Effrayé et avec la conscience extrême qui accompagne une telle panique, il entendit un grognement et quelqu'un était allongé sur le lit à côté de lui dans le noir.

Il alluma sa chandelle avec le briquet. Il ne vit personne, mais il s'aperçut que les couvertures et le matelas formaient un creux à l'endroit où était couchée une personne pesante. Il bondit hors du lit et appela, mais ne reçut pas de réponse. Il remarqua alors dans ses entrailles une sensation de faim terrible telle qu'aucun Irlandais n'en avait connu depuis la terrible famine. Il se précipita vers la porte, mais il fut surpris de la trouver fermée de l'extérieur. Il était à présent très indigné. « Ouvrez-moi ! Ouvrez-moi ! » cria-t-il, à la fois terrifié et outragé. Comment cette mégère osait-elle l'enfermer ! Il frappa tant qu'il put et finalement la logeuse arriva et déverrouilla calmement la porte. Elle s'excusa et dit qu'elle avait dû tourner la clé par mégarde à cause des voleurs. Il lui raconta comment il avait été dérangé, mais elle se contenta de lui sourire sans rien dire, puis remonta dans ses appartements. Il eut l'impression qu'elle dégageait une étrange odeur de feuilles, de terre et de sous-bois, comme si elle avait rampé dans une forêt. Le calme revint, il moucha sa chandelle et essaya de dormir.

Cela se reproduisit un peu plus tard. Il bondit de nouveau, alluma sa chandelle et alla à la porte. Elle était de nouveau verrouillée ! Et de nouveau la faim lui dévorait les entrailles. Pour une raison ou une autre, peut-être à cause de l'extrême étrangeté de la logeuse, il ne pouvait se résoudre à l'appeler et, en sueur et mal à l'aise, il passa la nuit dans un fauteuil.

Il se réveilla à l'aube, s'habilla et se dirigea vers la porte qui était ouverte. Il prit ses sacs et monta les marches. C'est alors qu'il remarqua le délabrement de la maison, beaucoup moins évident dans l'obscurité plus indulgente de la nuit. Il ne réussit pas à faire venir la logeuse et, comme son bateau devait repartir, il fut contraint de quitter la maison sans la voir en laissant quelques shillings sur la table de l'entrée, et sortit.

Dans la rue, en regardant derrière lui, il fut très perturbé de voir que de nombreuses vitres étaient brisées et que des ardoises manquaient sur le toit affaissé.

Il entra dans la boutique au coin de la rue pour se remettre en parlant à un autre être humain et interrogea le marchand sur la maison. La maison avait été fermée quelques années plus tôt et était inhabitée, dit le marchand. Elle aurait dû être détruite sauf qu'elle était mitoyenne avec les autres habitations de la rue. Il ne pouvait pas avoir passé la nuit là-bas, dit le marchand. Personne n'y habitait et personne n'envisageait de l'acheter, pour la bonne raison qu'une femme y avait tué son mari en l'enfermant dans une pièce au sous-sol et en l'affamant. La femme avait été jugée et pendue pour meurtre.

Mon père nous racontait cette histoire, à ma mère et à moi, avec la passion de quelqu'un qui la revit. Il revoyait la maison lugubre, la femme grise, le fantôme qui grognait.

« Heureusement qu'il y avait de la place chez nous la fois suivante quand tu es rentré au port, dit ma mère de sa voix la plus neutre.

— Mon Dieu, mon Dieu, oui », répondit mon père.

Une petite histoire d'homme, une histoire de marin, qui était d'une certaine manière étroitement liée au contraste qu'offraient la beauté de ma mère et l'immense attrait qu'elle exerçait sur lui à l'époque et de tout temps.

Car sa beauté était de celle des Espagnoles, cheveux noirs, peau mate, yeux verts comme des émeraudes d'Amérique, de celle dont nul homme ne peut se protéger.

Il l'épousa et la ramena à Sligo et elle y passa sa vie par la suite, sans avoir grandi dans ces ténèbres, mais comme un shilling perdu dans la boue, brillant avec un certain désespoir. Sligo ne connut jamais de fille plus belle. Elle avait la peau aussi douce que des plumes et une poitrine chaude et généreuse comme un pain délicieux sortant du four.

La plus grande joie de ma jeune vie était de sortir avec ma mère dans les rues de Sligo au crépuscule, car elle aimait aller à la rencontre de mon père qui revenait de son travail au cimetière. Bien des années plus tard seulement, quand j'eus moi-même grandi, je compris rétrospectivement que ces sorties n'étaient pas exemptes d'une certaine anxiété, comme si elle ne faisait pas confiance au temps et au cours normal des choses pour le ramener à la maison. Car je crois véritablement que ma mère souffrait étrangement sous son halo de beauté.

Il était gardien du cimetière, comme je vous l'ai dit, et il portait un uniforme bleu et une casquette à la visière noire comme la robe d'un corbeau.

C'était à l'époque de la Grande Guerre et Sligo était rempli de soldats, comme si la ville même était un champ de bataille, ce qu'elle n'était pas bien entendu. On y voyait seulement des hommes en permission. Mais ils ressemblaient beaucoup à mon père, à cause de leurs uniformes – de sorte qu'il semblait surgir partout dans ces rues tandis que nous marchions ma mère et moi et que je le cherchais avec autant d'acharnement qu'elle. Ma joie n'était complète que lorsqu'il apparaissait enfin, rentrant du cimetière d'un pas léger par les sombres soirées d'hiver. Et quand il m'apercevait il se mettait à jouer avec moi et faisait le fou comme un enfant. Il récoltait bien des regards et sa façon de se comporter ne convenait peut-être pas à la dignité de gardien des morts de Sligo. Il avait toutefois le rare talent de se détendre en compagnie d'un enfant et de se montrer gai et idiot dans la faible lumière.

Il était gardien des tombes, mais il était aussi lui-même ; avec sa casquette à visière et son uniforme bleu, il pouvait conduire les gens avec la dignité solennelle requise vers n'importe quel emplacement contenant la dépouille d'un parent ou d'un ami, mais seul dans la maison du cimetière, un petit temple en béton, on pouvait l'entendre chanter merveilleusement «*I dreamt that I dwelt in marble halls*», air de *The Bohemian Girl*, l'une de ses opérettes préférées.

Les jours de congé, il sortait sa motocyclette Matchless pour foncer sur les routes tortueuses d'Irlande. Si le fait d'avoir obtenu la main de ma mère constituait un événement majeur, celui d'avoir eu la chance de participer, à peu près au moment de ma naissance, à la petite course de l'île de Man sur sa belle moto et de s'être classé honorablement au milieu des participants sans se tuer était une source inépuisable de souvenirs et de bonheur qui, j'en suis sûre, le consolait dans son temple en béton durant les longs hivers lugubres d'Irlande, entouré qu'il était par ces âmes endormies.

L'autre histoire «fameuse» de mon père, j'entends fameuse dans notre petite maison, se produisit lorsqu'il était célibataire et qu'il parvenait plus facilement à se rendre aux quelques rassemblements de motos de l'époque. Cette histoire tout à fait singulière se déroula à Tullamore.

Il roulait à vive allure et sous lui une descente longue et large menait à un virage serré là où la route arrivait devant le mur d'un domaine, un de ces hauts murs épais construits pendant la famine en Irlande, travaux inutiles effectués pour que les ouvriers restent en vie. Quoi qu'il en soit, le concurrent qui le précédait dévala la pente à toute vitesse et, au lieu de freiner, parut même accélérer devant le mur qui faisait obstacle ; finalement, dans un horrible fouillis de fumée, de métal et un vacarme semblable à celui des canons, il le heurta de plein fouet. Mon père écarquilla les yeux derrière ses lunettes sales et faillit perdre le contrôle de sa machine, si grand fut son effroi ; mais il vit alors une chose qu'il ne put jamais s'expliquer : le motard s'éleva comme s'il avait des ailes et dépassa l'énorme mur en un mouvement rapide et sans heurts, comme une mouette planant en douceur dans le vent.

Un instant, un instant il crut effectivement apercevoir des ailes et plus jamais il ne put lire de passage sur les anges dans son livre de prières sans penser à cet événement extraordinaire.

Je vous en prie, ne croyez pas que mon père affabulait, car il en était tout à fait incapable. Il est vrai que dans les campagnes – et même dans les petites villes – les gens aiment bien raconter qu'ils ont vu des miracles, comme mon mari Tom et le chien à deux têtes sur la route d'Enniscrone. Il est aussi vrai que ces histoires ne sont efficaces que si le narrateur feint d'y croire dur comme fer – ou s'il a véritablement vu ces prodiges. Mon père, quant à lui, ne maniait pas les mensonges et les histoires en magicien.

Mon père réussit à ralentir sa moto et à s'arrêter ; il courut le long du mur du domaine, trouva une de ces petites grilles extravagantes, poussa le fer rouillé et se précipita au milieu des orties et des patiences à la recherche de son ami miraculeux. Là, de l'autre côté du mur, il était étendu, parfaitement inconscient, mais également, et mon père jura que c'était la vérité, parfaitement indemne. Finalement l'homme, un monsieur indien qui vendait des foulards et d'autres articles qu'il sortait de sa valise tout le long de la côte ouest, se réveilla et sourit à mon père. Ils s'émerveillèrent tous deux de cet inexplicable façon d'avoir échappé au pire qui alimenta assez naturellement les conversations de Tullamore pendant des années. Si jamais vous entendez cette histoire, le narrateur l'appellera peut-être « L'Ange indien ».

Encore une fois, l'étrange bonheur de mon père était très nettement perceptible lorsqu'il racontait l'histoire, comme si cet événement était pour lui une récompense d'être en vie, le petit récit-cadeau qui lui faisait plaisir au point de lui conférer, dans ses rêves et dans la réalité, un sentiment de privilège, comme si ces petits bouts d'histoires et d'événements lui composaient un évangile déguenillé. Et s'il fallait écrire un jour un évangile sur la vie de mon père – et pourquoi pas, puisqu'il est dit que la vie de chaque homme est précieuse pour Dieu – j'imagine que les ailes à peine aperçues sur le dos de son ami indien deviendraient plus substantielles et que les choses auxquelles il faisait tout juste allusion prendraient dans le récit d'un autre un tour solide, impossible à prouver, mais encore plus proche du domaine des miracles. Afin que tout le monde y puise du réconfort.

Le bonheur de mon père. C'était un don précieux en soi, tout comme, peut-être, l'anxiété de ma mère était un frein permanent à ce qu'elle tentait de faire. Car ma mère ne fabriquait jamais de légendes miniatures sur sa vie et elle était singulièrement dépourvue d'histoires, même si, j'en suis certaine, il y aurait eu des choses aussi intéressantes à raconter que celles de mon père.

C'est drôle, mais j'ai l'impression qu'une personne sans anecdotes qu'elle entretient au cours de son existence, et qui lui survivent, risque davantage de disparaître complètement non seulement pour l'histoire mais aussi pour la famille qui lui survit. C'est naturellement le sort de la plupart des êtres que de voir leur vie entière, même si elle était éclatante et merveilleuse, réduite à ces tristes noms en noir sur les arbres généalogiques flétris de la famille, accompagnés d'une date incertaine et d'un point d'interrogation.

Non seulement le bonheur de mon père le rachetait, mais ses histoires en découlaient et ce bonheur le garde vivant en moi aujourd'hui encore, telle une seconde âme plus patiente et plus plaisante à l'intérieur de ma pauvre âme.

Son bonheur était peut-être étrangement infondé, mais un homme n'a-t-il pas le droit de se rendre aussi heureux qu'il le peut au cours du déroulement long et bizarre de la vie ? Je crois que c'est légitime. Après tout, le monde est véritablement magnifique et si nous étions n'importe quelles autres créatures que des hommes nous pourrions y être continuellement heureux.

Nous partagions la pièce principale de notre petite maison, bien que déjà de dimensions réduites, avec deux gros objets, dont la moto mentionnée précédemment qu'il fallait protéger de la pluie. Elle menait une vie paisible dans notre salon, pourrait-on dire, et mon père assis dans son fauteuil passait négligemment une peau de chamois sur les chromes quand il en avait envie. L'autre objet dont je veux parler était un petit piano droit qui lui avait été légué par un veuf reconnaissant, car mon père avait creusé gratuitement un trou pour sa femme en raison de la gêne dans laquelle se trouvait la famille en deuil. Ainsi, un soir d'été, peu après l'enterrement, le piano était arrivé sur une charrette tirée par un âne ; le veuf et ses deux fils, avec des sourires et une joie embarrassée, l'avaient porté dans la maison et installé dans notre pièce minuscule. Le piano n'avait peut-être jamais eu beaucoup de valeur, mais il possédait malgré tout une très belle tonalité et personne n'avait joué dessus avant qu'il arrive chez nous, du moins c'est ce que le parfait état des touches laissait supposer. Des scènes peintes sur les panneaux latéraux représentaient des lieux autres que Sligo, probablement des paysages d'une Italie imaginaire ou quelque chose d'équivalent, mais qui auraient pu tout aussi bien figurer Sligo car on y voyait des collines et des rivières, des bergers et des bergères gardant leurs moutons placides. Mon père, qui avait grandi auprès de son pasteur de père, savait jouer de cet instrument ravissant et, comme je l'ai dit, il aimait beaucoup les vieilles opérettes du siècle passé. Il considérait Balfe comme un génie. Il y avait de la place pour moi sur le tabouret à côté de lui et, par la grâce de mon amour pour lui et du grand plaisir que me donnait son talent, je me mis bientôt à saisir les rudiments de cet instrument et je progressais lentement jusqu'à parvenir à un véritable résultat, sans avoir l'impression en aucune manière de fournir un effort ni de trouver cela pénible.

Je pus alors jouer pour lui pendant qu'il se tenait au milieu de la pièce, la main négligemment posée sur la selle de sa moto, l'autre passée dans sa veste comme un Napoléon irlandais, et qu'il chantait à la perfection, ou c'est ce qu'il me semblait, « Marble Halls » ou les autres joyaux de son répertoire – et, à ce propos, ces petits airs dits napolitains, non bien sûr parce qu'ils avaient été composés, comme je le croyais, en souvenir de Napoléon, mais parce qu'ils avaient été inventés dans les rues de Naples – des chansons désormais en exil à Sligo ! Sa voix entrait dans ma tête comme du miel, s'y attardait, convaincante, bourdonnante, et chassait toutes les peurs de l'enfance. Tandis que sa voix s'élevait, tout son corps suivait, bras, moustaches, un pied se balançant légèrement sur le vieux tapis orné d'un motif répété représentant des chiens, ses yeux brillant d'une gaieté étrange. Napoléon en personne ne l'aurait pas traité avec mépris et aurait reconnu en lui un homme aux qualités élevées. En de tels moments, il faisait preuve d'un timbre magnifique dans les passages les plus calmes de ces airs que, jusqu'à aujourd'hui, je n'ai jamais entendus mieux interprétés. Beaucoup de bons chanteurs sont venus à Sligo quand j'étais une jeune femme et ont chanté dans les salles sous la pluie, et j'ai même accompagné au piano quelques-uns des plus populaires, martelant les notes et les cordes, plus une gêne peut-être qu'une aide pour eux. Mais aucun ne m'a paru égaler l'étrange intimité de la voix de mon père.

Et un homme capable de se montrer gai devant les catastrophes qui allaient l'assaillir, comme les catastrophes le font si souvent, sans grâce ni faveur, est un véritable héros

2

Carnet du docteur Grene

(Psychiatre en chef, hôpital psychiatrique régional de Roscommon)

Ce bâtiment est dans un état épouvantable, nous ne savions pas vraiment à quel point jusqu'au rapport de l'expert. Les trois braves types qui sont montés sur le vieux toit ont signalé que de nombreuses poutres étaient sur le point de céder, comme si la tête et le sommet même de l'institution reflétaient l'état de beaucoup des pauvres internés au-dessous. À la place d'internés, je devrais écrire patients. Mais comme l'édifice a été construit à la fin du XVIIIe siècle, institution caritative afin de constituer un « asile sain et lieu de correction supérieur pour les sièges de la pensée dégradée », le mot interné me vient toujours à l'esprit. Sain et supérieur à quel point, cela demeure aujourd'hui un mystère. À dire vrai, au milieu du XIXe siècle, il y eut une période très éclairée dans les asiles, sous l'impulsion des idées révolutionnaires de différents médecins ; les camisoles de force étaient peu utilisées, on prônait une bonne alimentation, beaucoup d exercice et de stimulation de la pensée. Ce qui constituait une avancée importante sur les pratiques de Bedlam où des êtres enchaînés hurlaient comme des bêtes à même le sol. Pour une raison ou une autre, les choses empirèrent par la suite et aucune personne sensible ne choisirait d'écrire l'histoire des asiles irlandais durant la première moitié du siècle dernier, avec ses clitoridectomies, ses immersions et ses injections. Le siècle dernier était « mon » siècle, puisque j'avais cinquante-cinq ans quand il s'est achevé, et il est difficile d'accorder tout son cœur et toute son attention à un nouveau siècle à cet âge. C'est du moins ce que je pensais. Et ce que je pense. Presque soixante-cinq ans maintenant, hélas.

Compte tenu de l'énergie avec laquelle l'édifice revendique son âge, nous allons être obligés de le quitter. Le ministère affirme que la construction du nouveau bâtiment va démarrer presque tout de suite, ce qui peut être la vérité ou une forme d'hypocrisie. Mais comment partir avant d'avoir l'assurance d'une nouvelle maison et en fait, d'une manière plus philosophique, comment arracher d'ici un grand nombre de patients dont l'ADN a dû se fondre dans le mortier du bâtiment ? Le pavillon central abrite cinquante vieilles femmes, si âgées que l'âge est devenu éternel, permanent, si grabataires et percluses de douleurs que les bouger serait une sorte de viol.

Je suppose que je résiste inconsciemment à l'idée de partir, comme toute personne sensée quand il est question d'un déménagement. Nous y parviendrons sans nul doute avec les désordres et les traumatismes habituels.

De la même façon, les garçons de salle et les infirmières font autant partie des murs que les chauves-souris du toit et les rats des caves. Qui sont légion j'ai cru comprendre, même si je suis content de pouvoir dire que je n'ai vu qu'une seule fois des rats, lorsqu'un incendie s'est déclaré dans l'aile est ; j'ai alors aperçu les formes sombres sortir en courant par les portes d'en bas pour se réfugier dans les champs de blé du fermier au-delà des haies. Les flammes de l'incendie jetaient une lumière aveuglante d'une étrange couleur de marmelade sur leur dos pendant qu'ils fuyaient. Je suis certain que, en entendant les pompiers déclarer la fin de l'alerte, ils se sont de nouveau glissés dans l'obscurité revenue.

Donc, nous allons devoir partir un jour. Je suis par conséquent obligé par la nouvelle loi d'évaluer lesquels de mes patients peuvent être réinsérés dans la communauté (quel que soit le sens de ce mot, Seigneur), et à quelle catégorie exacte de patients appartient chacun des autres patients. Beaucoup d'entre eux vont même être bouleversés par le nouveau décor, les murs fraîchement plâtrés, l'isolation et le chauffage efficaces. La plainte du vent dans les couloirs – d'où vient-elle ? peut-être d'un vide créé par les écarts de température entre les différentes parties de l'hôpital – va leur manquer, petite musique de fond de leurs rêves et de leurs « folies ». J'en suis sûr. Les pauvres vieux vêtus des uniformes noirs confectionnés par le tailleur de l'hôpital il y a longtemps, qui sont moins fous que sans domicile et âgés, et qui vivent dans les pièces de l'aile ouest, la plus ancienne, comme les soldats d'une guerre d'Espagne ou des Indes oubliée, se sentiront perdus en dehors de cette enclave oubliée de Roscommon.

Nécessité qui me mène aussi à une tâche que je repousse depuis longtemps et qui consiste à établir quelles circonstances ont amené ici certains patients et s'ils ont véritablement, comme ce fut tragiquement vrai dans certains cas, été internés pour des raisons sociales plus que médicales. Car je ne suis pas idiot au point de croire que tous les « aliénés » de cette maison sont fous, ou l'ont été un jour, ou l'étaient avant de venir ici et d'apprendre une sorte de folie contagieuse. Ces gens sont perçus par le grand public omniscient, ou disons par l'opinion publique telle que la reflètent les journaux, comme méritant la « liberté » et la « libération ». Ce qui est peut-être parfaitement vrai, mais des êtres mis à l'écart et enfermés si longtemps trouvent que la liberté et la libération sont des conquêtes très problématiques, comme les habitants des pays d'Europe de l'Est après le communisme. Et de la même façon, j'éprouve une répugnance bizarre à voir quiconque partir. Pourquoi donc ? L'angoisse du gardien de zoo ? Mes ours polaires peuvent-ils s'en sortir aussi bien au pôle ? Je suppose que c'est une pensée réductrice. Bon, nous verrons.

Je vais devoir aller voir notamment ma vieille amie, Mme McNulty, qui n'est pas seulement la plus vieille personne de cette maison, mais aussi de Roscommon et peut-être même d'Irlande. Elle était déjà vieille quand je suis arrivé il y a trente ans, avec à l'époque l'énergie de, je ne sais pas, une force de la nature. Elle est prodigieuse et, même si de longues périodes se sont écoulées sans que je la voie, ou seulement de loin, j'ai toujours conscience de sa présence et j'essaie de demander de ses nouvelles. Je crois bien qu'elle constitue une sorte de pierre de touche pour moi. Elle fait partie des meubles et elle représente non seulement l'institution mais aussi, de façon étrange, mon histoire personnelle, ma propre vie. « L'étoile qui guide la barque errante », comme dit Shakespeare. Les problèmes de mon mariage avec la pauvre Bet, mon mauvais moral, qui dégringole, très vite, mon sentiment d'échec, mon ci, mon ça – ma gêne en société, je suppose. Tandis que les choses changeaient inéluctablement, elle est restée la même, tout en devenant bien sûr plus faible et plus menue au fil des ans. A-t-elle cent ans aujourd'hui ? Elle jouait du piano dans la salle de loisirs, des chansons d'expert vraiment, des airs de jazz des années vingt et trente. Je ne sais pas comment elle les a appris. Elle s'asseyait, ses longs cheveux argentés flottant dans son dos, vêtue de l'une de ces affreuses robes d'hôpital, mais l'air d'une reine et, malgré ses soixante-dix ans, un visage d'une grande beauté. Elle est vraiment très belle encore et Dieu sait comment elle devait être dans sa jeunesse. Extraordinaire, une sorte de manifestation insolite et peut-être étrangère dans ce monde provincial. Lorsqu'un rhumatisme bénin – elle ne voulait pas l'appeler par son nom, elle parlait d'une « réticence » dans ses doigts – s'installa au cours des années qui suivirent, elle cessa de jouer du piano. Elle aurait pu jouer presque aussi bien, mais presque ne lui convenait pas. Nous avons donc perdu la musique de jazz jouée par Mme McNulty.

Pour information, ce piano, attaqué par les vers, a plus tard été jeté dans une benne avec un énorme fracas métallique et discordant.

Je vais devoir entrer l'interroger sur ci et ça. Cela me rend inexplicablement nerveux. Pourquoi suis-je nerveux ? Je crois que c'est parce qu'elle est tellement plus âgée que moi et, bien qu'encline à de grands silences, une présence extrêmement agréable, comme la compagnie d'un collègue plus vieux qu'on révère. Je crois que c'est ça. C'est peut-être parce que je soupçonne qu'elle m'aime bien, tout comme moi je l'aime bien. Pourquoi m'aime-t-elle ainsi, je n'en sais rien. Je nourris une certaine curiosité à son sujet, mais je n'ai jamais fouillé dans sa vie, même si, en tant que psychiatre, c'est peut-être un mauvais point pour moi. Quoi qu'il en soit, c'est ainsi, elle m'aime bien. Je ne veux surtout pas troubler cette sympathie, cette bonne disposition je veux dire, pour tout l'or du monde. Je dois donc avancer prudemment.

Témoignage de Roseanne sur elle-même

Je voudrais tant dire que j'aimais mon père au point de ne pas pouvoir vivre sans lui, mais un tel aveu se révélerait faux dans la durée. Ceux que nous aimons, ces êtres indispensables, nous sont enlevés par la volonté du Tout-Puissant, ou des démons qui le supplantent. Ces disparitions sont comme un gigantesque morceau de plomb déposé sur l'âme, et cette âme autrefois si légère devient alors un fardeau secret et dévastateur dans notre cœur.

Quand j'avais environ dix ans, mon père, dans un accès d'enthousiasme éducatif, m'emmena en haut de la tour longue et fine du cimetière. C'était un de ces édifices nobles, beaux et élancés construits par les moines à une époque pleine de dangers et de destructions. Elle s'élevait au milieu des orties dans un coin du cimetière et n'attirait guère les regards. Pour ceux qui avaient grandi à Sligo, elle était simplement là. C'était pourtant un trésor incomparable, bâti avec juste un soupçon de mortier entre les pierres, chacune rappelant la courbe de la tour, chacune enchâssée à la perfection par les maçons d'autrefois. Naturellement, c'était un cimetière catholique. Mon père n'avait pas obtenu cet emploi à cause de sa religion, mais parce qu'il était très aimé de tous dans la ville, et peu importait aux catholiques que leurs tombes soient creusées par un presbytérien s'il leur était sympathique. Car, en ce temps-là, il y avait souvent beaucoup moins de difficultés entre les Églises qu'on ne le pense, et on oublie que sous l'ancien code pénal de cette époque disparue les Églises dissidentes avaient toutes des soucis, comme il aimait à le faire remarquer. Quoi qu'il en soit, la religion pose rarement des problèmes lorsque l'amitié est là. Et ce n'est que plus tard que sa particularité a fait une différence. En tout cas, je sais qu'il était extrêmement apprécié par le curé de la paroisse, le père Gaunt, un petit homme guilleret et vif qui déploya son ombre menaçante plus tard sur ma propre histoire, si on peut dire qu'un petit homme déploie son ombre.

Cela se passait juste après la Première Guerre et peut-être que, dans ces fossés de l'histoire en quelque sorte, les esprits se tournaient vers des excentricités, des bizarreries de l'éducation telles que ce qu'il résolut de faire avec moi ce jour-là. Sinon je ne vois pas comment expliquer qu'un homme adulte ait emmené son enfant en haut d'une vieille tour avec un sac de marteaux et de plumes.

Tout Sligo, rivière, églises, maisons, rayonnait à partir du pied de la tour, c'était du moins l'impression qu'on avait de la petite fenêtre au sommet. Un oiseau aurait pu voir en passant deux visages animés essayant de regarder en même temps, moi hissée sur la pointe des pieds et cognant le dessous de son menton.

« Roseanne, ma chérie, je me suis déjà rasé ce matin et de toute façon tu ne peux pas me raser avec le sommet de ta tête dorée. »

Car j'avais effectivement des cheveux lisses comme l'or – comme l'or de ces mêmes moines. Jaunes comme les enluminures des vieux livres.

« Pappa, pour l'amour du ciel, lâche les marteaux et les plumes et voyons ce qui se passe, dis-je.

— Oh, la montée m'a fatigué, balayons d'abord Sligo du regard avant de tenter notre expérience », répondit-il.

Il avait attendu un jour sans vent pour son expérience. Il voulait me prouver le vieux principe selon lequel tous les objets tombent à la même vitesse, dans le domaine de la théorie.

« Tous les objets tombent à la même vitesse dans le domaine de la théorie, avait-il dit. Et je vais te le prouver. Je vais me le prouver. »

Nous étions assis devant le feu d'anthracite crachotant dans notre cheminée.

« Tout tombe peut-être à la même vitesse, comme tu dis, déclara doucement ma mère dans son coin. Mais rares sont ceux qui s'élèvent. »

Je ne crois pas que c'était une pique contre lui, simplement une remarque. En tout cas, il la regarda avec la neutralité parfaite qu'elle maîtrisait si bien et qu'elle lui avait apprise.

Cela me fait drôle d'écrire ces mots ici, dans cette pièce sombre, de les gribouiller à l'encre bleue de mon stylo bille, de voir mes parents en quelque sorte dans ma tête, ou quelque part derrière mes yeux, dans le réceptacle obscur de mon crâne, toujours là, vivants et parlant, pour de vrai, comme si leur époque était réelle et la mienne une illusion. Et je suis touchée pour la millième fois par la beauté de ma mère, son aspect soigné, agréable et rayonnant, son accent de Southampton roulant comme les galets sur la plage dérangés par les vagues, se ruant, murmurant, un son doux qui résonne dans mes rêves. Il est également vrai que quand j'étais effrontée, quand elle avait peur que ma voie s'écarte de celle qu'elle voulait pour moi, même pour des broutilles, elle avait coutume de me fouetter. Mais en ce temps-là, on battait facilement les enfants.

Nos deux visages se bousculaient donc pour trouver leur place, encadrés par le vieux châssis de la petite fenêtre d'observation des moines. Combien de visages disparus avaient regardé par là, transpirant dans leurs robes, tentant de voir où se trouvaient les Vikings qui viendraient les tuer et prendre leurs livres, leurs vases et leur argent. Les maçons n'aimaient pas ouvrir de grandes fenêtres à cause des Vikings et celle-ci évoquait encore les craintes et les périls d'autrefois.

Il fallut finalement se rendre à l'évidence. L'expérience était impossible si nous étions tous les deux là-haut. L'un d'entre nous ne verrait pas le résultat. Il me fit donc redescendre seule l'escalier de pierre froid et humide, et je sens encore le mur suintant sous ma main et la peur étrange qui montait en moi à mesure que je m'éloignais de mon père. Mon cœur battait dans ma petite poitrine comme si un pigeon y était prisonnier.

Je sortis de la tour et m'écartai de l'édifice comme il me l'avait ordonné, de peur qu'en tombant les marteaux me tuent. La tour paraissait immense de là où je me trouvais, elle semblait s'étirer jusqu'aux nuages gris sale de cette journée. Jusqu'au ciel. Il n'y avait pas un souffle de vent. Les tombes délaissées de cette section du cimetière, les tombes d'hommes et de femmes d'un siècle où les gens n'avaient pas les moyens d'ériger plus que des pierres grossières, sans même un nom inscrit, me semblaient différentes maintenant que j'étais seule, comme si les pauvres squelettes allaient se dresser contre moi, me dévorer de leur faim éternelle. Debout au milieu d'elles, j'étais une enfant au bord d'un précipice, c'était ce que je ressentais, comme dans la scène de la vieille pièce de théâtre *Le Roi Lear* où l'ami du roi imagine qu'il tombe d'une falaise en surplomb, alors qu'il n'y a pas de falaise, mais quand on lit cette scène, on croit aussi qu'il y a une falaise et on tombe avec l'ami du roi. Je levai pourtant la tête avec loyauté, avec loyauté, avec amour, avec amour. Ce n'est pas un crime d'aimer son père, ce n'est pas un crime de ne rien avoir à lui reprocher, d'autant plus que je l'ai connu jusqu'au moment où je suis devenue une jeune femme ou presque, une période où les enfants ont tendance à être déçus par leurs parents. Ce n'est pas un crime de sentir son cœur s'élever vers lui, ou vers ce que je voyais de lui, son bras qui sortait par la petite fenêtre et le sac suspendu dans l'air irlandais. Il m'appelait et je saisissais à peine ses mots. Quand il eut répété plusieurs fois, je crus comprendre :

« T'es-tu écartée, ma chérie ?

— Je me suis écartée, Pappa », lançai-je, presque en hurlant, tant était grande la distance à laquelle les mots devaient monter, et tant était petite la fenêtre par laquelle ils devaient entrer pour atteindre ses oreilles.

« Alors je vais dénouer le sac. Regarde bien, regarde bien ! cria-t-il.

— Oui, Pappa, je regarde ! »

Il dénoua le sac du mieux qu'il put avec les doigts d'une seule main et libéra son contenu. Je l'avais vu le remplir. Il y avait une poignée de plumes, prélevées sur le traversin de leur lit malgré les hurlements de sa femme, et deux marteaux de maçon qu'il conservait pour réparer les petits murs et les pierres des tombes.

J'écarquillais les yeux. J'entendis peut-être une étrange musique. Le bavardage des choucas et les conversations éraillées des corbeaux dans les grands hêtres se mêlaient comme une musique dans ma tête. Je tendais le cou et je brûlais de voir le résultat de cette élégante expérience, résultat qui, mon père l'avait dit, m'accompagnerait peut-être toute ma vie et constituerait la base d'une vraie philosophie.

Bien qu'il n'y eût pas un souffle de vent, les plumes furent immédiatement emportées, se dispersèrent comme une petite explosion, s'élevèrent même, grises sur fond de nuages gris, presque impossibles à discerner. Les plumes furent emportées, emportées.

Mon père criait, criait, extraordinairement excité dans la tour : « Qu'est-ce que tu vois, qu'est-ce que tu vois ? »

Qu'est-ce que je voyais, qu'est-ce que je savais ? Je crois que parfois la pression du ridicule chez quelqu'un, le ridicule issu peut-être du désespoir, comme également chez Eneas McNulty – vous ne savez pas encore qui il est –, exposé tant d'années après, provoque en vous un élan d'amour pour cette personne. C'est de l'amour pur, cette façon de ne pas savoir, de ne pas voir. Je suis debout dans le cimetière, pour l'éternité, tendant le cou pour voir, une crampe dans la nuque, scrutant et plissant les yeux, pour nulle autre raison que l'amour pour mon père. Les plumes sont emportées, volettent et tourbillonnent. Mon père appelle et crie. Mon cœur bat vers lui. Les marteaux tombent toujours.

3

Cher lecteur ! Cher lecteur, si vous êtes aimable et bon, j'aimerais vous tenir la main. J'aimerais – toutes sortes de choses impossibles. Bien que vous ne soyez pas là, j'ai d'autres choses. À certains moments, je suis transportée par une joie inexplicable, comme si, n'ayant rien, je possédais le monde. Comme si, en aboutissant dans cette pièce, j'avais trouvé l'antichambre du paradis, et que je la verrais bientôt s'ouvrir et j'avancerais, comme une femme récompensée pour ses souffrances, dans ces vertes prairies et ces fermes repliées. Si verte est l'herbe qu'elle brûle !

Ce matin, le docteur Grene est venu et j'ai dû me dépêcher de cacher ces pages. Je ne voulais pas qu'il les voie ou qu'il me pose des questions, car elles contiennent déjà des secrets, et mes secrets sont ma fortune et ma santé mentale. Heureusement, je l'ai entendu venir du bout du couloir, parce qu'il porte des fers aux talons de ses chaussures. Heureusement aussi, je ne souffre pas le moins du monde de rhumatismes ou d'une quelconque infirmité liée à mon âge, du moins dans les jambes. Mes mains, mes mains hélas ne sont plus ce qu'elles étaient, mais les jambes tiennent bon. Les souris qui se déplacent le long de la plinthe sont plus rapides, mais elles l'ont toujours été. Les souris sont d'excellentes athlètes, ne vous y trompez pas, quand elles en éprouvent le besoin. Mais j'ai été assez rapide pour le docteur Grene.

Il a frappé à ma porte ce qui est mieux que le pauvre diable qui nettoie ma chambre, John Kane, si c'est ainsi que s'écrit son nom – c'est la première fois que je l'écris –, et, le temps qu'il ouvre la porte, j'étais assise ici devant la table vide.

Je ne considère pas le docteur Grene comme un méchant homme et je souriais donc.

Il faisait extrêmement froid ce matin et un voile de givre couvrait tous les objets de la pièce. Tout miroitait. Moi-même j'étais vêtue de mes quatre robes et j'étais bien au chaud.

« Hum, hum, a-t-il dit. Roseanne. Hum. Comment allez-vous, madame McNulty ?

— Je vais très bien, docteur Grene, ai-je répondu. C'est gentil à vous de me rendre visite.

— C'est mon travail de vous rendre visite, a-t-il déclaré. Cette chambre a-t-elle été nettoyée aujourd'hui ?

— Elle ne l'a pas été, ai-je dit. Mais John viendra sûrement bientôt.

— Sans doute », a dit le docteur Grene.

Puis il a traversé la pièce devant moi pour regarder par la fenêtre.

« C'est le jour le plus froid de l'année jusqu'ici, a-t-il annoncé.

— Jusqu'ici, ai-je dit.

— Avez-vous tout ce qu'il vous faut ?

— Oui, pour l'essentiel », ai-je répondu.

Il s'est assis sur mon lit comme si c'était le lit le plus propre de la chrétienté, ce qu'il n'est sans doute pas, a allongé les jambes et regardé ses chaussures. Sa longue barbe blanchissante était affûtée comme le fer d'une hache. Elle faisait penser à une haie, à un saint. Sur le lit à côté de lui était posée une assiette encore encombrée des restes et des traces des haricots de la veille au soir.

« Pythagore croyait à la transmigration des âmes et nous disait d'être prudents quand nous mangions des haricots, au cas où nous mangerions l'âme de notre grand-mère, a-t-il dit.

— Oh, ai-je dit.
— C'est ce qu'on lit dans Horace, a-t-il poursuivi.
— Il parle des Bachelors Beans ?
– Je ne pense pas. »

Le docteur Grene a répondu à ma question avec son visage grave habituel. La beauté du docteur Grene tient au fait qu'il est totalement dépourvu d'humour, ce qui le rend en fait très amusant. Croyez-moi, c'est une qualité de grande valeur ici.

« Alors, vous allez très bien, a-t-il dit.
— Oui.
— Quel âge avez-vous, Roseanne ?
— Je crois que j'ai cent ans.
— Ne trouvez-vous pas remarquable d'aller si bien à cent ans ? » a-t-il demandé, comme si, d'une certaine façon, il y avait contribué, ce qui était peut-être le cas. Après tout, il me soigne depuis environ trente ans, voire plus. Lui aussi a vieilli, mais il n'est pas aussi vieux que moi.

« Je trouve cela tout à fait remarquable. Mais, docteur, je trouve tant de choses remarquables. Je trouve les souris remarquables, je trouve l'étrange lumière du jour verdâtre qui monte par cette fenêtre remarquable. Je trouve le fait que vous me rendiez visite aujourd'hui remarquable.
— Je suis navré d'apprendre que vous avez encore des souris.
— Il y aura toujours des souris ici.
— John ne pose-t-il pas de pièges ?
— Si, mais il ne les pose pas avec assez de délicatesse. Les souris mangent le fromage sans inquiétude et s'en vont, comme Jesse James et son frère Frank. »

Le docteur Grene a pris alors ses sourcils entre le pouce et l'index de sa main droite et les a massés un moment. Il s'est frotté le nez et a gémi. Ce gémissement renfermait toutes les années qu'il a passées dans cette institution, tous les matins de sa vie ici, toutes les discussions inutiles sur les souris, les soins et l'âge.

« Vous savez, Roseanne, j'ai été obligé récemment d'examiner la situation légale de tous nos internés, car on a beaucoup parlé de tout cela dans l'opinion publique, et j'ai repris vos papiers d'admission et je dois reconnaître... »

Il a dit tout cela de la voix la plus décontractée qu'on puisse imaginer.

« Reconnaître ? » ai-je répété pour l'encourager. Je sais que son esprit a pour habitude de dériver en silence vers des pensées intimes.

« Oh, oui – excusez-moi. Hum, oui, je voulais vous demander, Roseanne, si par hasard vous vous souveniez des détails de votre admission ici, ce qui me serait d'un grand secours – si vous vous en souveniez. Je vous expliquerai dans une minute pourquoi – s'il le faut. »

Le docteur Grene a souri et j'ai eu le sentiment que sa dernière remarque se voulait une plaisanterie, mais son humour m'échappait, d'autant plus que, comme je l'ai dit, il ne faisait en général aucune tentative pour être drôle. J'en ai donc conclu que quelque chose d'inhabituel se cachait là-dessous.

Et puis, aussi mauvaise que lui, j'ai oublié de lui répondre.

« Vous vous souvenez de quelque chose à ce propos ?

— Comment je suis venue ici, voulez-vous dire, docteur Grene ?

— Oui, je crois que c'est ce que je veux dire.

— Non, ai-je dit, un mensonge éhonté étant la meilleure réponse.

— Bon, a-t-il repris. Malheureusement, une grande partie de nos archives au sous-sol a servi, et ce n'est pas étonnant, de litière à des générations de souris ; ces archives sont très abîmées et illisibles. Votre propre dossier, pour tout dire, a été attaqué d'une façon très intéressante. Il ne déparerait pas dans une tombe égyptienne. Il paraît sur le point de tomber en miettes au simple toucher. »

Un long silence s'est alors établi. Je n'arrêtais pas de sourire.

J'essayais d'imaginer comment il me voyait. Un visage tellement vieux et chiffonné, tellement attaqué par le temps.

« Bien entendu, je vous connais très bien. Nous avons parlé si souvent au fil des ans. Je regrette aujourd'hui de ne pas avoir pris plus de notes. Vous ne serez pas surprise d'apprendre qu'elles ne couvrent que peu de pages. Je n'aime pas prendre des notes, ce qui n'est peut-être pas très honorable dans mon travail. On dit parfois que nous ne faisons pas de bien, que nous ne faisons rien pour personne. J'espère toutefois que nous avons fait de notre mieux pour vous, malgré ma coupable absence de notes. Vraiment. Je suis heureux de vous entendre dire que vous allez bien. J'aimerais croire que vous êtes heureuse ici. »

Je lui ai souri de mon plus vieux sourire de vieille femme, comme si je ne comprenais pas très bien.

« Dieu sait que personne ne peut être heureux ici, a-t-il alors dit avec une certaine élégance.

— Je suis heureuse, ai-je répondu.

— Vous savez, a-t-il poursuivi. Je vous crois. Je pense que vous êtes la personne la plus heureuse que je connaisse. Mais je crois que je vais être obligé de vous réévaluer, Roseanne, parce qu'il y a de nouveau eu un tollé général dans les journaux contre le fait – à propos des gens internés, disons, pour des raisons sociales plus que médicales – d'être, d'être…

— Retenus ?

— Oui, oui. Retenus. Et qui continuent encore aujourd'hui à notre époque d'être retenus. Bien entendu, vous êtes ici depuis un grand, grand nombre d'années, je dirais peut-être même cinquante ans ?

— Je ne me souviens pas, docteur Grene. C'est très possible.

— Vous devez considérer cet endroit comme chez vous.

— Non.

— Bon. Vous avez le droit comme n'importe qui d'être libre si vous êtes apte à… à la liberté. Je pense que même à l'âge de cent ans vous souhaitez sans doute… vous promener aux alentours, barboter dans la mer l'été, sentir les roses…

— Non ! »

Je n'avais pas l'intention de pousser un cri mais, comme vous allez le voir, ces petits riens, associés chez la plupart des gens au bien-être et aux joies de la vie, demeurent pour moi des poignards dans le cœur rien que d'y penser.

« Je vous demande pardon ?

— Non, non, je vous en prie, continuez.

— Quoi qu'il en soit, si je m'aperçois que vous êtes ici sans véritable raison, sans raison médicale en quelque sorte, je serai obligé d'essayer de trouver d'autres arrangements. Je ne veux pas vous contrarier. Et je n'ai pas l'intention, ma chère Roseanne, de vous jeter dehors dans le froid. Non, non, ce serait un changement soigneusement orchestré et, comme je l'ai dit, soumis à une évaluation de ma part. Des questions, je vais être obligé de vous poser des questions – dans une certaine mesure. »

Je n'étais pas absolument certaine de son origine, mais un sentiment de profonde terreur m'a envahie, à la façon, j'imagine, dont le poison des atomes fissurés s'est répandu dans les corps des gens à la lisière d'Hiroshima et les a tués aussi sûrement que l'explosion. Une terreur comme une maladie, un souvenir d'une maladie, la première fois depuis de nombreuses années que je la ressentais.

« Vous allez bien, Roseanne ? Je vous en prie, ne vous agitez pas.

— Bien sûr que je veux la liberté, docteur Grene. Mais elle m'effraie.

— L'acquisition de la liberté s'accomplit toujours dans une atmosphère d'incertitude, a dit aimablement le docteur Grene. Dans ce pays du moins. Peut-être dans tous les pays.

— Des meurtres, ai-je dit.

— Oui, parfois », a-t-il répondu doucement.

Nous nous sommes tus et j'ai fixé le rectangle de soleil bien net dans la pièce. La poussière ancienne tourbillonnait dans la lumière.

« Liberté, liberté », a-t-il dit.

Quelque part dans sa voix fatiguée résonnait un vague tintement de nostalgie. Je ne sais rien de sa vie à l'extérieur, de sa famille. A-t-il une femme et des enfants ? Une Mme Grene quelque part ? Je ne sais pas. Ou peut-être que si ? C'est un homme intelligent. Il ressemble à un furet, mais peu importe. Tout homme capable de parler des Grecs et des Romains de l'Antiquité est un homme selon le cœur de mon père. J'aime le docteur Grene malgré son désespoir fatigué parce qu'il me renvoie toujours un écho du discours de mon père, ciselé dans sir Thomas Browne et John Donne.

« Mais nous ne commencerons pas aujourd'hui. Non, non, a-t-il dit en se levant. Certainement pas. C'est toutefois mon devoir de vous exposer les faits. »

Il s'est de nouveau dirigé vers la porte avec une sorte de patience médicale infinie.

« Vous le méritez bien, madame McNulty. »

J'ai hoché la tête.

Mme McNulty.

Je pense toujours à la mère de Tom quand j'entends ce nom. J'ai autrefois été aussi une Mme McNulty, mais jamais avec autant d'assurance qu'elle. Jamais. Comme elle me l'a très bien fait comprendre des centaines de fois. En outre, pourquoi ai-je dit m'appeler Mme McNulty, quand tout le monde faisait des efforts pour m'ôter ce nom ? Je ne sais pas.

« Je suis allé au zoo la semaine dernière avec un ami et son fils, a-t-il dit soudain. J'étais allé à Dublin chercher des livres pour ma femme. Sur les roses. Le fils de mon ami s'appelle William qui, comme vous le savez, est aussi mon prénom. »

Je ne le savais pas !

« Nous sommes arrivés devant l'enclos des girafes. Elles ont beaucoup plu à William, deux grandes girafes femelles, longues avec de longues pattes douces, de très, très beaux animaux. Je crois que je n'ai jamais vu d'animaux aussi beaux. »

Dans la pièce ensoleillée, j'ai cru apercevoir alors une chose étrange, une larme qui se formait au coin de son œil, glissait sur sa joue et tombait rapidement, sorte de pleurs obscurs, intimes.

« Tellement beaux, tellement beaux », a-t-il dit.

Ses paroles m'ont enfermée dans le silence, je ne sais pas pourquoi. Ce n'était pas une conversation ouverte, facile et gaie comme celle de mon père, finalement. J'avais envie de l'écouter, mais pas de lui répondre pour le moment. Cette étrange responsabilité qu'on ressent envers les autres quand ils parlent, ce besoin de leur offrir le réconfort d'une réponse. Pauvres humains ! Et, de toute façon, il n'avait pas posé de question. Il flottait seulement ici, dans cette pièce, sans substance, un homme vivant, au milieu de sa vie, mourant imperceptiblement sur ses pieds, comme nous tous.

4

Plus tard, John Kane est entré d'un pas lourd en marmonnant et en poussant son balai, un homme que j'ai fini par accepter à la manière des choses ici, qui, si elles ne peuvent être changées, doivent être supportées.

J'ai remarqué avec un peu d'effroi que sa braguette était ouverte. Son pantalon est orné d'une série de boutons malcommodes. Il est petit, mais en même temps il est tout en muscles et en force. Sa langue lui pose problème et il est obligé de déglutir souvent avec une étrange difficulté. Il a un voile de veines bleu sombre sur le visage, comme un soldat qui se trouvait trop près de la bouche d'un canon au moment de l'explosion. Il a très mauvaise réputation selon les ragots de la maison.

« Je comprends pas pourquoi vous gardez tous ces livres, m'dame, puisque vous n'avez pas de lunettes pour les lire. »

Il a dégluti encore, et encore.

Je vois parfaitement bien sans lunettes, mais je ne le lui ai pas dit. Il faisait référence aux trois volumes en ma possession, les exemplaires de mon père de *Religio medici, The Hounds of Hell* et *Feuilles d'herbe* de M. Whitman.

Tous les trois brun et jaune à force d'être feuilletés.

La conversation avec John Kane peut mener n'importe où, comme ces conversations avec les garçons quand j'étais une jeune fille de douze ans environ, toute une troupe au coin de notre rue, indifférents à la pluie, et ils me disaient des choses, d'une voix douce – d'abord d'une voix douce. Ici, au milieu des ombres et des cris lointains, la plus grande vertu est le silence.

Ceux qui les nourrissent ne les aiment pas, ceux qui les habillent n'ont pas peur pour eux.

C'est une citation, de quoi et d'où je ne sais pas.

Même baragouiner est dangereux, le silence est préférable.

Je suis ici depuis longtemps et au fil des années j'ai assurément appris la vertu du silence.

Le Vieux Tom m'a mise ici. Je crois que c'est lui. C'était une faveur qu'on lui faisait, car il travaillait comme tailleur à l'asile d'aliénés de Sligo. Je crois qu'il a donné de l'argent en même temps, à cause de cette chambre. Ou est-ce Tom mon mari qui paie pour moi ? Mais il n'est certainement plus de ce monde. Ce n'est pas le premier endroit où on m'a mise, le premier était…

Les récriminations ne m'intéressent pas. C'est un endroit convenable, à défaut d'être chez moi. Si c'était chez moi, je deviendrais folle !

Oh, je ne dois pas oublier de bien me faire comprendre, et m'assurer que je sais ce que je vous raconte. Il faut de la précision et de l'exactitude à présent.

C'est un endroit correct. C'est un endroit correct.

On m'a dit qu'il y avait une ville pas loin. La ville de Roscommon. Je ne sais pas à quelle distance, mais il faut une demi-heure à une voiture de pompiers pour arriver.

Je le sais parce qu'une nuit, il y a de nombreuses années, j'ai été réveillée par John Kane. Il m'a emmenée dans le couloir et m'a fait descendre en hâte deux ou trois volées de marches. Un incendie s'était déclaré dans une aile et il m'a mise à l'abri.

Au lieu de m'emmener au rez-de-chaussée, il a dû traverser une longue salle sombre où les médecins et d'autres membres du personnel étaient aussi rassemblés. La fumée montait de plus bas, mais cette pièce était considérée comme sans danger. La pénombre s'est levée peu à peu, ou mes yeux s'y sont habitués.

Il y avait peut-être cinquante lits dans cette longue pièce

étroite et tous les rideaux étaient tirés. Des rideaux minces et en lambeaux. De vieux, vieux visages, aussi vieux que le mien aujourd'hui. J'étais étonnée. Ces personnes étaient couchées là, pas très loin de moi, et je n'en savais rien. De vieux visages qui ne disaient rien, hébétés, comme cinquante icônes russes. Qui étaient-elles ? Eh bien, votre peuple. Silencieuses, silencieuses, dormant vers la mort, rampant sur leurs genoux sanguinolents vers notre Seigneur.

Une tribu de femmes jadis jeunes. J'ai murmuré une prière pour hâter leur âme vers le ciel. Car je crois qu'elles y montaient très lentement.

Je pense qu'elles sont toutes mortes aujourd'hui ou la plupart. Je ne suis jamais plus allée les voir. La voiture des pompiers est arrivée en une demi-heure. Je m'en souviens parce qu'un des médecins l'a fait remarquer.

Ces lieux en dehors du monde, sans rien de ces choses qui nous font glorifier le monde. Où les sœurs, les mères, les grands-mères, les vieilles filles, gisent, pareillement oubliées.

La ville des hommes pas si éloignée, dormant et s'éveillant, dormant et s'éveillant, oubliant ses femmes abandonnées ici, en longues rangées.

Une demi-heure. L'incendie m'a fait entrer et les voir. Plus jamais.

Ceux qui les nourrissent ne les aiment pas.

« Vous voulez garder ça ? a dit John Kane à mon oreille.

— Qu'est-ce que c'est ? »

Il la tenait dans la paume de sa main. La moitié d'une coquille d'œuf d'oiseau, bleue comme les veines de son visage.

« Oh, oui, merci », ai-je dit. Je l'avais ramassée dans les jardins bien des années plus tôt. Elle était posée sur le bord de la fenêtre et il n'en avait jamais parlé auparavant. Mais elle était là, bleue, parfaite, et ne vieillissait jamais. Vieille pourtant. Vieille de nombreuses générations d'oiseaux.

« C'est un œuf de rouge-gorge, peut-être, a-t-il dit.

— Peut-être, ai-je répété.

— Ou d'alouette.

— Oui.

— Je vais le remettre en place, en tout cas », a-t-il dit en déglutissant de nouveau, comme si sa langue était durcie à la racine. Sa gorge s'est gonflée un instant.

« Je ne sais pas d'où vient toute cette poussière, a-t-il repris. Je balaie tous les jours et il y a toujours de la poussière, mon Dieu et comment, de la vieille poussière. Pas de la poussière récente, jamais de la poussière récente.

— Non, dis-je. Non. Pardonnez-moi. »

Il s'est redressé et m'a regardée.

« Comment vous appelez-vous ? a-t-il demandé.

— Je ne sais pas », ai-je répondu dans un brusque mouvement de panique. Je le connais depuis des décennies. Pourquoi me posait-il cette question ?

« Vous ne connaissez pas votre nom ?

— Je le connais. Je l'ai oublié.

— Pourquoi avez-vous l'air effrayée ?

— Je ne sais pas.

— Ce n'est pas la peine », a-t-il dit. Il a poussé soigneusement la poussière dans sa pelle et s'est préparé à quitter la pièce. « De toute façon, je connais votre nom. »

Je me suis mise à pleurer, pas comme une enfant, mais comme la vieille femme que je suis, de petites larmes lentes que personne ne voit, que personne ne sèche.

Mon père connut ensuite la guerre civile.

J'écris ceci pour stopper mes larmes. Je grave les mots dans la page avec mon stylo, comme si je m'y clouais.

Avant la guerre civile, il y avait eu une autre guerre contre la domination du pays par l'Angleterre, mais on ne s'était guère battu à Sligo.

Je cite Jack, le frère de mon mari, en écrivant ces mots, ou du moins j'entends la voix de Jack dans les phrases. La voix disparue de Jack. Neutre. Jack, comme ma mère, était maître du ton neutre, sinon de la neutralité. Car Jack a fini par endosser l'uniforme anglais et par se battre contre Hitler dans la guerre qui éclata ensuite – j'ai failli dire, la vraie guerre. Il était aussi le frère d'Eneas McNulty.

Les trois frères, Jack, Tom et Eneas. Oh, oui.

À l'ouest de l'Irlande, à propos, Eneas a trois syllabes, En-ee-as. À Cork, je crains qu'il n'en ait que deux, A-nus, et qu'il évoque le derrière d'une personne plus qu'autre chose.

Pendant la guerre civile on se battit vraiment à Sligo, et tout le long de la côte occidentale, avec une application féroce.

Les partisans de l'État libre avaient accepté le traité avec l'Angleterre. Les « Irréguliers [1] » s'étaient dérobés comme des chevaux devant un pont effondré dans l'obscurité. Car le nord du pays était exclu de toute l'affaire et ils avaient l'impression qu'on acceptait une Irlande sans tête, un corps sectionné au niveau des épaules. Ce furent les hommes de Carson au nord qui les gardèrent liés à l'Angleterre.

J'ai toujours trouvé étrange que Jack s'enorgueillît d'être un cousin de Carson. Mais ce n'est pas le propos.

Il y avait beaucoup de haine en Irlande à cette époque. J'avais quatorze ans, jeune fille essayant de fleurir dans le monde. Des vapeurs de haine tout autour.

Cher père Gaunt. Je suppose que je peux dire cela. Jamais un homme aussi sincère et honnête n'a causé autant de peine à une jeune fille. Car je n'imagine pas un seul instant qu'il ait agi avec de mauvaises intentions. Il m'a cependant empoisonné la

1. En 1921, le traité de Londres entérinait la partition de l'Irlande et la naissance de l'État libre au sud. La guerre civile qui suivit opposa les partisans de l'État libre aux « Irréguliers » qui refusaient le maintien de l'Irlande du Nord dans le giron britannique. *(Toutes les notes sont de la traductrice.)*

vie, comme disaient les gens de la campagne. Et avant cela il a empoisonné la vie de mon père.

J'ai dit que c'était un homme petit et je veux dire par là que le sommet de sa tête était au même niveau que le mien. Affairé, sec et soigné dans ses vêtements noirs, avec ses cheveux coupés ras comme ceux d'un condamné.

La question surgit dans mon esprit : Qu'entendait le docteur Grene en parlant de m'évaluer ? Pour que je retourne dans le monde ? Où est ce monde ?

Il doit me poser des questions, a-t-il dit. N'est-ce pas ? Je suis certaine qu'il l'a dit et toutefois je ne l'entends que maintenant, alors qu'il a quitté la pièce depuis un long moment.

La panique en moi à présent plus noire que du vieux thé.

Je suis comme mon père sur sa vieille moto, fonçant assurément à toute vitesse, mais agrippé si fort au guidon qu'il éprouve une sorte de sécurité.

N'arrachez pas mes doigts du guidon, docteur Grene, je vous en supplie.

Sortez de mes pensées, bon docteur.

Père Gaunt, des profondeurs de la mort, précipitez-vous, précipitez-vous et prenez sa place.

Soyez présent, présent devant moi tandis que je griffonne avec frénésie.

Ce qui suit peut ressembler à l'une des histoires de mon père, un fragment de son petit évangile, mais il n'en a jamais fait une vraie narration, ne l'a pas le moins du monde améliorée en la racontant pour la peaufiner comme une chanson. Je vous en livre l'essentiel, qui est tout ce que je possède.

Au temps de cette guerre les morts furent assurément nombreuses et beaucoup de ces morts ne valaient pas mieux que des assassinats. Le devoir de mon père était naturellement d'enterrer certains de ces gens dans son cimetière bien entretenu.

Âgée de quatorze ans, j'avais encore un pied dans l'enfance et l'autre dans le début de la féminité. À la petite école religieuse que je fréquentais, je n'étais pas indifférente aux garçons qui passaient devant les grilles après les cours. Il me semble même me souvenir que je croyais entendre une sorte de musique s'élever d'eux, une sorte de bruit humain que je ne comprenais pas. Comment ai-je pu entendre de la musique s'élever de formes aussi grossières, je ne le sais pas tant c'est loin. Mais tel est le pouvoir de magie des filles qu'elles transforment l'argile en grandes idées classiques.

Je ne faisais donc pas très attention à mon père et à son monde. J'étais plus intéressée par mes propres mystères, par exemple, comment faire boucler mes satanés cheveux. Je m'efforçais pendant des heures d'y parvenir avec le fer à repasser les cols de ma mère qu'elle utilisait pour repasser la chemise du dimanche de mon père. C'était un petit fer étroit qui chauffait vite sur le garde-feu. J'étalais ma chevelure blonde et raide sur la table et j'espérais par une quelconque alchimie y faire surgir quelques boucles. J'étais donc préoccupée par les peurs et les ambitions de mon âge.

Quoi qu'il en soit, j'allais souvent dans le temple de mon père. J'y faisais mes devoirs en profitant du charbon qu'il mettait à brûler dans le petit foyer, grâce à son allocation de combustible. J'apprenais mes leçons et je l'écoutais chanter « Marble Halls » ou un autre air. Et je me faisais du souci pour mes cheveux.

Que ne donnerais-je aujourd'hui pour quelques mèches de ces cheveux blonds et raides !

Mon père enterrait tous ceux qu'on lui donnait à enterrer. En temps de paix il enterrait surtout les vieux et les malades, mais en temps de guerre on lui donnait très souvent les corps de garçons ou de jeunes hommes.

Il en éprouvait de la peine d'une façon qu'il ne montrait jamais pour les vieux et les infirmes. Il considérait ces derniers décès comme simples et normaux et, que la famille et les amis du défunt pleurent ou se tiennent en silence devant la tombe, il savait qu'il était mort à son heure et que ce n'était que justice.

Il connaissait souvent la personne âgée qu'il enterrait et racontait des souvenirs et des anecdotes s'il pensait se montrer aimable et généreux en agissant ainsi. Il se comportait comme une sorte de diplomate du deuil en ces occasions.

Les corps de ceux tués à la guerre le peinaient énormément, différemment. On aurait pu penser qu'il n'avait pas de place dans l'histoire de l'Irlande en tant que presbytérien. Il comprenait cependant la rébellion. Dans un tiroir de sa chambre, il conservait une brochure commémorative de l'insurrection de 1916, avec des photographies des principaux acteurs et un calendrier des combats et des événements douloureux. Le seul aspect pernicieux de l'Insurrection était selon lui sa nature catholique dont il se sentait naturellement exclu.

Les morts des jeunes lui faisaient beaucoup de peine. Après tout, quelques années à peine s'étaient écoulées depuis la Grande Guerre. Des centaines d'hommes étaient partis de Sligo pour combattre en Flandres, dans les années proches de l'Insurrection, et, comme les soldats tombés au champ d'honneur ne pouvaient pas être enterrés dans leur pays, on peut dire que des dizaines d'hommes étaient enterrés dans le cœur de mon père, dans le cimetière secret de ses pensées. Et maintenant la guerre civile, encore des morts, et toujours des jeunes. À Sligo, pas un seul homme de cinquante ans ne combattait dans la guerre civile de toute façon.

Il ne se répandait pas en injures à ce sujet, il savait que toutes les générations connaissaient des guerres, mais il se consacrait à ces tâches d'une manière curieusement professionnelle, car il était après tout le gardien en titre des morts, comme s'il était le roi des absences.

Le père Gaunt était jeune lui aussi et on aurait pu s'attendre qu'il éprouve une affinité particulière avec les jeunes disparus. Mais le père Gaunt était si sec et mince qu'il ne possédait aucune antenne pour le chagrin. Il ressemblait à un chanteur qui connaît les paroles et sait chanter, mais ne peut pas chanter la chanson telle qu'elle a été conçue dans le cœur du compositeur. Plus que tout, il était froid. Il parlait des jeunes et des vieux du même ton dépourvu d'émotion.

Je ne dois pourtant pas dire du mal de lui. Il allait partout à Sligo pour son ministère, il entrait dans des pièces nues en ville où de pauvres célibataires se nourrissaient de haricots en boîte, et dans des cabanes minables près de la rivière, qui ressemblaient elles aussi à des hommes âgés et mourant de faim avec de la paille pourrie pour cheveux et de petites fenêtres noires et mornes pour yeux. Il y entrait, on le savait, et n'en ramenait ni puces ni poux, car il était plus propre que la lune en plein jour.

Et ce petit homme propre ressemblait à la lame d'une faux quand il était en colère. L'herbe, les ronces et les tiges de la nature humaine tombaient devant lui, comme mon père le découvrit.

Voici ce qui arriva.

Un soir, tandis que mon père et moi nous amusions dans le temple avant de rentrer à la maison pour le thé, nous entendîmes des bruits de pas et des chuchotements derrière la vieille porte en fer. Mon père me regarda, sur le qui-vive comme un chien avant qu'il aboie.

« Bon, qu'est-ce qui se passe ? » dit-il, plus pour lui-même que pour moi.

Trois hommes entrèrent en en portant un quatrième et, comme mus par une force invisible, parurent m'écarter de la table. Avant que j'aie eu le temps de comprendre ce qui se passait, le dos de ma robe d'écolière frottait contre la chaux humide du mur. Ils donnaient l'impression d'un ouragan d'activité. Ils étaient tous jeunes et l'homme qu'ils portaient n'avait à mon avis pas plus de dix-sept ans. Il semblait assez grand et beau, habillé grossièrement, maculé de boue, de taches d'herbe de la tourbière et de sang. Une grande quantité de sang qui paraissait fluide sur sa chemise. Et il était manifestement aussi mort qu'une pierre.

Les trois autres garçons ne cessaient de jacasser et de discutailler, peut-être hystériques, ce qui fit monter l'hystérie en moi.

Mon père, quant à lui, était debout près de la cheminée, l'air sombre, comme un homme faisant un effort pour être énigmatique, le visage aussi vide d'expression qu'on peut imaginer, mais également, me dis-je, prêt à avoir une idée et à agir en fonction d'elle si nécessaire. Car les trois garçons étaient bardés de vieux fusils et d'autres armes gonflaient leurs poches, toutes rassemblées au hasard comme peut-être après une escarmouche. Je savais que les armes étaient la monnaie la plus rare de la guerre.

« Qu'est-ce que vous fabriquez, les garçons ? dit mon père. Il existe une méthode pour ceci, vous savez, pour faire entrer un corps ici et vous ne pouvez pas amener un garçon ici comme ça. Ayez pitié.

— Monsieur Clear, monsieur Clear, dit un des hommes, un garçon au visage sévère et aux cheveux apparemment rasés pour éviter les poux. Nous n'avons pas d'autre endroit où l'emmener.

— Vous me connaissez ? demanda mon père.

— Je vous connais suffisamment. Je sais de quel côté vous penchez en tout cas, et je sais de source sûre que vous n'êtes pas contre nous, contrairement à beaucoup d'imbéciles ici à Sligo.

— Peut-être bien, dit mon père. Mais qui êtes-vous ? Êtes-vous partisans de l'État libre ou de l'autre bord ?

— Avons-nous l'air de partisans de l'État libre, avec la moitié de la tourbière des collines dans les cheveux ?

— Non. Bon, les garçons, que voulez-vous que je fasse ? Qui est ce gars-là ?

— Ce pauvre homme est Willie Lavelle, poursuivit le même garçon. Il avait dix-sept ans et il a été tué là-haut dans les collines par une bande de salauds ignobles, méchants et stupides qui se prétendent soldats, mais ne le sont pas, et sont pires à nos yeux que n'importe quel Black and Tan [1] de la guerre qui vient de se terminer. Aussi mauvais en tout cas. Car nous étions si haut dans les collines que nous étions gelés et affamés et ce garçon s'est

1. Soldat anglais engagé dans la lutte contre les indépendantistes irlandais.

livré à eux, tandis que nous nous cachions dans la bruyère, mais ça ne leur a pas suffi et ils l'ont frappé, l'ont poussé et lui ont posé des questions. En même temps ils riaient et l'un d'eux lui a collé son fusil sur le visage, et c'était le plus courageux d'entre nous, mais sauf votre respect, mademoiselle, me dit-il, il a eu si peur qu'il a pissé dans son froc parce qu'il savait, et on sait toujours, vous savez, monsieur, quand on va se faire tuer, c'est ce qu'on dit, et comme ils croyaient qu'il n'y avait personne d'autre, que personne ne regardait et que personne ne voyait leur cruauté, ils lui ont tiré trois balles dans le ventre. Ensuite, ils sont redescendus des collines, tout joyeux. Bon Dieu, une fois Willie enterré, nous les attaquerons, hein, les gars ? – et nous leur réglerons leur compte, si nous les trouvons. »

L'homme eut ensuite une réaction inattendue, il éclata en sanglots, se jeta sur le corps de son camarade tué et poussa un faible gémissement de douleur, jamais entendu ni avant ni depuis, même si nous étions dans un petit temple du deuil.

« Vas-y doucement, John, dit un des autres. Nous sommes en ville, même si le cimetière est sombre et silencieux. »

Le premier homme continuait néanmoins à gémir, allongé sur la poitrine du mort comme – j'allais dire comme une fille, mais pas exactement.

En tout cas, j'étais plongée dans l'horreur jusqu'au cou de ma blouse d'écolière, et comment. Mon père avait perdu son calme et arpentait d'un pas rapide l'espace entre la cheminée et son fauteuil aux vieux coussins aplatis, autrefois recouverts d'un tissu rouge.

« Monsieur, monsieur », dit le troisième, un grand garçon mince que je n'avais jamais vu. Il semblait sortir tout droit d'une ferme des collines. Son pantalon lui arrivait nettement au-dessus des chevilles. « Vous devez l'enterrer tout de suite.

— Je ne peux pas enterrer quelqu'un sans un prêtre, sans parler du fait que vous n'avez sans doute pas acheté de concession ici ?

— Pourquoi achèterions-nous des concessions alors que nous nous battons pour la république d'Irlande ? dit le premier en s'arrachant à ses larmes. L'Irlande entière est notre concession. Vous pouvez nous ensevelir n'importe où. Parce que nous sommes des Irlandais. Peut-être que vous ne le savez pas ?

— J'espère être irlandais aussi », dit mon père, et je compris que la remarque l'avait offensé. Il faut reconnaître qu'on n'aimait guère les presbytériens à Sligo, je ne sais pas bien pourquoi. Sinon qu'autrefois il y avait beaucoup de prosélytisme et une mission presbytérienne à l'ouest qui, sans avoir eu un succès prodigieux, avait cependant rassemblé un certain nombre de catholiques en son sein à une époque de terrible famine et de besoin, et avait ainsi accru la peur et la méfiance au sein de la population.

« Vous devez l'enterrer, dit le troisième garçon. N'est-ce pas le petit frère de John, là, sur cette table ?

— C'est votre frère ? » demanda mon père.

Soudain l'homme se tint parfaitement immobile et silencieux.

« Oui, dit-il.

— C'est très triste, dit mon père. C'est très triste.

— Et il n'a pas eu de prêtre pour l'absoudre. Serait-il possible d'aller chercher un prêtre pour lui ?

— Le père Gaunt est le curé ici, dit mon père. C'est un homme bon et je peux envoyer Roseanne le chercher si vous voulez.

— Mais elle ne doit rien lui dire, il doit juste venir ici, et elle ne doit parler à personne en chemin, surtout pas à un soldat de l'État libre, car autrement nous nous ferions tuer ici. Ils nous tueraient aussi facilement qu'ils ont tué Willie dans les collines, c'est sûr. Je vous dirais bien que nous vous tuerions si elle parlait, mais je ne suis pas certain que nous le ferions. »

Mon père le regarda d'un air surpris. Et ce qu'il avait dit paraissait si honnête et si poli que je décidai de faire ce qu'il demandait et de ne parler à personne.

« Et de toute façon, nous n'avons pas de balles, ce qui explique pourquoi nous sommes restés dans la bruyère, comme des lièvres, sans bouger. Nous aurions dû bouger, les gars, dit le frère du mort. Nous lever et nous jeter sur eux, car comment regarder le monde en face quand Willie est mort et que nous sommes vivants. »

Et le jeune gars s'effondra de nouveau en pleurant d'une manière pitoyable.

« Écoutez, ne vous en faites pas pour ça, dit mon père. Je vais envoyer Roseanne chercher le père Gaunt. Allez, vas-y, Roseanne, comme j'ai dit, cours à la maison paroissiale et ramène le père Gaunt, sois gentille. »

J'ai donc couru, dans le cimetière et le vent de l'hiver, dans les allées des morts, jusqu'en haut de la rue en pente qui redescend dans Sligo, et je l'ai dévalée, j'ai finalement atteint la maison du cure, sa petite grille en fer, l'allée de gravier, et je me suis jetée contre sa porte massive, peinte du même vert qu'une feuille d'aspidistra. Étant envoyée par mon père, je ne pensais plus aux fers à friser et aux cheveux, mais à sa vie, car je savais que les trois hommes en vie avaient vu des horreurs et ceux qui ont vu des horreurs peuvent commettre des horreurs aussi épouvantables, c'est la loi de la vie et de la guerre.

Très vite, Dieu merci, le père Gaunt montra son visage maigre à la porte. Je me mis à bafouiller et le suppliai de venir auprès de mon père, qu'on avait vraiment besoin de lui là-bas, et allait-il venir, allait-il venir ?

« Je vais venir », dit le père Gaunt, car il n'était pas de ceux qui se dérobent quand on a besoin d'eux, comme beaucoup de ses semblables, trop fiers pour goûter la pluie dans leur bouche. Et effectivement, en remontant la colline, nous avions la pluie de face et bientôt son long manteau noir luisait d'humidité sur tout le devant, et moi aussi, et pour ma part je n'avais pas mis de manteau et je n'exposais que mes jambes mouillées.

« Qui a besoin de moi ? demanda le curé d'un air sceptique quand je lui fis passer les grilles du cimetière.

— Celui qui a besoin de vous est mort, dis-je.

— S'il est mort, toute cette hâte est-elle nécessaire, Roseanne ?

— L'autre qui a besoin de vous est vivant. C'est son frère, mon père.

— Je vois. »

Dans le cimetière, les pierres tombales luisaient elles aussi d'humidité, le vent dansait dans les allées et on ne savait pas où la pluie allait nous saisir.

Nous arrivâmes au petit temple et entrâmes. La scène n'avait guère changé, comme si les quatre vivants et le mort assurément s'étaient figés sur place au moment où j'étais sortie et n'avaient pas bougé. Les Irréguliers tournèrent leurs jeunes visages vers le père Gaunt quand il entra.

« Père Gaunt, dit mon père. Je suis désolé de vous avoir fait sortir. Ces jeunes gens ont demandé qu'on aille vous chercher.

— Vous retiennent-ils prisonnier ? demanda le curé, outragé par la vue des fusils.

— Non, non, pas du tout.

— J'espère que vous n'allez pas me tuer ? dit le père Gaunt.

— Jamais un curé n'a encore été tué dans cette guerre, dit le troisième jeune homme. Bien qu'elle soit terrible. Seul ce pauvre homme a été tué, le frère de John, Willie. Il est tout à fait mort.

— Est-il mort depuis longtemps ? demanda le père Gaunt. Quelqu'un a-t-il recueilli son dernier souffle ?

— Oui, moi, dit son frère.

— Alors remettez-le dans sa bouche et je le bénirai, dit le père Gaunt. Et que sa pauvre âme monte au ciel. »

Le frère embrassa la bouche de son frère mort, lui rendant je pense le dernier souffle qu'il avait pris au moment de sa mort. Le père Gaunt le bénit, se pencha sur lui et fit le signe de la croix.

« Pouvez-vous l'absoudre, mon père, pour qu'il puisse monter au ciel.

— A-t-il commis un meurtre, a-t-il tué un autre homme dans cette guerre ?

— Ce n'est pas un meurtre de tuer un homme dans une guerre. C'est la guerre, voilà tout.

— Mon ami, vous savez très bien que les évêques nous ont interdit de vous absoudre, car ils ont décidé que votre guerre n'était pas juste. Mais je l'absoudrai si vous me dites qu'il n'a pas commis de meurtre, à votre connaissance. Je le ferai. »

Les trois hommes se regardèrent. Une peur étrange et sombre se lisait sur leurs visages. C'étaient de jeunes catholiques et ils avaient peur de ce prêtre. Ils avaient peur de mentir à ce sujet et ils avaient peur de manquer à leur devoir d'aider leur camarade à monter au ciel. Je suis sûre que chacun d'eux se creusait la cervelle pour trouver une réponse qui serait la vérité, car seule la vérité permettrait au mort de gagner le paradis.

« Seule la vérité vous servira », dit le prêtre. Je sursautai en entendant qu'il se faisait l'écho de mes pensées, les pensées simples d'une fille simple, mais la religion catholique est peut-être assez simple dans ses intentions.

« Aucun de nous ne l'a vu faire une telle chose, dit finalement le frère. Si nous l'avions vu, nous le dirions.

— Très bien, alors, dit le prêtre. Et je compatis pleinement à votre peine. Je suis désolé d'avoir dû vous poser cette question. Vraiment désolé. »

Il s'approcha du mort et le toucha avec la plus grande douceur.

« Je t'absous de tes péchés au nom du Père, du Fils et du Saint-Esprit. »

Et tous les présents, mon père et moi y compris, dirent *Amen*.

5

Carnet du docteur Grene

Ce serait très bien si de temps en temps je pouvais me dire que je sais ce que je fais.

J'ai complètement sous-estimé le ministère de la Santé. Je croyais en toute honnêteté que ça n'arriverait jamais. On me dit comme un fait certain que les travaux sur le chantier vont bientôt commencer, de l'autre côté de Roscommon, un très beau site, m'assure-t-on. Pour que les nouvelles ne soient pas seulement bonnes, le nombre de lits sera très restreint, alors qu'ici nous en avons beaucoup. En fait, dans certaines pièces il n'y a que des lits, non pas parce que nous ne pouvons pas les remplir, mais parce que les pièces ne sont plus du tout habitables, les plafonds menacent de s'effondrer, d'horribles marques d'humidité grimpent sur les murs. Tout ce qui est en fer, comme les châlits, rouille. Tous les lits du nouveau bâtiment seront du dernier cri, sans rouille, en parfait état et beaux, mais moins nombreux, beaucoup moins nombreux. Il va nous falloir faire un sacré tri.

Je n'ai pas réussi à surmonter l'impression que j'ai d'essayer d'expulser des êtres placés sous ma responsabilité et qui dépériront loin de moi. C'est sans doute compréhensible, mais en même temps j'ai des doutes sur moi-même. J'ai l'habitude vraiment stupide d'éprouver un sentiment paternel pour mes patients, maternel même. Après tant d'années qui, je le sais avec certitude, émoussent les élans et les intuitions d'autres personnes travaillant dans ce secteur, je veille avec un soin jaloux à la sécurité, au bien-être de mes patients, même si je désespère un peu de leurs progrès. Mais j'ai des doutes. Je me demande si, ayant échoué avec ma femme, je n'ai pas tendance à considérer toute cette institution comme le lieu d'une sorte de mariage où je peux être innocent, pas accusé, et même, quotidiennement (maudit besoin), racheté.

On disait autrefois des vêtements d'occasion qu'ils étaient ou non « irrécupérables ». À l'époque, dans un lieu comme celui-ci, tous les costumes d'homme et les robes de femme étaient faits à partir de vêtements donnés par charité, les premiers par un tailleur, les secondes par une couturière. Je suis certain que, tenus ailleurs pour « irrécupérables », ils étaient jugés assez bien pour les pauvres hères qui résidaient ici. À mesure que le temps passe, que je m'use lentement comme tout le monde, trouvant ici un accroc et là une déchirure dans le tissu de mon être, ce lieu m'est de plus en plus nécessaire. La charge de ceux qui sont dans un grand besoin est un travail clément. Je devrais peut-être me sentir davantage frustré par le cul-de-sac évident que constitue la psychiatrie, l'épouvantable dégradation de l'état de ceux qui végètent ici, l'impossibilité de tout cela. Mais, Dieu m'en garde, ce n'est pas le cas. Dans quelques années j'atteindrai l'âge de la retraite, et ensuite ? Je serai comme un moineau sans jardin.

Quoi qu'il en soit, je sais que ces pensées viennent de la nécessité présente. Pour la première fois, j'ai remarqué l'effronterie, je crois que c'est le mot juste, l'effronterie de ma profession. Son côté entrer-par-la-porte-de-derrière, oh oui, son côté retors. Et à présent, faisant un pas de plus vers la stupidité, j'ai décidé de ne pas être retors. J'ai parlé toute la semaine individuellement à des patients, dont certains sont des gens tout à fait extraordinaires. J'ai l'impression de les interroger pour quelque chose, leur expulsion, leur perte. Que, s'ils manifestent un certain bien-être, il faut les envoyer en exil dans cette satanée « communauté ».

J'ai parfaitement conscience que cette façon de penser est complètement erronée, raison pour laquelle j'essaie de la déverser ici. Je dois au contraire me montrer neutre, selon l'expression consacrée, détaché, et résister à la compassion à tout instant, parce que la compassion est ma faiblesse. J'ai vu un homme hier, un fermier de Leitrim, qui possédait jadis deux cents hectares. Il est fou d'une manière absolue, parfaite. Il m'a raconté que sa famille était si ancienne qu'elle remontait à deux mille ans. Il m'a dit qu'il était le dernier du nom. Il n'avait pas d'enfants, pas de fils, et le nom disparaîtrait avec lui. Son nom sur le registre est Meel, effectivement un drôle de nom, qui vient peut-être du mot irlandais signifiant miel, c'est du moins ce qu'il dit. Âgé d'environ soixante-dix ans, il est très digne, souffrant et fou. Oui, il est fou. C'est-à-dire psychotique, et je vois dans son dossier qu'on l'a malheureusement trouvé il y a des années caché dans la cour d'une école, sous une chaise, tirant trois chiens morts attachés à sa jambe. Mais, en lui parlant, je n'ai senti que de l'amour. C'était ridicule. Et je m'en méfie énormément.

Mes patients me donnent souvent l'impression d'être un troupeau de moutons qui se précipite du haut d'une colline vers le bord de la falaise. Il me faut être le berger qui connaît tous les sifflements. Je n'en connais aucun. Mais nous verrons.

« Nous verrons, dit le rat en secouant sa jambe de bois. »

Une phrase de Bet. Que veut-elle dire ? Je ne sais pas. Elle vient peut-être d'une histoire enfantine connue, encore une chose irlandaise enfantine connue que j'ignore, car j'ai passé mon enfance en Angleterre. C'est vraiment ahurissant d'être un Irlandais et de n'en rien posséder : ni traits de caractère, ni souvenirs, ni même un fichu accent reconnaissable. Personne sur cette terre ne m'a jamais pris pour un Irlandais et pourtant c'est ce que je suis, autant que je sache.

Bet est restée silencieuse toute la semaine dans sa chambre

au-dessus de moi, sans même mettre le BBC World Service, comme elle le fait d'habitude. Ma femme. Ça m'a fait froid dans le dos.

J'ai tenté un rapprochement avec elle hier soir – si on peut dire. Il n'y a aucun doute dans mon esprit, je l'aime. Pourquoi mon prétendu amour n'est-il pas bon pour elle, pourquoi la met-il en fait en péril ? Oh, en relisant mes notes précédentes dans ce carnet, où je parais si subtilement ou pas si subtilement me flatter de compassion et d'amour – j'ai failli vomir en lisant –, j'ai été tellement en colère contre moi-même que je suis allé à la cuisine quand je l'ai entendue préparer ce truc atroce qu'elle boit le soir avant d'aller se coucher. Complan. Une boisson de cauchemar, s'il en est une, qui sent la mort. Je veux dire Vie-dans-la-Mort et Mort-dans-la-Vie, Coleridge, si ma mémoire est bonne. *La Ballade du vieux marin*. Quelle manche dois-je saisir, à qui raconter mon histoire ? Autrefois c'était à Bet. À présent, elle n'a plus de manches. Et je suis sûr que j'ai saisi sa manche beaucoup trop souvent. Dans mon jargon, « me repaissant » de son énergie, sans rien donner en retour. Bon, peut-être. Nous avons eu des jours vraiment heureux. Nous étions le roi et la reine du café le matin, au plus noir de l'hiver, dans le soleil matinal de l'été qui entrait tout droit par notre fenêtre, tout droit et nous réveillait. Ah, oui, de petites choses. De petites choses, de celles qu'on appelle la santé mentale ou le tissu qui fait la santé mentale. Lui parler en ce temps faisait – non, Seigneur garde-moi de la sentimentalité. Ce temps est révolu. Nous sommes devenus deux pays étrangers et nous avons simplement nos ambassades dans la même maison. Les relations sont amicales mais strictement diplomatiques. Il existe en profondeur un courant de rumeur, de jugement, de souvenirs, comme deux peuples ayant jadis commis de graves crimes l'un contre l'autre, mais au cours d'une autre génération. Nous sommes un petit État balte. Sauf que, bon sang, elle ne m'a jamais rien fait. Les atrocités sont à sens unique.

Je ne voulais rien écrire de cela ici. Ces notes devaient constituer un compte rendu professionnel, semi- en tout cas, sur les derniers jours peut-être de ce lieu sans importance, perdu, essentiel. L'endroit où j'ai passé ma vie professionnelle. Le temple bizarre de mes aspirations. Je sais que j'ai aussi peur de n'avoir rien fait pour les aliénés, d'avoir été sentimental à leur égard et par conséquent d'avoir manqué à mes devoirs envers eux, j'ai aussi peur de cela que je suis certain d'avoir gâché la vie de Bet. Cette « vie », ce récit non écrit d'elle-même, ce... je ne sais pas. Je n'en avais pas l'intention. Je m'enorgueillissais en toute honnêteté de ma fidélité, de ma considération, de ma quasi-adoration pour elle. J'ai peut-être aussi été sentimental à son égard. Un sentimentalisme pernicieux, chronique. Bon sang, la fierté que j'éprouvais envers elle était ma fierté envers moi-même, et c'était une bonne chose. Tant que j'étais sûr de sa bonne opinion de moi, j'avais une très haute opinion de moi-même. Je m'en nourrissais, je partais tous les jours gonflé à bloc. C'était merveilleux, vivant, ridicule. Mais je donnerais tout pour retrouver cet état. Je sais que ce n'est pas possible. Et pourtant. Quand ce petit monde ici sera démoli, tant d'histoires minuscules disparaîtront avec lui. C'est tout à fait effrayant, peut-être même terrifiant.

Je suis entré dans la cuisine. À quel point j'étais le bienvenu, je ne peux le dire. Pas tellement, sans doute, ma présence imprévue seulement supportée.

Elle ne préparait pas de Complan, elle faisait dissoudre des comprimés dans un verre, de l'aspirine ou quelque chose comme ça.

« Tu vas bien ? ai-je demandé. Mal à la tête ?

— Je vais très bien », a-t-elle dit.

En janvier dernier, il y a un an, je sais qu'elle a eu une petite frayeur. Elle s'est évanouie dans la rue pendant qu'elle faisait des courses et a été emmenée à l'hôpital de Roscommon. Elle y a passé la journée à faire des examens et, le soir, l'un des médecins m'a innocemment téléphoné pour que j'aille la chercher. Il pensait sans doute que je savais qu'elle était là-bas. J'ai eu tellement peur.

J'ai failli emboutir la voiture en la sortant, j'ai failli rentrer dans le pilier de la grille, j'ai conduit comme un homme qui emmène sa femme enceinte à l'hôpital la nuit, quand les fameuses douleurs commencent, bien qu'elle n'en ait jamais souffert, et c'était peut-être là que résidait le nœud du problème.

Elle avait le regard fixé sur le verre.

« Comment vont tes jambes ? ai-je demandé.

— Elles sont enflées, a-t-elle répondu. C'est juste de l'eau. C'est ce qu'ils disent. Si seulement ça pouvait partir.

— Oui, bien sûr, ai-je dit, puisant un peu de courage dans le mot "partir", comme en vacances. Écoute, j'ai réfléchi, ce serait bien, quand j'aurai résolu les choses dans mon travail, si nous partions quelques jours. En vacances. »

Elle m'a regardé, a remué les comprimés effervescents dans le verre, se préparant au goût amer. J'ai le regret de devoir dire qu'elle a ri, juste un petit rire, qu'elle aurait préféré, je pense, ne pas émettre, mais il était là, un rire, entre nous.

« Je ne pense pas, a-t-elle dit.

— Pourquoi pas ? ai-je demandé. En souvenir du bon vieux temps. Ça nous ferait du bien à tous les deux.

— Vraiment, docteur ?

— Oui, ça nous ferait du bien. Sans aucun doute. »

Il était soudain difficile de parler, comme si chaque mot était une petite motte de boue dans ma bouche.

« Je suis désolée, William », a-t-elle dit. C'était mauvais signe, mon prénom complet, plus Will, simplement William, séparé. « Je n'en ai pas vraiment envie. Je déteste voir tous ces enfants.

— Tout quoi ?

— Les gens, avec leurs enfants.

— Pourquoi ? »

Oh oui, question d'une stupidité insondable. Les enfants. Ceux que nous n'avons pas. Le mal infini que nous nous sommes donné. Infini. Sans récompense.

« William, tu n'es pas idiot.

— Nous irons quelque part où il n'y a pas d'enfants.
— Où ? Sur Mars ? a-t-elle demandé.
— Quelque part où il n'y en a pas du tout, ai-je dit, en levant le visage vers le plafond, comme si c'était un endroit possible, je ne sais pas où ça se trouve. »

Témoignage de Roseanne sur elle-même

C'est alors que se produisit l'horreur des horreurs.

Aujourd'hui encore, je le jure devant Dieu, je ne sais pas ce qui s'est passé. Quelqu'un le sait sûrement, ou le savait quand il était vivant. Et peut-être que ce qui s'est véritablement passé n'est pas important, ne l'a jamais été, mais que seul importe ce que certaines personnes pensent qu'il s'est passé.

Cela n'a sans doute plus d'importance aujourd'hui, parce que tous ces gens ont été emportés par le temps. Mais il existe peut-être un autre lieu où tout a de l'importance éternellement, les tribunaux du ciel, par exemple. Ce serait un tribunal utile pour les vivants, mais les vivants ne le verront jamais.

Des inconnus frappèrent à la porte ensuite, et crièrent d'une dure voix militaire. À l'intérieur, nous étions comme une bande de cloportes qui s'éparpillaient dans toutes les directions. Moi-même, je reculai comme une tragédienne d'une troupe ambulante, telle qu'on en voit dans les salles des fêtes humides. Les trois Irréguliers plongèrent derrière la table, mon père attira le père Gaunt près de moi, comme s'il voulait me cacher derrière le prêtre et son amour paternel. Car il était évident pour tout le monde que des coups de feu allaient être tirés et, à l'instant où cette pensée me venait à l'esprit, la porte en fer s'ouvrit en grinçant sur ses gonds massifs.

Oui, c'étaient des garçons de la nouvelle armée dans leurs uniformes encombrants. Quand ils entrèrent, ils semblaient avoir des munitions en abondance, ils pointèrent en tout cas leurs fusils sur nous dans un moment de concentration farouche et, à mes jeunes yeux, tandis que je regardais entre les jambes de mon père, les six ou sept visages qui entrèrent dans le temple avaient simplement l'air terrifiés dans la lumière de la cheminée.

Le grand garçon mince des collines, celui dont le pantalon n'arrivait pas tout à fait aux chevilles, bondit de derrière la table et, dans un geste de folie qui lui était propre, chargea contre les intrus comme s'il était sur un vrai champ de bataille. Le frère du mort arriva derrière lui, son chagrin exigeant peut-être ce mouvement. Il est difficile de décrire le bruit produit par des fusils dans un espace restreint et clos, mais il y avait de quoi séparer la chair des os. Mon père, le père Gaunt et moi reculâmes contre le mur comme un seul homme, et les balles qui atteignirent les deux garçons durent traverser leur corps selon une trajectoire bizarre, car je vis soudain des pustules exploser dans le plâtre du vieux mur à côté de moi. D'abord les balles et ensuite une mince cascade d'un sang léger sur mon uniforme, mes mains, mon père, ma vie.

Les deux Irréguliers n'étaient pas morts, mais ils se mirent à se tordre sur le sol, leurs membres emmêlés.

« Pour l'amour de Dieu, arrêtez – il y a ici une jeune fille et des gens ordinaires », clama le père Gaunt, quoi qu'il eût voulu dire par ces derniers mots.

« Lâchez vos fusils, lâchez vos fusils », cria un des soldats de l'État libre, presque en hurlant. Le dernier homme qui restait de notre côté de la table jeta son fusil et le pistolet qu'il portait à la ceinture. Il se redressa immédiatement et leva les mains. Il me lança un bref regard et j'eus l'impression qu'il pleurait, que ses yeux faisaient quelque chose, en tout cas qu'ils me transperçaient, d'un air féroce, féroce, comme si des yeux pouvaient tuer, mieux que les balles qu'ils n'avaient pas.

« Écoutez, dit le père Gaunt. Je crois... je crois que ces hommes n'ont pas de munitions. Que tout le monde s'arrête un instant !

— Pas de munitions ? dit le commandant des soldats. Parce

qu'ils les ont toutes tirées sur nos hommes dans les collines. Êtes-vous les salauds qui se trouvaient là-haut dans les collines ? »

Oh mon Dieu, mon Dieu, nous savions que c'étaient eux, et pourtant aucun de nous ne dit mot.

« Vous avez tué mon frère », dit l'homme à terre appelé John. Il se tenait la cuisse et une grande mare de sang noir s'étalait sous lui, un sang noir comme les corbeaux. « Vous l'avez tué de sang-froid. Vous l'avez capturé, il était désarmé et vous lui avez tiré dans le ventre, trois putains de fois !

— Pour que vous ne nous preniez pas par surprise et nous tuiez là où nous allions ! dit le commandant. Maintenez ces hommes au sol et toi, cria-t-il à celui qui s'était rendu, considère que tu es arrêté. Emmenez-les tous au camion, les gars, et on va régler ça. On vous capture en pleine nuit, dans ce sale trou, rassemblés comme des rats. Vous, l'homme, comment vous appelez-vous ?

— Joe Clear, dit mon père. Je suis le gardien de ce cimetière. Voici le père Gaunt, l'un des vicaires de la paroisse. Je l'ai fait venir, pour qu'il s'occupe de ce garçon qui est mort.

— Alors vous enterrez ceux de son espèce à Sligo », dit le commandant avec une extraordinaire vigueur. Il se précipita de l'autre côté de la table et plaça son fusil sur la tempe du père Gaunt. « Quel genre de prêtre êtes-vous pour désobéir à vos évêques ? Êtes-vous l'un de ces sales rebelles ?

— Allez-vous tuer un prêtre ? » dit mon père, stupéfait.

Le père Gaunt fermait les yeux de toutes ses forces et était à genoux exactement comme il l'aurait été à l'église. Il était à genoux et je ne sais pas s'il priait en silence, mais en tout cas il ne disait rien.

« Jem, dit un des autres soldats de l'État libre. On n'a encore jamais tué un prêtre ici, en Irlande. Ne tire pas. »

Le commandant recula et releva son fusil.

« Venez, les gars, rassemblez-les, nous sortons d'ici. »

Et les soldats relevèrent avec une certaine douceur les deux blessés et les firent sortir par la porte. Au moment où ils se saisirent du troisième garçon, celui-ci me regarda en plein visage.

« Que Dieu vous pardonne ce que vous avez fait, mais moi je ne vous pardonnerai jamais.

— Mais je n'ai rien fait ! protestai-je.

— Vous leur avez dit que nous étions là.

— Non, je le jure devant Dieu.

— Dieu n'est pas là, dit-il. Et regardez-vous, coupable comme pas deux.

— Non ! » répétai-je.

L'homme eut un rire atroce comme la pluie qui fouette le visage et les soldats l'emmenèrent. Nous les entendions faire avancer les prisonniers dans les allées. Je tremblais de tout mon corps. Quand la pièce fut vide, le commandant tendit sa grosse main au père Gaunt et l'aida à se mettre debout.

« Je suis désolé, mon père, dit-il. La nuit a été terrible. Violence et meurtre. Excusez-moi. »

Il parla avec une telle sincérité que mon père, j'en suis certaine, fut aussi frappé par ces mots que moi.

« C'était ignoble, dit le père Gaunt d'une petite voix dans laquelle perçait néanmoins une étrange note de violence. Ignoble. Je soutiens entièrement le nouvel État. Comme nous tous, sauf ces jeunes fous égarés.

— Alors, vous devriez écouter les évêques. Et ne pas venir en aide aux damnés.

— Permettez-moi de faire comme je l'entends à ce sujet, dit le père Gaunt avec une sorte d'arrogance de maître d'école. Qu'allez-vous faire du corps. Vous ne voulez pas l'emmener ?

— Que voulez-vous en faire ? » dit le soldat avec une lassitude soudaine, cette baisse d'énergie qui suit un grand effort. Ils étaient entrés au pas de charge dans un lieu inconnu où était caché Dieu sait quel danger et apparemment l'idée de traîner le corps de Willie, le frère de John, pesait une plume trop lourd. Ou un marteau.

« Je vais envoyer chercher le docteur pour qu'il prononce le décès et fasse reconnaître le corps et ensuite nous pourrons peut-être l'enterrer quelque part dans le cimetière si vous n'y voyez pas d'objection.

— Vous enterrerez un démon. Vous feriez mieux de le jeter dans un trou hors des murs comme un criminel ou un bâtard. »

Le père Gaunt ne répondit pas. Le soldat sortit. Il ne m'adressa pas un regard. Quand le bruit de ses bottes cessa de se faire entendre dans l'allée de gravier, un silence glacial et très bizarre s'installa dans le temple. Mon père était debout en silence, le prêtre aussi, moi j'étais assise en silence sur le sol froid et humide et Willie le frère de John était le plus silencieux de tous.

« Je suis extrêmement fâché d'avoir été entraîné dans cette affaire, dit alors le père Gaunt de la voix qu'il employait à la messe du dimanche. Extrêmement fâché, monsieur Clear. »

Mon père parut déconcerté. Qu'aurait-il pu faire d'autre ? Le visage troublé de mon père m'effrayait autant que le corps de Willie qui se raidissait.

« Je suis désolé, dit mon père. Je suis désolé si j'ai eu tort d'envoyer Roseanne vous chercher.

— Vous avez eu tort, vous avez eu tort, oui. Je suis très contrarié. Vous vous souvenez peut-être que c'est moi qui vous ai mis à ce poste. C'est moi, et il a fallu tout mon pouvoir de persuasion, permettez-moi de vous le dire. Je me sens très mal remercié, très mal. »

Sur ces mots, le prêtre sortit dans l'obscurité et la pluie, nous laissant mon père et moi avec le corps jusqu'à l'arrivée du docteur.

« J'ai dû mettre sa vie en danger. Il a sans doute eu peur. Mais ce n'est pas ce que je voulais. Seigneur, je croyais que les prêtres aimaient être toujours présents. Je le croyais vraiment. »

Mon pauvre père semblait effrayé lui aussi, mais pour une raison nouvelle et différente.

Le destin le démonta délicatement, lentement, je suppose.

Certaines choses changent à l'allure des hommes devant nos yeux, mais d'autres changent selon des arcs si grands que c'en est invisible. Le bébé voit une étoile clignoter à la fenêtre dans la nuit noire et tend la main pour l'attraper. De la même manière, mon père s'efforçait de saisir des choses qui étaient en réalité hors de sa portée et qui, quand leur lumière lui parvenait, étaient déjà anciennes et terminées.

Je crois qu'en fait mon père embarrassait l'histoire.

Il n'était ni disposé ni réticent à l'idée d'enterrer ce garçon et il avait appelé un prêtre pour l'aider dans sa décision. C'était comme si, étant presbytérien, il s'était trouvé mêlé à des meurtres sacrés, ou à des meurtres tellement éloignés de la bienveillance et de l'amour que d'être ne fût-ce qu'à proximité avait un caractère dévastateur, meurtrier même.

J'ai peut-être entendu des années plus tard des versions de cette nuit qui ne correspondaient pas aux souvenirs que j'en avais mais, quoi qu'il en soit, il y a toujours eu une grande constante selon laquelle je m'étais arrêtée en chemin pendant que j'allais chercher le père Gaunt et avais raconté mon histoire aux soldats de l'État libre, soit sur l'ordre de mon père soit en suivant mon intuition. Le fait que je n'aie jamais vu les soldats, que je ne leur aie jamais parlé, que je n'aie même jamais pensé à le faire – cela n'aurait-il pas risqué de mettre mon père encore plus en danger ? – ne se trouve nulle part dans l'histoire non officielle de Sligo. Car l'histoire, autant que je sache, n'est pas l'arrangement de ce qui s'est produit, par ordre chronologique et selon la vérité, mais un arrangement fabuleux d'hypothèses et de conjectures brandi comme une bannière contre l'assaut de la cinglante vérité.

L'histoire doit se montrer puissamment inventive sur la vie des hommes car la vie en soi est une accusation contre la domination de l'homme sur la terre.

Ma propre histoire, l'histoire de n'importe qui, est toujours racontée contre moi, même celle que j'écris ici, car je n'ai pas d'histoire héroïque à offrir. Il n'existe pas de difficulté que je n'aie fabriquée. Le cœur et l'âme, que Dieu aime tant, sont tous deux salis par leur résidence ici-bas, comment pouvons-nous l'éviter ? Ces idées ne semblent pas du tout venir de moi, mais sont peut-être tirées de lectures anciennes de sir Thomas Browne. J'ai cependant l'impression qu'elles sont miennes. Elles résonnent dans ma tête comme résonnent mes propres idées. C'est étrange. J'imagine par conséquent que Dieu connaît bien les cœurs et les âmes salis, y voit le modèle original et les chérit pour cela.

Il vaut mieux qu'il en soit ainsi dans mon cas ou je risque de rejoindre le diable dans peu de temps.

Notre maison était propre, mais ne parut pas si propre le jour où le père Gaunt vint nous rendre visite. C'était un dimanche matin vers dix heures et je suppose donc que le père Gaunt était entre deux messes et s'était dépêché de quitter son église et de prendre la route longeant la rivière pour venir frapper à notre porte. Ma mère avait placé un vieux miroir en équilibre sur une brique jaune à la fenêtre du salon et nous pouvions toujours voir sans être vus qui se trouvait à la porte. La venue du prêtre nous fit nous affairer de tous côtés. Une fille de quatorze ans est toujours très préoccupée par son apparence, ou croit qu'elle doit l'être, peu importe, mais, en parlant de miroirs, j'étais à l'époque esclave de celui de la chambre de ma mère, pas parce que je me trouvais belle, mais parce que je ne savais pas de quoi j'avais l'air, et je m'efforçais pendant d'interminables minutes de me conformer à une image en laquelle j'aurais eu confiance ou qui m'aurait plu sans jamais y parvenir. L'or de mes cheveux m'apparaissait comme de l'herbe mouillée devenue sauvage et l'âme de la personne qui me regardait dans le petit miroir moussu de ma mère m'était complètement inconnue. Les bords du miroir étant bizarrement abîmés, elle avait acheté une peinture émaillée peu commune chez le droguiste et avait décoré le tour de minuscules tiges et feuilles noires qui conféraient à tout ce qui se reflétait dans ce miroir rien moins que poétique un aspect funèbre, aspect qui convenait peut-être à la profession de mon père, du moins jusqu'à ce moment-là. Ma première réaction fut donc de monter précipitamment nos quelques marches jusqu'au miroir et de livrer bataille à mon sentiment d'horreur de fille de quatorze ans.

Quand je redescendis, mon père se tenait au milieu du salon et regardait autour de lui comme un cheval qui se dérobe, posant d'abord les yeux sur la moto, puis sur le piano, puis sur l'espace entre eux, sa main se précipitant sur un coussin du « meilleur » fauteuil. En jetant un coup d'œil dans la minuscule entrée, je vis que ma mère s'y trouvait, tout bonnement figée, sans bouger le moindre muscle, comme une actrice qui attend d'entrer en scène et rassemble son courage. Enfin elle souleva le loquet.

Le père Gaunt entra chez nous, et la première chose que je remarquai fut son aspect luisant, son visage rasé de si près qu'on aurait pu y écrire au stylo. Il paraissait si sûr, la chose la plus sûre d'Irlande en cette époque d'insécurité. Chaque mois de cette année-là était le mois le pire, avait dit mon père, car chaque personne tuée résonnait en lui. Mais le prêtre avait l'air sacro-saint, virginal, détaché, comme détaché de l'histoire de l'Irlande. Ce n'est pas ce que je pensais sur le moment, Dieu sait ce que je pensais, je n'en sais rien, seulement que cette propreté me faisait peur.

Je n'avais jamais vu mon père si agité. Il était incapable de parler autrement qu'avec précipitation ou par bribes.

« Ah, mais, oui, asseyez-vous ici, mon père, s'il vous plaît », dit-il. Il s'avança vers le prêtre au visage impassible presque comme pour le faire tomber à la renverse dans le fauteuil. Mais le père Gaunt s'assit avec l'assurance d'un danseur.

Je savais que ma mère était dans l'entrée, dans ce petit espace d'intimité et de silence. Je me tenais sur la droite de mon père comme une gardienne, comme une sentinelle dressée contre le déchaînement d'un assaut. Ma tête était pleine d'une obscurité inconnue, je n'arrivais pas à réfléchir, je ne pouvais pas continuer la longue conversation que nous faisons dans nos têtes, comme si un ange y écrivait à notre insu.

« Hum, dit mon père. Nous allons faire du thé, qu'en pensez-vous ? Oui. C'est cela. Cissy, Cissy, veux-tu mettre la bouilloire à chauffer, ma chérie, je t'en prie.

— Je bois tellement de thé que c'est un miracle si ma peau ne devient pas brune », dit le prêtre.

Mon père rit.

« J'en suis sûr, vous l'acceptez par devoir. Mais ce n'est pas la peine chez moi. Pas la peine. Chez moi qui vous dois tout au monde, tout au monde. Non que, non que... »

Mon père bafouillait et rougissait. Et je rougis aussi, j'imagine, pour des raisons que je ne comprenais pas.

Le prêtre s'éclaircit la voix et sourit.

« Je boirai une tasse de thé, bien sûr.

— Ah, très bien, parfait, parfait », et nous entendîmes immédiatement ma mère fouiller dans le placard du couloir.

« Il fait si froid aujourd'hui que je suis très soulagé de m'installer près d'un feu, je vous assure, dit le prêtre en se frottant soudain les mains. L'air est glacial près de la rivière. Croyez-vous que je peux fumer ? demanda-t-il en sortant un étui en argent.

— Oh, allez-y », dit mon père.

Le prêtre tira de sa soutane une boîte d'allumettes Swan et de l'étui une drôle de cigarette allongée. Il gratta l'allumette avec une précision et une adresse extraordinaires, et aspira la flamme dans le tube tout propre. Puis il souffla la fumée avec une petite toux.

« La... la, dit le prêtre, la place au cimetière comme vous pouvez l'imaginer n'est pas... défendable. Hum ? »

Il tira de nouveau avec élégance sur la cigarette et ajouta : « J'en ai bien peur, Joe. Cela ne me plaît pas, tout comme je suis certain que cela ne vous plaît pas. Mais je suis sûr que vous êtes conscient du... du gros nuage de poussière qui est descendu sur ma tête, entre l'évêque qui pense que tous les rebelles doivent être excommuniés, comme il en a été décidé lors du dernier synode, et le maire qui, comme vous le savez peut-être, est très opposé au traité tel qu'il est et, en tant qu'homme le plus influent de Sligo, exerce une grande... influence. Comme vous pouvez l'imaginer, Joe.

— Oh, dit mon père.

— Oui. »

Le prêtre tira une troisième fois sur sa cigarette et s'aperçut que sa cendre était déjà bien longue. Avec cette mimique silencieuse des fumeurs, il chercha autour de lui un cendrier, objet qui n'existait pas chez nous, même pour les visiteurs. Mon père m'étonna en tendant la main vers le prêtre, une main endurcie, il faut le reconnaître, à force de creuser, et le père Gaunt m'étonna en secouant immédiatement la cendre dans la main offerte, qui tressaillit peut-être imperceptiblement au moment où la chaleur se fit sentir. Mon père, dépositaire de la cendre, chercha un peu bêtement autour de lui, comme si un cendrier se trouvait quelque part dans la pièce après tout, sans qu'il le sache, puis, avec une horrible solennité, la mit dans sa poche.

« Hum, dit mon père. Oui, j'imagine la difficulté pour réconcilier ces deux pôles. »

Il prononça ces mots doucement.

« J'ai naturellement cherché, en particulier à la mairie, un travail de rechange et si, tout d'abord, cela semblait une impossible... euh, possibilité..., puis, au moment où j'allais abandonner, le secrétaire du maire, M. Dolan, m'a dit qu'il y avait un poste à pourvoir, en fait, cela faisait un certain temps qu'ils essayaient de trouver quelqu'un, avec une certaine urgence, à cause de la véritable invasion de rats qui empoisonnait les entrepôts de la rivière. Finisglen, comme vous le savez, est un quartier très salubre, le médecin lui-même y habite, et malheureusement les docks sont tout près, comme vous le savez naturellement, comme tout le monde le sait. »

Je pourrais écrire un petit livre sur la nature des silences des hommes, leur utilité et leurs motifs, mais le silence par lequel mon père répondit à ce discours était épouvantable. Ce silence ressemblait à un trou où s'engouffre le vent. Il rougit encore plus et son visage devint écarlate, comme s'il était victime d'une attaque.

À cet instant, ma mère entra avec le thé, l'air d'une servante au milieu des rois, pourrait-on dire, ayant peur peut-être de regarder mon père et gardant donc les yeux fixés sur le petit plateau où était peint un champ de coquelicots en France. J'avais souvent contemplé ce plateau placé en haut du buffet de l'office. J'imaginais que je voyais le vent souffler sur les fleurs et me demandais comment était la vie dans ce monde où il faisait chaud et où on parlait une langue bizarre.

« Donc, dit le prêtre, je suis heureux de vous offrir, au nom du maire M. Salmon, euh, le euh… poste. Travail.

— De ? demanda mon père.

— De, répéta le prêtre.

— Quoi ? » dit ma mère, sans doute tout à fait malgré elle. Et le mot éclata dans la pièce.

« Chasseur de rats », dit le prêtre.

Il me revint, je ne sais pourquoi, de raccompagner le prêtre à la porte. Sur le trottoir étroit, le froid s'amassant autour de lui, remontant sans doute sous sa soutane le long de ses jambes nues, le petit prêtre dit :

« S'il vous plaît, Roseanne, dites à votre père que tout l'attirail du métier se trouve à la mairie. Les pièges, et cetera, je suppose. C'est là qu'il les trouvera.

— Merci », dis-je.

Il commença à descendre la rue et s'arrêta. Je ne sais pas

pourquoi je restai là à le regarder. Il ôta une de ses chaussures noires, s'appuya d'une main contre le mur de brique de la maison voisine et, en équilibre sur un pied, tâta sa chaussette à la recherche de ce qui gênait sa marche, un caillou ou un gravier. Il détacha la chaussette de sa guêtre et l'enleva d'un geste coulé, faisant apparaître un long pied blanc aux ongles jaunes telles de vieilles dents, repliés sur les orteils comme s'ils n'avaient jamais été coupés. Il remarqua que j'avais toujours les yeux fixés sur lui, rit et, ayant délogé le caillou gênant, il remit sa chaussette et sa chaussure et se redressa fermement sur le trottoir.

« Quel soulagement, dit-il aimablement. Au revoir. Et, ajouta-t-il, pendant que j'y pense, il y a aussi un chien. Un chien qui va avec le poste. Pour la chasse aux rats. »

À mon retour au salon, mon père n'avait pas bougé. La moto n'avait pas bougé. Le piano n'avait pas bougé. Mon père donnait l'impression qu'il ne bougerait plus jamais. J'entendis ma mère fouiller dans l'office, tout comme un rat. Ou comme un petit chien cherchant un rat.

« Est-ce que tu connais un peu ce travail, Pappa ? demandai-je.

— Est-ce que… oh, sans doute.

— Tu ne le trouveras pas trop difficile.

— Non, non, parce que j'ai souvent dû m'occuper de ce genre de choses au cimetière. Les rats adorent la terre molle sur les tombes et les pierres tombales constituent de très bons toits pour eux. Oui, je me suis occupé d'eux. Je vais devoir étudier la chose. Je trouverai peut-être un manuel à la bibliothèque.

— Un manuel de chasse aux rats ? dis-je.

— Oui, tu ne crois pas, Roseanne ?

— J'en suis sûre, Pappa.

— Oh, oui. »

6

Oui, je me souviens très bien du jour où mon père dut quitter le cimetière, un vivant exilé du monde des morts.

C'était aussi un petit assassinat.

Mon père aimait le monde et les hommes qui le peuplaient, sans grande réserve, il considérait en bon presbytérien que toutes les âmes sont également assaillies, et il entendait dans le rire grossier du garçon du coin une sorte d'explication fondamentale de la vie, et par conséquent une rédemption, il croyait en fait que, puisque Dieu avait tout créé, il approuvait tout, et aussi que la tragédie du diable tient à ce qu'*il* n'est l'auteur de rien, seulement l'architecte d'espaces vides. Mon père, à cause de tout cela, fondait sa bonne opinion de lui-même sur son travail, sur le fait que, bien qu'il appartînt à une religion peu commune, on lui avait pourtant confié la tâche d'enterrer les catholiques de Sligo à mesure que le temps les emportait un par un.

« Quelle fierté, quelle fierté ! » disait-il souvent quand le soir nous fermions ensemble les grilles de fer avant de rentrer à la maison. Son regard s'attardait derrière les barreaux sur les allées gagnées par l'obscurité, sur les pierres tombales qui étaient sous sa garde et qui disparaissaient dans la nuit. Je pense qu'il se parlait à lui-même, ou aux tombes, et probablement pas à moi. Il ne devait pas imaginer un seul instant que je le comprenais. Il avait peut-être raison, mais je crois que je le comprends à présent.

Mon père aimait véritablement son pays, il aimait l'idée qu'il se faisait de l'Irlande, quelle qu'elle fût. S'il était né jamaïquain, il aurait sans doute autant aimé la Jamaïque. Mais il n'était pas jamaïquain. Ses ancêtres avaient occupé les petites sinécures qui étaient accessibles aux gens comme eux dans les petites villes irlandaises, inspecteurs des bâtiments et ce genre d'emplois, et son père avait même atteint la distinction de pasteur. Il était né dans une petite maison de pasteur à Collooney. Son cœur d'enfant aimait Collooney et, en grandissant, son cœur étendit son amour à l'île entière. Du fait que son père faisait partie de ces penseurs radicaux qui avaient écrit des brochures ou du moins prêché des sermons – car il ne subsiste aucune brochure, mais il me semble me souvenir que mon père en mentionnait une ou deux – sur l'histoire du protestantisme en Irlande, mon père avait des opinions qui ne lui étaient pas toujours favorables. C'est-à-dire qu'il considérait la religion protestante comme un instrument de la douceur d'une plume transformé en marteau par l'ancienne dispense, et utilisé pour taper sur la tête de ceux qui travaillaient pour vivre en Irlande, catholiques pour la plupart. Son propre père aimait le presbytérianisme, et lui aussi, mais il était terriblement désolé, non, il était terriblement en colère devant l'usage qui en avait été fait, au même titre que des religions anglicane, baptiste et cetera en Irlande.

Comment sais-je cela ? Parce que tous les soirs de mon enfance, tous les soirs, la dernière chose qu'il faisait dans la maison était de venir dans mon petit lit, de me pousser de ses larges hanches, de sorte que j'étais à moitié couchée sur lui, ma tête sur son visage moustachu, et il parlait, parlait, parlait, tandis que ma mère s'endormait dans l'autre chambre. Quand il l'entendait ronfler légèrement, il me quittait pour la rejoindre, mais durant cette demi-heure, dans l'obscurité, pendant qu'il la laissait s'installer seule dans le sommeil, alors que la lune se posait d'abord sur le mur du fond, puis flottait sombre et brillante, en bonne lune qu'elle était, dans un ciel parsemé d'étoiles inaccessibles (comme je le savais bien), il me faisait part de toutes les suggestions, présomptions et histoires de son cœur, sans peut-être même se préoccuper du fait que je ne comprenais probablement pas, mais présentant le tout comme une musique aussi séduisante pour lui et par conséquent pour moi que les œuvres de Balfe et de Sullivan, deux des plus grands Irlandais ayant jamais vécu, à son avis.

Et travailler au cimetière, sous les auspices en quelque sorte du père Gaunt, donnait d'une certaine manière un sens parfait à sa vie. Constituait d'une certaine manière une prière qui lui rappelait son père. C'était ainsi qu'il avait appris à vivre, en Irlande, le pays où il était né par hasard et qu'il aimait.

Perdre ce travail était d'une façon incroyable se perdre lui-même.

Il était devenu plus difficile d'être avec lui. Il avait du mal à m'emmener à la chasse aux rats, car c'était un travail sale, délicat et dangereux.

Grâce à son caractère méthodique, il trouva bientôt le petit livre qui allait l'aider, *Tout sur la chasse aux rats*, écrit sous le pseudonyme de Rattus Rattus. Cet opuscule racontait les aventures d'un chasseur de rats dans les usines de Manchester, une ville bourrée d'usines et donc d'innombrables endroits où les rats pouvaient vivre et se cacher. Mon père y trouva comment faire son travail dans les moindres détails, jusqu'à l'attention qu'il fallait apporter aux pattes des furets, apparemment très sujettes au piétin dans les cages humides. Mon père ne parvint cependant jamais à la dignité de posséder des furets. Le conseil municipal de Sligo était moins ambitieux. On lui donna un jack-russell-terrier nommé Bob.

Commença alors la période la plus étrange de mon enfance. Je pense aussi que je devenais lentement moins enfant et plus jeune fille, moins jeune fille et plus femme. Durant les années où mon père chassait les rats, je fus prise d'une humeur solennelle. Les choses qui me réjouissaient et me plaisaient quand j'étais enfant ne me réjouissaient et ne me plaisaient plus. Comme si on avait enlevé quelque chose aux images et aux bruits du monde, ou comme si le plus grand bien d'un enfant était sa grande aptitude à la gaieté. J'avais l'impression d'être dans l'attente, dans l'attente d'une chose inconnue qui remplacerait la grâce d'être jeune. J'étais jeune, bien entendu, très jeune, mais, je m'en souviens, personne n'est jamais aussi vieux qu'une fille de quinze ans.

Les gens continuent à mener une vie qu'on qualifie d'ordinaire parce qu'il n'existe pas d'autre genre de vie. Mon père chantait toujours *Roses of Picardy* en se rasant le matin. Il hachait les mots et les strophes, en sautait ici et là, tout en passant la lame sur son visage taillé à la serpe. En bas, je l'écoutais en fermant les yeux, je l'imaginais comme dans une sorte de cinéma mystérieux. Il continuait héroïquement ainsi, sortait avec son chien et ses pièges. Il apprit à faire de cette tâche son « travail quotidien » et rentrait le soir, pas toujours à la même heure comme avant, mais il essayait toujours de rapporter sous le bras le *Sligo Champion* et forçait sa nouvelle vie à entrer dans le domaine de la normalité.

À cette époque, cependant, il lui arrivait de lire dans le journal des articles curieusement en rapport avec lui, ou du moins cela se produisit une fois, car j'entendis son petit cri de surprise et je levai la tête pour le voir plongé dans le journal. M. Roddy, propriétaire du *Champion*, était très favorable au nouveau gouvernement, comme on l'appelait. Les événements de la guerre civile étaient donc relatés en termes succincts et simples qui s'efforçaient de suggérer normalité et solidité.

« Mon Dieu, dit mon père, ils ont abattu les garçons qui étaient au cimetière l'autre fois.

— Quels garçons ? demandai-je.

— Les jeunes gars exaltés qui ont amené ici leur ami assassiné.

— C'était le frère de l'un d'eux, dis-je.

— Oui, Roseanne, le frère de l'un d'eux. Il y a leurs noms ici. Il s'appelait Lavelle, un drôle de nom, tu ne trouves pas ? William. Et son frère John. Mais il s'est échappé. Enfui.

— Oui », dis-je, un peu mal à l'aise, mais aussi étonnamment heureuse, comme si j'entendais des nouvelles de Jesse James ou de quelqu'un comme lui. On n'a pas envie de rencontrer un hors-la-loi, mais on aime tout de même bien qu'il s'échappe. Bien sûr, nous avions rencontré John Lavelle.

« Il est d'Inishkea. Une des îles. Le Mullet. Une région très reculée. Au plus profond du comté de Mayo. Il est peut-être en sécurité là-bas au milieu des siens.

— J'espère.

— Cela a dû être très difficile pour eux, j'en suis sûr, de tirer sur de tels hommes. »

Mon père prononça ces mots sans ironie. Avec conviction. Cela avait effectivement dû être très difficile. Placer les garçons côte à côte, ou un par un, quelle que fût la manière de faire, et les abattre – les tuer, pourrait-on dire. Qui sait ce qui s'est passé dans les collines ? Dans le noir. Et voilà qu'ils étaient morts eux aussi, tout comme Willie Lavelle, d'Inishkea.

Mon père ne dit pas un mot de plus. Nous ne nous regardions pas, mais nous fixions le même point du foyer où un petit monticule de charbon résistait.

Le silence qui pesait sur ma mère était de loin le plus profond. Elle aurait pu être une créature sous-marine ou plutôt, quand j'étais avec elle, cela aurait pu être vrai de nous deux, car elle ne parlait jamais et se déplaçait lentement et pesamment comme un animal qui nage.

Mon père faisait de vaillants efforts pour la stimuler et lui montrer toute l'attention dont il était capable. Le salaire de son nouvel emploi était maigre mais, malgré tout, il espérait qu'il suffirait, en particulier au cours des années sombres et difficiles qui suivirent la guerre civile, tandis que le pays faisait de son mieux pour se relever. Je crois toutefois qu'à cette époque le monde entier souffrait de catastrophes. Les grandes roues de l'histoire tournaient, pas du tout actionnées par l'homme, mais par la main d'un acteur inexplicable. Mon père donnait ce qu'il gagnait à ma mère, dans l'espoir qu'elle partage et divise les quelques livres, et nous permette de manger. Quelque chose cependant, inexplicable tout comme les gigantesques forces de l'histoire, un grain de sable puisqu'il n'affectait que nous, semblait nous tenir sous son emprise et il n'y avait souvent rien à manger à la maison. Il arrivait que ma mère fasse du bruit dans l'office à l'heure du dîner, comme si elle allait apporter le repas, mais elle revenait dans notre petit salon et s'asseyait, tandis que mon père, s'étant lavé vigoureusement et fin prêt après son travail, avec une nuit entière qui l'attendait – car on s'attaque mieux aux rats dans le noir – et moi-même la regardions et prenions lentement conscience que rien n'allait venir. Alors mon père secouait doucement la tête et se serrait peut-être mentalement la ceinture, mais n'osait guère lui demander ce qui n'allait pas. Devant ses problèmes, nous commencions à mourir de faim !

Rien ne pouvait percer son silence. Noël arriva. Mon père et moi conspirâmes pour trouver quelque chose qui lui ferait plaisir. Il avait remarqué un foulard à vendre près du Café du Caire, dans un petit bazar, et chaque semaine il mettait un demi-penny de côté afin de rassembler la somme nécessaire, à la manière dont une souris amasse le grain. Souvenez-vous, je vous prie, que ma mère était très belle, bien que peut-être pas aussi belle à cette époque, car le silence avait trouvé un écho dans une sorte de voile fin et morne qui semblait tiré sur la peau de son visage. Elle ressemblait à une peinture dont le vernis a foncé et obscurcit la beauté de l'œuvre. Car l'éclat de ses yeux verts ravissants s'éteignait et quelque chose de son être essentiel s'évanouissait aussi. Sa silhouette générale aurait cependant plu, je pense, à n'importe quel artiste, si Sligo avait compté des artistes, ce dont je doute, à l'exception des types qui faisaient le portrait des Jackson, des Middleton et des Pollexfen, les gens les plus en vue de la ville.

Mon père n'était pas obligé de travailler le soir de Noël et nous prîmes plaisir à nous rendre à l'office, célébré par le pasteur, M. Ellis, dans son vieux temple bien propre. Ma mère vint avec nous en silence, toute petite comme un moine dans son manteau élimé. Je me souviens très bien de la scène, le petit temple éclairé par les cierges, les protestants de la paroisse, les pauvres, ceux qui l'étaient moins, ceux qui étaient assez fortunés, rassemblés là, les hommes vêtus de leurs gabardines sombres, les femmes parées d'un soupçon de fourrure autour du cou si elles en avaient les moyens, mais surtout les teintes vert sombre de l'époque. La lumière des cierges se faufilait partout, dans les rides du visage de mon père assis à côté de moi, sur les pierres du temple, dans la voix du pasteur qui prononçait ses paroles dans l'anglais mystérieux et émouvant de la Bible, à travers mon sternum, jusque dans mon jeune cœur qu'elle transperçait violemment, au point que j'avais envie de crier, mais de crier ce que je ne pouvais pas dire. De crier contre le destin de mon père, le silence de ma mère, mais aussi de crier à la gloire de quelque chose, de la beauté de ma mère qui s'estompait mais qui existait encore. J'avais l'impression que ma mère et mon père étaient sous ma responsabilité et qu'ils pouvaient être sauvés par un acte de ma part. Bizarrement, cela me gonfla d'une joie soudaine, un sentiment très rare à cette époque, de sorte que au moment où l'assemblée entonna un hymne oublié, je me mis à rougir d'un étrange bonheur et, dans l'obscurité radieuse, à pleurer de grosses larmes chaudes de soulagement trompeur.

Je pleurais et cela ne fit sans doute du bien à personne. L'odeur des vêtements humides autour de moi, la toux des fidèles. Que ne donnerais-je pour les remettre dans ce temple, à l'époque de ce Noël, pour remettre tout ce que le temps a vite emporté, comme le fait le temps, les shillings de retour dans les poches des gens, les corps de retour dans les caleçons longs et les mitaines, tout, tout remettre, afin que nous nous retrouvions là, agenouillés et assis sur les planches d'acajou, sinon pour l'éternité, du moins pour ces instants, ces quelques pouces du tissu du temps, les rides du visage de mon père acceptant la lumière étincelante, son visage se tournant lentement lentement vers ma mère et moi, et souriant, souriant avec une bienveillance tranquille et ordinaire.

Le lendemain matin, mon père m'offrit un bel objet qu'on appelait, je l'appris plus tard, un bijou fantaisie. Toutes les filles qui sortaient à Sligo aimaient arborer un bijou digne de la convoitise d'une pie. Comme les autres filles, je rêvais du légendaire nid de pie, composé de broches, de bracelets et de boucles d'oreilles, un nid rempli d'un butin merveilleux. Je pris le cadeau de mon père, j'ouvris l'épingle argentée, je l'accrochai à mon cardigan et le montrai fièrement au piano et à la moto.

Mon père tendit alors à ma mère le beau présent enveloppé dans un bon papier du magasin, de celui qu'elle aurait autrefois mis de côté, plié et rangé dans un tiroir. Elle ouvrit le paquet sans précipitation, regarda fixement le foulard moucheté plié à l'intérieur, leva la tête et demanda :

« Pourquoi, Joe ? »

Mon père n'avait pas la moindre idée de ce qu'elle voulait dire. Le motif ne lui plaisait-il pas ? En achetant un foulard, avait-il commis un impair d'une manière qui lui échappait, car qui pouvait lui expliquer, à lui le chasseur de rats, les secrets de la mode féminine ?

« Pourquoi ? Je ne sais pas, Cissy. Je ne sais pas », répondit-il vaillamment. Et soudain il ajouta, comme guidé par l'inspiration : « C'est un foulard.

— Qu'as-tu dit, Joe ? demanda-t-elle, comme perdue dans une surdité mystérieuse.

— Pour ta tête, pour ton cou, comme tu préfères », dit-il. Il commençait à se débattre, c'était pour moi évident, avec le sentiment de désespoir qui s'installe dans le ventre de celui qui s'est trompé de cadeau. Il lui fallait expliquer l'évidence, tâche toujours déplaisante.

« Oh, dit-elle, en le contemplant sur ses genoux. Oh.

– J'espère qu'il te plaît, reprit-il, ce qui équivalait, je pense, à donner la corde pour se faire pendre.

— Oh, répéta-t-elle. Oh. » Mais de quel genre de *oh* s'agissait-il, qu'est-ce que ce *oh* signifiait, nous ne le savions ni l'un ni l'autre.

7

Carnet du docteur Grene

Bouleversé de découvrir, tout à fait par hasard, que Bet a décidé de ne pas consulter le spécialiste auquel elle avait été adressée l'année dernière. (Était-ce déjà il y a un an ? Je rêve. Était-ce cette année ?) Hier soir, à côté de la boîte de Complan, je suis tombé sur son journal, temporairement oublié. Bon, naturellement, j'ai eu tort, tout à fait tort, j'ai manqué d'éthique, mais je l'ai ouvert, simplement à cause de la toute petite passion du mari mal aimé. Pour voir ce qu'elle y avait écrit. Non, non, seulement pour voir son écriture, une chose tellement intime et privée. Peut-être même pas pour lire les mots. Simplement pour regarder un instant l'encre noire de son stylo bille. Et c'était là, daté d'à peine quelques semaines, en toutes lettres, mais bien sûr pour elle seule : « Appelé la clinique, annulé les rendez-vous. »

Pourquoi ?

Il s'agissait, je m'en rendais vaguement compte, du suivi de son évanouissement. En fait, quand elle m'a dit qu'elle avait été adressée à un spécialiste, j'ai été rassuré au point de ne plus du tout y penser. J'étais partagé. D'une part, j'étais inquiet qu'elle ait agi ainsi, d'autre part, j'avais pleinement conscience de ne le savoir que parce que j'avais violé son intimité – je savais qu'elle verrait cela comme une autre violation de ma part. Et elle aurait raison.

Que faire ?

Mon affolement a duré toute la nuit. Ma solution habituelle au problème, l'affolement. Probablement. Mais avec de bonnes raisons, je crois.

Au petit matin, la fureur m'a mystérieusement gagné, j'étais vraiment vraiment très en colère contre elle et j'avais envie de foncer dans l'escalier et de mettre les choses au point. Qu'est-ce qu'il lui prenait ? Bon sang, c'était vraiment stupide !

Dieu merci, je ne l'ai pas fait. Cela n'aurait rien résolu. Mais des soucis très réels m'assaillent. Ses jambes enflées pourraient bien avoir pour cause une thrombose et si le caillot montait jusqu'à ses poumons ou son cœur, elle tomberait raide morte. Est-ce ce qu'elle veut ? Je m'aperçois une fois de plus que je n'ai pas les mots, le langage, pour lui en parler, de cela comme du reste. Nous avons délaissé les petites phrases de la vie et maintenant les grandes sont hors de notre portée.

J'avais l'intention de passer la soirée à imaginer une façon pas trop retorse d'interroger Roseanne McNulty de manière à obtenir un résultat. J'ai l'impression que, si je suis incapable de parler avec obligeance à ma propre femme de sa santé, j'ai peu de chances d'y parvenir avec Roseanne. Mais c'est peut-être plus facile avec une étrangère, on peut être l'« expert » et non le grand idiot qui essaie de vivre sa vie. L'aspect positif, c'est que j'ai assez confiance dans mon évaluation de la plupart des autres patients. Ils sont dans l'ensemble des livres ouverts et leur détresse va de soi. Même si je ne peux me départir de l'impression d'être un intrus perpétuel. Roseanne, quant à elle, me déconcerte.

J'ai eu envie de consulter mon exemplaire de Barthus sur *Les pathologies du secret*, qui est bien entendu un ouvrage extraordinaire, si seulement je trouvais de nouveau le temps de lire. J'aurais sans doute pu aller dans mon bureau et y jeter un coup d'œil, mais je tremblais. J'étais au bord de l'apoplexie, si cet état existe encore dans le monde moderne. En fin de compte, je n'ai ni lu Barthus ni résolu le problème de l'insouciance de Bet. Je suis épuisé.

Témoignage de Roseanne sur elle-même

Quelques semaines plus tard je crois, j'accompagnai mon père pour un travail particulier.

Les rats commencent à se reproduire frénétiquement au début du printemps, la fin de l'hiver est donc la bonne époque pour les chasser, quand leur nombre n'a pas encore trop augmenté et que le temps n'est pas trop épouvantable pour le chasseur. Avec le recul, c'était sans doute une drôle d'idée d'emmener une jeune fille sur la piste des rongeurs, mais cela m'intéressait beaucoup, surtout après que mon père m'avait lu la brochure qui présentait cette tâche comme hautement qualifiée, frisant même la vocation et la magie.

Il travaillait depuis quelques nuits déjà à l'orphelinat protestant, un lieu étrange en soi, rats ou non. Le bâtiment était vieux de deux siècles. Mon père connaissait d'anciennes histoires à son sujet et je pense que ce n'était pas une très bonne idée d'être orphelin au cours des siècles passés, à en juger par ce qu'il racontait. À l'époque, c'était peut-être un endroit assez convenable. Il avait l'intention de travailler en commençant par le toit, ce qui était la bonne façon de procéder, et de débarrasser le bâtiment des rats étage par étage. Les combles avaient été nettoyés, ainsi que le dernier étage, et il restait trois étages à faire, ceux où les orphelines vivaient, environ deux cents vêtues des belles robes chasubles de toile qu'elles portaient dans leur lit.

« Elles ont un lit chacune maintenant, Roseanne, oui, dit mon père. Mais à l'époque de ton grand-père, ou peut-être de son grand-père, quoi qu'il en soit, il en allait tout autrement. Ton grand-père, ou plutôt le grand-père de ton grand-père, racontait une histoire terrible sur cet endroit. Il est venu ici, il était inspecteur des bâtiments et avait été mandaté par le gouvernement de Dublin parce qu'il y avait eu un tollé général contre les pratiques dans ces lieux, un tollé général. Il est venu ici», et nous étions debout dans la vieille cour à ce moment-là, dans une lumière assez glauque, deux cages remplies de rats à nos pieds et Bob le chien l'air très content de lui, car il avait chassé les rats à l'intérieur même des murs qui faisaient deux mètres ou deux mètres cinquante d'épaisseur à certains endroits avec des cavités en abondance, « disons peut-être dans une de ces grandes salles là-haut», et il montra les pierres lugubres du bâtiment au deuxième étage, « et il vit ce qui lui parut un acre de lits et sur chaque lit des bébés, peut-être une vingtaine, nouveau-nés ou presque, couchés côte à côte, il est entré avec la vieille infirmière, aussi cradingue que possible, comme tu peux l'imaginer. Il embrasse du regard la mer de bébés et il remarque qu'il manque des vitres à certaines fenêtres, pas comme aujourd'hui, et qu'un tout petit feu brûle dans l'immense cheminée, pas suffisant pour chauffer quoi que ce soit, et que le vent froid et lugubre de l'hiver s'engouffre effectivement par les trous du plafond et il s'exclame : "Mon Dieu, femme – ou quelle que soit la façon dont on parlait à l'époque –, mon Dieu, femme, mais personne ne s'occupe de ces enfants, Seigneur, ils ne sont pas même vêtus", et assurément, Roseanne, ils avaient à peine quelques chiffons à eux tous. Et la vieille femme répond, comme si c'était la chose la plus raisonnable et la plus naturelle du monde : "Mais bien sûr, monsieur, ils sont couchés là pour mourir." Et il comprit que ces arrangements étaient voulus et que c'était une façon de se débarrasser des bébés maladifs ou en trop. Et cela fit un grand scandale à l'époque, pendant un certain temps, je suppose. »

Il s'affaira un moment sur les pièges, moi debout à côté de lui, le vent nocturne gémissait un peu en glissant sur les bâtiments. Une lune froide, minable, ressemblant à un chancre, se levait juste au-dessus du toit de l'orphelinat. Mon père trempait les rats dans la paraffine avant de les jeter dans le feu un par un, feu qu'il avait réussi à allumer au milieu de la cour en utilisant de vieilles planches puantes qu'il avait trouvées dans l'une des réserves. C'était sa méthode pour se débarrasser des rats, il l'avait inventée à partir du manuel et il en était très fier. En y repensant, il était peut-être un peu regrettable que les rats aient été encore vivants au moment où ils plongeaient dans les flammes, mais je ne crois pas que mon père ait jamais trouvé cela cruel et il espérait peut-être que cela servirait d'avertissement aux autres rats s'ils observaient, tapis dans l'ombre. Ce qui était quelque part la façon dont fonctionnait l'esprit de mon père.

En tout cas, il ouvrait les pièges, saisissait les rats un par un comme je l'ai dit et, maintenant que j'y pense, il leur donnait à chacun un coup sur la tête avant de les jeter au feu, la scène me revient tout juste à l'esprit, Dieu merci, tout en bavardant avec moi. Et c'est peut-être parce qu'il n'arrivait pas à se concentrer suffisamment, parce que j'étais avec lui, mais un des rats fila entre le piège et le coup sur la tête, se tortilla et lui échappa soudain des mains, évita Bob stupéfait qui n'eut pas la moindre chance de réagir, et s'enfuit vers l'orphelinat dans un éclair d'obscurité, mais avec cette façon caractéristique de se déplacer en galopant. . Mon père jura doucement et n'y pensa sans doute plus, se disant qu'il attraperait de nouveau ce rat le lendemain.

Il s'occupa donc de ceux qui restaient, entendant sans doute le couinement que chaque rat émettait quand il l'expédiait, couvert de paraffine, dans le feu, bruit qu'il devait entendre dans ses rêves. Au bout d'une heure environ, il emballa ses petites affaires, suspendit ses pièges sur lui, mit Bob en laisse et nous traversâmes l'orphelinat plongé dans le noir jusqu'à la rue. Le bâtiment présentait à la ville une façade sculptée assez élaborée, résultat sans doute de tout l'argent des philanthropes au siècle révolu de sa construction. Nous traversions la rue quand nous entendîmes un grondement. Nous nous retournâmes et levâmes la tête.

Un bruit étrange, mystérieux sortait du bâtiment, tout en haut à l'étage où les filles dormaient. Même si elles ne dormaient plus toutes à présent, car une épaisse fumée noire s'élevait entre les ardoises du toit, ainsi qu'une fumée grise et une fumée blanche, toutes éclairées sinistrement par rien d'autre que la lune et les maigres lumières de Sligo. Nous entendîmes alors les vitres des fenêtres se briser quelque part et, brusquement, un long bras fin de flamme jaune sortit comme un éclair, parut suspendu fermement dans l'air nocturne, révélant le visage levé de mon père, et sans doute le mien, et se rétracta alors étrangement, avec un gémissement et un hurlement horribles, pires que n'importe quel vent. J'eus l'impression, au milieu de mon épouvantable frayeur, que le feu avait proféré un mot : « Mort, mort », ai-je cru entendre le feu gronder.

« Jésus, Marie, Joseph », dit mon père, comme un homme paralysé par une épouvantable attaque dans son sang et son cerveau, et, au moment où il prononçait ces mots, les portes de l'orphelinat s'ouvrirent, envoyant sans nul doute une rafale de vent violent dans la maison, et quelques filles abasourdies, leurs robes chasubles couvertes de cendre et de saleté, sortirent en titubant, le visage égaré comme de petits démons. Je n'avais jamais vu pareille terreur. Deux ou trois employés de l'orphelinat, une femme et deux hommes, sortirent aussi en titubant, vêtus de noir, et se précipitèrent dans la rue pavée pour voir ce qu'il y avait à voir.

Ce qu'il y avait à voir – et à présent on entendait au loin les voitures des pompiers qui actionnaient leurs cloches –, c'était l'étage des filles éclairé comme en plein jour et des flammes mousseuses derrière les grandes fenêtres et, bien que nous fussions placés de biais, les visages et les bras des filles qui s'agitaient devant les fenêtres comme des phalènes le jour, ou des papillons endormis se réveillant l'hiver dans une pièce soudain chauffée, avec l'idée fatale que le printemps est arrivé. Puis certaines fenêtres parurent exploser, envoyant des éclats et des fragments de verre mortels vers nous, et tout le monde se précipita de l'autre côté de la rue. Les gens sortirent de chez eux, les femmes gémissaient bizarrement, les mains sur le visage, les hommes en caleçons longs sortis de leur lit criaient et appelaient, et s'ils n'avaient jamais éprouvé de compassion pour ces filles sans parents, ils en ressentaient à présent et les appelaient comme des pères et des mères.

On voyait l'incendie brûler encore plus violemment derrière elles, énorme fleur jaune et rouge, avec un bruit comme aucun mortel n'en entend avant l'enfer, et véritablement comme on imagine l'enfer dans les pires cauchemars. Et les filles, la plupart de mon âge, dans cette chambre-là, se mirent à grimper et à sortir sur le large rebord des fenêtres, leur robe chasuble déjà en feu, et elles hurlaient, hurlaient. Et quand elles ne purent faire autrement, quand elles n'eurent plus aucun espoir d'être sauvées de quelque manière, elles sautèrent du rebord par petits groupes ou seules, leurs vêtements en feu, en feu, les flammes s'élevant de leurs robes chasubles et planant au-dessus d'elles comme de véritables ailes, et ces filles en feu tombèrent de la hauteur de cette grande et vieille demeure et s'écrasèrent sur les pavés. Une vague continue, une vague de pauvres filles se déversant abondamment des fenêtres, brûlant, hurlant et mourant devant nos yeux.

Lors de l'enquête à laquelle mon père assista, une fille qui avait survécu donna une explication incroyable à l'incendie. Elle dit qu'elle était couchée dans son lit et essayait de dormir, devant la vieille cheminée où un petit tas de charbon se consumait, quand elle entendit un trottinement, un couinement et un tumulte miniature. Elle se redressa sur les coudes pour mieux voir et c'était un animal, dit-elle, un animal maigre qui galopait comme un rat, en feu, sa fourrure brûlant d'un venin insolite, qui courait dans toute la pièce et, se faisant, mettait le feu aux draps minces comme des toiles d'araignées qui garnissaient les lits des filles et qui tombèrent comme des tentures sur le sol nu. Et avant qu'elle ait compris ce qui se passait, des petits feux se déclaraient à une centaine d'endroits. Alors la fille se leva d'un bond, appela ses camarades orphelines et fuit ce brasier de plus en plus ardent.

En rentrant à la maison, mon père me raconta cette histoire, sans s'allonger à côté de moi dans le lit comme à son habitude, mais assis sur le vieux tabouret à côté de mon lit et penché en avant. Personne au cours de l'enquête ne put trouver d'explication au rat en feu et mon père ne dit rien. Son destin était déjà si sombre qu'il n'osa rien dire. Cent vingt-trois filles moururent dans l'incendie ou en tombant. Il savait par expérience, tout comme je le savais par la lecture de son manuel, que les rats aiment utiliser les avenues verticales et pratiques des vieux conduits de cheminée. Un petit feu qui se consumait n'était pas un obstacle. Mais si un rat passait assez près du feu et qu'il eût été trempé dans la paraffine, mon père comprenait bien les conséquences.

8

Il aurait peut-être dû parler. J'aurais sans doute pu le faire, le trahir comme ces enfants allemands quand Hitler leur demanda d'espionner la loyauté de leurs parents au cours de la dernière guerre. Mais non je n'aurais jamais pu parler.

Enfin, toute révélation est difficile, qu'un danger s'y attache ou non. Parfois un danger pour le corps, parfois un danger plus intime, miniature, invisible pour l'âme. Lorsque parler devient une trahison de quelque chose, peut-être de quelque chose qu'on n'a pas même identifié, caché dans les recoins du corps comme un réfugié apeuré sur un champ de bataille.

Cela pour dire que le docteur Grene est revenu aujourd'hui, avec ses questions fin prêtes.

Mon mari Tom a pêché pendant dix ans le saumon au Lough Gill quand il était enfant. La plupart du temps, il se tenait près du lac et surveillait les eaux sombres. S'il voyait un saumon sauter, il rentrait chez lui. Si on voit un saumon, c'est qu'on n'en attrapera pas ce jour-là. Mais l'art de ne pas voir de saumon est également très obscur, il faut observer pendant des heures les endroits connus où on attrape parfois des saumons et les imaginer là-dessous, les sentir, les percevoir avec un septième sens. Mon mari Tom a pêché dix ans le saumon de cette façon. Il faut préciser qu'il n'a jamais attrapé de saumon. Ainsi, il semble que si on voit un saumon on n'en attrapera pas, et que si on n'en voit pas on n'en attrapera pas non plus. Alors, comment y parvenir ? Par un troisième mystère fait de chance et d'intuition que Tom ne possédait pas.

C'est cependant ainsi que le docteur Grene m'est apparu aujourd'hui, tandis qu'il était assis en silence dans ma petite chambre, sa silhouette soignée déployée dans le fauteuil, sans rien dire, sans vraiment m'observer du regard, mais m'observant en mettant en œuvre sa chance et son intuition, comme un pêcheur près de l'eau sombre.

Oh, oui, je me suis sentie comme un saumon, tout à fait, et je me suis immobilisée dans l'eau profonde, très consciente de sa présence, de sa canne à pêche, de son appât et de son hameçon.

« Eh bien, Roseanne, a-t-il fini par dire. Hum, je crois bien que… vous êtes arrivée ici vers – il y a combien d'années ?

— Il y a très, très longtemps.

— Oui. Et vous êtes arrivée de l'hôpital psychiatrique de Sligo, il me semble.

— On disait à l'époque *lunatic asylum* [1].

— Oui, oui. Un vieux terme intéressant. Le second mot après tout plutôt… rassurant. Le premier est un mot très ancien, mais sa signification est un peu douteuse et il n'est plus très positif. Même si, moi-même, à la pleine lune, je me demande souvent, est-ce que je ne me sens pas… un peu bizarre ? »

J'ai regardé le docteur Grene et j'ai tenté de l'imaginer transformé par la lune, plus poilu, un loup-garou peut-être.

« Des forces prodigieuses, a-t-il dit. Les marées déplacées d'un rivage à l'autre. Oui, la lune. Un astre vraiment important. »

Il s'est levé et s'est approché de la fenêtre. Il était si tôt en ce jour d'hiver que la lune régnait effectivement sur tout le paysage dehors. Sa lumière s'étalait en un éclat solennel sur les vitres.

1. *Lunatic asylum* : asile d'aliénés.

Le docteur Grene a hoché la tête tout aussi solennellement, pour lui-même, en regardant la cour plus bas, où John Kane et d'autres entrechoquaient les poubelles et effectuaient toutes les tâches matinales de l'hôpital – l'asile. L'asile d'aliénés. L'endroit soumis à l'attraction de la lune.

Le docteur Grene fait partie de ces hommes qui paraissent de temps en temps caresser un jabot fantôme ou tout autre vêtement d'une époque révolue. Il aurait certainement pu caresser sa barbe, mais il ne l'a pas fait. Portait-il au cou un foulard luxueux ou un autre accessoire de ce type dans sa jeunesse il y a des années ? Je pense que c'est probable. Quoi qu'il en soit, il a caressé cet objet fantôme, a passé les doigts de sa main droite à quatre ou cinq centimètres au-dessus de sa simple cravate violette au nœud épais comme une rose pas encore ouverte.

« Oh », s'est-il exclamé étrangement. Le bruit qu'il a fait évoquait une grande lassitude, mais je ne pense pas qu'il ait été las. C'était un bruit de début de matinée, produit dans ma chambre comme s'il était seul. Comme peut-être il l'était vis-à-vis de tous les objectifs et intentions du monde réel.

« Voulez-vous envisager de partir d'ici ? Voulez-vous que j'y réfléchisse ? »

Je ne pouvais pas répondre à cela. Est-ce que je désire ce genre de liberté ? Est-ce que je sais encore ce que c'est ? Cette pièce étrange est-elle ma maison ? En tout cas, j'ai de nouveau senti cette peur sournoise, semblable à la gelée sur les plantes de l'été qui noircit les feuilles d'une manière attristante.

« Je me demande combien de temps vous avez passé à Sligo. Vous souvenez-vous en quelle année vous y êtes entrée ?

— Non. À un moment pendant la guerre », ai-je dit. Cela je le savais.

« Vous voulez parler de la Seconde Guerre mondiale ?

— Oui.

— Je n'étais qu'un bébé, à l'époque », a-t-il dit.

Il y a eu un silence clair et froid.

« Nous allions souvent dans une des petites anses de Cornouailles, mon père, ma mère et moi – c'est mon plus ancien souvenir, il n'a pas d'autre importance. Je me souviens de la fraîcheur saisissante de l'eau et, vous savez, de mes couches alourdies par cette eau, un souvenir très vivace. Le gouvernement n'octroyait de l'essence à presque personne, alors mon père avait fabriqué un tandem en soudant deux bicyclettes. Il montait derrière car c'était là qu'il fallait de la force, pour les collines de Cornouailles. De petites collines, mais mortelles pour les jambes. De belles journées, pendant l'été. Mon père à son aise. Le thé que nous faisions chauffer sur la plage dans une gamelle, comme des pêcheurs. » Le docteur Grene a ri, accompagnant de son rire la jeune lumière qui se concentrait dehors pour faire le matin. « C'était peut-être juste après la guerre. »

J'ai eu envie de lui demander quelle était la profession de son père, je ne sais pas pourquoi, mais cela semblait une question trop directe. Peut-être voulait-il que je la pose, maintenant que j'y pense. Pour que nous nous mettions à parler des pères ? Peut-être jetait-il son leurre dans les eaux obscures.

« J'ai entendu de mauvaises appréciations sur le vieil hôpital de Sligo à cette époque. Je suis certain que c'était un endroit épouvantable. J'en suis tout à fait sûr. »

J'ai aussi laissé ces paroles sans réponse.

« Le mauvais fonctionnement de nos hôpitaux au début du siècle, si difficile à justifier, est un des mystères de la psychiatrie, alors qu'au début du XIXe siècle il existait souvent une attitude éclairée envers, enfin, envers l'aliénation, comme on disait. On avait compris tout à coup que le fait d'incarcérer, d'enchaîner les gens et cetera, n'était pas bon et un énorme effort fut fait pour... adoucir les choses. Mais je crains qu'il y ait eu un retour en arrière – que les choses aient mal tourné, finalement. Vous souvenez-vous pourquoi vous avez été transférée de Sligo à ici ? »

Il a posé la question brusquement, de sorte qu'avant de m'en apercevoir j'ai répondu.

« Mon beau-père s'en est occupé, ai-je dit.

— Votre beau-père ? Qui était-ce ?

— Le Vieux Tom qui faisait partie de l'orchestre. Il était aussi tailleur à Sligo.

— En ville, vous voulez dire ?

— Non, à l'asile.

— Vous étiez à l'asile où travaillait votre beau-père ?

— Oui.

— Je vois.

— Je crois que ma mère y était aussi, mais je ne me souviens pas.

— Elle y travaillait ?

— Non.

— C'était une patiente ?

— Je ne me souviens pas. Franchement, je ne sais plus. »

Oh, je savais qu'il brûlait d'en demander plus mais, je dois lui rendre justice, il ne le fit pas. Un trop bon pêcheur, peut-être. Quand on voit un saumon sauter, on n'en attrape aucun. Mieux vaut rentrer chez soi.

« Je ne veux surtout pas vous effrayer, a-t-il dit de façon un peu inattendue. Non, non. Ce n'est pas mon intention. Je dois dire, Roseanne, que nous vous tenons en grande estime ici, vraiment.

— Je ne pense pas que ce soit mérité », ai-je répondu en rougissant et soudain honteuse. Terriblement honteuse. Comme si on nettoyait une source en ôtant les bouts de bois et les feuilles et que l'eau s'épanouissait. Une honte douloureuse, douloureuse.

« Oh si », a-t-il dit, sans percevoir, je crois, ma détresse. Il me baratinait peut-être, comme aurait dit mon père. Pour m'engager dans un sujet par lequel il pourrait commencer. Une porte donnant sur ce qu'il avait besoin de comprendre. Une partie de moi désirait ardemment l'aider. Lui faire bon accueil. Mais. Les rats de la honte surgissant dans le mur que j'avais construit avec un soin infini durant tant d'années et se répandant dans mon giron, voilà ce que je ressentais. Je devais cacher cela, cacher ces satanés rats.

Pourquoi éprouvais-je cette honte sourde après tant d'années ? Pourquoi était-elle encore en moi, cette sourde, sourde honte ?

Bien, bien.

Nous avions donc quelques mystères dans notre giron. Mais le plus pressant devint très vite et de nouveau notre pauvreté, que mon père ne comprenait pas.

Un soir d'hiver, en rentrant de l'école, je rencontrai mon père dans la rue qui longe la rivière. Cela ne ressemblait pas aux gaies retrouvailles de l'enfance mais, je suis fière de le dire encore aujourd'hui, je crois que quelque chose s'anima chez mon père en me voyant. Il en fut éclairé malgré le soir sombre, très sombre qui s'étendait sur Sligo. J'espère que je n'ai pas l'air de me vanter.

« Bon, ma chérie, dit-il. Nous allons rentrer à la maison bras dessus bras dessous, à moins que tu n'aies peur d'être vue avec ton père.

— Non, dis-je, surprise. Je n'ai pas peur.

— Bien, dit-il. Je sais ce que c'est d'avoir quinze ans. Comme un gars debout sur un promontoire un jour où le vent souffle avec fureur. »

Je ne compris pas bien ce qu'il voulait dire. Il faisait si froid que je crus voir du givre sur le truc qu'il mettait sur ses cheveux pour les aplatir.

Nous remontâmes tranquillement, nonchalamment notre rue. La porte d'une des maisons devant nous s'ouvrit, un homme sortit sur le trottoir et leva son chapeau mou marron vers un visage inexpressif à peine visible dans l'entrebâillement. C'était le visage de ma mère et notre propre porte.

« Seigneur Jésus, dit mon père, ne voilà-t'il pas M. Fine en personne qui sort de chez nous. Je me demande ce qu'il cherchait. Peut-être a-t-il des rats ? »

M. Fine vint à notre rencontre. C'était un homme grand, bondissant, quelqu'un d'important en ville, au visage doux et aimable comme s'il avait été exposé au vent par une journée ensoleillée – comme l'homme du promontoire, peut-être.

« Bonjour, monsieur Fine, dit mon père. Comment va la vie ?

— À merveille, oui, tout à fait, répondit M. Fine. Et comment allez-vous tous les deux ? Nous avons été terriblement bouleversés et inquiets en apprenant l'histoire de ces pauvres brûlées C'est un affreux événement, monsieur Clear.

— Seigneur Jésus, oui », répondit mon père, et M. Fine continua son chemin.

« Je n'aurais peut-être pas dû parler de Jésus devant lui, reprit mon père.

— Pourquoi ? demandai-je.

— Ah, tout simplement parce qu'il est juif, voilà pourquoi.

— Ils n'ont pas Jésus ? demandai-je, dans ma grande ignorance.

— Je ne sais pas, répondit-il. Le père Gaunt dirait j'en suis sûr que les juifs ont tué Jésus. Mais, tu comprends, Roseanne, c'était en des temps troublés. »

Nous nous taisions en atteignant notre porte. Mon père sortit sa vieille clé, la fit tourner dans la serrure et nous pénétrâmes dans la minuscule entrée. Je savais que quelque chose le dérangeait depuis ses paroles sur Jésus. J'étais assez grande pour comprendre que parfois ce dont parlent les gens n'est pas ce qu'ils ont en tête, mais une sorte de message émanant tout de même de ces pensées.

Tard dans la soirée, juste avant l'heure d'aller au lit, mon père parla finalement de M. Fine.

Tandis que ma mère couvrait de cendres les derniers morceaux de tourbe pour qu'ils brûlent doucement pendant la nuit, il dit : « En rentrant à la maison ce soir, nous avons rencontré M. Fine.

Nous nous sommes dit un instant qu'il était peut-être venu en visite ici ? »

Ma mère se redressa et resta debout, la pelle de la cheminée à la main. Elle se tenait tellement immobile et silencieuse qu'elle aurait pu poser pour un artiste

« Il n'est pas venu en visite, dit-elle.

— C'est juste que nous avons cru voir ton visage à la porte, et il a levé son chapeau – vers toi, semblait-il. »

Ma mère baissa les yeux sur le feu. Elle ne l'avait qu'à moitié recouvert de cendres et ne semblait pas avoir l'intention de terminer sa tâche. Elle éclata en sanglots étranges, douloureux, des sanglots qui paraissaient monter de quelque part dans son corps, qui s'échappaient d'elle comme un épouvantable suintement. J'étais si consternée que mon corps se mit à frissonner d'une façon bizarre et inconfortable.

« Je ne sais pas, dit-il d'un air malheureux. Nous regardions peut-être la mauvaise porte.

— Tu sais parfaitement que non, déclara-t-elle sur un ton tout autre. Tu sais bien. Oh, oh, si seulement je ne t'avais jamais autorisé à m'emmener loin de chez moi, vers ce pays froid et cruel, vers cette affreuse pluie, ces gens affreux. »

Mon père réagit en blêmissant comme une pomme de terre bouillie. Ma mère n'en avait pas dit autant depuis un an. C'était une lettre, un journal de ses pensées. Je crois que pour mon père ce fut comme lire encore une autre atrocité. Pire que des rebelles à peine plus vieux que des enfants, pire que des filles qui brûlent.

« Cissy », dit-il, si doucement qu'il était à peine audible. Mais j'entendis. « Cissy.

— Un foulard bon marché qu'un Indien aurait honte de vendre, dit-elle.

— Quoi ?

— Ce n'est pas ma faute, dit-elle, criant presque. Ce n'est pas ma faute ! Je n'ai rien ! »

Mon père bondit sur ses pieds, car ma mère s'était donné par mégarde un coup de pelle sur la jambe.
« Cissy ! » cria-t-il.
Elle avait ouvert deux petits centimètres de son corps et quelques joyaux de sang sombre y scintillaient.
« Oh Seigneur, oh Seigneur », dit-elle.

Le soir suivant, mon père alla voir M. Fine dans son épicerie. Il revint, le visage blême, l'air exténué. J'étais déjà bouleversée parce que ma mère, soupçonnant peut-être quelque chose, était sortie seule dans le noir, je ne savais pas où. Elle faisait du bruit dans l'arrière-cuisine et, l'instant suivant, elle n'était plus là.
« Sortie ? dit mon père. Mon Dieu, mon Dieu. Elle a mis son manteau par ce froid terrible ?
— Oui, répondis-je. Allons-nous la chercher ?
— Oui, il le faut, il le faut », dit mon père, mais il restait assis. La selle de sa moto était juste à côté de lui, mais il n'y posa pas la main. Il resta ainsi.
« Qu'a dit M. Fine ? demandai-je. Pourquoi es-tu allé le voir ?
— Eh bien, M. Fine est un homme très fin, pour sûr. Il était très préoccupé, désolé. Elle lui a dit que tout était dans les règles. Entendu. Je me demande comment elle a pu dire ça. Mettre les mots dans sa bouche et les prononcer.
— Je ne comprends pas, Pappa.
— C'est à cause de cela que nous avons si peu à manger, dit-il. Elle a fait un achat en empruntant à M. Fine et, naturellement, chaque semaine il vient chercher son argent et chaque semaine elle lui donne sans doute la plus grande partie de ce que je lui laisse. Tous ces rats, ces coins obscurs, toutes ces heures où le pauvre Bob a gratté misérablement, et les jours où nous avons enduré cette faim étrange, tout cela pour… une pendule.
— Une pendule ?
— Une pendule.

— Mais il n'y a pas de nouvelle pendule à la maison, dis-je. N'est-ce pas, Pappa ?

— Je ne sais pas. M. Fine dit que si. Non pas qu'il lui ait vendu la pendule. Il ne vend que des carottes et des choux. Mais elle lui a montré la pendule ici, un jour que toi et moi étions sortis. Une très belle pendule, a-t-il dit. Fabriquée à New York. Avec un carillon de Toronto.

— Qu'est-ce que c'est ? » demandai-je.

Et en prononçant ces mots, je vis ma mère à la porte derrière mon père. Elle tenait un objet en porcelaine carré au cadran élégant et tout autour quelqu'un, sans doute à New York, avait peint des petites fleurs.

« Je ne la remonte pas, par peur », dit-elle d'une voix de petite fille intrépide.

Mon père se leva.

« Où l'as-tu achetée, Cissy ? Où as-tu acheté un tel objet ?

— Chez Grace's of the Weir.

— Grace's of the Weir ? dit-il, incrédule. Je ne suis jamais entré dans cette boutique. J'aurais peur d'y aller, au cas où on me fasse payer l'entrée. »

Elle se tenait là, craintive et malheureuse.

« Elle a été fabriquée par Ansonia à New York, dit-elle.

— Pouvons-nous la rendre, Cissy ? demanda-t-il. Rapportons-la chez Grace's et voyons où nous en sommes. Nous ne pouvons pas continuer à rembourser Fine. Ils ne te donneront pas ce que tu leur as payé, mais il se peut qu'ils te donnent quelque chose et cela suffira peut-être pour nous acquitter de la dette envers M. Fine. Je suis sûr qu'il me rendra service s'il le peut.

— Je ne l'ai jamais entendue tictaquer ni carillonner, dit-elle.

— Bon, remonte-la et écoute-la. Quand l'heure viendra, elle carillonnera.

— Je ne peux pas, car alors ils la trouveront, dit-elle. Ils suivront le bruit et la trouveront.

— Qui, Cissy ? Nous, c'est cela ? Je pense que nous avons tout découvert à présent.

— Non, non, les rats, dit ma mère. Les rats la trouveront. »

Ma mère leva vers lui un visage empreint d'une lueur inquiétante, comme une conspiratrice.

« Il vaut mieux la casser, dit-elle.

— Non, dit mon père, complètement désespéré.

— Si, cela vaut mieux. Casser Southampton et tout le reste. Et Sligo. Et toi. Je la lève, Joe, et je la fracasse sur le sol comme ceci. » Et, effectivement, elle la leva et la jeta sur la mince couche de ciment humide. « Voilà, toutes les promesses récupérées, toutes les blessures soignées, toutes les pertes restituées ! »

Parmi les fragments de porcelaine de la pendule, un petit crochet se libéra et, pour la première et la dernière fois, la pendule Ansonia fit entendre son carillon de Toronto.

Peu de temps après, si peu de temps après, il me faut le dire, mon père fut trouvé mort.

Jusqu'à ce jour, je ne sais pas exactement ce qui l'a tué, mais j'essaie de comprendre depuis quatre-vingts ans et plus. Je vous ai donné le fil et où cela m'a-t-il conduite ? Je vous ai exposé tous les faits.

L'histoire de la pendule n'était assurément pas suffisante pour tuer un homme, n'est-ce pas ?

La mort des garçons était assurément une sombre affaire, mais était-elle assez sombre pour assombrir mon père définitivement ?

Les filles aussi, oui, c'était une sombre affaire, même si elles étaient éblouissantes en tombant.

Le destin de mon père voulait que ces choses lui arrivent.

Il était comme tout le monde et comme toutes les choses, pendule ou cœur, à un moment il se brisa.

Dans une maison abandonnée de la rue voisine, qu'il travaillait à débarrasser des rats, sur l'ordre des voisins de gauche et de droite de la maison vide, il se pendit.

Oh, oh, oh, oh, oh, oh, oh, oh, oh.

Connaissez-vous ce deuil ? Le deuil qui ne vieillit pas, qui ne s'estompe pas avec le temps, comme la plupart des deuils et des affaires des hommes. C'est le deuil toujours présent, qui se balance doucement dans une maison abandonnée, mon père, mon père.

Mon cœur le réclame à grands cris.

9

Je pense que je dois ajouter les quelques désagréments que subit mon père après sa mort, quand il n'était plus qu'un gros pudding de sang et d'événements passés. Il est possible d'aimer une personne plus que soi-même et pourtant, étant une enfant, ou presque une femme, avoir une telle pensée, pendant qu'on portait mon père dans la maison pour l'inéluctable veillée... Non que nous attendions grand monde pour le veiller.

Sa moto fut placée dans notre petite cour par notre voisin, M. Pine, un menuisier au regard froid qui pourtant nous proposa immédiatement son aide. Inutile de vous dire que jamais personne ne la rentra et qu'on la laissa se débrouiller toute seule de son mieux dehors.

On installa à sa place le long cercueil de trois sous duquel dépassait le grand nez de mon père. Comme il s'était pendu, son visage était couvert d'une couche de peinture blanche épaisse comme un cadran de pendule, tâche effectuée par les entrepreneurs de pompes funèbres Silvester. La rue se remplit et, bien que nous n'ayons eu à offrir que quelques pipes, un peu de thé et pas une goutte de whisky, je fus néanmoins étonnée par l'aisance et la gaieté des gens présents et par le regret évident que la disparition de mon père leur inspirait. Le pasteur presbytérien, M. Ellis, se déplaça ainsi que le père Gaunt et, à la manière des prétendus ennemis ou rivaux en Irlande, ils échangèrent quelques instants des bons mots dans un coin. Au petit matin, on nous laissa seules, et ma mère et moi dormîmes – du moins je dormis. Je pleurai toutes les larmes de mon corps et finalement je m'endormis. Mais un chagrin comme celui-ci est un bon chagrin.

Le matin, quand je descendis du grenier où se trouvait mon petit lit, un autre genre de chagrin m'attendait. Je m'approchai de mon père et, durant un instant, je ne compris pas ce que je voyais. En tout cas, quelque chose n'allait pas dans ses yeux. En y regardant de plus près, je vis ce que c'était. Quelqu'un avait crevé chaque globe avec une minuscule flèche noire. Les flèches pointaient vers le haut. Je compris immédiatement d'où elles venaient, c'étaient les aiguilles en métal noir de la pendule Ansonia de ma mère.

Je les arrachai comme des épines, comme des dards d'abeille. *Une épine pour trouver la sorcière, un dard pour trouver l'amour*, c'est un vieux proverbe de la campagne. Ce n'était pas des témoignages d'amour. Je ne sais pas de quels témoignages il s'agissait. Ce fut la dernière peine de mon père. On l'enterra dans le petit cimetière presbytérien et un nombre considérable de ses « amis » se déplacèrent – des amis dont j'ignorais pratiquement l'existence. Des gens qu'il avait débarrassés des rats ou, au bon vieux temps, dont il avait enterré les proches. Ou des gens qui l'aimaient bien pour l'humanité qu'il montrait au monde. Qui aimaient sa façon d'être. J'ignorais le nom de beaucoup d'entre eux. Pendant que le pasteur presbytérien officiait, le père Gaunt se tenait près de moi presque comme un ami et me nommait certaines personnes, comme si c'était ce que je désirais. Un nom et un autre, que j'oubliais aussi vite qu'il les prononçait. Il y avait aussi un homme appelé Joe Brady, qui avait pris le travail de mon père au cimetière sur l'invitation du père Gaunt, un homme bizarre et assez gros aux yeux ardents. Je ne sais pas pourquoi il était là et je n'étais même pas certaine dans mon chagrin de souhaiter sa présence, mais on ne peut empêcher personne d'assister à un enterrement. Les présents ressemblaient à la mer de Canut. Je me contentai de me dire qu'il lui rendait hommage.

Ma tête était embrasée par la pulsation sombre et profonde du chagrin qui palpite comme une douleur physique, comme un rat qui a pénétré dans le cerveau, un rat en feu.

Carnet du docteur Grene

Extrêmement occupé par les préparatifs à l'hôpital et pas beaucoup de temps pour écrire ici. L'étrange intimité de ces pages m'a manqué. Comme j'ai probablement et de manière caractéristique une mauvaise opinion de moi-même, je veux dire par là une opinion assez lamentable de mon insignifiance en tant que personne, en tant qu'être, écrire dans ce carnet m'a quelque part aidé, mais comment, je ne sais pas. Il ne s'agit pas d'une thérapie. Mais c'est au moins un signe que la vie intérieure continue. Du moins je l'espère et je prie pour que ce soit le cas.

Peut-être avec quelque raison. Hier soir en rentrant, fatigué comme je ne l'ai jamais été, maudissant tout, les épouvantables nids-de-poule des routes de Roscommon, la suspension pourrie de ma voiture, l'ampoule grillée sous le porche qui m'a fait me cogner le bras contre le pilier en béton, je suis entré dans le vestibule, d'une humeur vraiment massacrante, prêt à tout maudire ici aussi, si la moindre occasion se présentait.

Mais Bet était debout sur le palier de l'étage. Je ne sais pas si elle s'y trouvait déjà, avant que j'entre, c'est possible, car elle était devant la petite fenêtre et regardait l'enchevêtrement des jardins de la ville et les petites installations industrielles disposées en désordre. La lune l'éclairait et elle souriait. Je crois bien. Une immense légèreté s'est emparée de moi, semblable à la première fois où je me suis dit que je l'aimais, quand elle était jeune et délicate comme une aquarelle, une simple évocation de silhouette et d'os, belle et parfaite à mes yeux, quand je me suis engagé envers elle pour la rendre heureuse, l'adorer, la tenir dans mes bras – la promesse étrange, peut-être stupide, de tous les amoureux. Elle s'est détournée du clair de lune, m'a regardé et, à mon grand étonnement, s'est mise à descendre l'escalier. Elle portait une robe imprimée quelconque, une robe d'été, et en descendant l'escalier elle a emporté le clair de lune avec elle, le clair de lune et d'autres lumières. En arrivant à la porte de l'entrée, elle s'est penchée et m'a embrassé, oui, oui, idiot que je suis je pleurais, mais avec tout le silence et la dignité que j'ai pu rassembler, voulant égaler sa grâce, même si c'était au-delà de mes capacités. Elle m'a conduit au salon au milieu du bric-à-brac de nos vies, elle m'a enlacé et m'a embrassé encore et, animée d'une passion qui m'a finalement fait perdre la tête, elle m'a attiré contre elle avec une douceur, une violence et une concentration immenses, tout en ne cessant de m'embrasser, et nous avons repris le petit jeu de notre amour que nous avions joué des milliers de fois au cours des années, puis nous sommes restés étendus sur le tapis Axminster comme des animaux abattus.

Témoignage de Roseanne sur elle-même

Mon père a occupé tout mon esprit et je n'ai presque pas parlé des religieuses de l'école.

Je dois maintenant signaler que je vais les laisser dans l'ombre de l'histoire, sans les détailler, bien qu'elles aient été des femmes intéressantes. Envers nous, les filles les plus pauvres, elles étaient féroces, mais nous l'admettions. Nous hurlions et pleurions quand elles nous battaient et nous observions avec une jalousie parfaite la bienveillante sollicitude qu'elles montraient envers les filles plus riches de la ville. Il existe un moment dans l'histoire de chaque enfant battu où il abandonne ses espoirs de dignité – où il repousse l'espoir comme un bateau sans rameur, le laisse dériver à son gré sur la rivière et se résigne au bâton de comptage de la souffrance.

C'est une vérité cruelle, parce qu'un enfant ne connaît rien d'autre.

Un enfant n'est jamais l'auteur de sa propre histoire. Je pense que tout le monde le sait.

En dépit de leur férocité, même si elles brandissaient des bâtons contre nous avec toute l'énergie qu'elles possédaient, pour chasser les démons de la luxure et les écueils de l'ignorance qui grouillaient en nous, c'étaient des femmes intéressantes. Mais je dois les laisser de côté. Mon histoire m'attend et me presse.

Je crois que la seule chose que nous puissions offrir au ciel est la sincérité humaine. Je veux dire, aux portes de saint Pierre. Avec un peu de chance, cela sera comme le sel dans des royaumes sans sel, comme des épices dans les pays du Nord. Quelques grammes dans la besace de l'âme, offerts au moment où nous demandons à entrer. Ce qu'est la sincérité divine, je l'ignore. Mais je dis cela afin de m'armer de courage pour ma tâche.

Je pensais autrefois que la beauté était mon bien le plus précieux. Cela aurait peut-être été vrai au ciel, mais pas sur cette terre.

Être seule, mais être transpercée par une joie royale, de temps à autre, comme je crois l'être, voilà un bien précieux. Assise ici à cette table marquée et rayée par une douzaine de générations peut-être d'internés, de patients, d'anges, ou quoi que nous soyons, je dois vous faire part de l'impression qu'une essence dorée s'allume en moi, jusqu'au sang. Il ne s'agit pas de contentement, mais d'une prière aussi sauvage et dangereuse que le rugissement d'un lion.

Je *vous* le dis, à vous.

Cher lecteur. Que Dieu vous garde, que Dieu vous garde.

Dois-je vraiment contourner ces religieuses ? Je peux peut-être m'attarder un instant sur ce mélange de férocité et de modestie. Non, non, je vais les contourner. Même si souvent, dans les années qui suivirent, j'ai rêvé qu'elles venaient à ma rescousse, comme une foule de fleurs de lotus avec leurs coiffes blanches, et se déversaient dans la rue principale de Sligo. Rien de la sorte ne s'est jamais produit, bien sûr. Et je ne sais pas pourquoi j'ai cru qu'un tel rêve pouvait être fondé, car je ne me souviens d'aucune marque de faveur à mon égard pendant que j'étais parmi elles. Et, bien entendu, mon histoire a voulu que je les quitte complètement à l'âge de seize ans.

Mes souvenirs du père Gaunt sont toujours étrangement précis et complets, bien distincts, son visage net et intense. Tandis que je suis assise ici et que j'écris, je le vois clairement derrière mes paupières, à l'occasion de ce jour où il est venu vers moi avec sa propre version de la rescousse.

Je savais que je devais quitter l'école immédiatement après la mort de mon père, car l'esprit de ma mère était désormais dans une mansarde de sa tête sans fenêtre ni escalier, du moins je n'en trouvais aucun. Si nous voulions manger, il me fallait trouver un travail, quel qu'il fût.

Le père Gaunt arriva un jour vêtu de son habituelle soutane lustrée – ce n'est pas une critique – et, comme il pleuvait de cette manière particulière à Sligo qui a transformé en marécage des centaines d'anciennes fermes, il portait aussi un manteau gris sombre et lustré du même tissu brillant. La peau de son visage était peut-être aussi faite de la même étoffe, autrefois, dans le ventre de sa mère. Il tenait un parapluie très ecclésiastique, comme un objet réel et austère qui disait ses prières le soir au portemanteau.

Je le fis entrer et asseoir au salon. Le piano de mon père demeurait, aussi animé que le parapluie, contre le mur, comme s'il se souvenait activement de mon père quelque part dans les méandres de son cerveau de cordes et de touches.

« Merci, Roseanne », dit le père Gaunt quand je lui tendis une tasse de thé que j'avais héroïquement préparée à partir d'un quart de penny de thé qui avait déjà servi trois fois, malheureusement. J'espérais qu'il lui restait un dernier soupçon de goût ; après tout, il avait fait tout le voyage depuis la Chine dans le bateau de thé de Jackson. Nous achetions notre thé au coin de la rue, pas dans le grand magasin de Blackwood, où allaient les rupins, et ce n'était peut-être pas le meilleur des thés, pour tout dire. Mais le père Gaunt en but poliment quelques petites gorgées.

« Avez-vous une goutte de lait ? demanda-t-il gentiment, très gentiment.

— Non, mon père.

— Peu importe, peu importe, dit-il avec un certain regret. Bon, Roseanne, vous et moi devons parler de certaines choses, parler de certaines choses.

— Oh, mon père ?

— Qu'allez-vous faire à présent, Roseanne ? Maintenant que votre pauvre père n'est plus ?

— Je vais quitter l'école, mon père, et trouver du travail en ville.

— Puis-je vous donner un conseil ?

— Oh ? » dis-je.

Il but son thé durant quelques instants tout en souriant de son sourire de curé, un vrai petit répertoire. Je sais même après toutes ces années qu'il essayait de faire son devoir, d'être bon, de m'aider. Je le sais.

« Vous avez, Roseanne, plusieurs aspects à votre avantage, certains dons évidents si je puis me permettre, de... »

À ce moment-là, il ne dit pas lesquels. Je devinai que le pourquoi de ces mots n'était pas tout à fait délicat. Il cherchait dans son arsenal de phrases les termes corrects. Il ne se comportait nullement de façon désagréable et ne voulait pas le faire. Je pense qu'il aurait préféré mourir plutôt que de prononcer des paroles désagréables.

« La beauté », dit-il.

Je le regardai.

« Le don de la beauté. Roseanne, je pense que sans trop de mal je pourrais – en gardant bien sûr à l'esprit l'opinion de votre mère, et même la vôtre, bien que je doive encore vous considérer presque comme une enfant, si je puis dire, qui a très, très sérieusement besoin de conseils, si je puis dire –, mais où en étais-je ? Oh, oui, je pense qu'ici dans cette ville je peux vous trouver très vite, très rapidement, facilement et de la meilleure manière possible, un mari. Naturellement, il y aurait d'abord certaines choses à faire. »

Le père Gaunt se laissait entraîner par son sujet, comme on dit. Plus il parlait, plus les mots venaient facilement, tout de douceur, de lait et de miel. Comme beaucoup d'hommes de pouvoir, il était extraordinairement heureux tant qu'il présentait ses idées et tant que ses idées rencontraient l'approbation.

« Je ne crois pas… » dis-je, tentant de faire rouler en arrière le gros rocher de bon sens qu'il poussait sur ma tête – c'était ce que je ressentais.

« Avant que vous me répondiez là-dessus, je sais que vous n'avez que seize ans et que ce n'est sans doute pas très fréquent de se marier si jeune mais, d'autre part, j'ai en tête un homme qui convient très bien, qui je pense aurait beaucoup de considération pour vous, en a peut-être déjà, possède un emploi stable et serait par conséquent en position de subvenir à vos besoins – et à ceux de votre mère, bien sûr.

— Je peux subvenir à nos besoins. J'en suis sûre, dis-je, alors que je n'avais jamais été aussi peu sûre de quelque chose de ma vie.

— Vous connaissez peut-être déjà cet homme. Il s'agit de Joe Brady qui occupe l'ancien emploi de votre père au cimetière, un homme très stable, agréable, gentil, qui a perdu sa femme il y a deux ans et serait très content de se remarier. Dans la vie, nous devons rechercher une certaine symétrie et, comme votre père a jadis occupé... Hum. Il n'a pas d'enfants et je suis certain... »

Et comment que je connaissais Joe Brady, l'homme qui avait pris le travail de mon père et qui était venu assister à son enterrement. Joe Brady d'après ce que je savais ou voyais devait avoir cinquante ans.

« Vous me feriez épouser un vieil homme ? » dis-je en toute innocence. Car, au vu de la magnanimité et de la charité qu'il m'offrait, je me disais que je ne pouvais guère espérer un homme de moins de trente ans. Si je voulais un homme.

« Roseanne, vous êtes une très charmante jeune fille et, en tant que telle j'en ai peur, quand vous êtes en ville, une triste tentation, pas seulement pour les garçons de Sligo mais aussi pour les hommes, et ainsi et de toutes les manières concevables un mariage serait une bénédiction et un acte vertueux parfait et séduisant par sa... vertu. »

Son éloquence lui fit momentanément défaut peut-être parce qu'il avait aperçu mon visage. Je ne sais pas ce que montrait mon visage, mais ce n'était pas une approbation.

« Et naturellement, je serais vraiment ravi, soulagé et heureux d'être l'agent, l'auteur si l'on peut dire, de votre réception au sein de l'Église. Ce que, je l'espère, vous considérerez comme un projet politique ainsi que merveilleux et miraculeux.

— L'Église ? demandai-je.

— Vous n'ignorez pas, Roseanne, les troubles récents en Irlande et ces troubles ne sont favorables à aucune secte protestante. Bien entendu, j'estimerais que vous commettez une erreur capitale et que vous perdez votre âme de mortelle si vous persistez dans cette voie. Néanmoins, je dois dire que je vous plains et que je souhaite vous aider. Je peux vous trouver un bon mari catholique comme je l'ai dit et, au bout du compte, vos origines lui seront indifférentes car, comme je l'ai dit également, vous avez reçu comme don, si je peux me répéter, une très grande beauté. Roseanne, vous êtes réellement la jeune fille la plus belle que nous ayons jamais vue à Sligo. »

Il prononça ces paroles avec tant de simplicité et d'évidence – j'ai failli dire innocence, mais quelque chose de proche de l'innocence –, il avait parlé si gentiment que je souris malgré moi. J'avais l'impression de recevoir un compliment d'une vieille dame distinguée dans la grand-rue de Sligo, une Pollexfen, une Middleton ou quelqu'un comme elles, dans ses beaux vêtements de tweed et son hermine.

« C'est stupide de ma part de vous flatter, poursuivit-il. Je veux juste dire que, si vous me laissez vous prendre sous mon aile, je peux vous aider, et je veux vous aider. Je dois aussi ajouter que j'avais une très grande estime pour votre père, malgré les embarras qu'il m'a causés, et que je l'aimais réellement, parce que c'était une âme honnête.

— Mais une âme protestante, ajoutai-je.

— Oui, dit-il.

— Ma mère fait partie des Frères de Plymouth.

— Bon, peu importe, dit-il avec pour la première fois une pointe d'animosité.

— Mais ma mère m'importe. Et je dois faire attention à elle. C'est mon devoir de fille.

— Votre mère, Roseanne, est très malade. »

D'accord, personne ne l'avait exprimé devant moi et je fus bouleversée de l'entendre. Mais, oui, je savais que c'était vrai.

« Il est fort probable que vous allez devoir la faire interner, dit-il. J'espère que je ne vous choque pas ? »

Oh si, il me choquait. Lorsqu'il prononça ces mots effroyables, mon ventre se noua, les tendons de mes muscles devinrent douloureux sur mes os. Sans savoir que j'allais le faire, je vomis inexplicablement sur le tapis devant moi. Le père Gaunt retira ses jambes avec une rapidité et une adresse extraordinaires. Là, sur le sol, s'étalaient les restes du bon toast que j'avais préparé pour ma mère et moi au petit déjeuner.

Le père Gaunt se leva.

« Oh. Vous allez devoir nettoyer, je suppose ?

— Oui », dis-je, et je me mordis la langue devant l'envie pressante de m'excuser. Je savais d'une manière ou d'une autre que je ne devais jamais m'excuser devant le père Gaunt et que dorénavant il constituerait une force inconnue, comme une catastrophe naturelle attendant de façon insoupçonnée et imprévue de tourmenter un paysage.

« Mon père, je ne peux pas faire ce que vous dites. Je ne peux pas le faire.

— Vous allez y réfléchir ? Votre deuil peut vous pousser à prendre de mauvaises décisions. Je comprends. Mon propre père est mort d'un cancer il y a cinq ans, sa mort a été terrible et je le pleure encore. Souvenez-vous, Roseanne, le deuil dure deux ans. Vous ne serez pas capable de réfléchir correctement pendant longtemps. Suivez mes conseils, laissez-moi vous conseiller *in loco parentis*, voyez-vous, à la place de votre père, laissez-moi être votre père sur ce sujet, comme un prêtre se doit de l'être. Nous avons été tellement en relation, lui et moi, et vous, que vous faites déjà presque partie de l'Église. Cela sauvera votre âme immortelle et vous préservera dans cette vallée de larmes et de chagrins. Cela vous protégera de tous les mauvais coups et accidents de ce monde. »

Je secouai la tête. Je me vois encore, en esprit, secouer la tête.

Le père Gaunt secoua aussi la tête, mais d'une façon différente. « Vous y réfléchirez ? Réfléchissez-y, Roseanne, et nous en reparlerons. C'est un moment de votre vie où vous êtes exposée au plus grand danger. Bonne journée, Roseanne. Merci pour le thé. C'était délicieux. Et remerciez votre mère. »

Il sortit dans le minuscule vestibule puis dans la rue. Quand il fut bien parti, hors de portée de voix, et que seule l'odeur de ses vêtements s'attardait bizarrement dans la pièce, je dis :

« Au revoir, mon père. »

10

Le docteur Grene aujourd'hui. Il a rasé sa barbe !

Je ne me souviens pas si j'ai parlé de sa barbe. Une barbe chez un homme n'est qu'un moyen de cacher quelque chose, son visage bien sûr, mais aussi les choses intérieures, comme une haie autour d'un jardin secret, ou une couverture sur une cage à oiseaux.

J'aimerais dire que je ne l'ai pas reconnu quand il est entré, parce que c'est ce que vous attendez de moi, mais je l'ai reconnu.

J'étais assise et j'écrivais quand j'ai entendu son pas dans le couloir et j'ai tout juste réussi à cacher ces feuilles sous le plancher avant qu'il ne frappe et entre, comme toujours une tâche difficile pour la vieille cailleach que je suis. La cailleach est la vieille bonne femme des légendes, une sage et parfois une sorte de sorcière. Mon mari Tom McNulty était le grand maître de ces légendes qu'il racontait avec une conviction parfaite en grande partie parce qu'il en croyait chaque mot. Un jour je vous parlerai du chien à deux têtes qu'il vit sur la route d'Enniscrone, si vous voulez. Comment puis-je savoir ce que vous voulez ? Je m'habitue à penser à vous là, quelque part. Cette cailleach est folle dans sa tête ! La vieille sage-femme. Je ne suis la sage-femme que de ma vieille histoire. Cela me suffit.

Le docteur Grene était très en retrait, très calme, le visage très brillant. Il avait dû se passer un onguent sur la peau après s'être rasé pour lui épargner en partie l'agression de l'air. Il s'est approché distraitement de la table – j'étais alors assise sur le lit, au milieu des petits paysages du couvre-lit, je crois que ce sont des scènes françaises, il y a un homme qui porte un âne sur son dos et d'autres choses. Le docteur Grene a pris sur la table le vieil exemplaire de *Religio medici* de mon père et l'a vaguement regardé. À la mort de mon père, j'ai eu la surprise de constater que le livre avait été imprimé en 1869, même si j'avais toujours su qu'il le possédait depuis de nombreuses années. Son nom, la ville de Southampton et la date 1888 étaient bien sûr écrits au crayon sur la page de garde, mais j'espérais tout de même que le livre avait été mis dans ses jeunes mains par les mains de son père, mon grand-père, une personne que je n'ai naturellement jamais connue. Cela aurait été possible. De sorte que, en le tenant dans mes mains, il y aurait eu en quelque sorte une histoire de mains autour du petit volume, les mains des gens de ma famille. Parce qu'une personne seule tire un grand réconfort de sa famille, au cours des longues nuits sans sommeil, ne serait-ce que dans le souvenir.

Parce que je connaissais si bien le petit livre, j'ai deviné ce que regardait le docteur Grene. C'était un portrait de sir Thomas Browne, avec une barbe. Peut-être qu'en regardant la barbe, une barbe très farouche et proéminente dans une gravure en médaillon, il s'est mis soudain à regretter la perte de la sienne. Sampson Low, Fils, et Marston étaient les imprimeurs. Ce *Fils* était magnifique. Le fils de Sampson Low. Qui était-il, qui était-il ? Travaillait-il sous le fouet de son père ou était-il traité avec douceur et respect ? J. W. Willis Bund a rédigé les notes. Des noms, des noms, tous disparus, oubliés, de simples chants d'oiseaux dans les buissons de la vie. Si J. W. Willis Bund peut disparaître dans l'oubli, n'est-ce pas encore beaucoup plus facile pour moi ? Nous partageons au moins cela.

Fils. J'en sais aussi peu sur mon propre fils. Le fils de Roseanne Clear.

« Un vieux livre, a-t-il dit.

— Oui.

— Qui portait ce nom, Joe Clear, madame McNulty ? »

Un air perplexe se lisait sur le visage du docteur Grene, un air de profonde réflexion, comme celui d'un jeune garçon cherchant à résoudre un problème d'arithmétique. S'il avait eu un crayon, il aurait pu en lécher la mine.

Il avait rasé sa barbe et ne cachait plus son visage. J'ai eu soudain le sentiment que je lui devais quelque chose.

« Mon père, ai-je dit.

— C'était donc un homme cultivé ?

— Oui, absolument. Il était fils de pasteur. De Collooney.

— Collooney, a-t-il dit. Collooney a tant souffert pendant les troubles des années vingt. Je suis content qu'un jour un homme de là-bas ait lu *Religio medici*. »

À la manière dont il a prononcé lentement les deux derniers mots, j'ai compris qu'il n'avait jamais vu ce livre auparavant.

Le docteur Grene a de nouveau ouvert le livre, a passé l'introduction et a cherché le début du texte sans hâte, comme on le fait généralement.

« "Au lecteur. Certainement il aimait la vie, cet homme qui désirait vivre quand le monde entier s'écroulait..." »

Le docteur Grene a émis un petit rire étrange, pas du tout un vrai rire, mais une sorte de cri miniature. Puis il a reposé le livre là où il l'avait pris.

« Je vois », a-t-il dit, bien que je n'eusse rien dit. Il parlait peut-être au vieux visage barbu du livre, ou au livre lui-même. Soixante-seize ans, c'est l'âge qu'avait Thomas Browne quand il est mort, un jeune homme comparé à moi. Il est mort le jour de son anniversaire, comme cela arrive parfois, bien que rarement. Je pense que le docteur Grene a environ soixante ans. Je ne l'ai jamais vu aussi solennel qu'aujourd'hui. Il n'est pas homme à plaisanter, mais une étrange légèreté l'entoure parfois. Comparé au pauvre John Kane, avec tous ses péchés, ses viols et ses mauvaises actions présumés à l'asile, le docteur Grene apparaît comme un ange. Peut-être comparé à beaucoup d'autres, je ne peux plus en juger. Si le docteur Grene se sent rejeté sur le terrible rivage de l'asile, s'il se sent de quelque manière un homme d'autrefois, comme on dit, pour moi il est demain et puis demain. Telles étaient mes pensées tandis que je le regardais essayer de dénouer le nœud de sa nouvelle humeur.

Le docteur Grene s'est dirigé vers la petite chaise près de la fenêtre où j'aime m'asseoir quand le temps est un peu plus chaud. Autrement, le froid semble pénétrer par la vitre. Sous la fenêtre s'étendent la cour, le grand mur et les champs infinis. On m'a dit que la ville de Roscommon est de l'autre côté de l'horizon, et c'est bien possible. Une rivière coule dans les champs. L'été, elle prend la lumière et utilise ma fenêtre comme un signal, pour faire signe à quoi, à qui, à quel endroit je ne sais pas. La lumière de la rivière joue sur le verre. Alors, naturellement, j'aime bien m'asseoir là. En tout cas, le docteur Grene s'y est installé, toujours une cause de légère inquiétude, car ce n'est qu'une chaise pour les vêtements, une de ces jolies petites chaises que les femmes de la campagne aimaient avoir dans leur chambre pour y poser leur robe, même si c'était le seul bel objet de la maison. Comment a-t-elle atterri dans cette chambre, Dieu seul le sait et ce n'est même pas sûr.

« Vous souvenez-vous, madame McNulty, ce qu'il y a eu – je veux dire, les événements qui vous ont amenée à l'asile de Sligo ? Vous vous rappelez que je vous ai dit n'avoir trouvé aucun véritable compte rendu à ce sujet ? J'ai de nouveau cherché depuis et n'ai rien trouvé d'autre. Je crains que l'historique de votre présence ici et à Sligo n'existe plus. Mais je vais continuer à chercher et j'ai fait un courrier à Sligo pour le cas où ils auraient quelque chose. Avez-vous des souvenirs à ce sujet ?

— Je ne crois pas me souvenir. On l'appelait l'hôtel de Leitrim. Ça je m'en souviens.

— Quoi ?

— On appelait l'asile de Sligo l'hôtel de Leitrim.

— Vraiment ? Je ne savais pas. Pourquoi donc ? Oh », a-t-il dit presque en riant, presque, « parce que – oui.

— On disait que la moitié de Leitrim s'y trouvait.

— Pauvre Leitrim.

— Oui.

— C'est un drôle de mot, Leitrim. Je me demande ce qu'il signifie ? Il est sans doute irlandais. Bien sûr qu'il l'est. »

Je lui ai souri. Il ressemblait à un petit garçon qui s'est cogné le genou et qui sent la douleur s'estomper. La gaieté d'un petit garçon après la douleur et les larmes.

Puis il a sombré de nouveau, s'est renfermé plus profondément en lui-même, comme une taupe sous la terre. Je lui ai répondu par une longue phrase pour le faire sortir de lui-même.

« Je me souviens de choses sombres et terribles, des pertes, des bruits, mais cela ressemble aux tableaux sombres et terribles accrochés dans les églises, Dieu sait pourquoi, parce qu'on n'y distingue rien.

— Madame McNulty, c'est une description magnifique de la mémoire traumatique.

— Ah bon ?

— Oui, vraiment. »

Il est ensuite resté assis longtemps dans un silence qui lui était propre. Il est resté assis si longtemps qu'il est presque devenu un occupant de la chambre ! Comme s'il y vivait, comme s'il n'avait nulle part où aller, rien à faire, personne dont il devait s'occuper.

Il était assis dans la lumière froide. La rivière, noyée dans son eau et noyée une seconde fois dans les pluies de février, n'était pas en position de jeter sa lumière. La vitre était gravement elle-même. Seule l'herbe immobile de l'hiver beaucoup plus bas lui donnait une légère teinte verdâtre. Ses yeux, tellement plus clairs et plus distincts sans la barbe, regardaient devant eux comme s'ils fixaient un objet à un mètre de distance, ce regard qu'ont les visages dans les portraits. J'étais assise sur le lit et je l'observais sans la moindre gêne, parce qu'il ne m'observait pas du tout. Il contemplait cet endroit étrange, la mi-distance, la plus mystérieuse, la plus humaine, la plus riche de toutes les distances. Et de ses yeux coulaient lentement des larmes, des larmes humaines immaculées, avant que le monde ne les touche. Rivière, fenêtre, yeux.

« Qu'est-ce qui ne va pas, docteur Grene ? ai-je demandé.

— Oh », a-t-il dit.

Je me suis levée et me suis approchée de lui. Vous auriez fait la même chose. Il en a toujours été ainsi. Quelque chose vous propulse vers un chagrin inattendu, et parfois aussi vous repousse. Vous vous éloignez. Je me suis avancée, je n'ai pas pu m'en empêcher.

« Je vous en prie, n'ayez pas peur si je me tiens près de vous, ai-je dit. J'ai pris mon bain hier. Je ne sens pas mauvais.

— Quoi ? a-t-il répondu, tout à fait surpris, mais très légèrement. Quoi ? »

Debout à côté de lui, j'ai tendu la main droite et l'ai posée sur son épaule, à vrai dire un peu derrière l'épaule sur son dos. Un souvenir est remonté spontanément : mon père assis sur son lit, tenant ma mère et lui tapotant le dos presque comme à un enfant. Je n'ai pas osé tapoter le dos du docteur Grene, mais j'y ai laissé ma vieille main.

« Qu'est-ce qui ne va pas ? ai-je répété.

— Oh, a-t-il répondu. Oh. Ma femme est morte.

— Votre femme ?

— Oui, a-t-il dit. Oui. Elle n'arrivait plus à respirer. Elle s'étouffait, elle s'étouffait – elle suffoquait.

— Oh, mon pauvre homme, ai-je dit.

— Oui, a-t-il dit. Oui. »

J'ai ainsi appris quelque chose sur le docteur Grene. J'avais ouvert la bouche pour lui révéler quelque chose de moi-même, par égard pour sa barbe perdue, et de sa propre bouche était sortie cette nouvelle, cette information terrible.

Avec une infinie tristesse et très lentement, il a ajouté : « C'est aussi mon anniversaire. »

Voici à présent une histoire où je me suis montrée d'une stupidité sans bornes. Vous n'allez pas croire à quel point.

Je désirais vivement parler à mon père et mon père était mort. Je m'étais rendue deux ou trois fois sur sa tombe dans le cimetière presbytérien, mais j'avais l'impression de ne pas l'y trouver. Il n'habitait peut-être pas ses os, son signal et son être étaient peut-être ailleurs.

C'était un après-midi de décembre à l'obscurité bienvenue, la nuit était tombée à quatre heures. Je savais bien que les vieilles grilles là-haut dans l'autre cimetière seraient ouvertes, qu'il me serait facile de me faufiler de l'autre côté de ces grilles dans le noir et de me retrouver parmi les tombes sans que personne ne me remarque. J'étais certaine, j'espérais que si mon père devait se trouver quelque part, une partie de lui serait là, quelque chose dans les buissons, les allées et ce qui était enterré qui constituerait une sorte d'antique radio émettant un signal de lui.

Je m'y glissai donc, vêtue de ma vieille robe bleue et de mon manteau, aussi fine et mince qu'un héron à cette époque et très semblable à un héron dans ce costume j'en suis sûre, avec mon visage godiche et le long cou qui s'y attachait, une occasion inespérée pour le froid.

J'éprouvai un calme immense à la vue des allées qui s'étendaient devant moi, des pierres silencieuses, des chiffres familiers sur leurs supports en fer plantés dans la terre à côté de chaque tombe qui correspondaient, je le savais, au livre des tombes gardé par sécurité dans le temple en béton. Une lumière jaune s'était prise dans la maigre forêt de petits arbres qui bordaient les allées, une forêt que les bourrasques de la mort avaient dégarnie et émaciée. Je serrai mon manteau contre moi jusqu'au col et, sans vraiment réfléchir à ce que je faisais, sans être tout à fait dans le temps présent, je pénétrai jusqu'aux tombes en cercle devant le temple.

Je trouvai les piliers, la vieille arche anguleuse avec ses statues défraîchies, héros grecs et autres, de guerres et d'époques inconnues, la porte en fer entrouverte sur ses gonds lourds et à l'intérieur la lumière tant regrettée du poêle et de la lampe qui évoquait la silhouette de mon père. Sans une pensée pour le présent, en d'autres termes, avec une grande stupidité, je m'approchai à pas de loup de la lumière, pensant, tandis que mon cœur me suppliait d'avancer, retrouver le cocon tant aimé de lumière, de chaleur et de conversation. La porte était suffisamment ouverte pour que j'entre directement.

Et rien n'avait changé. Tout à l'intérieur évoquait mon père. Sa bouilloire se trouvait sur la plaque branlante à côté du foyer où le charbon crachotait, sa tasse émaillée, et même la mienne, posées sur la table, les quelques livres et registres soigneusement empilés et les mêmes empreintes de pas visibles sur le sol en ardoise passée. Mes yeux s'ouvrirent tout grands, ainsi que mon visage, et j'eus la certitude absolue que j'allais bientôt me retrouver en sa présence, qu'il allait bientôt me réconforter, me conseiller, me faire me retrouver.

Je sentis alors une brusque et affreuse poussée dans le dos. Je ne m'attendais à rien de tel dans le refuge de mon père. Je fis quelques pas chancelants en avant, déséquilibrée, suivis d'un haut-le-cœur désagréable provoqué par l'obligation de me redresser brusquement. Je fis volte-face et vis un homme inconnu à la porte. Sous son pull-over trop petit pour lui, son ventre avait la forme et l'aspect de la croûte d'un pain acheté dans un magasin. Son visage était sévère avec d'étranges joues creuses et les sourcils broussailleux des hommes âgés, bien qu'il n'ait sans doute guère dépassé les cinquante ans. Non, non, je connaissais cet homme, bien sûr. C'était Joe Brady qui avait remplacé mon père.

Le père Gaunt ne me l'avait-il pas dit ? Alors, pourquoi cela m'était-il sorti de l'esprit ? Au nom du ciel, que faisais-je ici ?

Vous allez penser que c'était de la folie, un égarement. Il n'avait assurément pas l'apparence d'un soupirant, ni rien de tel. Il paraissait en colère et promenait ses yeux avec cette expression brûlante et malheureuse que j'avais remarquée au cimetière. La nostalgie que j'avais de la présence de mon père m'avait simplement empêchée de penser à lui depuis que le père Gaunt avait formulé sa requête.

L'enfer ne connaît de pire furie qu'une femme dédaignée, c'est possible, mais mon expérience montre que les hommes ne valent pas mieux. La terreur monta en moi des dalles froides du sol, une terreur si grande que je dois avouer – et pardonnez une telle honnêteté de la part d'une vieille femme se remémorant des horreurs – que je ne pus m'empêcher de pisser dans ma culotte. Malgré la faible lumière du temple, je suis certaine qu'il s'en aperçut et, pour cette raison ou une autre, il se mit à rire. Ce rire ressemblait au grognement d'un chien qui a peur qu'on lui marche dessus, un rire d'avertissement si cela existe. Et ne dit-on pas dans les livres que le rire d'un être humain puise son origine dans une grimace et un grognement archaïques ? Il m'apparut ainsi ce jour-là, une preuve formelle.

« Vous n'avez pas voulu de moi et vous avez préféré rester la fille impie que vous êtes », dit-il. C'était la première fois de sa vie qu'il m'adressait la parole et cela me stupéfia.

Il s'avança vers moi et je ne sais pas quelles étaient ses intentions. Mais tandis qu'il s'approchait, je me dis que quelque chose d'archaïque et d'irrésistible était né en lui. Le temple silencieux dans le cimetière silencieux, les ténèbres de décembre et il voulait ce que j'avais en moi, quoi que ce fût. Tandis qu'il avançait, j'eus l'impression que ses intentions changeaient, l'humanité abandonnait son visage, une chose intime et plus obscure que l'humanité, une chose antérieure à l'octroi de nos âmes encombrantes, s'éveilla dans son regard. Je crois depuis cette distance impensable qu'il voulait me tuer, pourquoi je ne sais pas. Je venais d'entrer dans l'histoire de ce Joe Brady, quel énorme complot il avait monté avec le père Gaunt je ne sais pas. En partant à la recherche de mon père j'avais apparemment trouvé mon meurtrier. Je me mis à crier d'une voix à la puissance inattendue. Je hurlai !

Et derrière lui entra un autre homme. Quelle chance j'ai eue qu'un autre homme se trouvât dans ce lieu désert. Joe Brady venait de faire le dernier pas qui le séparait de moi et, comme s'il s'agissait de ce qu'il désirait le plus au monde, il referma ses mains sur mon cou maigre et m'attira contre lui. Je compris alors sans comprendre qu'il cherchait à tâtons sa braguette pour libérer ce qui s'y trouvait, Dieu me vienne en aide, je n'avais que seize ans et si je savais que les bébés ne naissent pas dans les choux, je n'en savais guère plus, sinon que certains garçons pouvaient vous émouvoir quand vous passiez près d'eux sans que vous compreniez pourquoi. À ce stade de ma vie, j'étais peut-être la fille la plus innocente de Sligo et je me rappelle bien en écrivant mes souvenirs ici que ma première pensée fut qu'il sortait un pistolet ou un couteau de son pantalon, car naturellement c'était exactement l'endroit d'où j'avais vu qu'on sortait des pistolets et je les avais entendus tirer.

En harmonie parfaite avec cette pensée, le nouveau venu derrière Joe Brady sortit effectivement un pistolet, une arme encombrante et apparemment lourde qu'il abattit sur la tête de Joe Brady du geste d'un homme qui coupe une grande ronce d'un coup de serpe. J'eus conscience de tout cela tout en étant submergée par la terreur. Joe Brady ne perdit pas conscience au premier coup, mais il tomba à genoux et, remplie de dégoût et de détresse, je vis son pénis gonflé entre ses jambes et me voilai en hâte les yeux. Le nouveau venu le frappa une nouvelle fois avec son pistolet. Je me demandai : Tout le monde en ce lieu a-t-il un pistolet ? Suis-je destinée à toujours y voir des armes ?

Joe Brady était à présent étendu sans bouger par terre. J'ôtai les mains de mon visage et le regardai, puis je regardai l'homme derrière lui. C'était un jeune gars maigre aux cheveux noirs.

« Ça va ? demanda-t-il. C'est votre père ?

— Non, ce n'est pas mon père, dis-je, presque hystérique. Mon père est mort.

— Je vois, dit l'homme. Et vous ne vous souvenez pas de moi ? Je me souviens de vous.

— Non, dis-je. Je ne me souviens pas.

— Bon, poursuivit-il. Vous m'avez connu jadis. Je pars pour l'Amérique et je voulais dire au revoir à mon frère Willie.

— Qui est-ce ? dis-je bêtement. Pourquoi serait-il ici ?

— Parce qu'il est enterré ici. Vous ne vous souvenez pas ? Vous n'êtes pas la fille qui a amené ce foutu curé pour lui, et qui a probablement aussi amené les soldats, ces mêmes soldats qui nous ont emmenés et ont tué certains d'entre nous, et pourtant j'ai réussi à m'enfuir et à rentrer chez moi par miracle.

— Je sais. Je vous connais », dis-je. Et son nom me revint à l'esprit, peut-être seulement parce que mon père l'avait prononcé en lisant son journal, assis dans la petite pièce, ou était-il assis ici dans le temple ? « Vous êtes John Lavelle. Des îles.

— John Lavelle d'Inishkea. Et je pars pour cette autre vie, ça oui, loin de ce sale pays puant, de sa promesse de putain d'allégeance et de ses morts trahis. »

Je le dévisageai. C'était bel et bien un étonnant revenant.

« Puisque j'ai eu la bonté de vous sauver, dit-il avec un courage hostile, une bonté que vous n'avez jamais eue pour moi, vous pourriez me dire où se trouve la tombe de mon frère, car j'ai erré de long en large, de long en large dans les allées et je ne l'ai pas trouvée.

— Je ne sais pas, je ne sais pas, répondis-je. Mais, mais ce sera dans le livre là, sur la table. Cet homme est-il mort ?

— Je ne sais pas s'il est mort. C'est drôle qu'il ne soit pas votre père, mais que je l'aie tout de même terrassé. Vous devez savoir qu'il y avait une sentence sur la tête de votre père pour ce qu'il avait fait. Ou pas pour ce qu'il avait fait, pour ce que vous aviez fait, amener les soldats. Mais nous ne pouvions pas tirer sur des filles.

— Je crois que vous pourriez vous résoudre à tirer sur des filles, si vous essayiez. Que voulez-vous dire, une sentence sur la tête de mon père ?

— Pendant que la guerre faisait rage, nous avons été obligés de lui envoyer une lettre, avec une sentence de mort dedans, et il a eu la chance à la fin de la guerre que nous laissions tomber.

— Il a eu de la chance ? dis-je, et les mots jaillirent avec fureur de ma gorge. L'homme le plus malchanceux jamais né en Irlande. Le pauvre homme est mort et enterré dans l'autre cimetière ! Vous lui avez envoyé une lettre ? Ne savez-vous à quel point sa vie a été dure ? Son destin sombre ? Oh, je savais qu'il y avait autre chose que je ne connaissais pas. Vous, vous, vous l'avez tué. Vous l'avez tué, John Lavelle ! »

C'était au tour de John Lavelle de garder le silence. L'excitation qui altérait son visage s'évanouit. Il se mit tout à coup à parler très normalement, gentiment même. Pour une raison que je ne comprends toujours pas, je savais que ce que j'avais dit était faux. Je suis fière d'avoir au moins compris cela. Quoi qu'ait pu faire ce jeune homme dans sa vie, il n'avait pas tué mon père.

« Bon, dit-il. Je suis désolé que votre père soit mort. Et comment. Vous ne savez pas qu'ils ont tué mes camarades ? Ils les ont descendus sans pitié, ils les ont abattus, des Irlandais qui tuent ceux de leur peuple. »

Son changement inattendu ressemblait à une sorte de rhume contagieux et je l'attrapai.

« J'en suis désolée », dis-je. Pourquoi me sentais-je soudain stupide et gênée ? « Je suis désolée pour tout cela. Je n'ai pas amené les soldats. Jamais. Mais ça m'est complètement égal que vous pensiez que je l'ai fait. Ça m'est complètement égal si vous me tirez dessus et si je meurs. J'aimais mon père. Et maintenant vos camarades sont morts et mon père est mort. Je n'ai jamais rien dit à personne sauf au curé et il n'a pas eu l'occasion de parler en chemin. Ne comprenez-vous pas que les soldats vous suivaient ? Croyez-vous que personne d'autre ne vous ait vus ?

Cette ville a des yeux partout. Cette ville perce les secrets, sans problème. »

Il me dévisageait avec des yeux de la couleur douteuse et bizarre des algues. Les algues de son île étaient dans ses yeux. Les algues rampaient peut-être dans les ventres des femmes là-bas, un peuple à moitié retourné à la mer, comme les premières petites créatures chancelantes de la création, si j'en crois ce que j'ai lu. Oh, il chassa tout cela de ses yeux et il me regarda, et pour la première fois je vis ce qui se cachait à l'intérieur de John Lavelle, une sorte de gentillesse. Dans quelle mesure la guerre avait-elle couvert de cadavres et de malédictions cette gentillesse, je l'ignore.

« Est-ce que vous voulez bien me montrer la tombe de mon frère ? dit-il, avec la voix qu'un autre aurait pu employer pour dire *je t'aime*.

— Je veux bien, si je la trouve. »

Je saisis le registre en question et parcourus les noms. La superbe écriture bleue en belle ronde de mon père ressemblait à celle d'un vrai scribe, bien qu'il ne fût rien de tel. Et je le trouvai dans les L, Willie, Willie Lavelle. Je notai ensuite le chiffre de référence et, comme si j'étais mon père en personne et non une fille de seize ans qui avait failli se faire frapper et violer, je passai devant la masse inerte de Joe Brady et devant John Lavelle, je sortis dans les allées du cimetière et j'emmenai John Lavelle auprès de son frère pour qu'il pût lui dire au revoir.

John Lavelle partit peut-être en Amérique car pendant longtemps personne n'entendit parler de lui.

John Lavelle alla en Amérique et j'allai dans un endroit nommé le Café du Caire – qui n'était pas tout à fait aussi loin.

11

John Kane a fait aujourd'hui une déclaration extraordinaire. Il a dit que les perce-neige étaient en avance cette année. On n'attend pas d'un homme comme lui qu'il s'intéresse aux perce-neige. Il a dit que, dans le jardin du haut où seuls ceux qui travaillent à l'asile ont le droit d'aller, il avait vu un crocus en fleur. Il a dit tout cela de façon très gentille, debout au milieu de la pièce avec son balai à franges. En fait, il est venu pour passer un coup de balai par terre, il m'a parlé de ces miracles et il est parti en oubliant à vrai dire de passer son balai. Déconcerté, je suppose, par sa crise de poésie inattendue. Cela prouve une fois de plus que peu de gens s'en tiennent aux traits de leur caractère et que la plupart ne cessent de leur échapper. En même temps, il a encore ignoré le lavabo et sa braguette était ouverte. Un jour un petit animal va remarquer sa braguette toujours ouverte, s'y introduire et y vivre, comme un hérisson dans le creux humide et accueillant d'un frêne.

J'écris ces mots calmement bien qu'en cet instant je sois tout sauf calme.

Le docteur Grene a passé une heure ici cet après-midi. J'ai été consternée par son visage livide et, à mon grand étonnement, il portait le costume noir du deuil, car il venait d'assister à l'enlèvement du cercueil et à l'enterrement de sa femme. Il l'a appelée Bet, ce qui doit être une abréviation de Betty, qui est une abréviation de quel nom ? Je ne me souviens pas. Peut-être Elizabeth. Il a dit qu'il y avait quarante-quatre personnes à l'enterrement, il les avait comptées. J'ai pensé qu'il y en aurait moins pour moi, moins, beaucoup moins, ou aucune, sauf si le docteur Grene lui-même y assistait. Mais quelle importance ? Je voyais sa peine dans les rides de son visage et, là où il avait rasé sa barbe, une vive rougeur était apparue qu'il ne cessait de toucher avec précaution. Je lui ai dit qu'il ferait peut-être mieux de ne pas s'occuper de moi et de mes semblables un tel jour, mais il ne m'a pas répondu.

« J'ai trouvé inopinément quelques autres documents, a-t-il dit. Je ne sais pas s'ils vont nous aider, car ils se rapportent à des affaires qui remontent à longtemps. Comme on dit. »

Comme qui dit ? Les gens qu'il a l'habitude de voir ? Les gens âgés du temps de sa jeunesse ? Quand le docteur Grene était-il jeune ? Sans doute dans les années cinquante et soixante du siècle dernier. Quand la reine Elizabeth était jeune et l'Angleterre vieille.

« C'est une petite déposition que quelqu'un a faite il y a de nombreuses années. Je ne sais pas si elle appartient à cette institution ou si elle remonte en fait à votre séjour à l'hôpital psychiatrique de Sligo et a été transférée ici avec vous. Elle m'a au moins donné l'espoir que l'original existe. Ce double est en très mauvais état, l'encre est très pâle comme on peut s'y attendre. Et il en manque une grande partie. Il semble vraiment sorti d'un tombeau égyptien. Il dit que votre père faisait partie de la police royale irlandaise, termes que je n'ai pas lus depuis de nombreuses années, et parle des circonstances de sa mort – de son assassinat pourrait-on dire. Sa lecture m'a bouleversé. Je ne sais pas, mais j'ai senti que je devais vous voir aujourd'hui, malgré mes propres... problèmes du moment. Cela paraissait si frappant, si récent, peut-être parce que je suis en ce moment sensible au chagrin et aux chagrins. C'est peut-être la raison. J'ai été bouleversé, Roseanne. Principalement parce que je ne savais pas. »

Ses paroles sont restées suspendues dans la pièce à la manière dont de telles paroles restent suspendues.

« Ce doit être un document sur quelqu'un d'autre, ai-je déclaré.

— Oh ? a-t-il dit.

— Oui, ai-je répondu. Vous avez sans doute été bouleversé sans raison. À mon sujet tout au moins.

— Ce n'est pas le destin qu'a connu votre père ?

— Non.

— Il n'était pas dans la police ?

— Non.

— Oh, très bien. Je suis soulagé de l'entendre. Mais votre nom y figurait, Roseanne McNulty.

— Vous m'appelez Mme McNulty, mais une autre histoire est attachée à ce nom, il vaudrait vraiment mieux m'appeler par mon nom de jeune fille.

— Mais vous avez été mariée, non ?

— Oui, j'ai été mariée à Tom McNulty.

— Il est mort ?

— Non, non. »

J'étais toutefois incapable à ce moment-là d'ajouter quoi que ce soit.

« Le document raconte que votre père était un homme de la police royale irlandaise à Sligo au plus fort des troubles des années vingt et qu'il a été tué tragiquement par l'IRA. Je dois avouer que je suis encore un peu rouillé sur toute cette période. À l'école, cela nous apparaissait tellement comme une suite d'erreurs désastreuses et... c'est une histoire si belliqueuse. Même la Seconde Guerre mondiale nous paraissait... je ne sais pas comment elle nous paraissait. De l'histoire ancienne ? Et pourtant je suis né pendant la guerre. Le nom de votre père n'était-il pas Joseph, Joseph Clear ? »

J'étais aux prises avec une impression déplaisante, je ne sais pas si vous l'avez jamais éprouvée, comme si quelqu'un avait bouché votre corps avec du mastic. Quand j'ai refermé mes gencives sur cette impression, j'aurais pu jurer que je mordais du mastic. J'ai fixé le docteur Grene, affolée.

« Que se passe-t-il, Roseanne ? Je vous ai fait de la peine ? Je suis vraiment désolé.

— Peut-être est-ce votre travail, docteur Grene ? ai-je dit, enfin capable de faire passer les mots à travers le mastic.

— De vous faire de la peine ? Non, non. Mon travail consiste à vous aider. Dans le cas présent, à vous évaluer. Cela m'a été demandé dans le cadre de mes fonctions. Il y a tout un tas de lois de nos jours. Je préférerais de loin vous laisser – je ne veux pas dire vous laisser seule, mais tranquille, vous laisser tranquille, et parler d'autre chose, ou ne parler de rien, ce qui, je commence à le croire, est le sujet le plus sain de tous.

— Mon nom de jeune fille était Clear, ai-je brusquement déclaré.

— C'est ce que je pensais. Je l'ai lu, n'est-ce pas, dans ce petit livre ? C'est bien entendu un nom très rare. Joe Clear. Il ne doit pas y avoir beaucoup de gens qui portent ce nom. Il ne doit pas y avoir beaucoup de Clear en Irlande. Je me demande si c'est une forme de Clare, s'il existe un rapport avec le cap Clear, ou quoi ? »

Il parlait d'une voix bizarrement angoissée, avec de nouveau l'air perplexe d'un petit garçon tout confus à l'école.

« Je crois que c'est un nom protestant qui est peut-être venu d'Angleterre il y a longtemps.

— Vous croyez ? Naturellement, McNulty est un nom assez courant. On trouve des McNulty partout.

— C'est un vieux nom de Sligo. Mon mari me disait que c'était celui de la dernière tribu cannibale recensée en Irlande. Il est écrit quelque part qu'ils mangeaient leurs ennemis.

— Ça, par exemple !

— Oui. Moi-même, je ne mangeais pas de viande à l'époque. L'odeur de la viande me faisait me trouver mal, même si j'en cuisinais tous les jours pour lui. Mon mari aimait raconter aux gens que j'étais la dernière végétarienne cannibale recensée en Irlande.

— Il était drôle, votre mari. »

Oh, oh, oh, de nouveau des rochers qui affleurent. Je l'ai bouclée le plus vite possible. Je n'avais pas envie de revenir là-dessus pour le moment.

« Bien, bien, a-t-il dit, s'apprêtant enfin à partir. Je vous apporterai peut-être le document dont je vous ai parlé demain ou après-demain, cela pourrait vous intéresser d'y jeter un coup d'œil.

— Je ne lis plus aussi bien qu'avant. Je lis Thomas Browne, mais en même temps je le connais presque par cœur.

— Il faut qu'on vous donne une paire de lunettes de lecture, madame McNulty – ou dois-je dire mademoiselle Clear ?

— Je me porte aussi bien sans nom.

— Très bien. »

Alors, pour une raison inconnue, il s'est mis à rire, l'un de ces petits rires de grelots qu'ont les gens quand une idée les amuse, et qui surgit avant qu'ils aient la faculté de le retenir.

« Oh, non, a-t-il dit, bien que je n'aie pas prononcé un mot, excusez-moi – rien, rien. »

Et il est sorti avec un hochement de tête. Il a levé la main droite à la porte et m'a véritablement fait signe, comme si j'étais une passagère sur un bateau.

Était-ce avant ou après que John Kane est entré pour parler des perce-neige ? Je ne me souviens pas.

Si, je me souviens. John Kane est revenu, mais pour balayer par terre. Il s'était manifestement rendu compte, d'une manière ou d'une autre, qu'il n'avait pas encore balayé. Après tout, lui aussi vieillit, les vieux font le ménage des vieux. Non pas qu'il fasse le ménage. En balayant sous mon lit, il a récupéré une cuillère dans les poils de son balai. Elle était sale, maculée de soupe, et elle avait dû tomber de mon plateau. Il m'a adressé un regard sombre et très bref, m'a donné une petite tape sur la joue et il est parti.

Comment une bonne histoire devient-elle une mauvaise histoire au bout d'un certain temps ?

Carnet du docteur Grene

« Certainement il aimait la vie, cet homme qui désirait vivre quand le monde entier s'écroulait... »

Elle n'est enterrée que depuis deux semaines. Bet. C'est si difficile d'écrire ne serait-ce que son nom. Parfois ici, dans la maison, à présent seul la nuit, j'entends de petits coups quelque part, sans doute un bruit que j'ai entendu inconsciemment un million de fois, une porte de la maison qui tape contre son chambranle à cause d'un courant d'air et, je ne sais pas, je regarde craintivement dans le couloir obscur et me demande si c'est Bet. C'est une chose terrible et bizarre d'être hanté par sa femme.

Je ne le suis pas, naturellement. C'est un des nombreux fruits étranges dans la corne d'abondance du chagrin.

C'est si difficile de vivre. Je dirais presque que tout mon univers s'écroule. J'ai si souvent écouté allègrement et avec une distance professionnelle une pauvre âme torturée par la dépression, maladie qui trouvait peut-être son origine dans une catastrophe semblable à celle qui m'a frappé.

Je me sens si démuni que j'ai presque tendance à admirer la moindre manifestation de volonté, de santé mentale. J'ai regardé les images de la pendaison de Saddam Hussein, « président d'Irak », comme il continuait à se désigner, et j'ai scruté son visage en cherchant des signes de souffrance et de douleur. Il avait l'air désorienté mais fort, presque serein. Il avait un tel mépris pour ses geôliers, même quand ils lui lançaient des sarcasmes. Il ne croyait peut-être pas qu'ils auraient le courage de mettre un terme à sa vie. D'achever son histoire. Ou il pensait que, s'il trouvait la force en lui, il achèverait sa propre histoire avec un panache admirable.

Il avait l'air tellement débraillé et égaré quand on l'a sorti de sa cachette quelques mois auparavant. Sa veste et sa chemise étaient toujours impeccables au tribunal. Qui les lavait, les brossait, les repassait ? Quelle servante ? À quoi ressemble son histoire aux yeux d'un ami, d'un admirateur, d'un concitoyen ? Je lui ai envié son évidente tranquillité d'esprit tandis qu'il allait vers sa mort. Ils n'ont pas montré de pitié pour Saddam, qui lui-même n'avait montré aucune pitié pour ses ennemis. Il avait l'air serein.

Il est vrai que ces dix dernières années, toute une décennie, Bet s'est retirée dans la vieille chambre de bonne en haut de la maison. Je suis assis dans notre vieille chambre – vieille aux différents sens du terme, car nous l'avons partagée pendant vingt ans, elle n'a pas été refaite depuis de nombreuses années, c'est là que nous dormions « autrefois » et cetera – comme cela m'est arrivé des milliers de fois – combien de nuits en dix ans, trois mille cinq cent soixante nuits – et elle n'est plus juste au-dessus de moi, je n'entends pas son pas sur le parquet, le grincement de son lit étroit quand elle s'y allonge. Tout est parfaitement immobile et silencieux, à l'exception de ce petit claquement quelque part, comme si elle n'était pas du tout morte, mais s'était enfermée dans un placard et voulait sortir. Dans la petite chambre au-dessus, son lit est encore soigneusement fait comme elle l'a laissé le dernier matin. Je ne supporte pas l'idée d'y toucher. Sa collection de livres sur les roses occupe comme toujours le rebord de la fenêtre (quand nous dormions dans le même lit, les livres sur les roses étaient de son côté, ceux sur l'histoire d'Irlande du mien), maintenue par deux serre-livres hawaïens sculptés de façon extravagante en forme de jeunes filles effrontées. Près du lit, son téléphone est posé sur une petite table de style chinois que lui a léguée sa grand-tante. Sa grand-tante est morte de la maladie d'Alzheimer, mais elle avait gagné la table des années auparavant dans sa jeunesse en jouant aux cartes, et Bet avait été ravie et touchée d'en hériter. Dans les tiroirs se trouvent ses vêtements, dans le placard se trouvent ses robes, celles d'été et d'hiver, et ses chaussures, parmi lesquelles les chaussures à talons qu'elle portait pour dîner dehors ; je trouvais qu'elles ne lui allaient pas, mais au moins je n'ai jamais eu la goujaterie de le lui dire, cela ne figurait pas parmi mes péchés, il y a des années quand nous faisions ce genre de choses. Ce n'est cependant pas tant cette femme que j'ai trouvée dans le couloir à tenter désespérément de respirer, alors qu'elle faisait un collapsus pulmonaire, son dernier cri m'ayant fait monter bruyamment le petit escalier, qui m'obsède, que l'autre jeune femme qu'elle était quand je suis tombé amoureux d'elle qui me hante. La beauté parfaitement désirable et soignée qu'elle était, qui alla à l'encontre des souhaits de son père et insista pour épouser un jeune homme fauché, étudiant la science inconnue et peu prometteuse de la psychiatrie dans un hôpital en Angleterre, qu'elle avait rencontré en vacances à Scarborough. La nature absolument fortuite des choses.

Rien chez moi ne plaisait à son père, un homme qui avait été un des sous-traitants du grand projet hydroélectrique du Shannon, et en tant que tel un homme historique et épique qui avait fourni le gravier des carrières de Connaght. Mais elle l'emporta et nous eûmes notre mariage. Dieu lui soit témoin, sa nombreuse famille se rangea d'un côté de l'église et il n'y avait personne de l'autre côté à part mon père adoptif qui subissait les regards belliqueux des autres. Mes parents étaient catholiques, ce qui aurait pu jouer en leur faveur, sauf qu'ils étaient anglais, gens plus protestants aux yeux de ma belle-famille que les protestants eux-mêmes et, tout du moins, extrêmement mystérieux, comme des créatures d'un autre temps, quand Henri VIII voulait se marier. Ils devaient se dire que Bet épousait un fantôme.

Son vœu le plus cher, je pense, était que je reste exactement celui que j'étais et je regrette vraiment que cela ne se soit pas produit. Elle ne souhaitait le changement que pour ses roses, le moment étrange d'enchantement floral où la branche d'une rose se transforme, où apparaît une « mutation », une nouveauté surgissant de la rose connue. Un saut dans la beauté.

« Je vais au jardin voir s'il y a du nouveau », disait-elle, presque n'importe quand, car elle faisait pousser des roses toute l'année.

Elle attendait que le Dieu ou le magicien secret, quel qu'il soit, qui décidait du sort des roses fasse Son boulot. Je crains de ne pas avoir montré beaucoup d'intérêt pour tout cela. *Mea culpa*. J'ai essayé, mais je n'ai pas trouvé cette passion en moi. J'aurais dû l'accompagner au jardin, avec des gants et un sécateur, comme si je m'équipais pour une bataille miniature.

Petits péchés d'omission qui menacent dangereusement à présent. De quoi devenir fou.

Quoi qu'il en soit, pour ma santé mentale j'écris ici. J'ai soixante-cinq ans. Plus que dans la chanson des Beatles. Au dire de certains, je suis jeune. Mais quand un homme se réveille le jour de ses quarante ans, il peut dire avec certitude que sa jeunesse est derrière lui. C'est sans doute d'une insignifiance et d'un ridicule infinis. Une personne en bonne santé devrait se satisfaire de la vie, la voir comme une qualité en elle-même et considérer avec intérêt les années qui passent, l'âge qui vient, puis le grand âge. Mais je me sens lamentable face à cela. Quand Bet est morte, je me suis regardé dans la glace pour la première fois depuis des années. En fait je jetais tous les matins un coup d'œil dans la glace, taillais ma barbe et le reste, mais je ne me *regardais* pas. Ce que j'ai vu m'a laissé stupéfait. Je ne me reconnaissais pas. Mes cheveux étaient clairsemés au sommet de ma tête, gris comme le poil d'un blaireau, alors que je m'imaginais qu'ils avaient gardé leur ancienne couleur. Les rides de mon visage ressemblaient aux plis d'un morceau de cuir resté longtemps dehors sous la pluie. J'ai été totalement consterné, complètement abasourdi. Je ne m'étais pas rendu compte de cette évidence du vivant de Bet. J'étais vieux. Je ne savais pas quoi faire. Alors je suis allé chercher mon vieux rasoir et j'ai rasé ma barbe.

Soixante-cinq ans. Dans quelques années je prendrai ma retraite. Il ne s'agit pas seulement de ce bâtiment qui atteint son point ultime de dégradation. La retraite. Pour faire quoi ? Traîner dans la ville de Roscommon ? Pourtant Roseanne McNulty a cent ans. Si elle était anglaise, la reine lui enverrait une lettre. Est-ce que Mary McAleese envoie des cartes aux centenaires irlandais ? Je suis cependant certain que, comme le reste du monde, Mary McAleese ne sait pas que Roseanne existe.

En fait, je n'avais pas l'intention d'écrire quoi que ce soit à mon sujet ici. Ce que je voulais écrire concerne Roseanne.

Car il y a un mystère. Je soupçonne que quelque part dans un passé lointain, dans une institution telle que celle-ci, elle a souffert d'une manière ou d'une autre entre les mains de ses « soignants ». Cela n'aurait rien d'inhabituel dans des cas anciens comme celui-ci. Ses souffrances dans le monde de la vraie vie, dans le prétendu monde extérieur, ont sans doute été encore pires. J'ai tenté une série de questions prudentes, de celles qui ne risquaient pas de l'effrayer ou de la conduire au silence. Elle est tout à fait capable, et l'a toujours été, d'une conversation enjouée et même fantaisiste. Moi et Bet étions ainsi il y a des années. À notre aise – mais non, je préfère laisser cela de côté. Je me demande si Bet se sent seule là où elle se trouve à présent. C'était vraiment bizarre de téléphoner finalement à l'entreprise des pompes funèbres qu'on ne souhaite pas fréquenter et devant laquelle je suis passé si souvent en voiture, avec son entrée chic, la cour remplie de corbillards derrière, les formules efficaces, les chiffres, le thé, les sandwichs, les documents pour la tombe, le service, l'enlèvement du corps, toutes les formalités de la mort. Et puis, ce matin, la facture discrète, le détail des prestations, le cercueil choisi dans un soudain accès d'avarice que j'ai beaucoup regretté aux obsèques. Ce que j'ai acheté pour enterrer ma femme.

Toutes ses nuances, toutes ses façons de tourner la tête, tous les moments de tendresse entre nous, tous les cadeaux, toutes les surprises, toutes les plaisanteries, tous les voyages, les vacances à Bundoran et plus tard à Benidorm, tous les mots gentils, les phrases obligeantes se rassemblaient comme une mer, la mer de Bet, et s'élevaient des profondeurs de notre histoire, du fond de la mer de tout ce que nous étions, en une grande vague qui s'écrasait sur le rivage grisonnant de moi-même, m'engloutissait, et j'aurais voulu qu'elle m'emporte pour de bon.

Oh, mon Dieu. Je me suis de nouveau égaré. Ce scénario ne cesse de se répéter ces dernières semaines.

Roseanne. Une vieille dame. La cailleach des histoires. Si vieille et pourtant, un visage si mince qu'il conserve encore l'aspect de sa jeunesse, de ce qu'elle était. Oh, elle est ratatinée comme il se doit, quand l'aide-soignante la lave elle n'a sans aucun doute que la peau sur les os, tout ce qui était beau et fructueux en elle est vide et flétri. Oserais-je dire que Bet a échappé à cela ? Il est inutile de parler de ce que la mort nous épargne. La mort se rit de tout cela j'en suis sûr. La mort plus que tout autre aspect de la création connaît la valeur de la vie.

J'aimerais par pure curiosité trouver une vieille photographie de Roseanne quand elle était jeune. Elle devait être une beauté à l'époque. Mais de photographies il n'y en a pas.

Tout d'abord je n'ai rien trouvé sur elle. En fait on peut dire que je m'attendais qu'il n'y ait guère de traces d'elle dans les archives, compte tenu de son grand âge. Que savais-je d'elle ? Après tout je lui ai parlé de temps en temps depuis deux douzaines d'années ! Si peu de faits. Qu'elle s'appelait autrefois Mme McNulty, qu'aucun membre de sa famille ou connaissance n'est encore en contact avec elle, que personne ne lui a jamais rendu visite à l'hôpital et que j'ai peut-être le vague souvenir qu'elle a été transférée ici de Sligo, mais il y a quarante ans ou plus. Comment je savais cela, je l'ignore, à moins d'avoir vu un jour un document le mentionnant, quand j'étais jeune et que j'arrivais tout juste d'Angleterre. Bet voulait naturellement être près de sa famille et je savais par mon père que j'avais des liens avec l'Irlande. J'étais donc plus que satisfait de venir ici.

Un hasard, tout n'est qu'un simple hasard. J'avais été très surpris et heureux, flatté même, de recevoir une lettre, apparemment tombée du ciel, du chef de clinique de l'époque, M. Amurdat

Singh, me proposant un poste d'interne. J'ignore comment il avait eu mon nom, j'étais sorti de l'université depuis quelques mois à peine, je n'avais pas de travail et je désirais plus que tout épouser Bet. Un emploi en Irlande, exactement ce qu'elle voulait. C'était un miracle. Les Arabes disent que tout est écrit à l'avance dans le livre de la vie et que notre tâche consiste seulement à accomplir le récit déjà présent, invisible, inconnu. J'ai pensé que M. Singh avait peut-être fréquenté la même université que moi, mais non, il avait fait ses études en Irlande, dans le cadre de l'un des anciens réseaux impériaux qui existaient encore bien après l'indépendance de l'Irlande comme de l'Inde, à la façon dont ces choses subsistent. Je ne sais pas si quelqu'un lui avait donné mon nom et pourquoi l'aurait-on fait, car je dois avouer que mon diplôme n'était pas très brillant, même s'il était acceptable. Quoi qu'il en soit, la lettre miraculeuse arriva et j'y répondis avec joie, avec jeunesse et avec joie. Vous allez sans doute dire que je n'avais pas vu Roscommon. Mais si c'était un trou perdu, c'était un trou perdu que Bet aimait. Nous avions toutes les chances d'y être heureux.

Amurdat Singh, paix à son âme, était une sorte de saint. Peut-être à cause de ses origines, il n'a pas réussi en Irlande comme il aurait dû. Il méritait d'être nommé directeur de la psychiatrie d'Irlande. De son vivant, son hôpital était un véritable havre et il avait des opinions radicales et passionnantes. Jung et R. D. Laing étaient ses dieux et ils formaient un mélange convaincant. Malheureusement, il est mort relativement jeune, il s'est peut-être même donné la mort. Je crois que tout compte fait je suis tout de même content qu'il ait fait appel à moi, même si ses raisons demeurent mystérieuses.

À mon arrivée, Roseanne Clear était bien sûr déjà là depuis près de vingt ans, ou assurément sous la responsabilité des services psychiatriques (je ne dois pas écrire « prétendus »).

Cette porte n'arrête pas de cogner. Comme si j'avais de nouveau cinq ans dans notre maison disparue de Padstow, j'ai peur d'aller voir ce qui fait ce bruit. Je suis certain que ce n'est qu'une porte, peut-être la porte de la chambre d'amis que Bet dédaignait parce qu'elle était au même étage que moi.

J'ai écrit à l'hôpital psychiatrique de Sligo pour voir s'ils avaient quelque chose à son sujet. Il se peut qu'ils n'aient rien. Entre-temps j'ai trouvé ici les restes d'une espèce de déposition, en grande partie mangée par les souris et grouillante de poissons d'argent, comme un ancien manuscrit du désert. Un petit évangile apocryphe, peut-être bien. Je ne sais pas qui l'a écrite, mais c'était le genre d'effort d'une personne cultivée, bien que je ne pense pas qu'un médecin en ait été l'auteur. Les lettres tapées à la machine étaient pâles, sans doute s'agissait-il d'une vieille copie au carbone, ce papier bleu gaufré qu'on mettait sous l'original dans une machine à écrire. J'espère que Sligo a conservé l'original.

En attendant, j'ai parlé autant qu'il m'était possible à Roseanne, prenant du temps sur mes autres tâches et parfois, je dois l'avouer, ayant tendance à m'attarder plus que je n'aurais dû. Quand je suis dans sa chambre, je peux dire que le poison de la peine s'atténue brièvement. L'autre jour, j'ai véritablement craqué devant elle et, dans une tentative désespérée pour retrouver une distance professionnelle, j'ai lâché que Bet était morte. Loin de mettre de la distance, ces mots ont amené Mme McNulty près de moi. J'ai eu l'impression d'être touché par un éclair bienveillant, quelque chose de primitif, d'étrange et de bizarrement clair.

Peut-être qu'une personne qui ne reçoit jamais de visites accumule une sorte de chaleur, comme une centrale électrique jamais sollicitée – comme le projet hydroélectrique sur le Shannon dans les premières années, quand personne n'avait l'électricité chez soi.

Oui, j'ai obtenu quelques réponses à mes questions. D'abord je me suis demandé si elle connaissait la moindre réponse, si elle était, en ce qui concernait son passé, véritablement incapable de se souvenir, c'est-à-dire, en un sens, effectivement folle. Avait-elle été placée pour être « soignée » dans un asile parce qu'elle avait souffert d'une vraie psychose ou d'un effondrement de ses facultés ? Comme certains psychotiques, elle est absolument certaine de ce qu'elle paraît savoir, et cohérente. En même temps elle avoue ouvertement son ignorance sur de nombreux sujets, ce qui me fait penser qu'elle n'est pas psychotique, mais que sa mémoire a peut-être également souffert des poissons d'argent de la vieillesse. Les personnes psychotiques fournissent souvent des réponses à tout, qu'elles soient exactes ou non. Elles ont horreur de ne pas savoir, parce que cela provoque chez elles la douleur et la tempête de la confusion.

Je me suis dit ensuite qu'elle se montrait méfiante parce qu'elle me craignait, ou qu'elle redoutait peut-être même de parler, de peur que ses mots la ramènent à des choses qu'elle préférait oublier. De toute façon, bien sûr, je sais qu'elle a énormément souffert. Cela se voit dans ses yeux comme le nez au milieu de la figure. C'est en fait ce qui lui donne cette grâce étrange, si j'ose dire. Je n'y avais pas pensé avant de l'écrire. Écrire dans ce cahier a donc peut-être une certaine utilité.

Et, de toute façon, j'aimerais quelque part trouver le cœur et le fil de son histoire, si l'on peut dire les choses ainsi. Sa véritable histoire ou ce qu'on peut en récupérer. Il ne lui reste manifestement plus beaucoup d'années à vivre. Je crois que dans l'Irlande moderne la personne la plus âgée qui ait été recensée avait cent sept ans, ce qui lui donnerait encore sept ans. Mais il me semble improbable qu'elle jouisse de tant d'années.

J'espère recevoir des nouvelles de Sligo.

Je regrette plus que tout l'exode de Bet dans la chambre de bonne. Mon badinage – oh, quel mot désuet choisi par mon inconscient stupide pour masquer mon péché – avec une autre, dont j'ai aussi gâché la vie, en était la cause. Je crois que c'en était la cause. Plus probablement, l'image inattendue qu'elle a eue de moi au regard de cette histoire. Un homme plus mesquin, moins intègre qu'elle ne le pensait.

DEUXIÈME PARTIE

12

Témoignage de Roseanne sur elle-même

« Il fait rien que pleuvoir », chantait Gwen Farrar, tandis que Billy Mayerl faisait voler ses mains sur les touches. Elle devait venir de Sligo, car elle chantait d'une voix plaintive : « Je crois que nous sommes nés avec nos imperméables sur le dos… »

Le déluge de pluie qui tombait sans cesse sur Sligo tombait dans les rues grandes et petites, faisait frissonner et se serrer les maisons les unes contre les autres comme les gens à un match de football. Qui tombait fabuleusement, en quantité phénoménale, le contenu d'une centaine de rivières. Et la rivière elle-même, la Garravoge qui se gonflait, les cygnes magnifiques, surpris, filant sur le torrent, emportés sous le pont et réapparaissant de l'autre côté comme des suicidés ratés, leurs yeux noirs et mystérieux abasourdis, leur grâce mystérieuse imperturbable. Les cygnes sont si sauvages même parés de leur célèbre beauté. Et la pluie qui tombait aussi sur les trottoirs devant le Café du Caire, tandis que je m'agitais devant les casseroles et les machines, tout en regardant dehors, les yeux brûlants, par les fenêtres enfumées.

C'est l'image que j'en ai aujourd'hui. Qui étais-je à l'époque ? Une étrangère, mais une étrangère qui se cache encore en moi, dans mes os et dans mon sang. Qui se cache dans ce costume de peau ridée. La jeune fille que j'étais.

J'ai commencé à écrire hier sur le Café du Caire et j'ai été réduite au silence par un sentiment épouvantable, comme si mes os se liquéfiaient, se transformaient en eau glacée, à cause de ce qu'avait dit le docteur Grene en passant. L'effet de ses mots ressemblait à une fleur sèche sur une ardoise. J'ai broyé du noir toute la journée dans mon lit, me sentant vieille, malheureuse et angoissée. John Kane est venu et même lui a été si surpris par mon visage qu'il n'a rien dit, mais s'est dépêché de donner un coup de son affreux balai dans ma chambre. Je devais avoir l'air complètement folle. Il est bien connu que les êtres humains se dépouillent toute leur vie d'une pluie de peau morte. Son fichu balai doit trimballer un peu de la peau de tous les patients d'ici. Quand il le passe dans chaque chambre Je ne sais pas ce que cela signifie.

Je me sens écartée de ma tâche. C'est sans doute bizarre d'essayer d'écrire ici ma vie inutile et de résister à la plupart des questions que pose le docteur Grene. Il serait certainement ravi de lire ceci, ne serait-ce que pour alléger sa propre tâche. Eh bien, quand je serai morte et si quelqu'un pense à regarder sous la latte de plancher, il trouvera ces feuilles. Cela ne me gêne pas qu'il les lise du moment qu'il ne me pose pas trop de questions, ce qu'il ferait sans aucun doute si elles tombaient entre ses mains maintenant. La vérité est peut-être que j'écris pour lui, car il est réellement la seule personne que je connaisse, dans le vrai sens du terme. Et même lui, il ne vient que depuis très peu de temps me voir régulièrement. Je me souviens bien quand je ne le voyais que deux fois par an, à Pâques et à Noël, quand il entrait rapidement, demandait comment j'allais, n'écoutait pas vraiment la réponse et repartait. Mais en même temps il avait une centaine de patients, je ne sais pas, peut-être encore plus. Je me demande s'il y a moins de monde maintenant. Nous sommes peut-être comme ces tristes ordres de religieuses et de moines qui se réduisent à une poignée dans de vieux couvents. Je n'ai aucun moyen de le savoir, à moins de faire le tour du bâtiment, ce qui est peu probable maintenant.

En bas dans la cour, de nouveau complètement gelée aujourd'hui, malgré les perce-neige de John Kane, je suis certaine que le vieux pommier sent le froid mordant. Il doit avoir cent ans, cet arbre. Il y a des lustres j'y descendais quand on me le permettait. Un banc de bois entoure l'arbre comme dans un vieux village anglais, dans une vieille histoire anglaise. La place du village. En bas, ce n'est qu'un petit coin ensoleillé, quand il y a du soleil, qui réchauffe l'arbre et le fait renaître au printemps. Puis vient l'imposante floraison. Mais pas encore, c'est certain, et s'il a osé produire quelques bourgeons, le gel les noircira et il devra recommencer.

Une jeune fille de cuisine jetait autrefois les miettes des grandes tranches de pain découpées dans l'office sur une table improvisée pour les oiseaux. Cela attirait les mésanges bleues, les mésanges vertes et tous les pinsons voraces qu'on peut imaginer à Roscommon. Elle doit être partie depuis longtemps. Le pommier survivra sans doute à tout le monde.

Ce vieux pommier rendrait philosophe un merle. Les fleurs de pommier sont plus paisibles que celles de cerisier, mais elles sont tout de même réjouissantes, réconfortantes. Elles me faisaient pleurer au printemps. Elles finissaient toujours par venir, gel ou non. J'aimerais tant les revoir. Le gel ne peut que retarder le vieil arbre, il n'en vient jamais à bout. Mais qui me porterait jusqu'en bas ?

Quand le lait arrive gelé dans le seau,
Et Dick le berger souffle sur son ongle.

Le Vieux Tom, mon beau-père, avait un jardin magnifique dans son bungalow de Sligo. Il faisait merveilleusement pousser les légumes d'hiver. Je me souviens l'avoir entendu dire que le gel fait du bien aux choux et aux laitues d'hiver. Il n'avait pas son pareil pour faire pousser des légumes toute l'année, ce qui est apparemment tout à fait possible si on sait s'y prendre. Comme pour presque tout.

Le vieux Tom McNulty. Aujourd'hui encore, je ne sais pas s'il était ennemi ou ami. Aujourd'hui encore, je ne sais pas quoi penser d'eux tous, Jack – non, non, peut-être puis-je en toute justice maudire le père Gaunt et cette vieille femme, la mère de Tom et de Jack, la véritable Mme McNulty, si l'on peut dire. D'autre part, je ne sais pas vraiment. Au moins, Mme McNulty a-t-elle toujours été ouvertement hostile, alors que Jack et le père Gaunt se sont toujours présentés comme des amis. Oh, c'est un mystère épineux.

Voilà qu'une mauvaise pensée me vient, car le docteur Grene ne se présente-t-il pas aussi comme un ami ? D'après sa manière de parler, un ami professionnel peut-être. Ami ou ennemi, personne ne possède le monopole de la vérité. Pas même moi et c'est également une pensée épineuse et inquiétante.

J'ai trouvé très pénible de l'entendre dire de façon si désinvolte que mon père était dans la police. Je crois qu'il n'aurait pas dû. J'avais déjà entendu cette affirmation mais je ne me souviens ni où ni par qui. C'est un mensonge et pas un très joli. On pouvait se faire tuer autrefois pour de tels mensonges, et tuer était une sorte de mode en Irlande à une époque, par exemple les fameux soixante-dix-sept hommes tués par le nouveau gouvernement. Et les hommes exécutés étaient pour la plupart d'anciens camarades. John Lavelle a eu beaucoup de chance d'en réchapper et de ne pas être le soixante-dix-huitième. Je suis certaine que d'autre part il y a eu des exécutions secrètes, des fusillades secrètes, que personne n'a recensées et dont personne ne se souvient. Des morts tristes, froides, misérables de garçons venant des collines ou d'ailleurs, comme ce que j'avais vu, ou ses conséquences, c'est-à-dire ce qui était arrivé au frère de John, Willie.

C'était un vrai soulagement après tout cela de porter mon uniforme de serveuse au Café du Caire. Le café servait tout le monde à Sligo sans faire de critiques. Il appartenait à une famille de quakers et nous avions pour consigne de ne mettre personne à la porte. On voyait parfois un pauvre retraité esseulé boire du thé et, pensant que personne ne le regardait, sortir de sa poche quelques morceaux de fromage qu'il avait apportés. Je me souviens très bien de cet homme et je le trouvais très âgé dans son vieux manteau marron. Il n'avait sans doute pas plus de soixante-dix ans ! La présence de ces gens du peuple ne dissuadait cependant pas du tout les dames de Sligo de venir bavarder. Elles ressemblaient tout à fait à des poules dans une cour, assises à leurs tables, leurs bavardages et leurs potins s'élevant comme de la poussière sur les traces d'une caravane de chameaux dans le désert. Nous, je veux dire le peloton des serveuses, adorions certaines d'entre elles, des femmes superbes et gaies. Nous adorions les voir venir tous les jours et nous les servions avec plaisir. D'autres étaient des viragos comme on pouvait s'y attendre. Toute la palette de la société venait au café et ce fut réellement mon université, j'y appris tant de choses en servant le thé, en étant polie, et cela aurait pu être le début d'une bonne vie, je ne sais pas.

J'aurais sans doute pu être engagée de la manière habituelle, voir une affiche en vitrine, entrer et faire savoir d'une manière ou d'une autre que, malgré mon aspect peu prometteur, j'étais presbytérienne et donc parfaite pour cet emploi (à cause de la générosité des propriétaires quakers, il n'y avait pas d'employées catholiques, à part Chrissie, qui était catholique mais avait été élevée dans une école de la Charte comme une protestante). Mais cela se passa différemment.

Après la mort de mon père, ma mère, déjà taciturne, déclina encore selon les termes probablement employés dans cette institution. En me réveillant un matin, je descendis lui préparer son thé et, en remontant, je trouvai son lit vide. Ce fut un choc terrible et je courus en bas en l'appelant et en la cherchant partout, dehors dans la rue, partout. Je regardai par hasard par la fenêtre de l'office et la vis, pelotonnée comme un chien de berger sous la moto de mon père qui rouillait. Oh oui, je la fis rentrer et la mis au lit, dans des draps dont j'ai honte d'admettre qu'ils étaient gris car elle s'y couchait sans se laver. J'étais si triste et si bouleversée que, ce jour-là, je sortis de Sligo et marchai jusqu'à Rosses Point, où s'étendait la plus belle plage, me disant que j'allais me promener sur le terrain de golf parsemé de petits lacs appréciés des oiseaux solitaires et d'aperçus magnifiques et inattendus sur des manoirs au loin près de l'eau qui semblaient descendus sur le rivage pour boire (c'était bien sûr de l'eau de mer mais peu importe). Je m'y promenai donc, passai d'abord près des chaumières de Rosses, avec l'île de Coney de l'autre côté de la Garravoge et la silhouette belle et apaisante du Metal Man, dans ses vieux vêtements de fer peints en bleu, son chapeau noir, indiquant éternellement l'eau profonde pour montrer où aller aux bateaux qui arrivaient. C'était une statue sur un rocher, mais personne n'a assurément imaginé ni avant ni depuis un moyen aussi extraordinaire pour indiquer l'eau profonde. J'ai entendu dire un jour que son frère se trouvait dans un petit parc à Dalkey, près de la mer, dans le comté de Dublin, chargé de quelle tâche, je l'ignore.

Au-delà de Coney et du Metal Man s'étend la campagne de Strandhill, la plage moins belle qui fut plus tard la scène de mes souffrances.

Quand j'arrivai sur la grève à Rosses Point, un vent violent soufflait et, bien qu'il y eût plusieurs voitures noires garées derrière les dunes, leurs propriétaires devaient être assis à l'intérieur, car je ne vis personne dehors sur le large rivage. Seulement les assauts des cohortes du vent. Au loin, j'aperçus pourtant une silhouette isolée, et je compris bientôt qu'une femme en robe blanche gonflée par le vent poussait au hasard une grosse voiture d'enfant noire. En m'approchant d'elle je l'entendis appeler, ses mots enflant ou devenant inaudibles au gré du vent. Je finis par la rejoindre et, malgré la fraîcheur de ce mois de juin irlandais, je vis qu'elle transpirait.

« Oh, mon Dieu, mon Dieu, disait-elle, l'air très semblable au lapin d'*Alice au pays des merveilles*, je ne la trouve pas, je ne la trouve pas.

— Qui ne trouvez-vous pas, madame ? » demandai-je. Je compris à ses intonations qu'elle devait être de la haute et qu'elle s'attendait probablement qu'on l'appelle madame.

« Ma fille, ma petite fille, dit-elle d'une voix étrangement perçante. Je me suis endormie sur la dune, dans un délicieux rayon de soleil et ma petite jouait juste à côté de moi, mais à mon réveil elle avait disparu. Elle n'a que deux ans. Oh, mon Dieu, mon Dieu.

— Elle n'est pas dans la poussette ? demandai-je, prise d'une inspiration soudaine.

— Non, non, elle sait marcher. Son frère est dans la poussette et dort à poings fermés ! Ma fille Winnie sait marcher. Winnie, Winnie ! »

Elle parut brusquement s'écarter en hâte de moi, comme si elle abandonnait tout espoir que je puisse l'aider, après la grande ignorance que j'avais montrée au sujet de la poussette.

« Je vais vous aider à la chercher, dis-je. Je vais vous aider. » Je lui saisis véritablement le bras un instant. Il était mince sous le tissu blanc. Elle s'arrêta et me regarda. Elle me dévisagea de ses yeux verts remplis de larmes.

Je courus vers les dunes et pris le vieux sentier du haut comme je l'avais fait avec mon père des dizaines de fois. Le sentier montait et descendait et, au bout d'un moment, j'étais de retour près des voitures. La marée commençait à effleurer les longues bottes de pierre qui constituaient le rivage à cet endroit. Mue uniquement par l'intuition, je me précipitai vers l'eau, car je me souvenais d'une grotte, le genre de grotte profonde et étrange que tous les enfants adorent. Mon père m'avait raconté qu'on avait trouvé dans la grotte les vestiges les plus anciens de la présence de l'homme en Irlande et que quelques-uns de ces premiers hommes, sans nul doute héroïques, courageux et terrifiés en même temps, seuls sur une terre de grandes forêts et de grands marécages, s'y étaient réfugiés.

J'entrai dans l'obscurité de la grotte et mon intuition fut bien récompensée. Une petite forme accroupie creusait le sable sec, le derrière mouillé comme une flaque, heureuse comme un poisson dans l'eau. Je ramassai la petite et même cela ne lui fit pas peur car elle me prit peut-être pour une créature de son imagination. En revenant à l'air libre, je vis sa mère au loin qui fouillait les rochers à l'autre bout de la plage. Cette mère condamnée à l'échec offrait une image d'une grande absurdité et d'une grande injustice. Je me mis soudain à souhaiter que ma propre mère me cherche avec autant d'acharnement, trempée de sueur, qu'elle me retrouve sur la plage perdue du monde, qu'elle vienne à mon secours, qu'elle recrute d'autres gens pour me sauver, qu'elle me serre de nouveau contre son sein, comme cette mère au loin brûlait visiblement de le faire avec le petit être heureux que je tenais dans mes bras.

Je me mis néanmoins en route sur la plage, éclaboussée d'innombrables coquillages, le vent plissant les quelques centimètres d'eau. Quand je fus à mi-chemin je crois que la mère sentit que j'arrivais et elle tourna vaguement la tête vers moi. Même à cette distance, j'eus l'immense impression d'un mystère, de l'affolement intense de cette silhouette et de l'espèce de flamme de soulagement qui sortait d'elle tandis qu'elle pensait, qu'elle espérait, qu'elle m'apercevait avec sa fille dans les bras. Je me hâtai de parcourir dans les éclaboussures l'étendue de sable qui nous séparait. Elle se mit à courir vers moi en poussant toujours l'énorme voiture d'enfant et, finalement, nous ne fûmes plus qu'à quelques mètres l'une de l'autre. La mère hululait joyeusement, c'était du moins ce qui me semblait, la poussette faillit me percuter, elle m'arracha des bras la fillette qui se mit seulement alors à pleurer, à brailler, à hurler. Et c'était comme si je lui ramenais l'enfant du monde des morts, surtout quand je lui parlai de la grotte et de la marée montante.

« Je suis incapable de vous décrire, vraiment incapable, le sentiment d'immense détresse quand je ne l'ai plus vue, dit-elle. Mille mouettes hurlaient dans ma tête. J'avais l'impression qu'on avait versé en moi de l'huile brûlante si grande était la douleur dans ma poitrine. Tout le vide du rivage hurlait vers moi. Ma chère petite, ma chère petite, ma chère petite. »

Ces derniers mots m'étaient destinés, même si elle étreignait l'autre « chère petite » et qu'elle me serrait à son tour le bras.

« Je vous remercie, je vous remercie, ma chère, chère petite. »

Et c'était Mme Prunty, la femme du propriétaire du Café du Caire. Il ne lui fallut pas longtemps pour connaître mon histoire, que je lui racontai avec circonspection sous un aspect que j'espérais convenable, pendant que nous rentrions à Sligo dans sa grosse voiture noire. Et ce fut avec plaisir qu'elle me proposa de venir travailler au Café du Caire, puisque mes études étaient terminées, mon père décédé et ma mère à la maison et « souffrante », comme je l'avais dit.

Je ne me rappelle pas le moment exact où Tom entra pour la première fois au café, mais j'ai de lui un souvenir précis, comme une photographie dans un cadre aux bords dorés, comme l'une des affiches à l'extérieur du cinéma de Sligo, de son aura et de son sentiment de bien-être infini, un homme petit, râblé, presque gros, en costume soigné et solide, tellement différent de son frère Jack, dont les costumes étaient mieux coupés et dont le manteau était incroyablement beau avec son col de cuir souple comme celui d'une star de cinéma. Ils portaient tous les deux des chapeaux extrêmement coûteux, bien qu'ils fussent les fils du tailleur de l'asile d'aliénés de Sligo, et cela expliquait peut-être la coupe plus grossière du costume de Tom – certainement pas de celui de son frère. Mais leur père était le chef du principal orchestre de danse de Sligo, l'orchestre de Tom McNulty, et cela signifiait qu'ils avaient plus d'oseille que la plupart en ces temps où presque tout le monde manquait d'oseille. Son père, un autre petit homme qui se promenait en canotier durant cet été torride et en veste rayée comme on n'en voyait qu'aux courses le mercredi au bout de la ville, était appelé le Vieux Tom, et Tom lui-même était le Jeune Tom, distinction très utile car il jouait aussi dans ce fameux orchestre, même s'il n'était fameux que dans les dunes de Strandhill et dans les rêves des gens de Sligo.

Je devais déjà être depuis deux ans ou plus au Café du Caire quand j'ai remarqué pour la première fois les frères McNulty. Ces premières années comme simple serveuse furent tout bonnement heureuses, Chrissie la solitaire et moi étions très amies et formions un rempart contre le monde l'une pour l'autre. C'était une personne menue, soignée et gentille, Chrissie, car de tels êtres existent. Tout le monde ne cherche pas à blesser. De plus, bien qu'elle fût rarement au café, je sentais toujours la présence secrète de Mme Prunty derrière les casseroles fumantes, les beaux plats à gâteaux aux multiples rebords, la rivière de couteaux et de cuillères en argent et les ravissantes fourchettes utilisées uniquement pour les gâteaux délicats. Quelque part derrière tout cela, derrière les portes à la sculpture compliquée et les évocations d'une Égypte que personne n'avait jamais vue, j'étais certaine que Mme Prunty se déplaçait, comme un ange quaker, et disait du bien de moi. C'était du moins ce que j'imaginais. Je gagnais quelques shillings, nourrissais et lavais ma mère, hantais la salle de cinéma très très souvent le soir, voyais des milliers de films, d'actualités et tout le reste, des merveilles plus encore que les merveilles des rêves les plus beaux, les plus extravagants. Et d'une certaine manière en ce temps-là je m'en contentais, je repoussais toutes les propositions de « fréquenter » quelqu'un, de danser avec quelqu'un en particulier plus d'une ou deux fois. Nous filions, une bande de jeunes filles, de la ville jusqu'au dancing de Tom McNulty près de la mer, comme un torrent de roses sur les routes mornes, nous éparpillant parfois avec une gaieté et une simplicité extraordinaires sur la grève, là où la route descendait du village de Strandhill, et les bornes l'une après l'autre sur le sable montraient à marée basse le chemin vers l'île de Coney. On aurait pu nous prendre pour des mouettes, élégants oiseaux blancs plongeant et criant, nous étions toujours sur la terre en réalité – comme s'il y avait une tempête en mer. Oh, les filles de dix-sept ou dix-huit ans savent vivre et adorent la vie si elles en ont le loisir.

Personne n'avait vu l'Égypte, dis-je, mais bien sûr Jack avait été marin dans la marine marchande anglaise quand il était jeune et il avait accosté dans tous les ports de la terre – mais naturellement je ne savais pas tout cela. L'histoire épique de Jack – une petite épopée, une épopée ordinaire, une épopée locale, mais une épopée tout de même – m'était inconnue. Tout ce que je voyais, ou que je commençais à voir, c'étaient deux frères impeccables venant boire une tasse de thé, thé de Chine pour Tom, Earl Grey de préférence pour Jack.

Je n'appris que beaucoup plus tard la sombre histoire de leur frère Eneas, si je l'appris jamais réellement. Juste quelques fragments, quelques pages arrachées à son livre en lambeaux. Peut-on aimer un homme que l'on n'a connu – au sens biblique du terme – qu'une nuit ? Je ne sais pas. Mais il y a eu de l'amour, un amour doux, violent, véritable. Que Dieu me pardonne.

Carnet du docteur Grene

Mirabile dictu (l'obligation de lire Virgile à l'école m'a été profitable, elle m'a au moins laissé le souvenir de cette citation), d'autres documents sont arrivés de l'hôpital psychiatrique de Sligo. Il s'agit de l'exemplaire original de la vieille déposition et leurs archives doivent certainement être mieux conservées que les nôtres, car les feuilles sont presque intactes. Je dois dire que son histoire telle qu'elle est racontée dans le document m'intéresse au plus haut point; elle offre une sorte de paysage à placer derrière la personne que je ne connais qu'assise sur son lit. Une sorte de panorama humain des troubles et des événements, comme un tableau de Léonard de Vinci par exemple, Mona Lisa en personne, avec son château et ses collines (tels que je m'en souviens – peut-être n'y a-t-il pas de château). Sans doute parce qu'elle-même continue à se montrer réticente, j'ai éprouvé un grand frisson en commençant à lire, comme si j'allais trouver les réponses que je cherche à obtenir d'elle. Mais de cela je dois beaucoup me méfier. Les mots écrits prennent un pouvoir qu'ils ne méritent peut-être pas. Je ne dois pas forcément les laisser remplir son silence, même si la tentation est grande, parce que c'est un raccourci ou un contournement. Il s'agit de dix-sept feuilles, tapées à la machine presque sans espace, qui paraissent offrir un récit de ce qui l'a conduite à, j'allais écrire son incarcération, mais je veux bien entendu dire son internement. Le document comporte deux parties, la première détaille sa vie quand elle était jeune jusqu'à son mariage, puis les raisons de l'annulation de ce mariage, si c'est bien le terme de l'époque. A suivi apparemment une période de confusion épouvantable dans sa vie, épouvantable, vraiment terrible et pitoyable. Tout cela se passait il y a longtemps, dans le conte de fées sauvage de la vie en Irlande au cours des années vingt et trente, pour l'essentiel, bien que l'époque la plus difficile pour elle semble s'être déroulée en fait durant les années d'urgence, selon le terme qu'employait De Valera pour la Seconde Guerre mondiale.

En toute vérité et en toute sincérité, je ne sais pas ce que je peux lui exposer. Dans une certaine mesure je doute, à cause de sa réaction de l'autre jour, qu'elle soit ouverte à ces révélations, qui sont ou ne sont pas des révélations pour elle. Si elles présentent la vérité, c'est une vérité atroce et pesante. Dans un lieu comme celui-ci nous ne devons pas trop nous préoccuper de jugement moral ni même de jugement légal. Nous sommes ici comme des aumôniers de prison et nous avons affaire à ce qu'il reste de la personne humaine une fois que l'autorité civile s'est exprimée. Nous tentons de préparer, de stabiliser la personne pour quoi ? La hache, la guillotine de la santé mentale ? Pour les longues veilles de la condamnation au calvaire qu'est réellement la vie ici ?

Le document dont la lecture m'a intéressé sinon quelque peu horrifié était signé par le père Aloysius Mary Gaunt, un nom qui me disait quelque chose. Je l'ai tourné et retourné dans ma tête jusqu'à retrouver soudain qu'il s'agissait de l'homme devenu évêque auxiliaire de Dublin dans les années cinquante et soixante, tirant des hésitations et des atermoiements de la Constitution irlandaise une affirmation sans ambiguïté de son pouvoir de domination morale sur la ville, comme la plupart de ses frères ecclésiastiques. Un homme qui dans toutes ses déclarations paraissait souhaiter le bannissement des femmes derrière les portes de leurs maisons et l'élévation des hommes à une condition de chasteté sublime et de prouesses sportives. Cela prête un peu à rire aujourd'hui, mais pas du tout à l'époque.

Ce père Gaunt, quand il était jeune vicaire à Sligo, avait l'air de très bien connaître la situation de Roseanne Clear. Elle était apparemment la fille d'un sergent de la police royale irlandaise (ce que je savais déjà grâce à la partie abîmée que j'ai trouvée ici). De Valera, jeune dirigeant pendant la guerre d'indépendance, avait déclaré que tout membre de la police devait être tué s'il entravait de quelque manière les objectifs du mouvement révolutionnaire. Par conséquent ces individus, bien qu'irlandais et pour la plupart catholiques (le père de Roseanne était presbytérien), et leurs familles vivaient sous cette menace constante et en danger réel. Tout cela est parfaitement compréhensible en période révolutionnaire, mais je me demande si à douze ans Roseanne s'en rendait compte. À ses yeux, ce qui se passait devait paraître réellement tragique, réellement déroutant et affreux.

Je viens de regarder ma montre et il est sept heures cinquante, le tout dernier moment pour quitter la maison si je veux faire mes visites à huit heures dix. Je dois filer.

Une note pour moi-même : les entrepreneurs disent que dans six semaines le nouveau bâtiment sera terminé. C'est de source sûre, car je suis allé sur le chantier et je leur ai posé la question, comme un vrai espion, l'autre jour. Mais cela suffit.

13

Témoignage de Roseanne sur elle-même

Curieusement, ce n'est pas au Café du Caire que j'ai « rencontré » Tom, mais dans un tout autre endroit. Dans la mer elle-même.

Le privilège d'avoir des enfants n'est nulle part plus évident que sur les plages. Quel supplice pour la vieille fille et l'homme sans enfants de voir les petits démons et les petits anges de toute taille alignés au bord de l'eau. Comme une espèce d'animal migrateur. L'animal humain a fait ses débuts comme une petite chose frétillante dans les mers primitives et il a gagné péniblement la terre accablé de regrets. C'est ce qui nous amène remplis de nostalgie vers la mer.

Je ne suis pas tout à fait une femme sans enfants.

Cette histoire aussi appartient à la mer, ou au rivage tout du moins.

Mon enfant. Mon enfant est parti à Nazareth, c'est ce qu'ils m'ont dit. Ou c'est ce que je les ai entendus dire. Mais je n'entendais pas très bien, pas correctement, à ce moment-là. Ils ont pu tout aussi bien dire le Wyoming.

La plage de Strandhill est étroite, encombrée, exposée et la dune de sable elle-même semble avoir relevé ses énormes genoux pour échapper à l'activité d'en bas. Les cabriolets, les charrettes, les side-cars, les carrioles et les automobiles se garaient sur la longue promenade accidentée et je suis sûre que leurs occupants s'éparpillent toujours avec le même niveau d'anticipation, les enfants déboulent les premiers, les pères rient, jurent, les mères grondent, s'affolent – toute l'agitation et l'émoi du bonheur ordinaire. Les costumes de bain jusqu'aux genoux rivalisent dans l'éternité avec les merveilleux bikinis que je n'ai vus que dans des magazines égarés. J'aurais tant aimé exhiber l'un d'eux.

Et au début, nul doute que seules quelques maisons vaillantes étaient construites sur le marécage et l'étendue ventée de sable, de chiendent, la terre s'élevait sans cesse jusqu'à toucher le royaume de Knocknarea, où la reine Maeve dort dans son tombeau de pierre. Du haut de Knocknarea on voit la plage de Strandhill, mais les gens ne semblent pas plus gros que des têtes d'épingle et tout ce qui a la taille d'un enfant paraît un grain de poussière.

J'ai regardé de là-haut, au désespoir et en pleurs.

Tout ce pays est devenu plus tard « mon » pays. Strandhill, Strandhill, la folle de Strandhill.

Au début, quelques rares maisons se risquaient sur ce sol incertain, puis un vieil hôtel et ensuite des cabanes et d'autres maisons, et à une époque, dans les années vingt depuis longtemps disparues, Tom McNulty construisit le dancing Plaza. Ce n'était qu'un entrepôt en tôle ondulée au toit rond, un perron carré en béton devant l'entrée avec une porte bizarrement modeste et un guichet dont l'aspect brillant et prometteur incitait à entrer, oh, et un tourbillon bouillonnant de rêves s'élevait de la foule qui s'approchait tous les vendredis soir, montant sans aucun doute jusqu'au ciel pour consoler Dieu de ses doutes sur la création.

C'était le travail de Tom McNulty, père et fils, de donner un billet pour ces rêves. Et je ressentais ce rêve en moi avec une plénitude passionnée.

Dire que je suis assise ici à écrire ces mots, mes mains vieilles comme Mathusalem. Regardez ces mains. Non, non, vous ne pouvez pas. Mais la peau est fine comme – avez-vous déjà vu la coquille d'un couteau ? On en trouve partout sur la plage de Rosses. Ce coquillage est recouvert d'une pellicule transparente, comme un vernis qui sèche. C'est une pellicule étrange. Ma peau ressemble à cela aujourd'hui. J'ai l'impression que je peux compter mes os. En vérité, on dirait que mes mains ont été enterrées un certain temps puis déterrées. Elles vous feraient peur. Je ne me suis pas regardée dans une glace depuis environ quinze ans.

Les quelques premiers mètres dans l'eau à Strandhill étaient assez sûrs. En été on se serait cru dans une baignoire. Il m'a toujours semblé que la mer à cet endroit faisait très peu d'efforts pour aller et venir. Cela avait peut-être un rapport avec les enfants qui faisaient pipi dans l'eau, la température de l'eau, je veux dire. C'était délicieux pourtant. Moi, Chrissie et les autres filles du Café du Caire... Mme Prunty essayait toujours d'employer des filles bien au café, mais des filles bien qui étaient jolies, ce qui est différent. Je crois que nous ressemblions à de jeunes déesses. Mary Thompson aurait pu avoir sa photo dans un magazine. Winnie Jackson l'a *eue* un jour, dans le *Sligo Champion*. « Miss Winnie Jackson profite du beau temps à Strandhill. » Dans son beau costume de bain une pièce qu'Arnott's de Dublin lui avait envoyé par le train Dublin-Sligo. Ça c'était du style. Elle avait une poitrine rebondie et charmante et je crois que les garçons n'éprouvaient en la regardant que du désespoir à l'idée qu'ils ne parviendraient jamais à lui parler.

Notre peau prenait des teintes africaines dans la chaleur étouffante du mois d'août. Nos visages, parfois rouge vif le soir quand nous rentrions en longeant la plage, nous brûlaient et, couchées dans notre lit en ville, nous osions à peine laisser nos épaules en contact avec les draps. Heureuses. Le lendemain matin la peau s'était calmée et nous mourions d'envie de retourner à la plage, encore et encore. Heureuses. Nous étions juste des filles simples et ordinaires. Nous aimions mettre les garçons le plus possible au désespoir.

Qui sur la touche observaient notre bonheur comme des requins, dévoraient des yeux nos attributs. Parfois je me mettais à parler à un garçon au dancing, les garçons ne parlaient pas beaucoup et quand ils parlaient ils ne disaient pas grand-chose d'intéressant. Mais c'était bien ainsi. Toutes sortes de garçons venaient au dancing, des riches de la ville, des garçons aux pantalons trop courts qui laissaient voir leurs chaussettes ou leurs jambes nues enfoncées dans des chaussures éculées. Quelques ânes étaient toujours attachés dehors, ainsi que divers canassons et des charrettes aux brancards relevés. Les collines déversaient leurs fils et leurs filles comme une étrange avalanche. Une humanité charmante.

Le père Gaunt était toujours présent, lui ou un autre vicaire, hérons au milieu du menu fretin. Mon Dieu, il me semble bien me souvenir qu'il existait une sorte de Loi des Dancings. Ou je l'ai peut-être inventée. Je crois qu'à l'église ils se répandaient en imprécations contre la danse, mais je n'étais pas au courant. On n'était pas censés se toucher. On devait danser d'une manière froide et bizarre sans se toucher. C'était délicieux de se blottir contre un garçon à la fin d'une danse, tout en sueur et lui aussi, l'été, une odeur de savon et de tourbe émanant de lui. Et ce truc dans leurs cheveux à l'époque, la brillantine, cela s'appelait je crois. Il y avait là des gars dont les pères et les mères parlaient probablement irlandais dans les collines reculées de Sligo, et qui, allant au cinéma de temps en temps, s'étaient mis dans la tête qu'ils avaient l'obligation de ressembler à des stars de l'écran, à moins qu'ils n'aient voulu avoir l'air des patriotes irlandais qu'ils essayaient d'être, c'était peut-être aussi cela. Michael Collins n'était pas en reste pour se graisser les cheveux. Même De Valera se mettait de la brillantine.

Et l'orchestre de Tom McNulty explosait comme un orage. Le Jeune Tom debout au bord de l'estrade levait sa trompette ou sa clarinette et soufflait la musique qu'on écoutait à l'époque. Il fallait du jazz pour danser, mais on dansait encore le fox-trot et même la valse. Tom fit un enregistrement, sous le nom de l'Orchestre de Ragtime de Tom McNulty, Seigneur cela provoqua un délire dans la salle. La lumière émanait de Tom en ce temps-là. À l'époque, bien sûr, Tom était juste le grand homme à qui je n'avais jamais parlé sauf au café pour dire : « Qu'est-ce qui vous ferait plaisir ? » Question à laquelle il répondait en général par : « Un thé de Chine et un petit pain aux fruits secs. Un thé Earl Grey pour mon frère. » Il adorait les petits pains aux fruits secs. Je me demande si on en fait encore. Ils revêtaient quasiment un caractère religieux à l'époque, aucun café ne pouvait s'en passer, voilà tout. C'est drôle comme tout était figé en ces temps-là. Petits pains aux fruits secs, gâteaux à la crème, petits pains aux cerises avec un glaçage blanc, comme si ces gourmandises étaient aussi anciennes et établies que les baleines, les dauphins, les maquereaux – comme des circonstances naturelles, l'histoire naturelle du café.

La disparition de mon père avait une grande importance, mais d'une certaine façon je réussissais à la ranger sous le coussin de mes cheveux, à dormir dessus en quelque sorte. Je ne pouvais pas m'empêcher d'être heureuse, quand je me réveillais le matin, oui, je devais m'occuper de ma mère, mais j'étais capable de la faire manger et de veiller sur elle, elle ne prononçait jamais un mot et n'allait jamais nulle part, elle restait à la maison dans son peignoir rayé, et cette énergie était en moi, comme une automobile qu'on faisait démarrer à la manivelle, je démarrais, je démarrais mystérieusement tous les matins en m'éveillant, j'étais bourrée d'énergie, elle me faisait sortir de la maison, dans les rues de Sligo, pousser les portes en verre du Café du Caire, embrasser mon amie Chrissie pour lui dire bonjour, rire, et si Mme Prunty était là, elle m'adressait son sourire timide et j'étais radieuse, radieuse.

Cela vaut toujours la peine de décrire en détail le bonheur, le reste occupe une place si importante dans la vie qu'il est préférable de planter les jalons du bonheur tant que c'est possible.

Quand j'étais dans cette disposition, tout me paraissait beau, la pluie qui tombait à verse me semblait de l'argent, tout m'intéressait, tout le monde avait l'air à l'aise avec moi, même les garçons du voisinage aux yeux mi-clos, aux doigts jaunis par les clopes qu'ils fumaient, une tache jaune au-dessus des lèvres là où était vissé en permanence un mégot. Des voix comme des bouteilles qu'on brise dans une ruelle.

Allons bon, et tout cela me revient spontanément. Je me suis installée aujourd'hui pour écrire sur Tom et la mer. Venu à mon secours dans une mer de bonheur.

Je plongeai. Je crois que je savais où j'allais. Je trouve curieux de me souvenir si bien de la sensation de ce costume de bain de laine fine sur ma peau. Il était barré de trois larges rayures et j'avais économisé tout l'hiver pour l'acheter. On n'en trouvait pas de plus beau dans tout Sligo. En Irlande une chaude journée est un tel miracle que nous devenons des étrangers déments en un clin d'œil. La pluie fait rentrer tout le monde à l'intérieur et l'histoire avec. Quand il fait chaud, une délicieuse absence de tout s'installe et, parce que notre monde est par essence très humide, la verdure des champs et des collines semble brûler d'une sorte d'ahurissement, d'émerveillement. La campagne revêt un aspect charmant, les garçons et les filles le long de la plage se parent de couleurs mordorées et des bleus et verts de la mer, brûlants aussi, brûlants. Ou c'est ce qu'il me semblait. Toute la ville avait l'air d'être là, tout subissait les coups de pinceau de la chaleur, tout se rejoignait et fondait. Je ne sais pas si le Plaza existait déjà, sans doute, car j'avais vu Tom McNulty jouer, mais dans ce cas on devait être en 1929 ou même plus tard et je n'étais plus tout à fait une gamine, mais je ne sais plus trop. Il est difficile de deviner l'âge d'une personne en costume de bain, dans la débauche de soleil, et je n'arrive pas à déterminer quel âge j'avais, j'ai beau fouiller mes souvenirs, je ne vois qu'un scintillement fabuleux.

Et l'eau sous la surface tout aussi scintillante, mouchetée, un enchaînement de miracles en quelque sorte, cette merveilleuse demi-cécité des yeux sous l'eau, ce flou car la mer est une énorme lentille, l'impression de porter la mer comme des lunettes. Cela ressemblait encore plus à une peinture, une peinture démente et frénétique, il y en avait tout un livre à la bibliothèque de la mairie, ces types qui peignaient en France et dont on se moquait pour commencer, comme s'ils ne savaient pas peindre. Je ne me hasarderai pas à écrire un seul nom, mais je m'en souviens, des noms durs, râpeux, et les vies tourmentées qui allaient avec, je peux les dire dans ma tête tout en écrivant. Mais j'aurais honte de faire des fautes en les notant. Et moi sous la surface de l'eau, tout mon corps relâché, mais en même temps avivé, mes poumons remplis d'air au début puis réduits à la mendicité, la tête plus légère, plus belle et l'eau froide au fond, lavant mon visage, lui demandant qui il était, quelle était sa forme, dans tous ses détails. J'ai tout à coup très envie de raconter cela au docteur Grene, je ne sais pas pourquoi, je pense que cela l'intéresserait, que cela lui ferait plaisir, mais en même temps j'aurais peur qu'il en déduise quelque chose. Il interprète ce qu'on dit, ce qui est dangereux, extrêmement. Oh oui, la plage de Strandhill, à marée haute, est bien au début, puis elle plonge, on se retrouve dans l'eau profonde de la baie, le gros muscle, énorme, comme le fameux fleuve Hudson, non, pas aussi gros bien sûr, mais j'avais l'impression pas tant d'entrer que de toucher une vaste étendue qui ployait sous l'œil de Dieu. Et la sentais-je me tirer rapidement, profondément ? Je ne sais pas. Je sais que je m'y abandonnais de tout mon cœur, je sais que j'en étais retournée, que je pleurais peut-être, peut-on pleurer sous l'eau, ce doit être possible ? Combien de temps ai-je nagé sans remonter à la surface ? Une minute, deux, trois, comme un pêcheur de perles dans les mers du Sud, où qu'elles se trouvent, quelles qu'elles soient ? Moi dans mon costume de bain et à l'intérieur du costume une petite poche avec deux shillings dedans, le prix de mon ticket pour rentrer à Sligo dans le vieux bus vert, rangés par sécurité dans cette poche, comme un endroit où ranger un scapulaire si on est catholique. Et sans doute ma jeunesse, ma douceur, ma dureté, mes yeux bleus, mes cheveux blonds lustrés sous l'eau, et peut-être trois cents requins plus loin, commençant à être dans le voisinage des requins, merveilleux, merveilleux, cela m'était égal. Devenir une sorte de requin.

La grande force du courant qui m'entraînait peu à peu, comme le monde se perdant dans un crescendo musical.

Et dans tout ce bonheur, tout à coup enveloppée, dérobée, remontée par des bras d'homme que je savais experts, presque tortueux. Et cette personne, lisse, ronde et forte, me souleva dans le scintillement incessant et nous crevâmes la surface, de retour dans le monde assourdissant, la mer mouvante et le ciel en haut ou en bas je ne savais pas. Le nageur me tira jusqu'à la plage, avec les garçons et les filles, les seaux, le vieux canon pointé vers la mer, les maisons, le Plaza, les ânes hébétés, les quelques automobiles, Sligo, Strandhill, mon destin, mon destin aussi tragique que celui de mon père, mon destin ridicule, cruel, mon drôle de destin.

Personne d'autre au monde que Tom McNulty n'aurait pu venir me repêcher. Ce ne pouvait être que lui. En tout cas, il était excellent nageur et avait déjà reçu une médaille pour avoir sauvé une vie, remise par le maire de Sligo en personne, ce qui le fit entrer en politique, disait-il toujours. L'autre personne qu'il avait sauvée était une vieille bonne femme ratatinée que la marée avait cueillie sur le rivage comme la farceuse qu'elle est – une vieille bonne femme, mais pas aussi vieille que je le suis maintenant. Non.

« Je vous connais », dit-il, tout luisant sur le sable, me souriant de son beau gros visage carré, et le monde entier qui s'assemblait autour de nous, et Jack était là aussi, en maillot de bain noir, et son corps ne semblait pas vraiment fait de chair, mais d'une matière plus dure, les os et les muscles d'un voyageur. « Vous êtes la jeune fille du Café du Caire. »

Je me mis à rire ou j'essayai, car l'eau salée gargouillait dans ma gorge.

« Miséricorde, vous avez avalé l'océan, dit-il. Oui, vraiment, Seigneur, où est votre satanée serviette ? En avez-vous une ? Oui ? Et vos vêtements ? Oui, venez. Venez avec moi. »

Jack mit ma serviette sur mes épaules et rassembla mes vêtements en les tenant avec précaution, et tous deux me firent remonter la route brûlante vers le Plaza, nous marchions sur l'herbe au bord quand nous pouvions, puis nous traversâmes le désert du parking et entrâmes par le guichet. Tom riait, très à l'aise et probablement soulagé de m'avoir sauvée. Je ne me souviens pas s'il a reçu une autre médaille pour moi, j'espère que oui, car il la méritait sans doute, tout bien considéré.

Oh, mon Dieu, c'est difficile de revenir sur la joie de cette époque mais, en même temps, je sais qu'il est rare dans une vie de connaître une telle joie et une telle chance.

Je connaissais ma chance, la connaissais aussi bien qu'un moineau qui trouve une miette de pain pour lui tout seul.

C'était de la fierté aussi, la fierté que j'éprouvais pour lui, sa renommée et son assurance.

Nous montions les marches de béton pour entrer au cinéma entre ces haies de laurier. Nous aurions pu être un couple de Hollywood, j'aurais pu être Mary Pickford en personne, même si en toute honnêteté Tom était trop petit pour être Douglas Fairbanks.

Le penchant certain pour la boisson à Sligo constituait l'ombre au tableau de notre petit monde. Les hommes comme Tom et son frère étaient tellement ivres au petit matin qu'ils ne se souvenaient non seulement pas de ce qui s'était passé, mais ils ne voulaient pas s'en souvenir, ce qui était sans aucun doute une vraie bénédiction.

J'étais debout sur la piste de danse, heureuse d'être seule, les yeux levés vers la scène où l'orchestre de Tom était aligné. Son père petit et fringant était doué pour la clarinette et pour tous les instruments. En fin de soirée, Tom jouait *Remarkable Girl*, son regard d'aigle posé sur moi. Un jour que nous nous promenions sur la plage de Rosses, il me taquina en chantant *When Lights are Low in Cairo* parce que j'étais la fille qui travaillait au Café du Caire. Il modelait sa voix sur celle d'un chanteur appelé Cavan O'Connor, car il considérait Cavan comme le plus grand chanteur de tous les temps. Tom avait grandi plus ou moins avec la musique de Jelly Roll Morton et il était fou de Bubber Miley, comme tous les trompettistes d'alors, plus encore que de Louis Armstrong en personne. Tom affirmait que Bubber avait fait la célébrité de Duke Ellington. Ces questions étaient pour Tom presque aussi importantes que la politique. Mais mon cerveau décrochait quand il abordait ce sujet. Je trouvais cela beaucoup moins intéressant que la musique. Très vite il m'intégra dans l'orchestre et me fit remplacer le pianiste en titre quand celui-ci était souffrant. C'était un grand type atteint de tuberculose qui venait de derrière Knocknarea. Son air favori était *Black Bottom Stomp*. Jack ne montait jamais sur scène mais il aimait bien chanter quand il commençait à boire et qu'il était joyeux, très joyeux. Il entonnait *Roses of Picardy*, *Long Way to Tipperary*, parce qu'il avait été dans la marine marchande anglaise quand il était tout jeune, mais je crois l'avoir déjà écrit. Il avait vu tous les ports de Cove jusqu'au Caire, mais je crois l'avoir déjà écrit. Cela vaut peut-être la peine de le dire deux fois.

Jack était toujours dans les parages, puis il disparaissait un certain temps. Il allait en Afrique travailler sur contrat. Oh, Tom était très fier de Jack, Jack avait obtenu deux diplômes en même temps à Galway, celui de géologue et celui d'ingénieur. Il était tout simplement brillant. Je dois avouer qu'il était à peu près trois fois plus beau que son frère, mais cela n'a aucun rapport. Il était ainsi, il possédait la beauté des stars de cinéma qu'on trouve dans les petites villes. On allait voir *Broadway Melody* par exemple et à la fin, quand les lumières se rallumaient, oui, on était de retour dans ce satané Sligo – sauf Jack. Jack conservait une partie de l'auréole de Hollywood.

Jack se tenait cependant à quelque distance de nous, quel genre de distance je ne sais pas. Il était trop ironique pour être amical, il blaguait et plaisantait tout le temps, et parfois je le surprenais qui me regardait d'un air bizarre. Je ne veux pas dire d'un air de convoitise, mais peut-être de désapprobation. De longs coups d'œil quand il croyait que je ne le voyais pas. Il me jugeait.

Jack possédait toutefois une Ford qui allait bien avec le col en cuir de son manteau. Nous étions toujours dans cette voiture, nous avons vu des milliers de paysages irlandais à travers le pare-brise, nous avons chassé des millions de tonnes de pluie avec le petit essuie-glace qui allait et venait, allait et venait, et ils ont bu des dizaines de litres de whisky pendant que nous roulions. Notre grand plaisir était de descendre sur le sable menant à l'île de Coney à marée basse et de courir dans les quelques centimètres d'eau, infiniment bien dans notre peau, en hurlant. Des amis nous accompagnaient toujours, les plus jolies des filles qui traînaient dans le sillage de l'orchestre et souvent d'autres garçons de Sligo et de Galway. Chose étonnante, Jack avait une petite amie qu'il allait en fait épouser, elle s'appelait Mai, mais nous ne la voyions jamais, elle vivait à Galway avec ses parents, des gens très cossus. Son père était courtier en assurances, ce qui impressionnait beaucoup Jack, et ils vivaient dans une maison à Galway qui portait le nom de Maison Quelque Chose, et ce n'était pas rien pour un homme dont le père était le tailleur de l'asile d'aliénés de Sligo. Il l'avait rencontrée à l'université, elle était une des premières filles à y entrer, oh, et je dirais une des premières filles pour beaucoup de choses et elle me regardait de haut parce que j'étais une fille moi aussi. Non, ce n'est pas juste, je ne pense pas l'avoir rencontrée plus d'une fois.

En fait je fais du tort à Tom en parlant ainsi. Car son cousin germain possédait le *Sligo Champion* et avait été trésorier de ce qu'on appelait le véritable premier Dáil, c'est-à-dire le Dáil d'après le traité [1]. Et Jack disait toujours – je l'entendais en parler à ses nouvelles connaissances – qu'il était cousin d'Edward Carson, cet homme au cœur sombre qui décida de se retirer de l'État libre comme un rat quitte un navire qui coule, et ce qu'il espérait et appelait de ses vœux c'était le naufrage du navire. Tom m'a expliqué que les membres de sa famille étaient importateurs de beurre à Sligo, ou peut-être exportateurs, et qu'ils avaient possédé des bateaux, tout comme les Jackson et les Pollexfen. Et que l'Oliver de son nom, Thomas Oliver McNulty, venait du fait qu'ils avaient perdu leurs terres à l'époque de Cromwell parce qu'un Oliver McNulty avait refusé de devenir protestant. Il racontait cela en gardant l'œil sur moi, pour voir comment je réagissais, étant moi-même protestante je pense. J'étais protestante, mais peut-être pas le bon type de protestante. Jack aimait les protestants des grandes maisons et il s'était mis dans la tête qu'il appartenait en quelque sorte à l'aristocratie catholique. Je crois qu'il ne pensait pas beaucoup de bien de la tradition presbytérienne en Irlande. Le prolétariat. C'était un terme redoutable.

« Ce type est un prolétaire des pieds à la tête » était l'une des remarques humiliantes de Jack. Étant allé en Afrique, il avait aussi des formules étranges comme « agir en homme blanc ». Et « hamma-hamma ». Ayant vécu des milliers de soirées de beuverie, il disait aussi : « Restons dignes. » S'il pensait que quelqu'un n'était pas digne de confiance, cette personne était « un foutu sac de merde ».

1. Le Dáil Éireann proclama unilatéralement l'indépendance de l'Irlande, en 1919, avant de devenir le Parlement de l'État libre, trois ans plus tard, après le traité.

Cheveux roux, auburn à vrai dire, peignés en arrière. Des traits assez sévères, des yeux très sérieux. Oh oui, Clark Gable ou mieux encore Gary Cooper. Superbe.

Je cherche ma mère dans ces souvenirs et je ne la trouve pas Elle a tout simplement disparu.

14

Carnet du docteur Grene

En allant travailler en voiture ce matin, je suis passé devant une colline couverte d'éoliennes que je n'avais pas remarquées jusqu'alors. Peut-être ne les avais-je pas vues parce qu'elles n'étaient simplement pas là, mais dans ce cas j'ai à coup sûr raté leur construction qui a dû prendre un bon moment. Elles se trouvaient simplement là tout à coup. Bet disait toujours que j'avais la tête dans les nuages. Un jour de pluie je suis rentré, je me suis assis sur le canapé et quelques minutes plus tard je me suis par hasard touché les cheveux et j'ai demandé : « Pourquoi ai-je la tête mouillée ? » Bet adorait raconter cette histoire, du temps où elle trouvait quelqu'un à qui la raconter.

Mais ces éoliennes étaient là, tout à coup. La colline – plutôt une montagne je pense, si cela existe en Irlande – s'appelle Labanacallach et il y a aussi un bois, appelé Nugent's Wood, qui monte jusqu'à la limite du gel. Qui était Nugent et pourquoi il a planté un bois à cet endroit reste un mystère, ou du moins seuls de vieux bonshommes savent encore ces choses. Je roulais dans ma Toyota, malheureux comme les pierres, ressassant toujours les mêmes récriminations dans ma tête d'idiot, quand j'ai vu le balai argenté des éoliennes, si l'on peut dire, et mon cœur s'est envolé comme la caille s'envole du marais. Il s'est envolé. Elles étaient si belles. J'ai pensé aux moulins dans les tableaux, aux émotions étranges qui s'y rattachent même dans les souvenirs. Don Quichotte peut-être. Autrefois j'étais toujours désolé en voyant un moulin en ruine. Des constructions magiques. Ces versions modernes ne sont bien entendu pas tout à fait semblables. Elles soulèvent naturellement beaucoup d'objections. Mais elles sont belles. Elles m'ont rendu optimiste, comme si j'étais encore capable d'accomplir quelque chose.

Je m'étais réveillé au milieu de la nuit avec un effroyable sentiment de honte et d'inquiétude. Si j'arrivais à décrire les composantes de ma peine et à les noter dans un journal, je rendrais au monde un grand service. Je soupçonne qu'il est difficile de se souvenir du chagrin qui est assurément invisible. C'est cependant une plainte de l'âme et je ne dois plus jamais sous-estimer sa force acide chez les autres. À défaut d'autre chose, je vais mettre en réserve ce nouveau savoir dans l'espoir que quand la douleur sera passée j'en aurai tout de même retenu l'anatomie clinique.

Merci mon Dieu pour ces éoliennes.

Je me suis donc réveillé au petit matin. Je crois que c'est de nouveau à cause de ces coups mystérieux dont j'ignore toujours l'origine. C'est Bet qui me supplie de me souvenir d'elle. Elle n'a pas de souci à se faire. J'ai parcouru ce que j'avais écrit sur Roseanne Clear mais tout ce que j'ai vu, tout ce que j'ai remarqué, ce sont ces phrases idiotes que j'ai notées sur Saddam Hussein. Il est sans doute préférable que je sois un homme sans importance, ce qui garantit le caractère privé de mes opinions, en particulier quand elles sont déplacées et embarrassantes.

À la mort du pape j'ai aussi éprouvé des émotions bizarres. J'ai été profondément ému par la mort d'un homme qui n'avait été d'aucun secours pour mes patients croyants, pas plus que pour les homosexuels et, Dieu leur vienne en aide, pour les femmes. Quand il était en vie, l'apogée de l'existence semblait n'être que ce qu'il était lui-même. Mais une fois mort, il est devenu magnifique, courageux. Une fois mort, il est devenu plus démocratique peut-être, parce que la mort inclut tout, aime tout ce qui est humain – ne peut s'en rassasier. Mort, ne t'enorgueillis pas. D'accord, mais la mort *est* puissante et redoutable. Le pape n'en a fait qu'une bouchée.

Trop de réflexions sur la mort. C'est cependant la musique de notre temps. Au tournant du millénaire des imbéciles comme moi ont cru que nous allions goûter un siècle de paix. Clinton avec son cigare était tellement mieux que Bush avec son fusil.

Plus j'examine la déposition du père Gaunt, plus j'ai l'impression d'y croire, parce qu'il écrit bien, dans un style classique, ayant sans doute acquis sa syntaxe et son aisance pendant ses études à Maynooth. Il me semble qu'il a un style très latin, d'après les lointains souvenirs de mes efforts quand j'étais aux prises avec Cicéron à l'école en Cornouailles. Son désir, presque son anxiété en termes psychiatriques, de raconter l'histoire l'éclaire.

Il s'en décharge, comme d'un péché. Son texte est assurément loin d'être sacré. Il ne se dérobe pas cependant. Il est loyal. Il est courageux. Le père Gaunt raconte consciencieusement tout en détail.

En règle générale, un policier en Irlande n'est jamais affecté près de sa ville natale, on présume qu'ainsi il ne sera pas tenté d'accorder des faveurs aux gens parmi lesquels il a grandi. Le père de Roseanne était en fait l'une des rares exceptions à cette règle, car il était né et avait grandi à Collooney, pas très loin, et certainement pas assez loin de la ville de Sligo. Il connaissait donc la région d'une façon qui n'était peut-être pas très saine pour lui-même. Il est possible que certaines personnes aient mal ressenti sa présence en ville, en particulier après l'arrivée de la police auxiliaire, composée d'hommes qui avaient combattu pendant la Première Guerre mondiale et de Black and Tan, hommes et policiers issus du même lieu de carnage. Cela constituait une réponse aux différents « outrages » de la guerre d'indépendance consistant principalement en embuscades et tirs sur les soldats et les policiers – les soldats de la Couronne comme on disait.

Son père avait donc, semble-t-il, la capacité d'être très au courant de ce qui se passait en ville. Il réussissait peut-être à glaner des informations d'une manière informelle qui passait inaperçue aux yeux d'un étranger. Les gens avaient davantage tendance à lui faire partager les potins et les rumeurs le soir au pub. Le père de Roseanne avait à l'évidence une très grande capacité d'absorption d'alcool, et pouvait, comme un docker, descendre quinze pintes de bière en une soirée et retrouver ensuite le chemin pour rentrer chez lui. Sa fille Roseanne attendait apparemment, avec anxiété sans doute, d'entendre son pas dans la rue, elle venait à sa rencontre et le ramenait à la maison.

Le terrain de jeux de Roseanne était le cimetière de Sligo derrière leur maison. Elle en connaissait toutes les allées et les particularités, et son endroit préféré était le vieux temple en ruine en son centre. Elle aimait jouer à la marelle et autres jeux sous le portique éboulé. Un soir, écrit le père Gaunt, elle assista semble-t-il à un étrange enterrement. Un groupe d'hommes arriva avec un cercueil et, sans prêtre ni cérémonie, le fit descendre dans une tombe ouverte et l'enterra en silence dans l'obscurité. Seules leurs cigarettes rougeoyant à leurs lèvres et leurs conversations à voix basse révélaient leur présence. Roseanne, comme c'est naturel pour une fille, courut raconter à son père ce qu'elle avait vu. Elle croyait apparemment qu'il s'agissait de pilleurs de tombes, bien que, à vrai dire, le cercueil fût placé dans la tombe et non sorti de celle-ci et qu'aucun pillage de ce type n'ait eu lieu en Irlande ni ailleurs depuis un demi-siècle.

Comment le père Gaunt eut connaissance de tous ces détails demeure un mystère et d'ailleurs, en relisant ces pages, je suis étonné de son omniscience, mais en même temps telle était l'ambition des prêtres à l'époque.

Quoi qu'il en soit, son père fit exhumer le cercueil le lendemain matin, en présence du père Gaunt en personne, et on y trouva non pas un corps mais une planque de fusils, armes très difficiles à se procurer pendant la guerre d'indépendance et rassemblées à grand-peine, souvent en les prenant sur le cadavre d'un policier tué. Il s'avéra qu'un grand nombre d'armes dans le cercueil provenait effectivement de la police, butin des embuscades et des raids. Ainsi, selon le point de vue du père de Roseanne, il se trouvait devant les reliques et les traces de camarades assassinés.

Le nom récemment gravé sur la pierre tombale était Joseph Brady, mais personne portant ce nom n'était mort en ville.

Si incroyable que cela puisse paraître, les hommes avaient enterré avec les fusils des notes sur des réunions secrètes, ainsi que, par un miracle stupide, différents noms et adresses dont ceux de certains individus recherchés pour meurtre. C'était une sacrée aubaine pour la police. Avant que quiconque ait compris ce qui se passait, plusieurs furent arrêtés et l'un fut tué en « tentant de s'enfuir », un homme appelé Willie Lavelle, dont le frère joua plus tard un rôle dans la vie de Roseanne à Sligo, selon le bon prêtre. Pour une raison inconnue, ce Willie Lavelle fut enterré dans la tombe même où les fusils avaient été si vainement cachés.

La découverte des fusils et des documents et la mort de cet homme provoquèrent une fureur souterraine dans les cercles de ceux qui les cachaient. Des ordres furent donnés sans nul doute dans le but d'exercer tous les actes de représailles possibles contre la police. Mais cela ne se produisit pas immédiatement, le temps pour Roseanne et sa famille de vivre chaque jour et chaque minute sous la pression de cette vague d'effroi. Je suis certain qu'ils espéraient et priaient pour la défaite des insurgés et le retour de l'Irlande à la paix. Il ne pouvait y avoir d'événement plus heureux, devaient-ils se dire.

Je passe la main sur les feuilles jaunies du père Gaunt et je me demande sincèrement comment les utiliser. Puis-je réellement exiger de Roseanne qu'elle revive tout cela ? Je dois cependant me souvenir que ce n'est pas aux souffrances de sa vie que je m'intéresse en premier lieu, mais aux conséquences de ces souffrances et à la vraie raison de son internement. Je reviens à la raison d'origine de ma quête, qui est simplement d'établir si elle était folle, si oui ou non son internement était justifié et si oui ou non je dois recommander qu'elle retourne dans le monde. Je crois que je peux en décider, avec ou sans sa bénédiction. Je dois porter un jugement sur les vérités étalées devant moi, pas sur les vérités sous-entendues ou suggérées par mon intuition.

Les cloches de l'église Saint-Thomas en ville sonnent huit heures. Je suis aussi en retard que le lapin de Lewis Carroll.

Témoignage de Roseanne sur elle-même

J'ai rencontré le monde entier avec Tom parce que c'était un homme extrêmement sociable, mais il a fallu en fait quelques années avant que je sois présentée à sa mère. J'entendais bien sûr parler de sa mère, deux frères qui discutent s'attardent souvent sur ce sujet. Je me faisais une idée d'elle, de sa petite taille, de son goût pour les albums où elle rassemblait tout ce qui se rapportait à ses fils, les billets des voyages de Jack, les documents, les annonces des bals de Tom dans le *Champion* et, plus tard, ses discours en ville à différents moments sur différents sujets. J'avais l'impression que son mari et elle n'étaient pas toujours en très bons termes, que le Vieux Tom se comportait généralement comme un incapable à ses yeux. Elle s'y connaissait peut-être en incompétence après tout. Pas en ce qui la concernait. Je savais qu'elle avait promis sa seule fille aux nonnes quand elle était petite et cette fille, Teasy, entra comme prévu au couvent des sœurs de la Miséricorde avec sa dot. Cet ordre mendiant vivait dans un endroit appelé la Maison de Nazareth. Il avait des maisons dans toute l'Angleterre et même en Amérique. Je n'ai jamais su si la mère avait l'ambition que ses fils entrent dans les ordres, mais elle devait penser qu'en offrant sa fille à cette vie elle obtenait une sorte d'assurance pour son âme immortelle, je ne sais pas.

Il y avait bien entendu un autre fils du nom d'Eneas mais on n'en parlait qu'à mots couverts, même s'il semble que, une fois ou deux, il se soit glissé furtivement dans la maison, rentrant du vaste monde qu'il parcourait en tout sens. Il dormait le jour dans la maison de sa mère et ne s'aventurait au-dehors que la nuit. C'était un petit mystère à une époque de grands mystères et je ne me souviens pas d'y avoir accordé beaucoup d'attention.

« Pourquoi ton frère Eneas est-il absent la plupart du temps ? demandai-je un jour à Tom.

— À cause d'une peccadille », répondit Tom et il ne voulut pas en dire plus cette fois.

Mais un autre jour nous étions en ville ensemble et l'un de ses rivaux, l'un des républicains prometteurs, le railla mystérieusement dans la rue. Il s'appelait Joseph Healy et n'était nullement une canaille.

« Ah Tom, le frère du policier, dit-il.

— Le quoi ? dit Tom, sans son aisance et sa bonhomie habituelles.

— Peu importe, peu importe. Nous avons tous nos cadavres dans le placard, c'est certain.

— Tu veux t'en servir aux prochaines élections municipales, Healy ?

— Quoi ? Non », répondit Joseph Healy, presque d'un air penaud, parce que, bien qu'ils fussent adversaires, tout le monde aimait vraiment bien Tom et, comme je l'ai dit, Healy était au fond un type bien. « Je te taquinais, c'est tout, Tom. »

Ils se serrèrent la main assez chaleureusement. Mais je vis que l'humeur de Tom avait changé et, tandis que nous remontions la rue, il resta sombre et silencieux. Dans un pays de placards, tout le monde y avait un cadavre, surtout après la guerre civile, personne n'y échappait. Je voyais pourtant que Tom était très contrarié. Tom avait un projet après tout, un chemin à parcourir, ce qui était admirable chez un jeune homme comme lui. Mais, manifestement, il aurait préféré se passer des cadavres.

La mère était du même avis. Elle adorait la gloire de Jack et elle adorait la gloire de Tom, même si Jack fouillait la malle saccagée des vieilles convenances pour s'habiller et que Tom était du genre à porter un chapeau moderne dans la nouvelle Irlande. Je glanais ces idées au cours de leurs conversations et j'écoutais toujours attentivement quand ils parlaient d'elle, comme un espion écoute attentivement les bavardages dans les bars, parce que j'avais le sentiment qu'un jour j'aurais besoin de toutes les bribes d'informations que je pouvais rassembler si je voulais survivre à une rencontre avec elle.

S'il y eut jamais une carte vierge dans ce jeu, ce fut la carte muette et sombre de ma propre mère.

En cette époque étrange où ce qui était improbable avait de grandes chances de se produire, M. De Valera devint le dirigeant du pays.

« À présent les fusils sont de retour au Dáil, dit Tom d'un air sombre.

— Que veux-tu dire, Tom ? demandai-je.

— Ils ont tellement peur d'être là qu'ils vont emmener leurs fusils à la Chambre. »

Tom parlait avec un dégoût compréhensible, car ces hommes étaient ceux que son groupe s'était efforcé de soumettre, d'emprisonner et hélas d'exécuter. Ainsi il se trouvait que ceux qui étaient opposés au traité, ceux que des gars comme Tom avaient voulu rayer de l'histoire de l'Irlande, dirigeaient à présent le pays... On sentait presque un vacillement dans la vie de Sligo. C'étaient des types comme Joseph Healy qui avaient le pouvoir maintenant. La pilule était dure à avaler pour Tom tout bien considéré. Quant à moi, je n'aurais guère accordé d'attention à aucun d'eux sauf que, même quand il me parlait d'amour, Tom m'embrouillait les idées avec la politique.

Nous étions allongés derrière la grande dune, qui a en fait

donné son nom à Strandhill, le jour où il exprima son sentiment. C'était un obstacle à son avenir plus grand que tous ceux qu'il avait connus. Lui-même n'avait jamais porté les armes, il était trop jeune à l'époque. Pour lui rendre justice, il croyait que le temps des armes était passé. Il pensait en quelque sorte que le Nord finirait par s'unir au Sud, mais avec l'idée folle qu'un homme comme Carson serait le premier « roi d'Irlande », comme il disait en plaisantant. C'était une vieille idée que soutenaient des hommes comme Tom. Ses opinions avaient quelque chose de dansant, comme sa musique. Joseph Healy aurait volontiers logé une balle dans le corps de Carson s'il avait pu faire cela et rentrer tranquillement chez lui après.

Les familles et les enfants s'y trouvaient mêlés maintenant, ce n'était plus seulement l'affaire des jeunes gars célibataires et peut-être des filles qui les aidaient.

Enfin, malgré tout cela, il se remit bientôt à m'embrasser, dans la tranquillité des dunes, avec pour seuls témoins les mouettes indignées et la mer emportant le récit héroïque de Tom de l'autre côté de la plage. La brise habituelle de Strandhill s'acharnait minutieusement sur les oyats. Il faisait un froid glacial mais les baisers s'en accommodaient.

Et quelques semaines plus tard, tandis que je traversais le pont près du Swan Hotel, qui m'arrêta sinon la silhouette estompée de John Lavelle.

C'était encore presque un jeune homme, mais un soupçon d'autre chose l'avait effleuré. Il paraissait endurci par le temps passé en Amérique, ou là où il était allé, et en baissant les yeux je vis que les semelles de ses chaussures étaient très usées. Je l'imaginais sautant dans les trains comme un chemineau et vadrouillant en vain la plupart du temps. Il était beau cependant, avec son visage étroit et gris.

« Regardez de quoi vous avez l'air. Je vous reconnais à peine, dit-il.

— Pareil », répondis-je. J'étais seule, mais sur mes gardes, car

Sligo ressemblait à une satanée famille, tout le monde connaissait tout le monde et si les gens ne savaient pas tout sur tout le monde, ils voulaient l'apprendre. Je crois que John Lavelle remarqua mon regard furtif.

« Qu'est-ce qu'il y a ? demanda-t-il. Vous ne voulez pas me parler ?

— Ah, si. Bien sûr, dis-je. Comment allez-vous ? Alors vous êtes parti en Amérique ?

— C'était l'idée, répondit-il. Ça ne s'est pas tout à fait passé comme ça. Les meilleurs projets…

— Ah, c'est sûr, oui, dis-je.

— Au moins je peux me promener librement en Irlande maintenant, déclara-t-il.

— Oh ?

— Maintenant que Dev est au pouvoir.

— Oh, oui. Eh bien, c'est une bonne chose, en tout cas.

— Mieux que cette putain de prison de Curragh. »

Le juron me fit sursauter, mais je me dis qu'il avait des raisons de l'employer.

« C'est là que vous étiez ?

— C'est ça.

— Bon, John, je vous reverrai un de ces jours.

— Je vais rentrer un moment chez moi dans les îles mais, oui, vous me reverrez dans le coin. Je vais travailler pour la municipalité.

— Vous êtes élu ?

— Non, non, dit-il. Sur les routes. Un travail municipal. Creuser et tout ça.

— C'est bien. C'est un travail.

— C'est un travail. C'est difficile de trouver du travail. Même en Amérique, il paraît. Et vous, vous travaillez ?

— Au Café du Caire. Serveuse, dis-je.

— Tant mieux. Je viendrai vous voir quand je serai de retour à Sligo

— Ah, avec plaisir, oui », dis-je, soudain mal à l'aise et gênée sans bien savoir pourquoi.

John Kane m'apporte ma soupe à l'instant.

« Ce foutu boulot va me tuer, dit-il. Je préférerais être taupier à Connaght. »

Sans cesser de déglutir misérablement.

« Mais il n'y a pas de taupes à Connaght, dis-je.

— Ni ailleurs en Irlande. Vous ne trouvez pas que c'est un boulot parfait pour un vieil homme ? Ces foutus escaliers. »

Et le voilà sorti.

Le bungalow de la mère était plutôt agréable, mais il sentait l'agneau bouilli – mon vif sentiment d'inquiétude aurait pu me faire dire l'agneau du sacrifice. Quelque part au fond de la maison, on devinait des marmites en ébullition, chou frisé, chou vert, cueillis dans le potager du Vieux Tom, et de l'agneau qui bouillait, bouillait, vomissait son odeur caractéristique, douceâtre et humide, dans les couloirs. C'était mon impression. Je ne me suis approchée de ce bungalow que deux fois dans ma vie et chaque fois j'ai cru que j'allais mourir simplement parce que j'en étais tout près. À cette époque, l'odeur de la viande qui cuisait me soulevait le cœur. Mais la viande bouillie, c'était le bouquet. Pourquoi, je l'ignore, car ma mère adorait la viande sous toutes ses formes, même les abats et les tripes qui auraient fait fuir un chirurgien. Elle mangeait avec plaisir un cœur d'agneau.

Tom me fit entrer au salon. J'avais l'impression d'être un animal de ferme, j'éprouvais ce que devaient ressentir la vache, le veau, le cochon autrefois quand on les faisait rentrer dans la chaumière pour la nuit. Jadis, en Irlande, les hommes et les animaux dormaient dans la même maison. C'est pour cela que beaucoup de cuisines à la campagne ont encore un sol en pente, plus haut près de la cheminée, du lit de la vieille, et de la chambre, évidemment pour que la merde et la pisse des animaux ne s'écoulent pas dans ces directions. Défenses humaines. C'est toutefois ce que j'éprouvais, maladroite, me cognant dans les meubles comme je ne l'aurais pas fait normalement. La raison en était que je n'aurais pas dû être là. Ce n'était pas ma place. Je dirais que Dieu lui-même a été pris au dépourvu en m'y voyant.

Ses quelques fauteuils et son canapé recouverts de velours rouge sombre, très sombre, étaient si vieux et si bosselés qu'on aurait pu croire que des bêtes étaient mortes sous le velours et s'étaient transformées en sorte de coussins. Et partout la puanteur de l'agneau. Je ne voulais pas écrire puanteur, je ne veux pas décrire tout cela de vilaine façon. Que Dieu me pardonne.

Elle m'adressa un regard d'une grande douceur. J'en fus surprise. Sa voix n'était cependant pas aussi agréable que son regard. Je crois, en y repensant, qu'elle essayait probablement d'être gentille, de commencer du bon pied. C'était une toute petite femme avec ce qu'on appelait une pousse de cheveux en V sur le front. Elle était toute de noir vêtue, une minuscule robe noire de ce tissu au lustre suspect, comme les coudes d'une veste de curé. Elle portait vraiment une très belle croix en or autour du cou. Je savais qu'elle était couturière à l'asile, tout comme son mari le Vieux Tom y était tailleur. Oui, oui, c'est là qu'ils s'étaient rencontrés, devant la table de coupe.

« Elle avait l'air d'un ange dans la lumière qui venait de la fenêtre », me dit un jour le Vieux Tom. Je ne sais plus à quel propos, ni où. Peut-être à l'époque plus heureuse du début. Son esprit je crois avait tendance à vagabonder. C'était un homme extrêmement content de lui et je pense qu'il en avait parfaitement le droit. Mais elle n'avait plus l'air d'un ange à présent.

« Vous n'avez pas de genoux, dit-elle en contemplant d'un œil sévère mes jambes.

— Je n'ai pas de quoi ? dis-je.

— Pas de genoux, pas de genoux.

— Pour y faire asseoir les bébés, expliqua Tom avec obligeance, mais cela ne m'aida pas du tout.
— Oh », fis-je.

Un curieux voile de blancheur s'étalait sur ses traits, comme un poudroiement de neige indécise sur le bord d'une route. C'était peut-être la poudre qu'elle mettait. Le soleil que le jour déversait littéralement dans la pièce l'avait révélé.

Je dois veiller à me montrer juste envers elle dans ce que j'écris.

Le Vieux Tom me fit asseoir sur un des fauteuils bosselés. Sur chaque bras était posé un petit napperon sur lequel des fleurs étaient brodées au fil simple, un travail dépouillé et soigné. Mme McNulty s'installa sur le canapé et à côté d'elle s'élevait une petite pile de livres que je devinai être ses albums. Pour l'instant, elle les laissa sévèrement tranquilles, comme une fanatique de chocolat se torture à côté d'une tablette. Le Vieux Tom tira une chaise en bois devant moi. Il était aussi jovial qu'on pouvait le souhaiter. Il serrait dans ses mains une petite flûte ou un piccolo et, sans plus de cérémonie, il se mit à jouer un air irlandais avec sa fameuse virtuosité. Puis il s'arrêta, rit et en joua un autre.

« Le violoncelle, vous en pensez quoi ? demanda-t-il. Vous aimez ça ? »

Il ne jouait bien entendu jamais de flûte ni de violoncelle dans l'orchestre et c'était comme si, à la place de la conversation, il me parlait par le biais de ces instruments exotiques. Mais ce qu'il essayait de me dire m'échappait. Nous avions souvent parlé au Plaza, mais ces échanges paraissaient sans valeur ici. J'aurais tout aussi bien pu ne l'avoir jamais rencontré de ma vie. C'était très bizarre.

Mme McNulty émit un bruit, une sorte de *oh*, se leva et quitta la pièce. Cela pouvait signifier n'importe quoi, ce bruit, et j'espérais que ce n'était qu'une exclamation caractéristique, comme on disait dans les vieux romans. Le Vieux Tom poursuivit encore un peu son répertoire, puis il se leva aussi et sortit de la pièce. Tom quitta ensuite la pièce. Il ne me jeta pas même un regard.

J'étais donc assise au salon. Il n'y avait que moi, la pièce, l'écho de la musique du Vieux Tom et l'autre écho que Mme McNulty avait laissé derrière elle, tout aussi énigmatique qu'un bout de partition d'O'Carolan.

Tom revint au bout d'un moment, s'approcha et m'aida à me lever. Il ne dit rien, se contenta d'un bref sourire, comme pour dire : *Eh bien voilà, c'est comme ça*.

Nous sortîmes dans Strandhill Road. Le bungalow appartenait simplement à un groupe de quatre ou cinq propriétés semblables d'une acre chacune. La rue avait quelque chose d'à moitié fait, d'inachevé, tout comme la rencontre avec Mme McNulty avait quelque chose d'à moitié fait.

« Je ne lui ai pas plu ? demandai-je.

— Bon, eh bien, elle s'inquiète au sujet de ta mère. On pourrait dire qu'elle y prend un intérêt professionnel. Mais ce n'est pas le principal. Non. Et je pensais que ça pouvait être ça. Mais non. La mère est très croyante. C'est ça la vraie difficulté, dit Tom.

— Oh », dis-je en lui prenant le bras. Il me souriait assez gentiment, et nous marchions d'un bon pas, en bonne entente, tout en nous approchant des rues plus étroites à la lisière de la ville.

« Ah, oui, dit-il. Elle voudrait que tu parles au père Gaunt, si c'est possible.

— De quoi ? » demandai-je. Ainsi, elle était amie avec le père Gaunt, me dis-je, oh mon Dieu.

« Tu sais, répondit-il. Tous ces trucs et ces machins. Oui. Le foutu décret *Ne temere*, tu sais, et tout ça. Et merde, je m'en ficherais si tu étais hindoue, mais, tu vois, c'est le côté presbytérien, tu comprends. Oh, Seigneur, je crois que c'est bien la première fois qu'un protestant met les pieds dans sa maison, ça c'est sûr et certain. Nom d'un chien.

— Mais, moi, est-ce que je lui plais un peu ?

— Je ne sais pas, elle n'en a pas parlé. On aurait dit une réunion de comité dans l'arrière-cuisine, solennelle, tu vois. »

Tom ne m'avait pas demandé de l'épouser ni rien de tout cela et pourtant je savais que toutes ces paroles avaient un rapport avec le mariage. Moi-même, tout à coup, je ne voulais pas l'épouser, ni lui ni personne, ni être demandée en mariage. J'avais un peu plus de vingt ans et à l'époque on était vieille fille à vingt-cinq et on ne trouvait même plus un bossu avec qui se marier. Les femmes étaient beaucoup plus nombreuses que les hommes en Irlande en ce temps-là. Les femmes avaient compris et partaient en Amérique et en Angleterre à toute vitesse, avant que leurs bottines ne s'enfoncent et ne restent collées dans le bourbier irlandais. L'Amérique réclamait des femmes à cor et à cri, nous étions une exportation aussi bonne que de l'or pour l'Amérique. Des centaines et des milliers partaient chaque année que Dieu faisait. Des femmes ravissantes, des femmes rondes, laides, fortes, épuisées, jeunes, vieilles, de toutes les fichues catégories. La liberté, je pense que c'est ce qu'elles cherchaient et elles suivaient leur intuition. Elles préféraient être bonnes en Amérique plutôt que vieilles filles dans cette satanée Irlande. J'eus brusquement une envie intense, fervente, presque violente de faire comme elles. L'odeur de l'agneau imprégnait mes vêtements et je me disais que seul un voyage en mer, la traversée de l'Atlantique, pourrait m'en débarrasser.

Bon, mais voyez-vous, j'aimais ce Tom. Que Dieu me vienne en aide.

15

Carnet du docteur Grene

Des nouvelles étranges et dérangeantes aujourd'hui concernant John Kane. Lors d'une réunion du personnel nous tentions de répondre à un rapport provenant d'une des salles. Une parente a trouvé une des patientes complètement bouleversée. La patiente en question était une femme de Leitrim plutôt jeune, en comparaison de la population vieillissante de la maison, à peine plus de cinquante ans je crois. Cette femme n'est arrivée que récemment après avoir souffert d'une crise psychotique pendant laquelle elle se prenait pour le nouveau messie fait femme qui n'avait pas réussi à sauver le monde et devait par conséquent se flageller. Pour cela, elle avait utilisé du fil de fer barbelé. Le tout dans le cadre d'une ferme de Leitrim parfaitement ordinaire et d'un mariage parfaitement ordinaire et apparemment heureux. Déjà une tragédie en soi. Mais la parente, sa sœur je crois, l'a trouvée dans tous ses états, dans sa chambre, l'autre matin, sa chemise de nuit de l'hôpital remontée et un peu de sang inquiétant sur les jambes. Pas beaucoup, juste une trace. Et, bien sûr, on a suspecté le pire, comme toujours, d'où la réunion du personnel. Toutes les pensées se sont tournées vers John Kane parce que naturellement il a été impliqué dans des affaires semblables auparavant et n'a pas été puni. D'autre part il est si vieux, en est-il encore capable ? Un homme en est sans doute toujours capable. Mais il n'y a pas de preuve, rien, et nous devons simplement être tous vigilants.

J'ai de nouveau été frappé par le fait que tout le monde est toujours terrifié, lors de ces réunions du personnel, par les événements de l'hôpital nécessitant une forme ou une autre de discussion avec l'extérieur. Par la moindre chose dont il faut parler aux professionnels du dehors, à quelque titre que ce soit. Même lorsque la cuisine provoque une intoxication alimentaire bénigne dans un service, le niveau de peur est exactement le même que ce matin. Le personnel semble se rassembler et se rouler en boule, les piquants hérissés. Je dois avouer que je ressens la même chose. Un étranger serait peut-être choqué par notre niveau de tolérance pour ce qui ne va pas, même quand il s'agit de catastrophes. Quoi qu'il en soit, c'est un instinct profond, surtout je pense dans une institution psychiatrique, où le travail est en soi tellement pénible, voire bizarre. Où la détresse se mesure quotidiennement à l'échelle d'un ouragan et d'un tsunami. Les choses sont mieux gérées dans l'hôpital intra-muros. J'ignore toutefois ce qu'en pensera la parente.

Très étrange de se rappeler que bientôt tout ceci, ces individus, ces salles, ces problèmes, sera dispersé aux quatre vents à la mort de l'hôpital.

Bizarrement cela se produit la semaine où a été diagnostiquée chez John Kane une rechute de son cancer de la gorge. Pas qu'on le lui ait dit, non. Il a de plus en plus de mal à avaler, c'est tout ce qu'il en sait. Ce serait vraiment triste pour lui, s'il n'y avait cette autre affaire. Si elle est avérée il faut espérer qu'il mourra en rugissant comme disent les Irlandais. Il est assez vieux toutefois pour qu'un tel cancer évolue très lentement. Quel est son âge, je n'ai pas réussi à le savoir. De son propre aveu, il n'a pas d'acte de naissance, ayant été élevé quelque part par des parents adoptifs. Eh bien, nous avons cela en commun et pas grand-chose d'autre j'espère. S'il travaille encore c'est sans doute que personne n'a pensé à le mettre à la retraite, car son âge n'a jamais été inscrit.

De plus, il fait un travail tellement subalterne qu'il serait presque impossible de le remplacer, car il est peu probable que même quelqu'un venant de Chine, de Bosnie ou de Russie en veuille. John Kane lui-même n'exprime pas le désir de poser son balai de son propre gré. Et il insiste pour monter les marches jusqu'à la chambre de Roseanne, bien que l'ascension lui coupe le souffle et qu'on lui ait dit qu'il pouvait laisser quelqu'un d'autre le faire. Oh non, s'est-il mis à marmonner « d'une façon tonitruante » à ces mots.

À cause de Bet, je dois avouer que je ne me suis attaqué que légèrement à ces problèmes. Du moins, j'ai tenté la légèreté. Ma tête est déjà bourrée de chagrin sans doute comme une grenade avec ses pépins rouges. Mon chagrin peut seulement saigner, il n'y a pas de place pour plus. Pendant que le chef de clinique et les infirmières parlaient de la pauvre patiente agressée, si c'est ce qui lui est arrivé, cela grondait dans ma tête. J'étais assis parmi eux avec une tête grondante.

Puis je suis monté dans la chambre de Mme McNulty et je me suis assis avec elle un moment. Cela semblait la chose logique à faire. Même si c'est la logique du pauvre Mr Spock, qui ne ressent rien. Moi je ressentais beaucoup de choses. Je n'ai pas poursuivi mon enquête sur sa présence à l'hôpital. J'en étais incapable. C'est un aveu épouvantable, mais c'est ainsi.

J'étais assis là, dans la pénombre de sa chambre. Elle me regardait sans doute. Mais elle ne disait rien non plus. Je pensais à des choses que je n'aurais pu en aucun cas, en aucune circonstance, formuler en sa présence. Des pensées qui sont un violent mélange de désir ancien et de regret continuellement renouvelé.

J'essayais de reprendre pied, comme on dit. Parce que j'ai passé encore une nuit étrange hier. Je ne sais pas ce que je me dirais si j'étais en thérapie avec moi-même. Je veux dire que je ne sais plus. Il existe manifestement des puits de chagrin que seuls connaissent les endeuillés. C'est un voyage au centre de la terre, une énorme machine pesante qui fore dans la croûte terrestre.

Et un petit bonhomme qui devient fou aux commandes. Terrifié, terrifié, et pas moyen de faire demi-tour.

C'est ce claquement qui m'a éreinté. Une si petite chose. Mais il m'a mis les nerfs dans une sorte d'hyperconscience. Les nerfs ! On dirait un médecin de l'époque victorienne. Mais cela ressemble beaucoup aux états nerveux victoriens, séances de spiritisme, suggestions des vivants, tombes abandonnées au cimetière Mount Jerome, intouchables car achetées à perpétuité, mais tombant en ruine, et aucun vivant pour astiquer les plaques mortuaires. Voyez mes œuvres, vous puissant, et cetera.

La nuit dernière les choses ont fait un pas en avant dans l'obscurité. J'étais couché, tous les sens en éveil. Tout à coup dans le noir complet, à ces heures désertes du petit matin, le téléphone de Bet s'est mis à sonner. Je l'entendais au-dessus de ma tête. Je lui avais fait brancher une deuxième ligne quand elle s'était plainte que j'étais tout le temps sur internet et qu'elle ne pouvait pas téléphoner. Elle disait que ses amis étaient obligés de lui laisser des messages et que je ne lui transmettais pas ces messages. Alors oui, je lui avais fait installer une deuxième ligne, malgré le coût. Le téléphone est posé là à côté de son lit. Il s'est soudain mis à sonner et j'ai fait un bond, comme dans un dessin animé. Cela ressemblait sans doute chimiquement à une injection d'adrénaline dans la tête, je ne sais pas. Mais c'était vraiment horrible, si soudain et si étrange. Et il sonnait, sonnait, bien sûr qu'il sonnait, car il n'y avait personne pour répondre. Je n'allais certainement pas monter dans cette chambre au milieu de la nuit. J'ai tout de même trouvé bizarre que la messagerie ne se mette pas en route, comme elle le faisait habituellement quand Bet était sortie. Sans doute que la compagnie du téléphone l'avait débranchée. Puis j'ai eu cette pensée dérisoire : n'avais-je pas appelé la compagnie du téléphone quelques semaines plus tôt pour leur demander de débrancher la ligne ? Dans ce cas, et je ne m'en souvenais pas vraiment, le téléphone devait sonner par suite d'un dérangement. Oh, mais, être couché là et l'entendre continuer à sonner.

Puis il s'est arrêté. J'ai essayé de me calmer, de me persuader que j'étais soulagé. Alors une chose terrible s'est produite. Oh, Seigneur, oui. J'ai entendu très distinctement, au-dessus de ma tête, un peu étouffé parce que cela traversait le plancher et le vieux plafond en plâtre, mais j'ai entendu l'interjection « allô ? ». C'était la voix de Bet.

J'ai failli perdre le contrôle de ma vessie tant j'ai sursauté. L'image d'un monstre m'enveloppant dans ses anneaux, comme un anaconda, et se mettant à serrer m'est venue à l'esprit. L'anaconda tue en exerçant une telle pression sur les organes internes que le cœur explose. Ce mot unique a failli me faire exploser le cœur. Bet me manque terriblement, mais en toute franchise je n'avais pas envie d'entendre sa voix, pas comme ça. Celle de la femme vivante qui respire, oui, mais pas ce mot unique qui flottait jusqu'à moi, me transperçait. Et je me suis demandé s'il y avait eu une affreuse erreur, si j'avais imaginé sa mort ou si je l'avais enterrée vivante – mais je n'ai pas eu le temps d'avoir d'autres idées tout aussi folles, parce qu'un autre mot a suivi, c'était mon nom qu'on appelait, aussi distinct que le son d'une cloche : « William ! »

Oh, Seigneur, ai-je pensé, c'est pour moi. Cela en soi était une idée folle. Je veux dire, pour l'amour du ciel, personne n'avait pu répondre au téléphone et, par conséquent, comment pouvait-ce être pour moi ?

On avait appelé mon nom. La voix était exactement la même que d'habitude, exactement la même intonation teintée du même frémissement d'impatience, de contrariété à l'idée que j'avais donné son numéro à quelqu'un et que cette personne utilisait sa ligne.

Je ne savais pas quoi faire. « Quoi ? » ai-je crié, sans même en avoir l'intention.

Je ne pouvais pas en rester là – c'était de la folie douce –, je ne pouvais pas ne pas répondre. Je suis sorti du lit comme si j'étais mort moi aussi, comme si j'étais passé dans le royaume des morts ou dans une histoire de M. R. James[1] que Bet aimait tant. J'ai franchi la porte de ma chambre avec beaucoup de réticence et j'ai avancé pieds nus dans le couloir. Si elle me voyait comme ça, me suis-je dit, elle me gronderait parce que je n'ai pas mes chaussons. J'ai atteint le petit dégagement devant l'escalier qui mène au grenier et je suis monté, marche par marche.

Je suis arrivé sur le palier où je l'avais trouvée qui luttait pour rester en vie, m'attendant presque à la voir. J'ai actionné l'interrupteur mais l'ampoule avait dû claquer sans que je m'en rende compte, parce que rien ne se produisit. Il y avait une flaque obscure de lumière lunaire sur le palier, juste une flaque de lumière. J'avais laissé la porte de sa chambre entrouverte pour ne pas entraver la circulation de l'air dans la pièce, une précaution contre la moisissure. Je me suis donc approché à pas lents et pesants et je suis resté là un instant.

« Bet ? » ai-je dit.

J'étais un bloc de tristesse. La substance chimique, quelle qu'elle soit, alliée à la peur – l'adrénaline et ses sœurs – baignait mon cerveau. Mes genoux tremblaient littéralement et je sentais le contenu de mes intestins se liquéfier. J'avais envie de vomir. Quand j'étais enfant, il y a des années, à l'abattoir de Padstow j'avais vu des vaches avancer à la queue leu leu vers le pistolet, et j'avais observé qu'elles pissaient et chiaient de terreur. J'étais dans le même état. Une partie de moi désirait ardemment qu'elle soit dans la pièce, mais une partie bien plus importante le redoutait, le redoutait comme les vivants sont obligés de redouter les morts. C'est une loi primitive de la vie. Nous enterrons ou nous incinérons les morts parce que nous voulons séparer leur corps de notre amour et de notre souvenir. Nous ne voulons pas qu'après leur mort ils restent dans leur chambre, nous voulons conserver une image d'eux vivants, en pleine activité.

1. Auteur anglais d'histoires de fantômes (1862-1936).

Et pourtant, soudain, également, comme la première brise d'un énorme orage, je voulais qu'elle soit là, je le voulais. J'ai poussé la porte et je suis entré, voulant que Bet soit là, voulant la prendre dans mes bras avec douceur comme je ne l'avais pas fait depuis tant et tant d'années, rire et lui expliquer, lui expliquer la folie de mon esprit, que je l'avais crue morte et par pitié, par pitié, pouvait-elle à présent me pardonner la bêtise de Bundoran, et pouvions-nous repartir de zéro, partir en vacances quelque part, voyons, à Padstow justement, voir la vieille maison et manger dans les nouveaux restaurants chics dont nous avions entendu parler, et passer des jours heureux...

Le vide. Bien sûr le vide.

Je pense que si quelqu'un m'avait vu en cet instant, il aurait cru à un fantôme – moi dans le rôle du fantôme. Un homme stupide de soixante-cinq ans aux yeux hagards dans la chambre de sa femme décédée, fou de chagrin, cherchant comme toujours le pardon et la rédemption à la façon dont les gens normaux cherchent à savoir l'heure. Le mécanisme par défaut de presque toutes mes pensées pour elle. Bet-rédemption, rachète-moi, pardonne-moi. Alors que la terrible vérité est qu'elle aurait dû me jeter dehors.

J'étais assis dans la chambre de Roseanne en proie à ces pensées.

Je ne pouvais rien lui en dire. J'étais dans la chambre d'une patiente, prétendument pour évaluer l'éventualité de sa libération, « de son retour dans la communauté ». Une des inspirations du régime de Mme Thatcher en Angleterre, une façon d'agir thatchériste, pourrait-on dire, qui n'avait pas disparu. Roseanne était assise dans son lit, vêtue de son espèce de mante blanche qui dans le demi-jour ressemble à des ailes froissées, les ailes toutes neuves d'un papillon avant que le sang n'y circule et, sans doute au grand étonnement de l'insecte, qu'il puisse soudain agiter ses ailes et s'envoler.

L'évaluer. Cela m'a soudain paru si absurde que je me suis mis à rire tout haut. La seule personne dont la santé mentale était suspecte dans cette pièce, c'était moi.

Témoignage de Roseanne sur elle-même

Nous nous sommes mariés à Dublin, à l'église de Sutton, c'était le plus simple. Le prêtre de là-bas était un ami de Tom, ils étaient étudiants à la même époque à Dublin, bien que dans des universités différentes. Tom étudiait le droit à Trinity College et n'avait tenu que quelques mois, mais assez longtemps pour se faire des amis en ville. Tom était capable de se faire un ami intime en un après-midi aux courses. Tout ce qu'il fallait faire, certificat, publication des bans, tout ce qu'il faut pour épouser une presbytérienne, fut fait. Les bonnes gens de Sutton ne furent sans doute pas très impressionnés par ce mariage mais, même s'il y manquait le banquet et la fête, quelques autres de ses copains de Dublin étaient venus, et ensuite nous sommes allés passer deux nuits au Barry's Hotel, et le deuxième soir nous sommes allés au dancing du Metropole parce que Tom connaissait le chef d'orchestre et nous avons dansé ensemble presque pour la première fois. Pour une raison bizarre, nous avions rarement dansé ensemble dans son propre dancing. C'était sans doute étrange, je ne sais pas. Tom paraissait très satisfait à tous égards et ne dit pas un mot sur le fait qu'aucun membre de sa famille ne soit présent. Jack serait volontiers venu sauf qu'il était en Afrique, mais il offrit en cadeau à son frère le déjeuner du mariage. Tom but tellement de whisky au déjeuner qu'il ne fut pas capable de grand-chose le premier soir à l'hôtel, mais il se rattrapa le soir après le dancing. C'était un amant on ne peut plus gentil. C'est la vérité.

Nous étions allongés dans l'obscurité de la chambre d'hôtel. Tom avait acheté un paquet de ces cigarettes russes oblongues à College Green, juste à côté de son ancienne université, et il en fumait une. Je crois que j'avais vingt-cinq ans, il était juste un peu plus vieux.

« Tu sais, dit-il. C'est vraiment bien ici. Je me demande si je pourrais tenter ma chance à Dublin ?

— L'Ouest ne te manquerait pas ?

— Sans doute que si, dit-il en envoyant une volute de fumée russe dans la pièce sombre.

— Tom ? dis-je.

— Oui ?

— Est-ce que tu m'aimes ?

— Oui, naturellement. Et comment.

— Tant mieux, répondis-je, parce que je t'aime.

— Vraiment ? demanda-t-il. Tu as très bon goût. Tu as bien raison, je dois dire. Oui. »

Et il se mit à rire.

« Tu sais, dit-il. C'est vraiment vrai.

— Quoi ? demandai-je.

— Je veux dire, ce ne sont pas seulement des paroles. C'est vrai. Je t'aime. »

Et je crois vraiment qu'il m'aimait.

C'était un type vraiment bien, je crois qu'il est important de le dire.

On pouvait juger des effets de la fameuse guerre économique de M. De Valera à cette époque de la fenêtre d'un train. Nous nous étions mariés au printemps et comme il n'y avait pas de marché aux agneaux à ce moment-là, les fermiers étaient obligés de tuer les agneaux dans les champs. Le train traversait la campagne et de temps en temps nous voyions ces fichus cadavres. Tom était très retourné par tout cela. Les hommes de De Valera étaient au pouvoir et pour lui c'était exactement comme si des bandits armés et des assassins avaient pris le contrôle du pays, ce même pays qu'ils avaient essayé de saboter après le traité. Cela faisait grincer les dents des types comme Tom. Tom était jeune, il venait de trouver sa voie et voulait sans doute hériter du pays, en faire quelque chose. Il avait vraiment le sentiment que De Valera, après avoir tenté d'étrangler le pays à sa naissance, allait faire en sorte que son enfance se déroule dans le gâchis et la pagaille, en quelque sorte, et allait le déconsidérer aux yeux du monde. En tout cas cela brisait le cœur des robustes fermiers de devoir tuer leurs agneaux, et de n'avoir nulle part où envoyer les moutons c'était l'étranglement de leurs rêves.

« Comme une putain de maison de fous », disait Tom à côté de moi en regardant la désolation des fermes. Et il savait de quoi il parlait bien sûr, parce que son père et sa mère travaillaient tous les deux dans une maison de fous. « Toute l'Irlande est devenue une maison de fous. »

Tom demanda donc à son père de lui tailler et de lui coudre une chemise bleue et il commença à aller à des petites réunions et à des manifestations à Sligo, pour voir s'ils arrivaient à renverser la vapeur. Un homme du nom d'O'Duffy les avaient rassemblés, il avait été responsable de la police mais il avait perdu son travail pour une raison ou une autre et maintenant il ressemblait à des types comme Mussolini et Franco. Tom l'admirait parce que, quand il avait été ministre, il avait essayé de faire adopter des lois pour protéger les enfants en Irlande. Il avait échoué, mais tout de même. Il faisait aussi des discours enflammés et Tom pensait que tous les grands hommes avaient été assassinés pendant la guerre civile, Collins le premier naturellement. Et O'Duffy avait été un grand allié de Collins. Tout cela se tenait donc, pour Tom en tout cas. Je n'ai jamais vu d'homme transpirer autant que Tom et après une manifestation sa chemise bleue était trempée. J'ai dû la teindre plusieurs fois parce qu'elle pâlissait sous les aisselles et ça n'allait pas. Je ne l'ai jamais vu manifester mais je voulais qu'il soit élégant, comme le souhaite naturellement une épouse.

À ce moment-là nous nous sommes installés dans une petite maison en tôle ondulée du côté de Strandhill. C'était une cabane en fait, mais elle se trouvait près du dancing et m'éloignait de Sligo. En même temps, il était facile pour Tom de faire une virée en ville. Notre chambre donnait sur Knocknarea, nous voyions en fait un petit bout du sommet du cairn de Maeve, c'était amusant d'être couchés là, un jeune couple marié des années trente, des temps modernes, et elle là-haut couchée elle aussi dans son lit, son *leaba* comme on dit, et enveloppée là-dedans depuis quatre mille ans. Nous avions une belle vue sur l'île de Coney du porche branlant devant la maison et, même si la masse de l'île le cachait, je savais que le Metal Man était là, solide et éternel, je le voyais en imagination, montrant fidèlement et stoïquement l'eau profonde.

Flyind Down to Rio. Top Hat. L'homme qui dirigeait le pays du cœur n'était pas De Valera avec son visage maigre, hagard, mais Fred Astaire, avec *son* visage maigre, hagard.

Même ceux de la haute allaient au cinéma. Si le cinéma avait été une église, ils auraient eu leurs bancs. En fait, la plupart des manteaux de fourrure s'installaient au balcon. Le reste de Sligo s'entassait à l'orchestre en bas. Il y aurait eu bien plus de grabuge si M. Clancy et ses frères n'avaient pas tous servi dans l'armée. Ils canalisaient le public comme des recrues turbulentes. À la moindre agitation, le gars était pris par l'oreille et viré dans la nuit pluvieuse et sombre de Sligo, ce qui n'était pas enviable. Oh, ça ne gênait pas M. Clancy qu'on s'embrasse, il n'était pas curé, et de toute façon qu'aurait-il pu faire quand les lumières étaient éteintes. Ce n'était pas l'église, mais c'était comme l'église en beaucoup, beaucoup mieux. C'était au cinéma qu'en regardant autour de soi on voyait cette expression émerveillée sur les visages des gens que peut-être le curé ou le pasteur rêvait de voir un jour sur le visage de ses paroissiens. Tout Sligo se mêlait dans une foule mouillée, tous ces gens différents de toutes origines, les pauvres et les princes, unis par le même enchantement. On aurait pu dire que l'Irlande était unie et libre, au cinéma en tout cas. Bien que Tom me gardât en quarantaine à Strandhill, jusqu'à ce qu'il ait réussi à faire fléchir l'hostilité de sa mère à mon égard, il n'était pas cruel au point de pousser mon exil jusqu'aux samedis soir. Nous arrivions en vrombissant à Sligo dans sa jolie petite voiture et prenions nos places comme d'habitude, comme si nous avions peur pour nos âmes si nous ne le faisions pas.

Les blagues fusaient toujours au cinéma, les gars s'envoyaient des insultes sans retenue. Il était parfois fait allusion aux allégeances politiques, c'était parfois bien pris, mais de temps en temps les choses tournaient moins bien et, dans les années trente, petit à petit, cela empira. On en apprenait beaucoup sur l'état du pays grâce aux insultes du samedi soir au cinéma. M. Clancy n'était naturellement pour aucun parti et peut-être contre la politique en général. On risquait de se faire expulser pour une méchante remarque, et on ne pouvait pas en dire autant du Dáil, d'après Tom.

« Il y a des choses qu'on peut dire impunément au Dáil Éireann et qui vous font virer du Gaiety », disait Tom.

Il y avait toujours des actualités avant le grand film et, si on y parlait par exemple de la guerre civile en Espagne, des cris s'élevaient contre les Chemises bleues et leurs semblables. M. Clancy et ses frères avaient bien du travail pour déloger les agitateurs.

« Bandes d'imbéciles, disait Tom.

— Foutus sacs de merde », disait Jack s'il n'était pas en Afrique. Même si Jack ne suivait pas les Chemises bleues.

« J'ai bien peur que ton ami O'Duffy soit un foutu sac de merde », disait-il à Tom.

Mais Tom hurlait de rire, il aimait son frère Jack, peu lui importait ce qu'il disait. Cela faisait partie du grand attrait de

Tom en tant que frère et ami. Il était accommodant jusqu'à la moelle des os. Il pensait aussi que Jack était un génie, parce qu'il avait passé deux diplômes à Galway, celui d'ingénieur et celui de géologue, alors que lui-même n'avait tenu que quelques mois à la faculté de droit. Il avait une façon de savourer les paroles de Jack qui remontait à l'époque lointaine où ils étaient tous les deux enfants. Je ne sais pas quelle était la place de leur frère Eneas dans tout cela. Je n'ai bien sûr pas beaucoup entendu parler du pauvre Eneas.

Un soir à la projection de *Top Hat*, alors que je descendais aux toilettes des dames, une silhouette sombre et familière me barra brièvement le passage. Il n'était pas inhabituel qu'un homme célibataire engage une conversation désinvolte avec une femme mariée, mais d'autre part il n'y avait jamais eu beaucoup de désinvolture chez John Lavelle. Maintenant que ses amis étaient solidement installés au pouvoir, il avait l'air en pleine forme, même s'il ne faisait rien de plus que couper les ronces sur le bord des routes pour la mairie. Cela valait mieux que d'être en cavale ou de manger le ragoût des prisonniers à Curragh. Il devait aimer les vêtements noirs car il ne portait que du noir, ce qui lui donnait une allure de cow-boy, avec la pâleur de sa peau et sa mèche de cheveux noirs. Pour un cantonnier, il s'y connaissait assurément en gilets. Moi-même j'étais vêtue de ma plus belle robe d'été violette, ce qui constituait sans doute une sorte de remarque muette en soi. De toute façon John Lavelle ne s'intéressait pas beaucoup à ce qu'une personne devait ou ne devait pas faire.

« Bonjour, Roseanne. Vous savez, jeune fille, vous êtes vraiment ravissante. »

Alors là c'était vraiment une déclaration formidable de sa part. De la part de n'importe qui. Il ne m'avait jamais fait la cour de la moindre façon. Après tout, nous ne nous connaissions qu'à cause de la plus terrible des tragédies. Peut-être croyait-il encore que j'avais fait venir les soldats de l'État libre des années plus tôt.

Peut-être que me parler de cette manière était pour lui une sorte de revanche subtile. En tout cas, je ne le pris pas au sérieux, je le frôlai en passant et continuai mon chemin. De toute façon, ma vessie était sur le point d'exploser.

« Je suis à Knocknarea presque tous les dimanches, dit-il. Presque tous les dimanches vers trois heures vous me trouverez au cairn. »

Je rougis d'embarras. Un petit groupe de femmes et de filles essayaient de faire comme moi, mais elles étaient très silencieuses car le film continuait derrière nos têtes. En fait, c'était très difficile de comprendre ce que John Lavelle avait dit, mais je réussis tout de même à entendre. J'espérais que personne d'autre n'avait entendu. Peut-être voulait-il seulement se montrer amical. Peut-être voulait-il seulement dire : je sais que vous habitez par là et j'y vais souvent moi-même.

Je ne l'avais jamais vu au dancing. Il faut dire que je n'allais pas au Plaza aussi souvent qu'à l'époque où j'étais célibataire et jouais du piano sans commentaire. Mais les femmes mariées ne travaillaient pas à cette époque. Nous vivions comme des musulmanes en ce temps-là, les hommes nous cachaient, sauf en de telles occasions, quand il y avait un bon film à voir.

John Lavelle n'était pas n'importe quel type. Ce n'était pas un imbécile dans la rue qui faisait une remarque derrière mon dos, c'était quelqu'un d'important parce qu'il avait connu mon père et savait des choses sur lui. Deux morts et plus nous liaient, pourrait-on dire, la mort de son frère et la mort de mon père. Nous aurions pu être ennemis mais étrangement ce n'était pas le cas. Je n'avais rien contre lui, même si je n'avais rien pour. Jusqu'à aujourd'hui je ne comprends pas vraiment. Je le voyais rarement et pourtant il apparaissait dans mes rêves. Dans mes rêves il se faisait toujours tuer, comme son frère dans la vraie vie. Je le voyais souvent mourir dans mes rêves. Je tenais sa main et tout cela. Comme une sœur.

Je n'en parlais jamais à Tom, pourtant. L'idée ne me plaisait pas. Par quoi aurais-je commencé ? Tom m'aimait, ou il aimait ce qu'il connaissait de moi, ce qu'il voyait de moi. Je ne veux rien dire de déplacé, mais il me complimentait toujours sur mon derrière. C'est la vérité.

« Quand j'ai le cafard, je pense à ton derrière », dit-il un jour.

Pas très romantique mais, en même temps, très romantique. Les hommes ne sont pas réellement tout à fait humains, non, je veux dire, ils ont d'autres priorités. En fait, je ne sais pas non plus quelles sont les priorités des femmes, ou alors je les connais mais je ne les ai jamais ressenties. J'éprouvais moi-même un désir terrible pour Tom. Pour toute sa personne. Je ne sais pas. Il me donnait le vertige constamment. Il y a des choses dont on n'est jamais rassasié. On peut être rassasié de chocolat. Mais certaines choses. J'aimais sa compagnie, sous toutes ses formes. J'aimais boire du thé avec lui. J'aimais embrasser ses oreilles. Peut-être n'ai-je jamais été une femme comme il faut. Que Dieu me pardonne. Peut-être que ma plus grande erreur a été de me sentir son égale. Je sentais que c'était lui et moi, comme Bonnie et Clyde qui à la même époque en Amérique tuaient des gens et d'une manière générale exprimaient leur amour de façon bizarre.

Bon, pourquoi suis-je montée au cairn de Maeve dès le dimanche suivant ? Je ne sais pas. Parce que John Lavelle me l'a demandé ? Non. Je savais que ce n'était pas la chose à faire, que c'était une erreur. Pourquoi le saumon remonte-t-il la Garravoge, alors qu'il a toute la mer pour vagabonder ?

Carnet du docteur Grene

Tous les ans au début de notre mariage nous allions religieusement passer nos vacances à Bundoran. Les gens se moquent maintenant de Bundoran, ils considèrent cet endroit comme l'exemple typique des vacances irlandaises d'autrefois, B & B humides, pluie continuelle, mauvaise nourriture et le reste. Mais nous aimions tout cela, Bet et moi. Nous en riions aussi, mais affectueusement, comme on rit d'une grand-tante un peu folle. Nous adorions aller là-bas – nous y fuyions, pourrait-on dire, pour nous ressourcer sur l'autel de Bundoran.

Le soleil est un grand révélateur des visages. Retourner au même endroit tous les ans faisait du visage de Bet une sorte d'horloge. Tous les ans une nouvelle histoire s'inscrivait, l'image suivante de la série. J'aurais dû la photographier tous les ans au même endroit à la même heure. Elle ne cessait de ronchonner et de se faire du souci parce qu'elle vieillissait, elle repérait la moindre ride nouvelle sur son visage à la minute où elle apparaissait, comme un chien somnolent se réveille brusquement quand il entend au loin le pas d'un étranger approchant des limites de la propriété. Les pots de crème de nuit dans lesquels elle investissait pour sa guerre contre les rides constituaient sa seule folie. C'était quelqu'un d'extrêmement intelligent, elle connaissait par cœur de grands passages de Shakespeare depuis l'époque de sa scolarité, où un de ces professeurs méconnus et inspirés avait eu de l'influence sur elle et avait essayé de faire d'elle un professeur aussi. Elle ne regardait cependant pas ses rides avec son intelligence, c'était quelque chose de plus primitif, de plus archaïque. Quant à moi, la main sur le cœur, je jure que ces choses ne m'ont jamais dérangé. C'est une des grâces de la vie maritale que pour une raison magique nous paraissons toujours le même aux yeux de l'autre. Même nos amis n'ont jamais l'air de vieillir. C'est une vraie bénédiction dont je ne me suis jamais douté quand j'étais jeune. Mais voyons, autrement, que ferions-nous ? Il ne s'est jamais trouvé personne dans une maison de retraite qui n'a pas regardé d'un air dubitatif les autres résidents. Ce sont *eux* les vieux, ils forment le club dont personne ne veut faire partie. Mais nous ne sommes jamais vieux à nos yeux. Parce que, à la fin du jour, le bateau sur lequel nous naviguons est notre âme, pas notre corps.

Oh, et c'est moi qui écris cela, le plus grand agnostique d'Irlande. Comme d'habitude, je n'ai pas de mots pour ce que je pense. J'essaie de dire que j'aimais Bet, d'âme à âme, et les rides appartenaient à une autre histoire, à la lecture poignante de sa propre vie. Je ne veux pas non plus sous-estimer la peine qu'elles lui causaient. Se jugeant une femme sans beauté, elle ne voulait pas devenir une vieille femme sans beauté. Je contesterais cependant son absence de beauté. À certains moments son visage chatoyait et brillait de sa beauté propre. Il y a eu l'instant où nous nous tenions debout côte à côte à l'église ; j'ai regardé son visage juste à la seconde avant qu'elle dise « oui », puis je l'ai entendue prononcer ce mot et une lumière extraordinaire a jailli de son visage et m'a inondé. C'était l'amour. On ne s'attend pas à voir l'amour sous cette forme. Moi pas en tout cas.

Alors pourquoi a-t-il fallu que je la trahisse, et en plus à Bundoran ?

Je m'y étais rendu en toute innocence, sans elle, pour une conférence dans le nouvel hôtel sur la plage. C'était un congrès de psychiatres, aucun doute. Il se trouve que le sujet en était les psychoses des vieillards, la démence, et tout cela. Je présentais un papier sur les versions de la mémoire, les certitudes absolument fascistes de la mémoire, l'oppression tyrannique de la mémoire. C'était sans doute une absurdité d'homme mûr mais, à l'époque, je trouvais cela très radical, révolutionnaire. Mon intervention fut reçue à la conférence comme très audacieuse. Comme une sorte d'indiscrétion de l'esprit. Ce n'est peut-être pas étonnant si elle fut suivie par une indiscrétion du corps.

Pauvre Martha. Elle avait quatre beaux garçons à la maison et son mari était un des jeunes avocats les plus doués de sa génération. Un homme distant, tourmenté, mais, j'en suis sûr, quelqu'un de bien. Ce fut effroyablement simple. Nous avions bu tous les deux trop de vin, nous avons pris ensemble le couloir devant des chambres quelconques, nous avons été saisis d'un brusque désir l'un pour l'autre, je l'ai embrassée, nous nous sommes tripotés dans le noir, elle n'a même pas enlevé son slip, Dieu nous aide, elle a joui dans ma main, et cela semblait la fin de l'histoire. C'était une réminiscence, une capitulation, un retour à l'adolescence, quand se tripoter ainsi paraissait héroïque et poétique.

Martha rentra chez elle et en parla à son bon mari. Je pense qu'elle n'en avait pas l'intention, qu'elle ne voulait pas le faire. Je pense que ce qu'elle aurait vraiment voulu, c'est que cela ne se soit pas produit. Le monde n'est pas rempli de dénonciateurs, il est rempli de gens ayant de bonnes intentions et un vrai désir de bien se comporter envers ceux qui les connaissent et les aiment. C'est une vérité mal connue, mais je crois que c'est néanmoins une vérité. D'un point de vue empirique, après toutes mes années de pratique, je suis prêt à en témoigner. Je sais que c'est une conclusion miraculeuse, mais c'est ainsi. Nous aimons qualifier l'humanité de sauvage, lascive et primaire, mais cela équivaut à faire de tout le monde des étrangers. Nous ne sommes pas des loups, mais des agneaux surpris au bord des champs par le soleil et l'été. Elle perdit son univers, Martha. Et je perdis le mien. C'était sans doute mérité. La souffrance de son mari ne l'était pas et je sais avec certitude que celle de Bet non plus.

Parce que la fidélité n'est pas une question humaine, mais une question divine.

Et voilà que je recommence.

Et je me demande ce que le père Gaunt en aurait pensé.

Le père Gaunt, si assidu, si attaché à révéler Roseanne, sa nature, son histoire compromettante.

La déposition est dans l'autre pièce et je suis trop fatigué pour aller la chercher. Je vais voir ce que je peux en écrire de mémoire. J'ai raconté en détail les événements du cimetière. Puis il y a eu l'indépendance, la police royale a été dissoute, renforçant j'imagine les craintes du père de Roseanne, puis… je suppose, du temps est passé. Le sentiment de vulnérabilité a diminué, augmenté ? Et le père de Roseanne a trouvé un emploi dans ce même cimetière. Ce travail étant à la discrétion du conseil municipal, il est difficile de comprendre comment on a pu donner une telle sinécure à un homme aussi suspect, à moins qu'on ait pensé qu'un travail aussi humble constituait une humiliation. Effectivement, il finit par perdre cet emploi et on lui donna celui de chasseur de rats à Sligo, certainement l'ultime insulte pour un homme comme lui. Le père Gaunt écrit avec une ironie probable : « Ayant chassé ses concitoyens comme des rats, on peut dire qu'il était qualifié pour ce travail. » (Ou quelque chose d'analogue.) Mais les mémoires sont à la fois bonnes et courtes en Irlande, comme partout où se déroulent des guerres comme celle-ci. La guerre civile qui suivit perturba encore davantage les intentions bienveillantes des jeunes gens de Sligo. Finalement on trouva le temps de s'occuper du père de Roseanne et il eut une fin étrange et prolongée.

Un soir qu'il rentrait chez lui il fut enlevé au coin de sa rue. Il était ivre comme à son habitude et sa fille l'attendait comme à son habitude. Et je pense vraiment, et cela semble évident d'après le récit du père Gaunt, que Roseanne adorait son curieux papa. En tout cas plusieurs hommes le traînèrent dans le cimetière. Elle les suivit. Le père Gaunt pense que leur plan était de l'emmener en haut de la tour ronde du cimetière et de le jeter par la fenêtre tout en haut, ou une stratégie de cet ordre.

Sa bouche était bourrée de plumes blanches sans doute en référence à son travail passé, bien que, Dieu le sait, je ne voie pas en quoi il était lâche, même s'il s'était fourvoyé à bien des égards. Ensuite, hélas, ils le frappèrent à coup de marteau et tentèrent de le pousser par la petite fenêtre en haut de la tour. Roseanne était en bas, la tête levée. Des bruits épouvantables et horribles sans nul doute provenaient de la petite pièce en haut. Ils réussirent à le pousser à moitié par la fenêtre, mais son ventre trop arrondi par toutes les années à boire de la bière l'empêcha d'être admis dans l'air nocturne. Les marteaux ne l'avaient pas complètement tué et il hurlait, les plumes s'échappaient de sa bouche. Animés par leur grande fureur, ils le tirèrent à l'intérieur et l'un des hommes jeta les marteaux ensanglantés par la fenêtre. Les plumes s'élevèrent et les marteaux tombèrent, l'un heurta la tête de Roseanne qui regardait et l'assomma.

Ils trouvèrent une solution rien moins que théâtrale au problème de son exécution et le pendirent dans une maison voisine en ruine. Je ne pense pas que, vu l'atmosphère de l'époque, il ait été très regretté. Il avait sûrement agi contre son peuple. Les jeunes gens voulaient venger un grand tort et les jeunes gens sont prompts à s'exciter et parfois maladroits. Non, pas très regretté, un homme comme lui.

Sauf par Roseanne.

Comment lui parler de tout cela ? Et ce n'est que la fin de la première partie, une autre raconte son histoire à elle. Et s'y trouve une accusation vraiment détestable et même horrifiante contre elle. Les péchés du père sont une chose, mais les péchés de la mère... Bon. Je dois me rappeler, je me le répète, pourquoi je suis engagé dans cette évaluation. Être professionnel. Garder mes distances. Après tout, ayant été élevé en Angleterre, bien que d'une certaine manière comme un enfant irlandais, j'ai déjà une distance je crois par rapport aux étranges chapitres de l'histoire déconcertante de ce pays.

Et toutes nos histoires ne sont-elles pas enchevêtrées et presque étrangères à nous-mêmes, je veux dire, à ce que nous imaginons ? La mort de ma propre mère, tellement cruelle, à tous égards, et la seule bonne chose à laquelle je pense qui en ait découlé, c'est qu'elle m'a « inspiré » d'étudier la psychiatrie à Durham, presque comme un acte d'assurance rétrospectif et désespéré contre la survenue de la chose.

Elle vivait dans un paradis en face de Padstow, de l'autre côté de la rivière, dans une maison enviée et admirée des visiteurs estivaux, entourée d'arbres sur la rive même.

Bien sûr pas ma « vraie » mère, pas mon « vrai » père non plus.

Chaque année depuis qu'ils avaient pris leur retraite tous deux se rendaient dans le Lake District. Un matin mon père grimpa sur une colline sans elle. Une fois au sommet, il contempla la vallée en dessous, le lac qui s'y trouvait, et il vit une silhouette minuscule avancer dans l'eau. Il était trop loin pour être entendu. Il comprit instantanément qui c'était.

Environ trois ans après m'avoir adopté, ayant abandonné l'espoir d'avoir un enfant, ils eurent enfin un bébé par eux-mêmes, mon frère John. Il m'était dévoué. Quand, enfants, nous pêchions dans le cours d'eau tout proche, il passait des heures en short dans la rivière, tenant un bocal de confiture pour attraper des vairons à mettre sur mes hameçons.

Quand j'avais quatorze ans, nous faisions le tour de l'estuaire en vélo tous les matins pour prendre nos bus, le mien m'emmenait au lycée catholique et le sien à l'école primaire privée que j'avais fréquentée quelques années plus tôt. Les arrêts des bus étaient proches, mais de chaque côté de la route, car son école était dans la direction opposée. Ce n'était qu'une petite route de campagne à l'extérieur du village et les bus étaient les gros véhicules brillants de l'époque.

Un matin – et voilà comment tout devient une petite histoire – il était une fois pourrais-je aussi bien dire – après avoir fait passer nos vélos derrière la haie comme d'habitude, je vis mon bus arriver sur la route et le sien venir de l'autre côté presque à la même distance. John, qui avait une dizaine d'années, m'embrassa, me serra dans ses bras et commença à traverser la route. Je m'aperçus que j'avais gardé son manteau et je l'appelai : « Hé, jeune homme ! » John s'arrêta et se retourna. « Ton manteau ! » dis-je et je me préparai à le lui lancer. Je vis John sourire et il fit quelques pas vers moi. À cet instant les deux bus se trouvaient à notre hauteur et, malgré le calcul qu'avaient fait les chauffeurs pour éviter le petit bonhomme qui traversait la route, mon appel provoqua une catastrophe, mon bus heurta John tandis que je lui tendais son manteau.

Telle était la raison du chagrin de ma mère.

Un chagrin immense. Au-delà de ce qu'on peut imaginer. Son cœur détruit au plus profond de lui-même. Et pourtant quelque chose m'échappe. Une véritable compréhension.

Sa vie était riche à d'autres égards. Elle vivait au paradis. À vrai dire elle abandonna mon pauvre père au paradis. N'étais-je pas aussi fâché contre elle ? Parce que je ne lui suffisais pas ? Ni mon père ? Parce qu'elle ne supportait pas ? C'est tout à fait injuste, je sais. Mais supporter est possible, c'est une qualité. Je crois que ce que j'essaie d'écrire, tout en ne voulant en aucune façon manquer de respect à ma mère, c'est que Roseanne a supporté, bien que sa vie ne vaille pas un clou.

Je me dégoûte un peu d'écrire cela.

Et pourquoi suis-je en train de pleurer ?

Je suis abasourdi en relisant ce que je viens d'écrire. J'ai transformé en anecdote la mort tragique de mon frère, de laquelle, comme cela me paraît évident à cause de la syntaxe distanciée, je me sens manifestement responsable. Même quand j'étais à Durham et que nous pratiquions l'analyse entre étudiants, je n'ai jamais abordé ce sujet. Je n'y pense jamais, je ne lui ai accordé aucune attention au cours des cinquante dernières années. Je m'en aperçois, clairement, en contemplant les simples faits. Mais comment diable commencer à les examiner, comment puis-je jamais me soigner ? C'est au-delà de mes capacités. Le seul homme à qui j'aurais pu en parler est Amurdat Singh, depuis longtemps dans la tombe. Ou mon père, dans la tombe aussi. Comme il a dû souffrir, dans son charmant isolement anglais.

Mais cela n'a rien à voir. Je suis indiscutablement satisfait que personne ne puisse m'aider. C'est dégoûtant. Non seulement je pleure, dois-je dire, mais en plus je tremble.

La vie de Roseanne s'étend sur tout, elle constitue tout ce qu'on peut savoir de notre monde au cours des cent dernières années.

Elle devrait être un lieu de pèlerinage et une icône nationale. Mais elle vit dans un lieu qui n'existe pas et elle n'est rien. Elle n'a pas de famille et presque pas de pays. Une presbytérienne. On oublie parfois les efforts consentis dans les années vingt pour inclure toutes les nuances de l'opinion dans le premier sénat irlandais, mais ces efforts se sont vite essoufflés. Notre premier président était protestant ce qui était un geste beau et poétique. Le fait est qu'il manque tant de fils à notre histoire que la tapisserie de la vie irlandaise ne peut que se défaire. Rien ne la retient. Le premier souffle du vent, la prochaine guerre monstrueuse qui nous touche, nous chassera vers les Açores. Roseanne n'est qu'un bout de papier qui vole au bord d'un terrain vague.

Et je me rends compte que je suis un peu trop préoccupé par elle. Peut-être suis-je obsédé. Non seulement je ne peux pas obtenir qu'elle me raconte son histoire, mais je possède une version de sa vie qu'elle rejetterait, je pense. Je dois m'occuper de dizaines d'autres patients, les écouter, voir s'ils peuvent être réinsérés dans la « communauté ». Seigneur, ce bâtiment va être démoli, les gens dispersés, j'ai beaucoup de travail, beaucoup de travail.

Et chaque jour je me sens contraint de monter dans sa chambre, souvent en hâte, comme s'il y avait urgence, comme à la fin de ce vieux film, *Brève rencontre*. J'ai l'impression que, si je tarde, elle ne sera pas là. Et effectivement cela se peut.

Sans Bet il m'est impossible de vivre. Je dois à présent apprendre à le faire.

Est-ce que j'utilise Roseanne comme moyen d'y parvenir, m'occuper de quelqu'un que j'admire et sur qui j'ai en même temps un pouvoir ? Je dois maintenant m'interroger sur mes motivations dans tous les domaines, car je crains qu'elle n'ait pas connu grand-chose en matière de justice dans le passé, sans parler de la gravité des allégations, ou peut-être que le mot rumeur est plus approprié, contre elle. Bien qu'elle soit enterrée ici d'une certaine façon, elle n'est pas Saddam dans son affreuse planque, il n'est pas question de l'en arracher et d'examiner ses dents comme celles d'un cheval (même si je dois me rappeler qu'il faut s'occuper de ses dents, j'ai remarqué beaucoup de zones noires dans sa bouche). Ses dents examinées, son corps epouillé, couvert de honte, renvoyé.

16

Témoignage de Roseanne sur elle-même

Le docteur Grene était là il n'y a pas longtemps. En entrant dans ma chambre, il a marché par hasard sur la latte disjointe sous laquelle je cache ces pages. Elle a émis un couinement impitoyable, comme une souris quand le ressort du piège se referme brusquement, et m'a fait peur. Mais non, le docteur Grene ne faisait attention à rien, pas même à moi. Il s'est assis sur ma vieille chaise et n'a rien dit. Le peu de lumière de la fenêtre éclairait à peine son visage. De mon poste d'observation dans le lit, je le voyais de profil. Il se comportait vraiment comme s'il était seul, poussant de temps en temps de gros soupirs dont je pense qu'il n'avait pas conscience. Des soupirs qui montaient tout seuls. Je l'ai laissé tranquille. J'étais contente qu'il soit dans la chambre sans poser de questions. De toute façon, j'avais mes propres pensées pour me « distraire ». Heureusement que nos pensées sont silencieuses, secrètes, indéchiffrables.

Alors pourquoi suis-je en train d'écrire cela ?

Finalement, au moment où je croyais qu'il allait partir, comme les détectives dans les vieux films, il s'est retourné près de la porte, m'a regardée et a souri.

« Vous souvenez-vous du père Garvey ? a-t-il demandé.

— Le père Garvey ?

— Oui, il était aumônier ici. Il y a environ vingt ans.

— Était-ce le petit homme avec des poils dans le nez ?

— Eh bien, je ne me souviens pas des poils. J'étais assis ici et je me souviens juste que vous n'aimiez pas qu'il vienne vous voir. J'ignore pourquoi je m'en souviens tout à coup. Y avait-il une raison ?

— Oh, ai-je dit. Non. C'est simplement que je n'aime pas les religieux.

— Les religieux ? Vous voulez dire les gens qui ont la foi ?

— Non, non, les curés, les nonnes et tous ceux-là.

— Et y a-t-il une raison ?

— Ils sont tellement sûrs de tout, et moi pas. Ce n'est pas parce que je suis presbytérienne. Je n'aime pas les saints. Il était très gentil, le père Garvey. Il disait qu'il comprenait parfaitement », ai-je dit, car c'était vrai.

Il s'attardait devant la porte. Voulait-il dire autre chose ? Je crois. Mais il n'a pas ouvert la bouche, il a hoché la tête plusieurs fois.

« Vous n'avez rien contre les médecins, j'espère ? a-t-il ajouté.

— Non, ai-je répondu. Je n'ai rien du tout contre les médecins. »

Il a ri et il est sorti.

Fred Astaire. Il n'était pas beau. Il disait lui-même qu'il ne savait pas chanter. Son crâne se dégarnissait depuis toujours. Il dansait comme court un guépard, avec la grâce du début de la création. Je veux dire, de la première semaine. Un jour de cette semaine, Dieu créa Fred Astaire. Le samedi peut-être, puisque c'était le jour du cinéma. Quand on voyait Fred, tout semblait aller mieux. C'était un remède. Il était mis en boîte dans les films et, tout autour de la terre, de Castlebar au Caire, il soignait les estropiés et les aveugles. C'est la pure vérité. Saint Fred. Fred le Rédempteur.

J'aurais pu lui adresser une prière ce jour-là.

En bas de la colline je ramassai un joli caillou lisse sur le chemin détrempé par la pluie. C'est une vieille coutume de prendre un caillou et de le déposer en haut du cairn. Oh, ça oui, j'étais dans un drôle d'état. Pas à cause de l'ascension, ce n'était rien pour moi à l'époque. Non, parce que la tête me « tournait » comme disaient les romans à l'eau de rose. Et je ne peux pas dire exactement pourquoi, sauf que je savais que quelque chose clochait dans ce que je faisais. La journée était absolument sereine, absolument calme, le ciel était déchiré par des balafres de bleu dans l'étendue de nuages, mais mon humeur s'apparentait à un autre type de journée. Quand les tempêtes se déchaînaient sur Knocknarea et déversaient des armées invisibles et des dragons extravagants sur Strandhill, que ceux-ci s'expliquaient entre les maisons du village et la mer. J'étais bras nus en me penchant pour ramasser le caillou, veillant malgré mon inquiétude à en choisir un convenable, bras nus et cœur nu.

Si mon père a rencontré son destin, je pense que j'ai aussi rencontré le mien.

Cher lecteur, je demande votre protection, car maintenant j'ai peur. Ma vieille carcasse tremble véritablement. Tout cela s'est passé il y a si longtemps et j'ai toujours peur. Tout cela s'est passé il y a si longtemps et je me penche de nouveau et je sens le caillou dans ma main comme s'il y était encore. Comment est-ce possible ? Si seulement je possédais encore la même vigueur, si seulement je gravissais la colline d'un pas aussi déterminé. Monter, monter, déterminée, déterminée. Je sens peut-être encore l'ombre de ce moment. Tant de chaleur dans mes membres, ma peau lisse comme du métal, la jeunesse dont je ne faisais pas cas, à laquelle je n'attachais aucune importance. Pourquoi étais-je si ignorante ? Pourquoi suis-je encore si ignorante ? Roseanne, Roseanne, si je t'appelais aujourd'hui, si je m'appelais moi-même, m'entendrais-tu ? Et si tu m'entendais, m'écouterais-tu ?

À peu près à mi-chemin sur la colline je vis un petit groupe de gens descendre, je les entendais rire et de temps en temps un petit caillou déboulait sur le chemin. Puis ils arrivèrent à ma hauteur, manteaux de gabardine, chapeaux mous, foulards et encore des rires. Ils faisaient partie de la meilleure société de Sligo et je connaissais un peu une des femmes, parce qu'elle était souvent venue au Café du Caire. Je me souvenais même de sa commande habituelle et apparemment elle aussi.

« Bonjour, bonjour ! lança-t-elle. Un chocolat et un petit gâteau aux cerises, s'il vous plaît ! »

Je ris. Il n'y avait certainement rien d'humiliant dans ces mots. Ses compagnons me regardèrent avec un soupçon d'intérêt, prêts à se montrer amicaux si la femme le souhaitait. Elle ne me présenta pas vraiment, mais elle dit à voix basse :

« J'ai appris que vous vous êtes mariée. Avec cet homme merveilleux du Plaza. Toutes mes félicitations. »

C'était gentil de sa part, car le mariage n'avait pas vraiment été un sujet de conversation en ville, ou alors pas un sujet de conversation bienveillante. Disons les choses ainsi. En fait, je suis certaine qu'il provoqua un petit vent de scandale, comme le faisait à Sligo presque tout ce qui n'était pas dans la norme. C'était une très petite ville sous la pluie.

« Bon, ça m'a fait plaisir de vous voir. Bonne ascension. Salut. »

Et sur cette petite note décontractée elle s'éloigna, le chemin en pente l'entraînant, les chapeaux et les foulards disparaissant rapidement vers le bas de la colline. Et les rires. J'entendis la femme leur parler de sa voix agréable, les mettant peut-être au courant, faisant peut-être remarquer que Tom n'était pas avec moi, je ne sais pas. Mais cela ne me soutint guère dans mon devoir.

Quel était mon devoir ? Je l'ignorais. Pourquoi étais-je en train de gravir Knocknarea à la demande d'un Irrégulier dans la guerre civile récente et peut-être tout aussi irrégulier dans sa vie ? Un ex-taulard qui creusait les fossés de Sligo. Qui, d'après ce que je savais, n'était pas marié et ne fréquentait personne. Je savais de quoi il en retournait et de quoi cela avait l'air, mais je ne savais pas ce qui me poussait à gravir cette colline. Il s'agissait peut-être d'une curiosité infinie provenant de mon amour pour mon père. Un besoin de me retrouver à nouveau proche de son souvenir, ou de tout souvenir de lui qui semblait me le rendre plus présent, même les événements de cette terrible nuit au cimetière – ces deux nuits terribles.

Arrivée au sommet, je ne vis d'abord personne, sauf peut-être les os blanchis de la reine Maeve sous son fardeau d'un million de cailloux. De loin, dans les champs en bas, près de la mer de Strandhill, son cairn bien que reconnaissable semblait petit. Je ne m'aperçus qu'en le gravissant sur mes jambes fatiguées à quel point il était énorme, le travail d'une centaine d'hommes, rassemblant sur la colline en des temps lointains une étrange moisson de pierres de la taille du poing, commençant peut-être par quelques dalles déposées soigneusement sur la reine, et lentement, comme des morceaux de tourbe ajoutés un par un dans un sac, comme des événements ajoutés un par un à un récit épique, constituant le grand tumulus sous lequel elle repose. J'ai écrit reposer, mais je pense pourrir, diminuer, disparaître dans la colline, se mêlant à l'humidité sous la terre, nourrissant les petits diamants et les étincelles de bruyère et de mousse. Un instant je crus entendre de la musique, une vague de vieux jazz américain, mais ce n'était que le vent indécis qui titubait au sommet. Et dans la musique j'entendis mon nom.

« Roseanne ! »

Je regardai autour de moi et ne vis personne.

« Roseanne, Roseanne ! »

La vieille peur de mon enfance s'empara de moi, comme si j'entendais une voix venue de l'autre monde, celle de la fée de la mort en personne assise en haut du cairn avec ses dernières mèches de cheveux poussiéreux et ses joues creuses, voulant m'entraîner aux enfers. Non, ce n'était pas une voix de femme, mais une voix d'homme et, tandis que je regardais, une silhouette sortit d'une petite enceinte de pierre, vêtements noirs, cheveux noirs et visage pâle.

« Vous voilà », dit John Lavelle.

J'avais regardé l'heure à l'horloge du bazar au village de Strandhill, mais je trouvais tout de même que c'était un succès inattendu de le rencontrer là à partir d'informations si sommaires. Dimanche à trois heures. En cas de force majeure, si les contingents d'une armée devaient se rassembler pour vaincre l'ennemi par ruse, cela n'aurait sans doute pas marché aussi bien. Mais apparemment le destin est excellent stratège et réussit des miracles de synchronisation pour aider à notre destruction.

Je descendis le rejoindre. Je crois que j'éprouvais beaucoup de compassion pour lui, je crois que c'était cela, lui qui avait perdu son frère de si horrible façon. Il constituait une pièce de l'histoire de mon enfance dont je ne pouvais pas me séparer. Je ne comprenais pas vraiment la nature de son importance. J'avais pour lui une sorte de sombre respect, pour lui qui n'était sans doute qu'un cantonnier, mais possédait néanmoins pour moi un aspect héroïque, un prince habillé en mendiant.

Il se tenait debout sur une sorte de petit lit de pierres nues. Autrefois cet endroit était peut-être couvert d'un toit fait d'une dalle tombée depuis longtemps ou tirée sur le côté.

« J'étais allongé là, dit-il. Le soleil y est délicieux. Touchez ma chemise. »

Et il me tendit le devant noir de sa chemise. J'y posai brièvement la main et sentis la chaleur.

« Voilà ce que ferait le soleil en Irlande, si on lui donnait une petite chance », dit-il.

Ensuite nous ne trouvâmes apparemment rien à nous dire pendant quelques instants. Mon cœur battait à tout rompre dans ma poitrine, j'avais peur qu'il ne l'entende. Oh, pas par amour pour lui. Par amour de mon pauvre père. Être proche d'un homme qui avait été proche de mon père. Quelle bêtise affreuse, dangereuse, inexplicable.

Je compris tout à coup. Je me dis tout à coup que Tom avait épousé une folle. Cette pensée m'a hantée de nombreuses fois depuis. Mais je suis presque fière de dire que je fus la première à l'avoir formulée.

Je ne pouvais pas résister à l'attrait de la rivière. La mer immense était incapable de me retenir. Le saumon pond ses œufs sur les galets tout près de la source de sa rivière natale, là où l'eau sort de terre. Monde mystérieux, mystères sur mystères, reines sous les pierres, rivières se formant sous la terre.

« Vous savez quoi, Roseanne ? dit-il au bout d'un moment. Vous êtes le portrait craché de ma femme.

— Votre femme, John Lavelle ? dis-je, soudain fâchée.

— Ma femme, oui. Vous lui ressemblez, ou peut-être votre visage a pris la place du sien dans mes souvenirs.

— Et où est donc votre femme ?

— Elle est sur North Island à Inishkea. En 21 quelques gars de l'île ont incendié la caserne de la police. Je ne sais pas pourquoi, parce qu'il n'y avait pas de policiers à l'intérieur. Alors les Black and Tan sont venus en bateau voir ce qu'ils pourraient faire pour se venger. Mes jumeaux venaient de naître à l'époque. Ma femme Kitty se tenait sur le pas de la porte de notre maison, un garçon dans chaque bras, pour leur faire prendre l'air, comme on dit. Les Tan se trouvaient assez loin et ils décidèrent de lui tirer dessus. Elle reçut une balle dans la tête, une autre tua Michael a'Bhilli et Seanin tomba du bras de sa mère et se cogna la tête contre la marche du seuil. »

Il parlait très doucement et presque avec crainte. Je saisis sa manche.

« Je suis désolée, dis-je.

— Enfin, j'ai encore Seanin, il a quinze ans. Il n'est pas très bien dans sa tête, vous savez, à cause de sa chute. Un peu bizarre. C'est un gars qui aime bien rester à la marge des choses et regarder sans rien dire. La famille de sa mère l'élève et il porte donc le nom de sa mère, vous savez le beau nom ancien de Keane originaire de l'île. Mais il aime bien me parler. Je lui ai parlé de vous la dernière fois que je suis rentré et il m'a posé des centaines de questions. Je lui ai dit que, s'il m'arrivait quelque chose, il devrait s'occuper de vous et il m'a répondu qu'il le ferait, même si je pense qu'il n'a pas compris la moitié de ce que je disais, ni même qu'il sait où se trouve Sligo.

— Pourquoi lui avez-vous demandé de faire ça, John Lavelle ? dis-je.

— Je ne sais pas. Sauf que…

— Sauf que quoi ?

— Que je ne sais pas ce qui va m'arriver maintenant. Je crois que je dois reprendre mon fusil. Le travail de cantonnier ne me plaît pas trop. C'est une raison et ça me fiche une peur bleue. L'autre raison pourrait être que je n'ai jamais vu personne qui soit aussi jolie que vous sauf Kitty.

— Vous êtes presque un étranger. Il n'y a rien de naturel là-dedans.

— C'est bien ça, dit-il. Un étranger. Alors ce pays est composé entièrement d'étrangers. Vous avez raison. Mais tout de même qu'est-ce qu'il faut dire quand on ressent ce que je ressens ? *Je vous aime*, on dit, je suppose. »

Nous étions là depuis un bon moment quand j'entendis d'autres voix, de nouvelles voix qui montaient vers nous. Je rassemblai mes esprits et mon corps et me précipitai presque vers le chemin. Il constituait le seul moyen de descendre de la colline, bien que ma première idée ait été de filer vers l'est dans la bruyère et les éboulis, mais en même temps je savais qu'une grande falaise se dressait sous Knocknarea et essayer de la contourner pour arriver à la route me prendrait des heures. Des heures si nombreuses que Tom finirait par se demander ce qui m'était arrivé et même se mettrait à remuer le pays pour me trouver. Telles étaient mes pensées tandis que le vent, plus fort à l'approche de l'heure du thé, soufflait mes cheveux sur mon visage et que le petit groupe devenait visible plus bas.

C'était un groupe d'hommes en manteaux noirs et soutanes. Une petite troupe de curés sortis faire une promenade dominicale. N'y avait-il pas une trace de blasphème là-dedans ? Si seulement leur piété, leurs prières et leurs règles les avaient tenus à proximité de la ville. Mais voilà qu'ils arrivaient avec les différentes notes de leurs rires et leurs murmures. Je me retournai violemment pour voir où se trouvait John Lavelle. Oh, il se tenait debout juste derrière moi, comme s'il était un élément du vent.

« Reculez ! dis-je. Vous ne pouvez pas vous cacher ? Il ne faut pas qu'on me voie là-haut avec vous !

— Pourquoi donc ? demanda-t-il.

— Pourquoi donc ? Êtes-vous fou ? Êtes-vous aussi fou que moi ? Allez vous cacher dans ces rochers. »

Mais il était trop tard. Bien sûr qu'il était trop tard. La troupe des hommes d'Église nous avait rejoints, tout sourires et bonjours, chapeaux levés. À l'exception d'un visage, rougi par l'effort et fouetté par le vent, qui me regardait, dépourvu d'expression et à briser le cœur. C'était le père Gaunt.

Quand je redescendis dans notre petite maison de Strandhill, Tom n'était pas là car il était allé à Sligo accueillir « le Général » à la gare, en préparation d'un défilé dans Wine Street, pour bien montrer, comme disait Tom, le grand enthousiasme que soulevait le mouvement du général O'Duffy en ville. Il m'avait suppliée de mettre un corsage bleu que le Vieux Tom avait cousu pour moi sur sa requête, mais à dire vrai cet aspect de Tom m'effrayait. Sans doute qu'au Café du Caire des origines, dans la ville du Caire – et je ne crois pas que la gentille Mme Prunty y soit jamais allée –, on fumait beaucoup le narguilé, sans parler des filles lascives qui faisaient la danse du ventre. Je n'avais jamais vu d'hommes ayant fumé de l'opium, mais je me demandais si leur visage montrait la même lueur presque orientale que celui de Tom quand il parlait du Général et du corporatisme (je ne sais pas ce que c'était et je ne suis pas certaine que Tom l'ait vraiment su), de prendre sa revanche sur le « traître De Valera », du « vrai commencement de la gloire de l'Irlande » et de tous les autres slogans clinquants de cette époque. Après avoir défilé dans Sligo, ils vinrent tous à Strandhill pour un rassemblement au Plaza. Une partie et non la moindre de la peur que je ressentais encore après ma rencontre avec John Lavelle venait de l'évidence qu'un homme comme lui était en réalité l'« ennemi » du mouvement du Général. Je ne sais pas pourquoi cela m'inquiétait autant, mais c'était un fait. J'étais debout dans notre petit salon très peu meublé mais propre et agréable et je frissonnais dans ma robe d'été. Je frissonnais, et frissonnai plus encore quand j'entendis un bruit de moteur au loin, un petit vrombissement qui allait en augmentant, et je me précipitai à la fenêtre pour voir passer le défilé des Ford et autres voitures, Tom à leur tête au volant de son propre véhicule, un homme à l'air très important assis à côté de lui, coiffé d'une calotte et avec un nez crochu assez semblable à celui de Jack le frère de Tom. Des dizaines d'automobiles défilaient, toutes avec une musique métallique, leurs roues soulevaient la poussière blanche de la route étroite du bord de mer comme au Sahara. Et tous les visages, ceux des hommes et des femmes, rayonnaient au-dessus des chemises et des corsages bleus, de cet éclat étrange, pas très éloigné du bonheur – l'image d'un optimisme impossible, comme les réclames des rares magazines américains qui nous parvenaient dans notre monde reculé de Sligo, envoyés aux familles bien empaquetés, accompagnés des dollars yankees si convoités.

Et j'avais la curieuse impression de regarder le monde de quelqu'un d'autre, le Tom de quelqu'un d'autre, le Sligo de quelqu'un d'autre. Comme si je n'allais pas rester là très longtemps, ou n'étais pas là depuis assez longtemps, ou même n'avais jamais été là. Comme un fantôme à moi-même et certainement pas pour la première fois.

J'allai me coucher, m'étendis dans les draps frais et tentai de me calmer. J'essayais d'être moi-même et ne réussissais pas vraiment à trouver cette personne. Roseanne. Peut-être m'échappait-elle. Peut-être depuis longtemps. Pendant la guerre d'indépendance, ce n'étaient pas seulement les soldats et les policiers qu'on tuait, même ces types stupides qui étaient partis pour la Grande Guerre sans réfléchir à ce qu'ils faisaient, mais aussi les romanichels, les vagabonds et les autres. Les gens qui salissaient le bord des choses, les gens qui se tenaient à la lisière des photographies des lieux plaisants et qui aux yeux de certains commençaient à les empuantir. Lorsque les Allemands lâchèrent des bombes sur Belfast au cours de la guerre qui allait suivre, des dizaines de milliers de gens s'enfuirent à la campagne, des milliers venaient des taudis de Belfast et personne ne les voulait dans les maisons, parce qu'ils formaient une race oubliée de sauvages, si pauvres qu'ils n'avaient jamais vu de cabinets et ne mangeaient que du pain et du thé. Ils pissaient sur le sol des maisons convenables. Ces gens étaient cachés jusqu'à ce que les Allemands les fassent sortir en les bombardant, en les brûlant. Comme les pauvres rats de mon père. J'étais couchée dans mon lit aux draps propres, mais je me sentais comme eux. Comme eux, je n'étais pas assez reconnaissante et j'avais souillé mon nid. Je savais qu'aux yeux des amis de Tom, rassemblés dehors au Plaza, s'ils savaient tout de moi, ils voudraient – je ne sais pas, m'anéantir, me juger, m'extirper du cadre des photographies de la vie. Des paysages charmants de la vie ordinaire. J'ignorais tout bien entendu des Allemands à ce moment-là, sinon que le Général ressemblait aux hommes au pouvoir en Italie, en Allemagne, en Finlande à cette époque, des hommes imposants et bruyants qui voulaient soulever les foules, qui les voulaient propres, adaptées et pures, afin qu'elles sortent en masse exterminer les pouilleux, les déguenillés, les moralement suspects. Quelque part dans mon cœur, dans le passeport de mon cœur, si on l'avait ouvert, on aurait vu mon vrai visage – pas lavé, marqué par le feu, terrifié, ingrat, malade et stupide.

Je m'éveillai au petit matin, ramenée à la conscience par les bruits discrets de Tom dans la pièce. Une lune énorme sur Knocknarea éclairait le cairn comme en plein soleil. J'étais encore sous l'emprise d'un rêve et un instant je crus voir une silhouette au sommet du cairn, vêtue de noir, de grandes ailes brillantes repliées dans le dos. Mais naturellement le cairn était beaucoup trop loin pour que je distingue cela.

« Tu es réveillée, mon chou ? » demanda Tom. Je vis qu'il enlevait ses bretelles.

« Tu as du sang sur le visage, dis-je en m'asseyant

— J'ai du sang sur toute ma satanée chemise, même si on ne le voit pas bien à cause du bleu, répondit-il.

— Mon Dieu, dis-je, qu'est-ce qui s'est passé, Tom ?

— Rien du tout. Nous avons rencontré un peu de résistance de la part des gardes à Sligo. Nous défilions gentiment, quand un petit groupe de gars déterminés est sorti de Quay Street, des types venus de Collooney sans doute, parce que ce n'étaient pas les gardes habituels de Sligo. Et l'un d'eux m'a donné un grand coup de bâton, je ne te dis pas, ça m'a fait un mal de tous les diables. Et le Général s'est mis à leur hurler dessus et les gardes ont répondu en hurlant aussi : "Vous n'avez pas l'autorisation de manifester à Sligo !" Et le Général qui était le chef de ces mêmes gardes il y a à peine quelques années. Bon. Ça criait et ça débordait de tous les côtés. Alors nous avons été bien contents de partir pour le dancing, je ne te dis que ça. Et nous avons passé un moment formidable là-bas. Une foule comme tu n'en as jamais vu. »

Il avait enfilé son beau pyjama rayé. Il s'approcha de la table de toilette, s'aspergea vigoureusement le visage, s'essuya avec la serviette et se jeta dans le lit à côté de moi.

« Qu'est-ce que tu as fait ? demanda-t-il. Tu aurais dû venir. C'était fantastique.

— Je suis allée me promener, dis-je.

— Oh, oh, vraiment ? Pourquoi pas ? » dit-il.

Il plaça son bras gauche sous ma main et m'étreignit. Au bout d'un moment, entre le sang et le clair de lune, nous nous sommes endormis.

Carnet du docteur Grene

Affolement complet dans le bâtiment hier. Je dois dire que j'ai presque été encouragé par l'intensité de la réaction car, très souvent par le passé, quelque chose qui ressemblait à un nuage d'inertie planait sur ces vieux toits. La jeune femme qu'on avait trouvée bouleversée et avec des traces de sang avait disparu. L'infirmière de la salle était terrifiée, parce que la sœur de la patiente venait de passer et qu'elle lui avait offert une belle robe de chambre toute neuve. L'infirmière avait remarqué la ceinture du même tissu léger que la robe de chambre, mais n'avait pas eu le cœur à l'enlever tout de suite. Elle parcourait les salles en tous sens, demandait à tout le monde si on n'avait pas vu la pauvre malheureuse et provoquait chez les vieux patients une agitation comme ils n'en avaient pas connu depuis des années. Finalement on s'est aperçu qu'elle ne s'était pas pendue, mais qu'elle était descendue au bureau en robe de chambre et avait signé sa sortie, comme elle a parfaitement le droit de le faire d'après la nouvelle législation. Elle est allée sur la grand-route, a fait du stop pour se rendre en ville et de là est montée dans un bus pour Leitrim, toujours vêtue de la robe de chambre. On aurait dit un manteau magique qui la ramenait à Leitrim. Son mari a téléphoné hier soir pour nous prévenir, il était très en colère à l'autre bout du fil. Il a dit que l'hôpital était censé être un refuge. L'infirmière en chef lui a parlé et s'est montrée très soumise, pas du tout dans le style des vieilles surveillantes qui travaillaient ici autrefois. Je ne sais pas comment cela va se terminer, mais cela me semble posséder toutes les qualités d'un sauvetage. Je souhaite à la pauvre femme de s'en sortir et je suis désolé que nous lui ayons été de si peu de secours, tout au contraire. Et je suis très content que l'affolement de l'infirmière ait été sans fondement.

Ce matin je suis monté chez Mme McNulty – non, non, Roseanne – de très bonne humeur. Bien entendu, la situation de la jeune femme reste périlleuse, mais je suis assez vieux à présent pour faire grand cas de la vie en soi.

Un peu de lumière printanière entrait de biais dans la chambre, elle semblait se glisser par la vitre avec délicatesse, presque en s'excusant. Un petit carré de soleil était posé sur le visage de Roseanne. Oui, elle est très âgée. Le soleil estime toujours l'âge de façon brutale, mais se montre aussi un peintre des plus fidèles. J'ai pensé aux vers de T.S. Eliot que nous avons appris à l'école en Angleterre :

Ma vie est comme une plume sur le dos de ma main,
Attendant le vent de la mort.

Ces mots sont prononcés par Siméon, l'homme qui voulait vivre assez longtemps pour voir le messie nouveau-né. Je ne crois pas que Roseanne attende cela. J'ai aussi pensé aux autoportraits de Rembrandt Van Rijn, si fidèlement infidèles à l'idée de notre aspect que nous portons comme un antidote au remords. Nous décidons de ne pas reconnaître le fait que notre peau pendouille de nos mâchoires et se défait sous notre menton comme le plâtre se détache de ses lattes dans un plafond à l'ancienne.

Sa peau est si fine qu'on voit les veines et tout le reste, comme des routes, des rivières, des villes et des monuments sur une carte. Bien tendue pour qu'on écrive dessus. Aucun moine n'aurait toutefois risqué sa plume sur un parchemin si fin. Et de nouveau je me suis dit qu'elle avait dû être très belle pour être restée si étrangement belle à cent ans. De bons os, disait mon père, comme si, en vieillissant lui-même et en voyant vieillir ceux qu'il connaissait autour de lui, il en appréciait la valeur.

Elle a une tache sur le côté du visage, toutefois, bien rouge et « irritée », comme on dit, et j'ai eu l'impression que sa langue la gênait d'une certaine manière pour parler, comme si elle était un peu gonflée à la racine. Je dois faire venir le médecin, M. Wynn, pour qu'il l'examine. Elle a peut-être bien besoin d'un antibiotique.

A-t-elle perçu mon humeur, je ne sais pas, mais elle était très réceptive, voire coopérative. Elle était à l'aise d'une manière étrange. Peut-être était-ce du bonheur. Je sais que les améliorations du temps lui procurent un immense plaisir en début d'année. Elle met beaucoup d'espoir dans les jonquilles le long de l'allée, plantées là par un ancien rupin du temps où ce lieu était une grande maison et un domaine, à cette époque révolue. Avec une délicatesse remplie de crainte de ma part, tentant de trouver ma réplique grâce au soleil, j'ai finalement abordé le sujet de son enfant. Je dis « finalement » comme si j'avais abordé avec succès des milliers d'autres sujets, ou amené petit à petit celui de l'enfant. Ce n'est pas le cas. Mais j'avais beaucoup réfléchi à toute cette affaire parce que, bien entendu, si ce qu'a écrit le père Gaunt est vrai, toute la question de son état mental et de sa longue présence ici et à Sligo est résolument et sans doute définitivement épineuse. En parlant de Sligo, j'ai de nouveau écrit pour demander si je peux m'y rendre un jour prochain et parler à l'administrateur qui se trouve être une vieille connaissance, un homme du nom de Percival Quinn, le seul à porter le nom de Percy dont j'aie jamais entendu parler à l'époque actuelle et que je connaisse. C'est lui apparemment qui a fait l'effort d'exhumer la déposition du père Gaunt et il se peut qu'il existe d'autres dossiers que Percy pense ne pas pouvoir communiquer, mais je ne sais pas. Nous ressemblons parfois au MI 5 dans notre métier de psychiatres. Toutes les informations deviennent sensibles, inquiétantes, vulnérables, parfois même, je pense, le moment de la journée. Quoi qu'il en soit, je vais suivre mon intuition.

Ce soir, un calme absolu règne dans la maison. Il est presque aussi sinistre que l'était le claquement. Mais je suis reconnaissant. Humain, seul, vieillissant et reconnaissant. Serait-il déplacé d'écrire ici, de t'écrire directement ici, Bet, pour dire, je t'aime encore et je suis reconnaissant ?

Roseanne était si vulnérable, si admirable, si ouverte quand je suis allé la voir. Je savais que je pouvais lui poser n'importe quelle question, approfondir n'importe quel sujet et j'aurais probablement obtenu la vérité ou ce qu'elle considère comme la vérité. Je le connaissais, mon avantage, et, si je l'avais poussé, j'aurais beaucoup appris mais, peut-être, perdu quelque chose. Aujourd'hui était le jour où elle m'aurait peut-être tout dit et aujourd'hui était le jour où j'ai opté pour son silence, son intimité. Parce qu'il me semble qu'il y a une chose plus importante que le jugement. Je crois qu'on appelle cela la pitié.

Témoignage de Roseanne sur elle-même

Le docteur Grene est venu, très remonté, il a approché sa chaise, l'air de vouloir être sérieux. J'ai été si étonnée que je me suis en fait laissé engager plus ou moins dans la conversation.

« C'est une belle journée de printemps, a-t-il dit, et cela me donne le courage de vous poser de nouveau quelques-unes de ces vieilles questions lassantes que, j'en suis sûr, vous préféreriez que j'abandonne. Mais je pense vraiment que vous pourriez en tirer un certain avantage. Pas plus tard qu'hier j'ai appris quelque chose qui me donne l'impression que rien n'est impossible. Que les choses qui à première vue paraissent obscures et insolubles peuvent en fait recevoir un peu de lumière, une lumière inattendue. »

Il a continué à parler ainsi un moment et il est enfin arrivé à la question. Elle concernait encore mon père et je lui ai volontiers répété, pour la seconde fois, que mon père n'avait jamais été dans la police. Je lui ai expliqué qu'il existait cependant un lien avec la police dans la famille McNulty.

« Le frère de mon mari, Eneas, était dans la police. Il y est entré vers 1919, époque où il était difficile de trouver du travail ici, ai-je dit, ou quelque chose d'approchant.

— Ah, a poursuivi le docteur Grene, alors vous pensez que peut-être c'est ainsi que le lien avec la police a été... a été mis sur le tapis ?

— Je ne sais pas, ai-je répondu. Les jonquilles sont-elles déjà sorties dans la vieille allée ?

— Elles sont presque sorties, elles menacent de sortir, a-t-il dit. Elles craignent peut-être une dernière gelée.

— Le gel ne gêne pas les jonquilles, ai-je expliqué. Comme la bruyère, elles peuvent fleurir dans la neige.

— Oui, a-t-il dit, vous avez sans doute raison. Bon, Roseanne, le deuxième sujet que j'ai envie d'aborder avec vous est celui de l'enfant. Je lis dans la petite déposition dont je vous ai parlé qu'il y a eu un enfant. À un moment donné.

— Oui, oui, il y a eu un enfant. »

Et je me suis tue car qu'aurais-je pu dire ? J'ai bien peur de m'être mise à pleurer le plus discrètement possible.

« Je ne voulais pas vous faire de peine, a-t-il dit avec beaucoup de douceur.

— Je ne crois pas que ce soit vous, ai-je répondu. Simplement, en y repensant, tout cela est si...

— Tragique ? a-t-il proposé.

— C'est un grand mot. Très triste en tout cas, j'ai l'impression. »

Il a fouillé dans la poche de sa veste et en a sorti un petit mouchoir en papier plié.

« Ne vous inquiétez pas, a-t-il dit. Je ne m'en suis pas servi. »

J'ai pris avec reconnaissance le petit objet inutile. Pourquoi ne s'en était-il pas servi, lui qui avait eu ses propres soucis récemment ? J'ai essayé de l'imaginer assis quelque part chez lui, un endroit que je ne connais pas, bien sûr. Et la disparition de sa femme. La mort, aussi impitoyable que tout autre amant, l'ayant emportée.

J'ai essuyé mes larmes. J'avais l'impression d'être Barbara Stanwyck dans un mélo stupide, ou du moins Barbara Stanwyck à cent ans. Le docteur Grene me contemplait d'un air si malheureux que je me suis mise à rire. Ragaillardi par mon rire, il a ri aussi. Nous avons ri tous les deux, mais très doucement, très silencieusement, comme si nous ne voulions être entendus de personne

Je dois avouer que certains « souvenirs » dans ma tête me semblent étranges à moi aussi. Je n'aimerais pas avoir à le dire au docteur Grene. La mémoire, il me faut le croire, si elle est délaissée devient une sorte de pièce remplie de boîtes ou un débarras dans une vieille maison, son contenu est tout mélangé, peut-être pas seulement par négligence mais aussi à force d'y chercher au petit bonheur et, par-dessus le marché, d'y jeter des choses qui n'ont rien à y faire. Je soupçonne assurément... enfin, je ne sais pas ce que je soupçonne assurément. La tête me tourne un peu en envisageant la possibilité que tous mes souvenirs ne sont peut-être pas – ne sont peut-être pas *réels*, je suppose. Il y avait tant d'agitation à cette époque que... que quoi ? J'ai cherché refuge dans d'autres histoires impossibles, dans des rêves, dans mon imagination ? Je ne sais pas.

Si j'accorde foi à certains souvenirs, ils me serviront peut-être de pierres de gué et je traverserai le torrent des « jours anciens » sans m'y enfoncer complètement.

On dit que les vieux conservent au moins leurs souvenirs. Je ne suis pas vraiment certaine que ce soit toujours une bonne chose. J'essaie d'être fidèle à ce que j'ai dans la tête. J'espère que ces souvenirs essaient aussi de m'être fidèles.

C'était la chose la plus simple du monde. Il n'est tout bonnement pas rentré. Je l'ai attendu une journée entière. J'ai préparé le hachis à la viande et aux légumes comme je le lui avais promis le matin, parce qu'il avait un faible pour les plats hachés et réchauffés, même si c'était son frère Jack le marin. Ce plat est très apprécié des marins et des soldats, mon propre père aurait pu en témoigner. Mais le hachis a de nouveau refroidi sous son couvercle. La nuit est tombée sur Knocknarea, sur la baie de Sligo, sur Ben Bulben où Willie le frère de John Lavelle avait été tué. Sur les hautes pentes, dans l'intimité de l'air raréfié et de la bruyère. Une balle dans le cœur, je crois, ou dans la tête, après s'être rendu. John Lavelle l'avait vu de sa cachette. Son propre frère. Les frères d'Irlande. John et Willie, Jack, Tom et Eneas.

J'ai compris tout de suite que quelque chose n'allait pas du tout, mais on peut le comprendre et ne pas permettre à l'idée d'entrer dans sa tête, sur le devant de sa tête. Elle danse derrière, là où on ne peut pas la contrôler. Mais c'est sur le devant de la tête que commence la douleur.

J'étais assise je dois l'avouer, étouffant dans la chaleur de mon amour pour mon mari. À cause de son étrange efficacité, même de son pas décidé sur les trottoirs de Sligo. Ses gilets, sa gabardine ou son trench-coat aux quatre piqûres, ses bottines à double semelle brevetée qui ne devaient jamais avoir besoin d'être ressemelées (bien sûr que si). Son visage rayonnant et ses joues roses de bonne santé, sa cigarette pendant paresseusement au coin de sa bouche, de la même marque que celles que fumait son frère, Army Club Sandhurst. Son don pour la musique et sa confiance, sa façon d'être toujours en prise avec le monde et prêt à l'affronter. Il était non seulement prêt à l'affronter, mais il allait le conquérir, conquérir Sligo et tout le reste de l'ouest à l'est, « du Portugal à la mer » selon le vieux dicton, même si à dire vrai c'est un dicton absurde. Tom McNulty, un homme qui avait tous les droits à la vie parce qu'il lui faisait vraiment honneur par la façon dont il en jouissait.

Oh mon Dieu, oh mon Dieu, j'étais assise là. J'y suis encore assise.

Je suis assez vieille pour savoir que le temps qui passe n'est qu'une ruse, une commodité. Tout est encore là, se déploie toujours, se produit toujours. Le passé, le présent et l'avenir, éternellement dans la caboche, comme les brosses, les peignes et les rubans dans un sac à main.

Il n'est simplement pas rentré.

Là-bas à Strandhill, les soirs où il n'y avait pas de bal, quand seule une voiture de temps en temps entrait dans le village au-dessus, une chouette hululait. Je crois qu'elle vivait sous Knocknarea, là où la terre s'incline et se transforme en une sorte de vallée jusqu'à la mer. La chouette vivait assez près pour que sa note unique et répétitive me parvienne distinctement par-delà les étendues de broussailles et les terres en friche. Elle hululait, hululait, comme pour dire quoi, je ne sais pas. Les bêtes qui vivent et chassent la nuit appellent-elles leur éventuel compagnon dans le noir ? Je suppose que oui.

Mon cœur aussi hululait, lançait des signaux dans le dur monde des hommes. Pour que Tom rentre à la maison, qu'il *rentre à la maison*.

17

Le soir du surlendemain je crois que j'étais toujours assise au même endroit. Même si cela paraît pratiquement impossible. N'avais-je pas mangé, n'étais-je pas sortie pour aller aux toilettes derrière la cabane, ne m'étais-je pas dégourdi les jambes ? Je ne m'en souviens pas. Ou plutôt, je me souviens seulement d'avoir été assise là, puis, juste au moment où le crépuscule descendait sur Strandhill, apaisant toute chose, même les couleurs de l'herbe, la brise nocturne soufflant en hâte de la baie, faisant bruire mes roses contre la vitre, ou du moins leurs boutons, tap tap tap, comme Gene Krupa en personne démarrant quelque chose à la batterie. Juste alors, comme un signal, j'entendis venant de la route, tournant au coin de la maison et entrant par la porte les accords de *Honeysuckle Rose*, d'abord quelques notes, puis j'entendis Harry B. se mettre à la batterie, et ensuite le son de la clarinette, sans doute celle de Tom, et quelqu'un au piano, pas moi à l'évidence, et d'après les notes rouillées qu'on jouait je me dis que ce devait être le Vieux Tom en personne et sans doute Dixie Kielty à la guitare rythmique qu'il aimait comme un enfant, oh, et la musique se déployait, tige après tige, bouton après bouton, tout comme le chèvrefeuille, même si sa floraison arrivait plus tard dans l'année dans ces contrées.

Je compris alors qu'on était samedi, bien sûr. C'était un repère.

Saperlipopette c'est tout de même un air fantastique pour la guitare solo.

Honeysuckle Rose. Bam bam bam fait la batterie, montent et descendent encore et encore les accords de la guitare. On peut rendre à moitié fous même les garçons des collines de Sligo avec cet air. Un mort danserait dessus. Un muet entonnerait les solos.

Il paraît, c'est du moins ce que Tom m'avait dit, que Benny Goodman faisait durer cette chanson une bonne vingtaine de minutes aux bals. Je veux bien le croire. On aurait pu la jouer toute la journée et avoir encore des choses à dire avec elle. C'était ainsi, voyez-vous, c'était un air qui parlait. Même si personne ne chantait les paroles.

Donc.

Donc, je suis allée là-bas. C'était un sentiment des plus étranges, des plus sombres de m'y rendre. Mettre mes plus beaux atours, ma plus belle robe, m'appliquer en hâte un peu de « rouge », me passer un coup de peigne, enfiler mes chaussures de scène, sans cesser de haleter un peu, puis sortir dans le vent, sentir son souffle froid au point que ma poitrine paraissait se rétrécir. Mais cela m'était égal.

Parce que je me disais qu'il était encore possible que tout aille bien. Pourquoi pensais-je cela ? Parce que personne ne m'avait rien dit. Je nageais en plein mystère.

Le bal commençait à peine, mais des voitures arrivaient déjà de Sligo, leurs gros phares comme des pelles pelletant la route défoncée. Des visages impatients dans les voitures et par-ci par-là des gars debout sur les marchepieds. C'était un spectacle réjouissant, le spectacle le plus réjouissant de Sligo.

Plus je m'approchais du Plaza plus j'avais l'impression d'être un fantôme. Le Plaza n'était autrefois qu'une maison de vacances et on avait construit la salle derrière, de sorte que la façade ressemblait à une habitation ordinaire, mais bétonnée, effacée d'une certaine manière. Un joli drapeau flottait sur le toit, avec P-L-A-Z-A écrit dessus. Le bâtiment n'était pas très éclairé, mais qui avait besoin de lumières quand le Plaza était La Mecque des rêves et des pensées de tout le monde pendant la semaine ? On pouvait trimer toute la semaine dans un emploi minable en ville, mais tant qu'on avait le Plaza... Le dancing était mieux que la religion, je vous assure. C'était une religion. Être refoulé à l'entrée aurait été pareil que, disons, être excommunié, se voir refuser la communion, comme les hommes de l'IRA pendant la guerre civile.

Des gars comme John Lavelle bien sûr.

Honeysuckle Rose. L'orchestre termina le morceau et se mit à jouer *The Man I Love*, qui comme chacun sait est un air plus lent, et je me dis que le choix n'était pas très approprié pour un début de soirée. Comme si j'étais encore membre de l'orchestre. Chaque morceau correspond à un moment particulier. Certains airs trouvent rarement le moment qui leur convient, c'est le cas des vieux chants de Noël ou des vieilles ballades sentimentales au plus profond de l'hiver quand tout le monde a envie d'être mélancolique. *The Man I Love* trouve sa place à l'avant-dernière danse ou à peu près, quand les danseurs sont fatigués mais heureux et que tout brille, visages, bras, instruments, cœurs.

Quand j'entrai dans la salle, seules quelques personnes dansaient. J'avais raison, il était beaucoup trop tôt pour ce morceau. Mais l'orchestre avait tout de même un air de fin de soirée. Le Vieux Tom jouait le solo du début, puis son fils s'en mêla avec sa clarinette. C'était véritablement choquant. Les gens s'aperçurent peut-être aussi que Tom, mon Tom, avait l'air un peu saoul. Il tanguait bien un peu, mais il jouait tout à fait correctement, et puis brusquement il parut caler et il ôta le bec de sa bouche. Les membres de l'orchestre jouèrent le morceau presque jusqu'à la fin et s'arrêtèrent aussi. Leurs visages se tournèrent vers Tom, pour voir ce qu'il voulait faire. Tom posa son instrument avec son soin habituel, descendit de la scène et partit en titubant dans les coulisses, là où se trouvait notre loge. J'ignorais s'il m'avait vue.

J'allais m'y rendre aussi. Il n'y avait que la piste de danse entre moi et les vieux rideaux qui masquaient la porte. Je m'avançai d'un pas décidé, mais soudain Jack surgit à côté de moi, le visage très sévère dans la pénombre.

« Que veux-tu, Roseanne ? » dit-il. Je ne l'avais jamais entendu parler d'une voix si froide et pourtant il pouvait être glacial.

« Ce que je veux ? »

C'était drôle, j'étais tellement silencieuse depuis deux ou trois jours que ma voix se brisa presque, crrr, comme une aiguille lâchée sur un disque.

Je crois que personne ne nous regardait. Nous devions avoir l'air de deux vieux amis qui bavardaient, comme des milliers de vieux amis le font le samedi soir. Que serait devenue l'amitié sans le Plaza, sans parler de l'amour ?

J'avais sans doute le ventre vide, mais cela n'empêcha pas mon corps de tenter de vomir, en réaction aux paroles glaciales de Jack. Elles m'en disaient plus que n'importe lequel des petits discours de Jack, et certainement plus que le petit discours que j'étais sur le point d'entendre. Ce n'était pas la voix de l'exécuteur des hautes œuvres, comme l'Anglais Pierrepoint que le gouvernement de l'État libre envoya dans les années quarante pour pendre les hommes de l'IRA, mais c'était la voix du juge annonçant mon exécution. Nombreux sont les meurtriers et les criminels qui connaissent déjà leur sort par l'expression sur le visage du juge, sans parler du tissu noir brièvement posé sur sa tête, même si toutes les fibres de leur corps protestent contre cette connaissance et que l'espoir persiste jusqu'au bord extrême des paroles irrévocables. Le patient qui fixe le visage du chirurgien. Peine de mort. Ce que le fait d'avoir été dans la police a valu à Eneas McNulty. La peine de mort.

« Que veux-tu, Roseanne ?

— Ce que je veux ? »

Et cette envie de vomir à vide. Les gens me regardèrent. Pensant sans doute que j'avais avalé une demi-bouteille de gin trop vite, ou l'équivalent, comme le faisaient les danseurs inquiets, ou les clients louches, ainsi que Tom les appelait. Je n'avais rien à vomir mais cela n'empêcha pas mon terrible embarras. Suivi de près par un sentiment profond, très profond, peut-être de remords, peut-être d'horreur de moi-même, qui s'abattit sur moi.

Jack se tenait en retrait comme si j'étais une falaise ou un endroit dangereux dont le bord menaçait de s'effriter et de le précipiter dans la mort. Les falaises de Mohar, Dun Aengus.

« Jack, Jack, dis-je, mais ce que je voulais dire, je ne savais pas.

— Qu'est-ce qui te prend ? demanda-t-il. Qu'est-ce qui te prend ?

— Moi ? Je ne sais pas. Je ne me sens pas bien.

— Non, pas maintenant, pas maintenant, putain, Roseanne. Qu'est-ce que tu as fichu ?

— Quoi, qu'est-ce qu'ils disent que j'ai fait ? »

Ça ne me paraissait même pas anglais. Qu'est-ce qu'ils disent. Comme une vieille chanson noire des États du Sud.

Mais Jack ne répondit pas.

« Je peux aller derrière voir Tom ? demandai-je.

— Tom ne veut pas te voir.

— Bien sûr que si, Jack, c'est mon mari.

— Eh bien, Roseanne, il va falloir voir.

— Qu'est-ce que tu veux dire, Jack ? »

Et brusquement il cessa d'être glacial. Il se souvenait peut-être des jours passés, je ne sais pas. Il se souvenait peut-être que je m'étais toujours montrée amicale envers lui et respectueuse de ses accomplissements. Dieu sait que j'aimais bien Jack. J'aimais son sérieux et sa gaieté prompte et étrange de temps en temps, quand il se mettait soudain à agiter les jambes et à entamer ce qu'il appelait une danse africaine. À une fête par exemple, tout à coup, sans prévenir, une immense gaieté semblait s'emparer de lui et l'entraîner jusqu'au Nigeria. Je l'aimais bien, avec ses beaux manteaux et ses chapeaux encore plus beaux, sa fine chaîne de montre en or, sa voiture qui était toujours la plus belle de Sligo, à l'exception des grosses berlines des rupins.

« Écoute, Roseanne, dit-il. C'est très compliqué. Un compte a été ouvert pour toi à la boutique de Strandhill. Tu ne mourras pas de faim.

— Quoi ?

— Tu ne mourras pas de faim, répéta-t-il.

— Écoute, dis-je. Il n'y a aucune raison que je ne parle pas à Tom. Juste un mot. C'est pour cela que je suis venue. Je n'espère pas… jouer dans l'orchestre, pour l'amour du ciel. »

Ce n'était pas très logique et je crois bien avoir crié les derniers mots. Ce n'était pas l'attitude qui convenait avec Jack, car il faisait très attention à son image et détestait les scènes plus que tout. Je pense que sa petite amie de Galway ne lui faisait jamais de scène. Jack garda néanmoins son sang-froid et s'approcha de moi de quelques centimètres.

« Roseanne, j'ai toujours été un ami pour toi. Fais-moi confiance et rentre chez toi. Je te tiendrai au courant. Les choses peuvent encore s'apaiser. Calme-toi et rentre chez toi. Vas-y, Roseanne. La mère a dit ce qu'elle avait à dire à ce propos et on ne peut pas s'opposer à la mère.

— La mère ?

— Oui, oui, la mère.

— Et au nom du ciel, qu'est-ce qu'elle a dit ?

— Roseanne, dit-il à voix basse et véhémente, il y a des choses à propos de la mère que tu ne peux pas comprendre. Il y a des choses à son sujet que je ne comprends pas. Elle a eu elle-même des vicissitudes quand elle était petite. Le résultat est qu'elle sait ce qu'elle veut. »

Il siffla presque en parlant, apparemment inquiet à l'idée d'être entendu, mais aussi pour bien me faire comprendre quelque chose qu'il était sans doute impossible de comprendre.

« Des vicissitudes ? Quelles vicissitudes ?

— Des vieux trucs. Elle tient absolument à ce que Tom réussisse, parce que, parce que… pour de vieilles raisons, de vieilles raisons.

— Tu parles comme un cinglé », criai-je. Avec un bout de bois enflammé, j'aurais été capable de le transformer en torche vivante.

« Mais écoute, écoute, les choses peuvent s'apaiser », dit-il.

Je savais au fond de moi que si je faisais demi-tour et quittais le dancing « les choses » ne s'apaiseraient certainement pas. Il y a un moment pour parler d'un sujet, tout comme il y a un moment pour chaque chanson, peu importe si ces moments sont rares. C'était un moment rare dans une vie et je savais que si seulement je pouvais voir Tom, ou plutôt si je le laissais me voir, moi la femme qu'il aimait tant, désirait, vénérait et aimait, tout finirait par s'arranger.

Mais Jack me barrait le chemin. Aucun doute là-dessus. Il se tenait un peu de profil par rapport à moi, comme un pêcheur de saumon prêt à lancer sa ligne dans la rivière, son poids sur la jambe gauche.

Jack n'était pas un salaud, il n'était pas cruel. Mais en cette occasion il était un frère, pas un beau-frère.

Il constituait aussi un obstacle sacrément important. Je tentai de bondir en avant, de forcer le passage par ma seule volonté, mais que pouvait-elle contre lui ? Il était endurci par ses séjours en Afrique, j'eus l'impression de heurter un arbre, il m'entoura de ses bras tandis que je tentais de foncer sur la piste et je hurlais, je hurlais le nom de Tom, j'en appelais à la pitié, à Dieu. Ses bras se refermèrent autour de ma taille, se refermèrent en serrant fort, hamma-hamma fort, pour employer les mots qu'il avait appris en Afrique, le mauvais anglais qu'il aimait imiter et dont il se moquait, il me serra contre lui, de sorte que mon derrière était coincé contre ses cuisses, arrimé là, tenu serré, solidement, impossible d'échapper, comme dans une bizarre étreinte amoureuse.

« Roseanne, Roseanne, dit-il. Vas-tu te taire, femme, vas-tu te taire. »

Et moi qui hurlais et braillais.

Voilà à quel point j'aimais Tom et ma vie avec Tom. Voilà à quel point je me dérobais devant l'avenir que je détestais.

De retour dans la cabane en tôle ondulée, je ne savais pas quoi faire de ma personne. J'allai me coucher mais le sommeil n'était pas au rendez-vous. Un sentiment glacé pénétra en rampant dans ma tête et provoqua une douleur physique, comme si quelqu'un ouvrait ma matière grise avec la lame tranchante tranchante d'un ouvre-boîte. Hamma-hamma tranchante.

En tant qu'humains, nous oublions apparemment certaines souffrances, car nous ne pourrions pas survivre en tant qu'être parmi les autres êtres. On dit que c'est le cas des douleurs de l'enfantement, mais je ne suis pas d'accord. Et la douleur de ce qui m'est arrivé n'en fait certainement pas partie. La vieille bonne femme ratatinée dans cette chambre s'en souvient encore. En ressent encore le fantôme. Cette douleur écarte tout le reste à l'exception d'elle-même, de sorte que la jeune femme couchée dans le lit conjugal n'était qu'un bloc de douleur, de souffrance. J'étais trempée d'une étrange sueur. La majeure partie de la douleur provenait d'une immense panique, la certitude que rien ne viendrait, ni cirque, ni cavalerie yankee, ni action humaine, la soulager. Que j'y étoufferais à jamais.

Et pourtant, je suppose que c'était sans importance. En ce que je n'avais aucune valeur dans le monde, à une époque de sinistre souffrance bien plus grande que la mienne, si j'en crois l'histoire ordinaire du monde. Y penser me réconforte aujourd'hui, étonnamment, mais pas en ce temps-là. Qu'est-ce qui aurait pu réconforter cette femme qui se tordait de douleur dans un lit oublié dans les terres oubliées de Strandhill je l'ignore. Si j'avais été un cheval on m'aurait abattue par pitié.

Ce n'est pas rien d'abattre quelqu'un, pourtant à cette époque on considérait apparemment que c'était sans grande importance. En général, dans le monde. Je sais que Tom est parti brièvement en Espagne avec le Général pour se battre aux côtés de Franco et que beaucoup de gens ont été tués là-bas. On emmenait les hommes et les femmes au bord d'abîmes pittoresques, on leur tirait dessus et ils tombaient dans ces gouffres sans fond. L'abîme était en fait à la fois l'histoire et l'avenir. On tuait les gens dans les ruines de leur pays, dans la confusion et les ruines, exactement comme en Irlande. Pendant la guerre civile nous nous sommes suffisamment entre-tués pour massacrer le nouveau pays au berceau. Suffisamment et plus.

Je parle pour moi, tel que je vois les choses aujourd'hui. Je n'en savais pas grand-chose à l'époque. J'avais vu un meurtre cependant, de mes propres yeux. Et j'avais vu comment un meurtre pouvait se déplacer de biais et prendre d'autres vies à l'insu de tous. L'ingéniosité et la contagion du meurtre.

Le lendemain matin le temps était absurdement beau. Un moineau était entré dans la maison. Il fut consterné et très inquiet en me voyant sortir de la chambre et entrer dans le salon vide. Je le fis se réfugier dans un coin, je pris son petit être qui palpitait follement dans mes mains, tel un cœur volant semblait-il, je m'approchai de la porte que j'avais oublié de fermer dans mon étrange peine de la veille au soir, je sortis sous le porche, levai les bras et libérai le petit oiseau gris et inutile dans le soleil.

À ce moment-là, je vis Jack McNulty et le père Gaunt s'approcher sur la route.

Les curés en ce temps-là ayant l'impression que le nouveau pays leur appartenait, je suppose que le père Gaunt avait aussi l'impression que la cabane en tôle lui appartenait, en tout cas il entra sans hésiter et choisit une chaise branlante, sans avoir prononcé un mot. Jack entra à grands pas derrière lui et moi je faillis reculer dans un coin comme le moineau. Mais je ne croyais pas qu'ils allaient me prendre dans leurs mains et me libérer.

« Roseanne, dit le père Gaunt.

— Oui, mon père.

— Cela fait un petit moment que nous n'avons pas parlé, dit-il.

— Oui, un petit moment.

— Vous avez connu quelques changements depuis, je crois qu'on peut le dire. Et comment va votre mère, je ne l'ai pas vue non plus depuis longtemps ? »

Je n'avais pas l'impression que sa question exigeait une réponse, c'était lui qui avait voulu la faire interner à l'asile et de toute façon je n'aurais pas pu répondre même si je l'avais voulu. Je ne savais pas comment allait ma mère. C'était sans doute très mal de ma part de ne pas le savoir. Mais c'était ainsi. J'espérais qu'elle allait bien, mais je ne le savais pas. Je pensais savoir où elle se trouvait, mais pas comment elle allait.

Ma pauvre mère belle folle détruite.

Et naturellement je me mis à pleurer. Pas sur mon sort, bizarrement, même si je suis certaine que j'aurais pu, intérêts et capital, mais non, pas sur mon sort. Sur celui de ma mère ? Qui peut vraiment expliquer la cause des larmes humaines ?

Mais le père Gaunt ne s'intéressait pas à mes larmes idiotes.

« Hum, Jack ici présent voudrait représenter un certain point de vue familial sur les choses, c'est bien cela, Jack ?

— Eh bien, dit Jack. Restons dignes. Nous souhaitons agir en homme blanc. Tout problème trouve une solution, même s'il est devenu très compliqué. J'en suis convaincu. Souvent au Nigeria certains problèmes semblaient insurmontables, mais avec un peu de perspicacité et d'application... Des ponts sur des rivières dont le cours changeait tous les ans. Ce genre de choses. Le métier d'ingénieur doit faire face à tous ces problèmes. »

J'étais là debout à écouter Jack avec une certaine patience. En fait cela constituait probablement le plus long discours qu'il m'ait jamais adressé, ou qu'il ait prononcé en ma présence ou plus ou moins à mon intention. Il était très bien rasé, pimpant, propre, son col en cuir relevé, le chapeau posé sur la tête à un angle parfait. Je savais par Tom qu'il avait bu de manière impressionnante au cours des dernières semaines, mais il n'avait pas du tout l'air mal fichu. Il était fiancé et allait épouser la fille de Galway, ce qui, d'après Tom, provoquait chez lui un peu de panique masculine. Il allait l'épouser et l'emmener en Afrique avec lui. Tom m'avait montré des photos du bungalow de Jack au Nigeria et de Jack avec des groupes d'hommes, blancs et noirs. J'avais été vraiment intriguée, enchantée était peut-être le mot, de voir Jack dans sa belle chemise ouverte et son pantalon blanc, avec une canne, et sur une photo figurait un Noir, peut-être aussi un fonctionnaire, portant non pas une chemise ouverte mais un costume noir complet, avec gilet, col amidonné et cravate, par une chaleur dont je ne connaissais pas l'intensité, mais l'air à son aise et confiant. Il y avait aussi une photo de Jack avec une foule d'hommes presque nus, noir foncé foncé foncé, peut-être les gars qui avaient creusé les canaux que Jack construisait, de longs canaux droits avait dit Tom, pénétrant dans l'arrière-pays pour apporter l'eau tant attendue à des fermes éloignées. Jack le sauveur du Nigeria, le porteur d'eau, le constructeur de ponts.

« Oui, dit le père Gaunt. Je suis sûr qu'une solution peut être trouvée. J'en suis sûr. Si nous nous creusons la tête ensemble. »

L'idée de me creuser la tête à côté de celle aux cheveux ras du père Gaunt et de celle élégamment chapeautée de Jack ne me souriait guère, mais cette image se fondit dans les grains de poussière flottant dans le rayon de soleil qui entrait dans la pièce.

« J'aime mon mari », déclarai-je, si soudainement que j'en sursautai presque. Je me demande encore maintenant pourquoi j'ai dit cela à ces deux émissaires de l'avenir. Je n'aurais pas pu trouver deux hommes plus mal choisis pour entendre ces mots avec bienveillance. Cela équivalait à serrer la main des deux pauvres soldats réquisitionnés pour procéder à mon exécution. Ce fut l'impression que je ressentis dès que je les prononçai.

« Bon. C'est de l'histoire ancienne à présent », dit presque avec empressement le père Gaunt, puisque le sujet était abordé.

J'émis quelques petits grognements faits de consonnes et de voyelles, l'esprit pas très sûr des mots à employer, mais le mot finit par sortir.

« Quoi ?

— Il me faut quelque temps pour trouver les limites de ce problème, dit le père Gaunt. En attendant je veux, Roseanne, que vous restiez où vous êtes, ici dans cette cabane, et quand j'aurai réussi à y apporter une solution, je serai mieux à même de vous informer de votre position et de prendre des dispositions pour l'avenir.

— Tom a mis l'affaire entre les mains du père Gaunt, Roseanne, dit Jack. Il est habilité à parler de cette affaire.

— Oui, c'est ainsi, dit le père Gaunt.

— Je veux être avec mon mari », dis-je, puisque c'était la vérité et la seule chose que je pouvais dire sans colère. Car plus encore que le sentiment d'un chagrin abject montait en moi une colère nouvelle, une sorte de colère affamée et violente, comme un loup dans un enclos de moutons.

« Vous auriez dû y penser plus tôt, dit le père Gaunt avec une concision similaire. Une femme mariée... »

Il se tut. Soit il ne savait pas quoi dire ensuite, soit il savait et avait décidé de ne rien dire, ne voulait pas ou ne pouvait pas se résoudre à prononcer les mots. Jack s'éclaircit la gorge tel un acteur dans un film projeté au cinéma Gaiety et secoua la tête, comme si ses cheveux étaient mouillés et qu'il devait les secouer. Le père Gaunt parut soudain sérieusement, gravement embarrassé, comme lors de cette nuit lointaine où le corps de Willie Lavelle était couché si manifestement mort dans le temple de mon père. Je me doutais de ce qu'il pensait. Je l'avais attiré pour la deuxième fois dans une situation qui lui causait quoi ? Du mécontentement, de l'inquiétude. Du mécontentement et de l'inquiétude devant la nature d'une femme ? Qui sait ? Mais tout à coup je le regardai avec un mépris inattendu. Si mes yeux avaient pu lancer des flammes ils l'auraient réduit en cendres.

Je connaissais son pouvoir, qui dans cette situation était absolu, et j'avais l'impression en cet instant de connaître sa nature. Petite, croyant en elle dans toutes les directions, nord, sud, est, ouest, et mortelle.

« Bon, dit le père Gaunt. Je crois que nous avons fait ce que nous avions à faire ici, Jack. Vous devez rester où vous êtes, Roseanne, faire vos courses à l'épicerie chaque semaine et vous contenter de votre compagnie. Vous n'avez rien à craindre, sinon vous-même. »

Je ne bougeai pas. Je suis fière de dire que, acculée comme je l'étais, sans sauveteurs à ce moment-là, une fureur violente et sombre se mouvait en moi, vague après vague, comme la mer elle-même, et m'apportait bizarrement un réconfort. Mon visage n'en montrait sans doute qu'une trace, comme les visages en général.

Les deux hommes en costume sombre sortirent dans le soleil. Costumes sombres, manteaux sombres, chapeaux sombres essayant de s'éclaircir dans le torrent des bleus, des jaunes, des verts du bord de mer.

Une rage, une rage sombre, que rien ne venait éclaircir.

Une femme en rage toute seule dans une cabane en tôle est peu de chose, comme je l'ai dit plus haut.

Le véritable réconfort est que l'histoire du monde contient tant de chagrin que mes petits chagrins sont éclipsés et ne forment que des cendres au bord d'un feu. Je le répète parce que je veux que ce soit vrai.

Bien qu'un esprit au comble de la souffrance semble également remplir le monde. Mais c'est une illusion.

J'ai vu de mes propres yeux des choses bien pires que celles qui me sont arrivées. De mes propres yeux. Et pourtant cette nuit-là, seule et dans une colère insondable, j'ai hurlé, hurlé dans la cabane comme si j'étais le seul chien blessé du monde entier, provoquant probablement l'horreur et l'inquiétude de toute personne qui passait. J'ai hurlé et j'ai braillé. Je me suis frappé la poitrine au point que le lendemain matin les meurtrissures dessinaient une carte de l'enfer, une carte de nulle part, comme si les mots de Jack McNulty et du père Gaunt m'avaient véritablement brûlée.

Et quelle qu'ait été ma vie jusqu'à ce jour, ce fut une autre vie après cela. C'est la vérité vraie.

TROISIÈME PARTIE

18

Insondable. Des brasses au fond. Je me demande si la difficulté vient de ce que mes souvenirs et mes rêves sont enfouis profondément au même endroit. Ou les uns au-dessus des autres comme les couches de coquillages et de sable dans un bloc de calcaire, de sorte qu'ils sont devenus le même élément et que je ne peux pas les distinguer facilement les uns des autres, à moins de les regarder de très très près.

Voilà pourquoi j'ai peur de parler au docteur Grene, de crainte de ne lui livrer que ce que j'imagine.

Ce que j'imagine. Un joli mot pour les catastrophes et les illusions.

Ils me laissèrent là des années et des années, car il fallait des années pour régler ce qu'ils essayaient de régler, Jack et le père Gaunt et sans doute d'autres, pour le salut de Tom McNulty. Était-ce six, sept ou même huit ans ? Je ne me souviens pas.

Après avoir écrit ces mots il y a quelques minutes, j'ai posé mon stylo, je me suis pris la tête dans les mains et j'ai réfléchi un moment, essayant de comprendre ces années. Difficile, difficile. Qu'est-ce qui était vrai, qu'est-ce qui ne l'était pas ? Quelle route ai-je prise, quelle route ai-je refusée ? Mauvais terrain, terrain trompeur. Je pense qu'un exposé devant Dieu ne doit, ne doit contenir que la vérité. Je n'ai besoin d'embobiner aucun intermédiaire humain. Dieu connaît la véritable histoire avant que je ne l'écrive et peut donc me prendre facilement en flagrant délit de mensonge. Il me faut soigneusement démêler le vrai du faux. S'il me reste encore une âme, et il se peut que je n'en aie plus, elle en dépend. Je pense que peut-être les âmes sont révoquées dans les cas difficiles, éliminées dans un bureau de l'antichambre du ciel. Qu'en arrivant aux portes du ciel on est déjà à la mauvaise adresse, avant que saint Pierre ait prononcé un seul mot.

Mais tout est si obscur, si difficile. J'ai peur uniquement parce que je ne sais pas comment procéder. Roseanne, tu dois sauter quelques fossés à présent. Tu dois trouver dans ton vieux corps la force de sauter.

Est-il possible que j'aie vécu toutes ces années dans la cabane sans qu'il ne se passe rien, allant à l'épicerie toutes les semaines, ne disant rien à personne ? Je pense que oui. J'essaie d'en être certaine. Sans qu'il ne se passe rien, dis-je, et pourtant je savais qu'une guerre avait commencé en Europe, comme à l'époque où j'étais petite. Pourtant je ne voyais pas d'uniformes de l'armée. La cabane était comme le centre d'une immense horloge, la nouvelle année à Strandhill, le vrombissement des voitures qui passaient le samedi soir, les enfants et leurs seaux, les étourneaux tout l'hiver, la colline qui s'assombrissait et s'éclaircissait, la bruyère et sa neige de fleurs minuscules, quel réconfort, et moi qui essayais d'apporter ma contribution avec mes roses devant la maison, les soignant, les taillant pour qu'elles soient prêtes à repartir, et regardant leurs boutons grossir jour après jour à mesure que l'année prenait des forces ; c'étaient des « Souvenirs de sainte Anne », maintenant que j'y pense, une rose élevée dans un jardin de Dublin à partir de la fameuse rose élevée par Joséphine en souvenir de l'amour de Napoléon pour elle, « Souvenir de Malmaison ».

À présent, cher lecteur, je vous appelle Dieu pour un moment, et Dieu, oh mon Dieu, oh mon Dieu, j'essaie de me souvenir. Pardonnez-moi, pardonnez-moi si je me souviens de travers.

Je préférerais me souvenir correctement plutôt que me souvenir seulement des choses de sorte qu'elles témoignent en ma faveur. Ce luxe ne m'est pas accordé.

Quand le père Gaunt vint enfin me voir, il arriva seul. Un prêtre est sans doute toujours seul en un sens. Personne n'est jamais couché à côté de lui. Et il paraissait plus vieux, tout à coup, moins promis à un avenir brillant, je voyais qu'il perdait ses cheveux sur les tempes, ils se retiraient, petite marée qui ne reviendrait pas.

C'était le plein été et il semblait avoir très chaud dans ses vêtements de laine. Il commandait ses vêtements dans les magasins de confection cléricaux de Marlborough Street à Dublin – comment je le savais, je l'ignore aujourd'hui. Ces vêtements étaient tout neufs, étonnamment chics, la soutane ressemblait à ce que pourrait porter à la rigueur une femme à un bal protocolaire, si elle avait été d'une autre couleur et plus courte. Je m'occupais de mes roses quand il se présenta à la petite grille, me surprenant, me faisant une frayeur vraiment, car personne depuis très, très longtemps n'avait fait ce bruit à la porte excepté moi, quand je me glissais dehors tard le soir pour marcher dans les dunes et sur le sol marécageux, rendu sec et souple par quelques semaines de chaleur relative. Je crois que j'étais présentable, à la différence de plus tard, j'avais des ciseaux pour me couper les cheveux devant le petit miroir qu'utilisait Tom pour se raser, et ma robe était propre, avec cette raideur délicieuse que prend le coton qui a séché sur un buisson.

Il portait une petite mallette en cuir, éraflée et cabossée ici et là par un usage long et assidu. Cet homme aurait vraiment pu être qualifié de vieil ami, je le connaissais et j'avais des relations avec lui depuis tellement longtemps. Il était certainement qualifié pour écrire une histoire assez intime de ma vie, puisqu'il avait été témoin de certaines tranches curieuses de celle-ci.

« Roseanne », commença-t-il, exactement du ton qu'il avait employé des années plus tôt, comme si c'était vraiment une simple suite à la conversation. Il n'y eut ni bonjour, ni comment allez-vous, ni hésitation. Il se comportait en fait comme un docteur ayant des nouvelles graves à communiquer, pas même avec la vivacité amicale du docteur Grene quand il doit mener une autre attaque délicate contre mes « secrets ». Puis-je dire que je ne l'aimais pas ? Je ne crois pas. Je ne le comprenais pas non plus. Ce qui lui procurait du plaisir dans la vie, ce qui le soutenait. Il accorda un coup d'œil à mes roses en montant les petites marches et entra dans la cabane.

Je m'essuyai les doigts sur le bois des marches, juste pour en enlever la sève verte, et je le suivis.

N'était-ce pas une extraordinaire marque d'humilité de ma part que d'être restée dans cette cabane comme il me l'avait ordonné ? J'ai presque honte de penser que c'était peut-être le cas. N'aurais-je pas dû me déchaîner sur lui la fois précédente, me précipiter à sa gorge et à la gorge de Jack, planter mes dents dans sa pomme d'Adam proéminente et lui arracher la voix ? Les admonester, leur crier dessus ? Mais pour quoi faire ? Par fureur seulement, une fureur inutile s'épuisant sur la poussière blanche d'une route de Strandhill.

« Je n'ai rien à vous offrir, mon père, dis-je. À moins que vous ne vouliez un verre de poudre Beecham ?

— Pourquoi boirais-je un verre de poudre pour l'estomac, Roseanne ?

— Eh bien, il est écrit sur le paquet : boisson d'été rafraîchissante. C'est pour cela que je l'ai achetée.

— C'est pour ceux qui ont fait des excès, dit-il. Mais merci.

— Eh bien, je vous en prie, mon père. »

Il s'assit exactement à l'endroit où il s'était assis la dernière fois et il est vrai que je n'avais trouvé aucune raison de déplacer la chaise. Le soleil nous avait suivis tous les deux dans la pièce et se répandait autour de nous en boisseaux poussiéreux.

« Je vois que vous vous portez bien, dit-il.

— Oh, oui.

— Bien sûr, mes espions ont gardé un œil sur vous. » Il prononça ces mots sans trace de culpabilité. Des espions.

« Oh, dis-je. Je ne les ai pas remarqués.

— Bien sûr », dit-il.

Il ouvrit la mallette sur ses genoux, le couvercle masquait son contenu. Il en sortit une liasse de papiers, très propres et bien rangés, celui du dessus affichant, je le vis, un motif ou un sceau très impressionnant.

« Mes efforts pour libérer Tom ont été couronnés de succès, dit-il.

— Je vous demande pardon ? dis-je.

— Si vous aviez suivi mon conseil, Roseanne, il y a quelques années, et mis votre foi dans la vraie religion, si vous vous étiez conduite avec la magnifique bienséance d'une épouse catholique, vous n'auriez pas à affronter ces difficultés. Mais j'ai bien conscience que vous n'êtes pas entièrement responsable. La nymphomanie est naturellement par définition une forme de folie. Une maladie peut-être, mais surtout une forme de folie, ayant peut-être son origine dans une cause physique. Rome a été d'accord avec cette estimation, en fait le département de la Curie qui s'occupe de ces cas heureusement rares a non seulement été d'accord, mais a aussi proposé la même théorie. Vous pouvez donc être assurée que votre cas a été examiné avec toute la minutie et l'impartialité d'esprits bien informés, désintéressés et sans mauvaises intentions d'aucune sorte. »

Je le regardais. Soigné, noir, propre, étranger. Un être humain dans la tanière d'un autre être humain. Ses paroles sombres, mesurées, pleines d'aisance. Pas trace d'excitation, de victoire, rien sinon ses inflexions habituelles, soignées, mesurées.

« Je ne comprends pas », dis-je et c'était vrai. Pourtant je crois que je *savais*, tout de même.

« Votre mariage a été déclaré nul, Roseanne. »

Comme je me taisais, au bout d'une demi-minute, il dit : « Il n'a jamais eu lieu. Il n'existe pas. Tom est libre d'en épouser une autre, comme s'il n'avait jamais été marié. Ce qu'il n'a jamais été, comme je l'ai dit.

— C'est cela que vous avez fait au cours de ces années ?

— Oui, oui, répondit-il avec une certaine impatience. C'est une entreprise prodigieusement complexe. Ce genre de choses n'est jamais accordé à la légère. Une réflexion très très poussée à Rome et de la part de mon propre évêque bien sûr. Tout peser, tout passer au crible, ma propre déposition, les paroles de Tom, Mme McNulty mère qui a bien sûr l'expérience des problèmes féminins, dans son travail. Jack bien sûr est parti à la guerre en Inde, sinon il aurait pu apporter sa contribution. Les tribunaux portent un jugement circonspect. Ils ne ménagent pas leurs efforts. »

Je continuais à le dévisager.

« Vous pouvez être assurée que toutes les possibilités de la justice vous ont été fournies.

— Je veux que mon mari vienne ici.

— Vous n'avez pas de mari, Roseanne. Vous n'êtes en aucun cas en situation matrimoniale.

— Suis-je divorcée ?

— Ce n'est pas un divorce, dit-il avec une soudaine véhémence, comme s'il trouvait le mot dégoûtant dans ma bouche. Il n'y a pas de divorce dans l'Église catholique. Le mariage n'a jamais existé. Pour cause d'aliénation mentale au moment du contrat.

— Aliénation mentale ?

— Oui.

— Comment estimez-vous cela ? » demandai-je, au bout d'un moment et avec difficulté. Les mots devenaient bizarres et épais dans ma bouche.

« Nous ne pensons pas que vos indiscrétions se limitent à une seule occasion, occasion dont, vous vous en souvenez, j'ai été témoin de mes propres yeux. Il a été considéré comme improbable que cette occasion n'ait pas eu de précédents, compte tenu bien sûr de votre situation vis-à-vis de vos jeunes années, sans parler bien sûr de l'état de votre mère, qui est, nous le présumons, héréditaire. La folie, Roseanne, possède de nombreuses fleurs qui poussent sur la même tige. Les fleurs de la folie, issues de la même racine, se déploient de façons différentes. Dans le cas de votre mère un extrême repli sur elle-même, dans votre cas, une nymphomanie pernicieuse et chronique.

— Je ne sais pas ce que veut dire ce mot.

— Il signifie », dit-il, et, oui, une trace de frayeur passa dans ses yeux, parce qu'il avait déjà employé le mot et pensait sans doute que je l'avais accepté. Mais il savait que je disais la vérité et il avait peur tout à coup. « Il signifie une folie qui se manifeste par le désir d'avoir des relations irrégulières avec d'autres.

— Quoi ? » dis-je. L'explication me rendait aussi perplexe que le mot.

« Vous savez ce qu'il en est.

— Non », dis-je, et c'était vrai.

J'avais crié ce dernier mot et lui aussi avait crié les siens. Il remit rapidement les papiers dans sa mallette, la ferma avec un claquement et se leva. Sans savoir pourquoi, je remarquai ses chaussures bien cirées, couvertes d'une légère couche de poussière de la route parce qu'il avait sans doute à contrecœur laissé sa voiture plus loin et s'était approché à pied de ma maison.

« Je ne vous donnerai pas plus d'explications, dit-il, presque au paroxysme du mécontentement et de la colère. J'ai tenté de vous expliquer votre situation. Je crois l'avoir fait. Vous comprenez votre situation ?

— Quel est ce mot que vous avez employé ? criai-je.

— Relations ! cria-t-il. Relations ! Rapports, rapports sexuels !

— Mais, dis-je, et devant Dieu c'était la vérité. Mais je n'ai jamais eu de relations avec un autre que Tom.

— Bien sûr, vous pouvez chercher refuge dans un affreux mensonge, si vous choisissez cette voie.

— Vous pouvez demander à John Lavelle. Il confirmera ce que je dis.

— Vous ne gardez pas le contact avec vos amants, dit-il, assez méchamment. John Lavelle est mort.

— Comment est-ce possible ?

— Il est retourné au sein de l'IRA, pensant que nous serions affaiblis par la guerre avec l'Allemagne, il a tué un policier et il a été pendu comme il le méritait. Le gouvernement irlandais a fait venir d'Angleterre Albert Pierrepoint en personne pour faire le travail, alors vous pouvez être sûre qu'il a été bien fait. »

Oh, John, John, stupide John Lavelle. Que Dieu lui accorde la paix et le pardon. Je dois admettre que j'avais souvent pensé à lui, où il était, ce qu'il faisait. Était-il retourné en Amérique ? Pour devenir cow-boy, voleur de trains, une sorte de Jesse James ? Il avait tué un policier. Un policier irlandais dans un État irlandais. C'était un acte terrible. Et cependant il m'avait fait la grâce immense de se tenir éloigné, il ne m'avait plus hantée comme j'en avais eu peur, il s'était tenu à l'écart, il n'avait plus cherché à m'ennuyer, comprenant sans doute véritablement les ennuis qu'il m'avait causés à Knocknarea. Il m'en avait fait la promesse et il l'avait tenue. Une fois les prêtres partis, il m'avait saisi la main et me l'avait promis. Il avait honoré sa promesse. L'honneur. Je ne croyais pas que l'homme devant moi en avait autant.

Le père Gaunt voulut passer devant moi, pour atteindre la porte étroite, sortir et s'en aller. Je lui barrai le chemin un instant. Je le lui barrai. Je savais que j'aurais la force si je le voulais de le tuer, je le sentis en cet instant. Je savais que je pouvais saisir un objet, une chaise ou ce qui me tombait sous la main, et l'abattre sur sa tête. Et aussi vrai que la déclaration que je lui avais faite, c'était vrai aussi. Je l'aurais tué sinon joyeusement, du moins volontiers, sincèrement, farouchement, subtilement. Je ne sais pas pourquoi je ne l'ai pas fait.

« Vous me menacez, Roseanne. Écartez-vous de la porte, soyez gentille.

— Gentille ? C'est ce que vous avez dit ?

— C'est une expression », répondit-il.

Mais je m'écartai. Je savais, je savais que toute vie convenable, décente était terminée. La parole d'un homme comme lui équivalait à une condamnation à mort. Je sentais autour de moi l'arrière-pays de Strandhill parler en ma défaveur, toute la ville de Sligo murmurer en ma défaveur. Je le savais depuis le début, mais c'est une tout autre affaire de connaître sa condamnation, puis de l'entendre de la bouche de son juge. Peut-être allait-on venir me brûler dans ma cabane en m'accusant d'être une sorcière. Une chose en tout cas était certaine, personne ne viendrait m'aider, personne ne me soutiendrait.

Le père Gaunt se retira soigneusement de la maison redoutée. La femme perdue. La folle. La liberté pour Tom, mon merveilleux Tom. Et quoi pour moi ?

Carnet du docteur Grene

Calme absolu de nouveau dans la maison la nuit dernière, comme si, m'ayant appelé une dernière fois, elle n'avait plus jamais besoin de m'appeler. Cette pensée chassa ma peur et me mit dans un tout autre état. Une sorte de fierté d'avoir après tout de l'amour en moi, enseveli dans le fouillis. Et peut-être elle aussi. J'écoutai de nouveau non par peur, mais par une sorte de sombre nostalgie. Tout en sachant qu'il n'y aurait plus ni questions ni réponses. Un état étrange. Le bonheur sans doute. Cela ne dura pas mais, comme je l'aurais fait pour un patient vulnérable aux prises avec le deuil, je me dis que je devais le noter, m'en souvenir, y ajouter foi avec passion quand d'autres sentiments plus sombres m'assailliraient de nouveau. Il est très difficile d'être un héros sans public, même si, en un sens, nous sommes tous le héros d'un film bizarre, à moitié délabré, que nous appelons notre vie. Je crains que cette remarque ne supporte guère un examen minutieux.

Quel est ce passage de la Bible à propos de l'ange qui habite en nous ? Quelque chose de ce genre. Je n'arrive pas à m'en souvenir. Je crois que seul l'ange, cette partie de nous non ternie peut-être, est un vrai connaisseur du bonheur. Il aurait bien besoin de l'être, car il le goûte plutôt rarement. Et pourtant... Ça suffit.

Les anges. Un piètre sujet pour un psychiatre. Mais à présent je suis vieux et j'ai goûté à un chagrin qui les premiers jours a failli me tuer, me fouetter, me pendre, et donc je dis, ne serait-ce que dans l'intimité de ce carnet, pourquoi pas ? J'en ai par-dessus la tête de l'esprit rationnel. De quelle créature ai-je l'air ? Du pédant céleste ?

J'ai relu la déposition du père Gaunt. Je me demande si les prêtres à ce point omniscients, sévères et absolument impitoyables existent encore. Sans doute, mais en leur for intérieur, en quelque sorte. Peut-être était-ce à cause de ses origines incertaines et mystérieuses que De Valera trouvait un réconfort particulier dans la confiance du clergé. Il l'a assurément enchâssé dans sa Constitution, mais il est également vrai qu'il a résisté à l'ultime requête de l'archevêque de l'époque de faire véritablement de l'Église catholique une Église d'État. Dieu merci, il n'est pas allé jusque-là, mais il a été déjà assez loin, beaucoup plus loin peut-être qu'il n'aurait dû. Ce dirigeant luttait contre les anges et les démons, parfois dans le même corps. Ayant appartenu à l'IRA pendant la guerre d'indépendance, puis à cette IRA qui regroupait les forces hostiles au traité, et ayant été emprisonné après la guerre civile, il a pensé en arrivant au pouvoir dans les années trente que ses camarades d'autrefois, qui, pour faire bonne mesure, rejetaient à la fois le traité et lui-même, devaient être supprimés avec la plus grande fermeté. Cela dut lui causer un immense chagrin et troubler ses rêves, comme cela aurait troublé ceux de n'importe qui. Le père Gaunt raconte le sort d'un homme du nom de John Lavelle, qui figure dans la vie de Roseanne, et qui finit par être pendu par De Valera au début de la Seconde Guerre mondiale, sans aucune pitié. D'autres de ses camarades furent fouettés et je ne savais pas que le fouet faisait partie des sanctions judiciaires en Irlande, sans parler de la pendaison. Le père Gaunt dit qu'il s'agissait de trente-six coups de chat-à-neuf-queues, mais cela paraît beaucoup trop dur. De Valera devait avoir l'impression de fouetter et de pendre ses fils, ou les fils et héritiers des compagnons de sa jeunesse. Ce qui devait constituer pour lui une autre forme de perturbation. C'est un miracle que le pays se soit remis des souffrances et des traumatismes de ses débuts, et De Valera est fort à plaindre d'avoir dû faire face à ces horreurs nécessaires. Il est peut-être possible d'y trouver l'origine de l'étrange criminalité de la dernière génération de politiciens irlandais, sans parler des si nombreux prêtres reconnus coupables d'avoir violé l'innocence de nos enfants avec la herse et la charrue des abus sexuels. Le pouvoir absolu d'hommes comme le père Gaunt menant nécessairement à une complète corruption.

La pensée indigne m'a effleuré que peut-être le grand désir de De Valera d'éviter la Seconde Guerre mondiale ne venait pas de sa peur de l'ennemi intérieur, de sa peur de diviser le pays, mais qu'il constituait en fait un effort supplémentaire pour supprimer la sexualité. Une sorte d'extension des intentions du clergé. Dans le cas présent, si ce n'est pas trop évident et sommaire, la sexualité masculine.

Je suis si fatigué à présent que je ne sais pas si ce que j'écris est banal. Je pourrai le déchirer plus tard.

Cet homme, Lavelle, bien qu'il se soit trouvé dans la même cour de prison que De Valera des années plus tôt et qu'il ait été pendu sous les yeux de De Valera, pourrait-on dire, n'était pas un ange. Selon le père Gaunt, il emmena son policier captif dans les collines derrière Sligo, lui mit une cagoule sur la tête et lui plaça un revolver sur la tempe. Il faisait tourner le barillet et appuyait sur la détente. J'imagine que le pauvre garde fut très vite terrorisé. Lavelle tentait de savoir quand l'argent arrivait à la caserne, car il voulait voler la paie des policiers. Cela ressemblait à un crime ésotérique. Mais le garde pour une raison ou une autre, courage ou ignorance, ne voulut pas ou ne put pas répondre. Lavelle continuait à faire cliqueter le revolver. Certains de ses complices avaient aussi kidnappé la femme et la fille du garde et les retenaient dans une maison en ruine en ville. Lavelle ne cessait de lui dire qu'elles seraient tuées s'il ne répondait pas. À dire vrai le pauvre homme ne devait pas savoir grand-chose. Lavelle finit par le tuer. Cela se sut parce qu'un de ses compagnons témoigna contre ses complices et s'en sortit avec les coups de fouet mentionnés plus haut. Mais la guerre avait éclaté et De Valera avait très peur que l'IRA se renforce de nouveau. Il savait qu'elle était déjà en contact avec les Allemands. Et si De Valera avait une seconde religion, elle s'appelait neutralité, il défendait cette idée dans tous les sens du terme. Il ne pouvait donc pas épargner Lavelle. En toute honnêteté je ne peux pas dire que ce fut une grande perte.

J'écris ces mots comme si j'étais un saint dans une ruche à Skellig. Ce que je ne suis pas bien sûr. Il nous incombe sans doute d'admettre que nous sommes tous égaux devant ces péchés modernes. Et la guerre civile est un mal qui s'abat également sur tous les hommes.

Bien que rien dans ma formation ne m'autorise à parler des péchés.

Le père Gaunt raconte tout cela dans son document avec je pense une sorte de gros effort cicéronien pour impliquer, non, ce n'est peut-être pas le mot juste, pour envelopper d'une certaine façon Roseanne dans une partie de cette même laine emmêlée, pour l'y emprisonner. Le père Gaunt ne ménage pas son encre en ce sens. C'est vraiment un travail remarquable, soigneux, complet et convaincant. On dirait un feu de forêt qui brûle toute trace d'elle, traverse son histoire et réduit tout en cendres. Un Hiroshima minuscule, obscur, oublié. Une sorte d'angoisse est perceptible dans le document, une angoisse qui s'exprime parfois par des détails excessifs, ou devrais-je dire inattendus. Le père Gaunt se montre presque d'une précision clinique en disséquant la sexualité de Roseanne. Il est bien sûr extrêmement étrange pour moi de lire ce portrait de la Roseanne d'autrefois, alors que celle qui porte ce nom a cent ans et se trouve sous ma responsabilité. Je ne sais pas s'il s'agit vraiment de renseignements confidentiels. Lire ces mots paraît parfois à la limite du voyeurisme, moralement contestable. En partie parce que la morale du père Gaunt est d'un genre démodé. Il révèle à chaque ligne une haine intense sinon des femmes, du moins de la sexualité des femmes, ou de la sexualité en général. Pour lui c'est le diable en personne, tandis que pour moi c'est une sorte de grâce et de salut qui montre qu'on est vivant. Je ne suis pas l'ennemi de monsieur Sigmund Freud. Il est également clair comme de l'eau de roche qu'il considère son protestantisme comme un mal primordial en soi. Il éprouve une très grande colère du fait qu'elle n'ait pas voulu devenir catholique à sa demande, bien avant qu'elle n'épouse son mari catholique, et qu'elle reste ensuite ce qu'elle était. Cela en soi est une réelle perversion pour le père Gaunt.

Il pense donc depuis le début qu'elle est, sinon mauvaise, du moins entêtée, difficile, peut-être énigmatique. Il ne fait pas même mine de la comprendre, mais il revendique assurément une emprise sur son histoire. Elle s'est exposée aux yeux de la ville, elle a fait étalage de sa beauté par le simple fait, il faut le dire, qu'elle était belle. Comme si elle séduisait tous les hommes de Sligo, puis, après avoir pris au piège ce Tom McNulty, un homme à l'avenir prometteur dans le nouveau pays, elle choisit de s'abaisser devant un être déchaîné tel John Lavelle que le père Gaunt décrit comme un « homme sauvage issu du coin le plus reculé de Mayo ».

Puis, après avoir agi ainsi, et s'être vu offrir l'aide du père

Gaunt en bonne et due forme, elle repousse cette aide. On sent de nouveau sa fureur. La fureur. Elle est recluse dans une cabane en tôle à Strandhill, où encore une fois elle agit comme un aimant sur les désirs de Sligo. Plus terrible encore, le père Gaunt ayant obtenu de Rome une annulation du mariage, Roseanne se retrouve mystérieusement enceinte et met un enfant au monde. Met un enfant au monde, dit le père Gaunt, et sur une ligne féroce de son cru qui ne comporte que trois mots, il écrit : « Et le tue. »

Si j'avais lu ces mots autrefois, appuyés par l'autorité d'un prêtre, j'aurais moi-même été obligé de l'interner.

19

Témoignage de Roseanne sur elle-même

John Kane devient plus mystérieux à chaque minute qui passe. Il ne parle plus du tout, mais ce matin il m'a adressé ce que j'ai pris pour un sourire. C'était certainement un effort bizarre, brisé et tordu. Le côté gauche de son visage semble s'être un peu affaissé. En sortant il a réussi à donner encore un grand coup de pied dans la latte déclouée. Je me demande s'il le fait pour me signaler qu'il sait que quelque chose s'y trouve. Il ne doit pas penser que cela a une quelconque valeur de toute façon ou il n'est pas dans sa nature de regarder sous les lattes de plancher. J'ai essayé de me souvenir, tandis que je me tenais debout près de la fenêtre et que je le regardais, depuis combien de temps je le connais. J'ai l'impression que ma rencontre avec lui remonte à l'époque très lointaine et cendrée de l'enfance, mais ce n'est pas exact. Cela fait longtemps, très longtemps de toute façon. Il porte le même bleu de travail depuis bien trente ans je pense. Ce qui va de pair avec ma garde-robe élimée. Ma robe de chambre m'a fait honte devant la fenêtre, parce que la lumière m'a permis de voir les éclaboussures et les taches sur le devant. Mon premier mouvement a été de m'éloigner de la lumière mais, me trouvant si loin du lit, je n'ai pas pu renoncer à en profiter. Je voulais l'interroger sur les progrès du printemps dehors, puisqu'il s'est révélé botaniste, ou ce qui s'en approche le plus pour moi. Blanc, jaune, bleu dans l'ordre. Perce-neige, jonquilles et campanules, et quand les jonquilles sortent les perce-neige commencent à se faner. Je me demande pourquoi c'est ainsi. Je me demande pourquoi tout est ainsi.

Puis ma tête s'est mise à tourner près de la fenêtre et j'ai senti une sorte de vacillement dans mes membres, comme si mes articulations voulaient me faire plier. J'ai levé les bras et j'ai essayé de retrouver mon équilibre en m'appuyant contre le mur. Pour rendre justice à John Kane, il n'était pas encore sorti dans le couloir. Il a fait demi-tour et m'a aidée à me mettre au lit, bien que ce ne soit pas son travail. Il était très doux et souriait toujours. J'ai regardé son visage. Il a des poils sur la figure, pas vraiment une barbe, cela ressemble davantage à des touffes de bruyère dans un marais. Ses yeux sont très bleus. Je me suis aperçue qu'il ne souriait pas vraiment, mais que sa bouche est coincée je ne sais comment, il ne peut pas la bouger facilement. J'ai eu envie de lui demander ce qu'il avait, mais je ne voulais pas l'embarrasser ou le vexer. C'était sans doute stupide de ma part.

Pas très longtemps après la «visite» du père Gaunt je me promenais dans les dunes au bout de la plage de Strandhill par une fraîche nuit de lune. Depuis qu'il était venu, je me sentais très à l'étroit dans la cabane en tôle, comme si sa présence demeurait d'une certaine façon dans la pièce. Tous les soirs j'attendais sans la moindre trace de patience la tombée de la nuit qui me donnait au moins la liberté des dunes et du marécage.

Je ne voulais être vue de personne, je ne voulais parler à personne. En marchant j'étais parfois dans un état d'esprit si bizarre que je rentrais précipitamment chez moi au moindre soupçon d'une présence. À dire vrai, certaines fois je m'imaginais que je voyais vraiment des gens qui n'étaient probablement pas là – un frémissement dans les oyats ou ailleurs, un oiseau des marais qui prenait son envol –, en particulier j'avais l'impression d'être « hantée » par une silhouette qui apparaissait parfois, semblait apparaître, à la lisière extrême d'où je me trouvais, vêtue de ce qui aurait pu passer pour un costume noir et un chapeau marron, mais même lorsque je rassemblais mon courage et marchais vers elle, les quelques fois où je crus la voir, elle disparut immédiatement. Mais ce genre de choses était la nature de ce temps-là.

Je me souviens de cette nuit en particulier parce que c'est sans doute la chose la plus bizarre à laquelle j'aie jamais assisté, et pourtant j'ai vu quelques événements étranges dans ma vie.

Je dois me montrer très prudente à propos de ces « souvenirs » car je me rends compte et je sais en mon for intérieur que quelques vives réminiscences de cette époque troublée ne correspondent à rien qui a pu se produire. Je ne pense pas toutefois que cette nuit soit l'une d'elles, si improbable qu'elle ait pu paraître.

Cela donne la mesure de ma honte que, au lieu de grimper au sommet de la colline de sable, ce que j'adorais faire auparavant, même au risque de rencontrer par hasard ou même de trébucher sur les couples d'amoureux, j'avais marché tout droit jusqu'au bord des choses, là où une rivière étroite et profonde se jetait dans la mer, sorte de snack-bar pour les oiseaux de mer pendant la journée.

J'étais debout sur le sable. La marée était basse et tout était parfaitement silencieux. Loin sur la droite de Knocknarea, une petite route sinueuse accueillait une voiture invisible dont les phares apparaissaient et disparaissaient. Elle était trop loin pour que je l'entende.

Il n'y avait pas de vent et la lune donnait au ciel immense une couleur bleu émaillé. Il était très facile d'imaginer qu'un être humain était l'élément le moins important du paysage. La mer gardait ses distances, étendue infinie d'eau rêveuse, secrète.

Et au loin, un infime grognement. Je regardai derrière moi, pensant qu'un chien enragé ou quelque bête de ce genre errait sur la plage. Mais non, le bruit venait de ma droite très loin.

Je regardai dans cette direction, sur toute la longueur de la plage vide, vers les faibles lumières des quelques maisons sur le rivage à environ deux cents mètres. Là je vis une sorte de trait de lumière jaune perçante qui grandissait sur l'horizon, un horizon mi-terre mi-mer.

Je me dis que Dieu venait m'éliminer aussi sûrement que l'avait fait le père Gaunt. Je ne sais pas pourquoi cette pensée me vint, sinon que je me sentais terriblement coupable.

Le fin trait de lumière scintillante ne cessait de grandir. Le bruit aussi s'amplifiait et sous mes pieds nus je crus sentir le sable trembler, trembler profondément sous moi, comme si quelque chose allait sortir du sol. Les lumières s'élargirent et s'accrurent, puis ce fut un rugissement, de plus en plus assourdissant, et on aurait dit le bord d'un tapis volant de monstres, le bruit devint celui d'une énorme cascade, et je regardais le ciel, vraiment comme une folle, ayant assurément l'impression d'être folle à lier, et toujours plus envahissants, toujours plus forts, me parvenaient le bruit et les lumières, jusqu'à ce que je distingue les ventres ronds des éléments qui en faisaient partie, les nez de métal, les vrombissements gigantesques, et c'étaient des avions, des douzaines, peut-être des centaines, tous tels des animaux dans la lumière lunaire, mais bizarrement, avec leurs petites fenêtres minces visibles devant, et peut-être était-ce réellement de la folie, mais je crus discerner des petites têtes et des visages, ils volaient tous en formation comme on dit, sinistres, catastrophiques, comme s'ils annonçaient la fin du monde. Et parce que les avions étaient tous ensemble, leur bruit atteignait véritablement des proportions bibliques, sorti tout droit de l'Apocalypse, et le ciel en était rempli au-dessus de ma tête, métal, lumière et tourmente, ils affluaient au-dessus de moi, volaient si près de l'eau que la puissance des moteurs aspirait l'eau, déchirait l'eau comme des draps, et elle retombait à la surface en sifflant comme un serpent, je sentais les avions me tirer, tirer la plage, tenter de nous arracher à l'endroit où nous étions, tenter d'extraire ma cervelle de mon crâne, mes yeux de leurs orbites, et ils affluaient au-dessus de ma tête, les lignes se succédaient, y en avait-il cinquante, cent, cent cinquante ? – durant des minutes entières ils affluèrent, puis commencèrent à s'éloigner, laissant un vide immense semblait-il dans le ciel, laissant un silence presque plus douloureux que le bruit, comme si ces mystérieux avions avaient retiré l'oxygène de l'air de Sligo. Et ils s'éloignèrent, dans un bruit de ferraille qui effilochait la côte irlandaise.

Quelques jours plus tard je m'occupais de mes roses devant la maison. Cette activité m'apportait même dans ma détresse une trace de réconfort. Il est pour moi évident que toute tentative de jardinage, même au petit bonheur, en dents de scie telle la mienne, est un effort pour faire venir en terre les couleurs et les teneurs du ciel. Il faisait froid ce jour-là et mes bras nus étaient hérissés par la chair de poule. L'existence même des roses, encore invisibles, roulées bien serrées et mystérieuses dans leurs boutons verts, me donnait presque le vertige.

Je regardai par-dessus mon épaule droite parce que j'avais entendu quelqu'un bouger sur la route. Quelqu'un ou quelque chose, peut-être un vieil âne traînant les sabots, à en juger par le bruit. Je n'avais vraiment pas envie d'être vue, ni des hommes ni des bêtes, même si je trouvais une grande consolation dans mes roses. Peut-être cette année auraient-elles un nouvel aspect, plus tout à fait « sainte Anne » ni « Malmaison », mais devenant lentement Sligo, « Souvenir de Sligo ». Ce n'était pas un âne, c'était un homme, un homme très étrange, me dis-je, car ses cheveux coupés court sur sa tête avaient un aspect crépu, comme ceux d'un jazzman noir, et sa tenue était d'une couleur bizarre de cendres sombres. Non, ce n'était pas une tenue, plutôt une espèce d'uniforme. Même son visage semblait étrangement bleu. Et à mon grand étonnement je vis que c'était Jack. Bien sûr, cela expliquait l'uniforme, puisqu'il était en Inde n'est-ce pas, et se battait pour le roi – mais s'il était en Inde, au nom du ciel que faisait-il à Strandhill, dans ce trou perdu ?

Et brusquement j'eus l'impression qu'il faisait plus froid que le froid habituel et perfide d'une journée sur la côte irlandaise, et j'eus l'impression que la chair de poule venait s'ajouter à ma chair de poule. Cette étrange apparition n'était-elle pas mon ennemi à présent ?

« Jack ? » appelai-je tout de même, abandonnant toute prudence. L'idée folle qu'il venait peut-être m'aider me traversa l'esprit. Mais que lui était-il arrivé ? Il était à présent plus près et encore plus bizarre, si je n'avais pas réfléchi j'aurais dit qu'il était *roussi*, il était véritablement *roussi*.

L'homme s'immobilisa sur le chemin, peut-être étonné que je lui aie parlé. En fait, il semblait effrayé.

« Jack McNulty ? » dis-je, comme si cela pouvait aider. Il connaissait évidemment son nom. Je suis sûre que j'avais l'air aussi hésitante que lui.

Il parla comme un homme qui n'a pas parlé depuis plusieurs jours, les mots se bousculaient dans sa bouche.

« Quoi ? dit-il. Quoi, quoi ? »

Il semblait si solennel et effrayé que je descendis l'allée jusqu'à la grille et m'approchai de lui. Je crus qu'il allait filer sur la route, comme un âne finalement. Mais je n'étais qu'une petite femme en robe de coton.

« Vous n'êtes pas Jack McNulty, n'est-ce pas ? Vous lui ressemblez beaucoup, dis-je.

— Qui êtes-vous ? demanda-t-il, et il regarda derrière lui vers la mer comme s'il craignait une embuscade.

— Je ne suis personne, répondis-je, voulant dire personne qu'il ait à craindre. Je suis Roseanne, la femme de Tom – ou plutôt je l'étais peut-être.

— Oh, j'ai entendu parler de vous », dit-il, mais sans le blâme attendu. Il parut soudain très content de me parler, de faire ma connaissance. Il leva un instant la main droite comme s'il voulait serrer la mienne, mais il la laissa retomber. « Oui. »

J'étais tellement soulagée, tellement heureuse qu'il ait adopté ce ton avec moi que j'eus envie de plaisanter avec lui, d'être aimable, de lui raconter tout ce qui était arrivé, toutes les petites choses, comme les deux rats de la veille au soir que j'avais surpris alors qu'ils emportaient un de mes œufs dans un trou du mur de la cabane, un trou si petit qu'un des rats avait mis l'œuf sur son ventre et laissait l'autre rat le tirer dans le trou ! Ridicule. Mais c'était à cause de la gentillesse dans sa voix, simplement la gentillesse, chose que je n'avais pas entendue depuis si long temps, sans même savoir qu'elle me manquait.

« Je suis Eneas, dit-il. Le frère de Tom.

— Eneas ? répétai-je. Que faites-vous ici ?

— Je ne suis pas vraiment ici, répondit-il. Je ne devrais pas être ici, et je vais devoir partir bientôt.

— Qu'est-ce que c'est ce truc dont vous êtes couvert ?

— Quel truc ? demanda-t-il.

— Vous êtes tout noir, dis-je. Et gris, comme la cendre.

— Mon Dieu, c'est vrai, répondit-il. J'étais à Belfast. J'allais retourner en France, voyez-vous. Je suis soldat.

— Comme Jack, dis-je.

— Comme Jack, sauf qu'il est officier. J'étais à Belfast, Roseanne, j'attendais mon bateau, je dormais dans un petit hôtel, quand leurs pauvres sirènes minables se sont mises à hurler, et en quelques minutes ils sont arrivés, les bombardiers, des douzaines et des douzaines et encore des douzaines, ils ont lâché leurs bombes à volonté, pas un souffle de DCA dans le ciel, pas un souffle, et tout autour de moi les maisons et les rues sont entrées en éruption. Et comment que je suis sorti, j'ai couru comme un dératé, en hurlant sans aucun doute et en récitant des prières insensées pour les gens de Belfast, et très vite des centaines de gens étaient dans les rues, tous faisaient comme moi, des gens en chemise de nuit et des gens nus comme des bébés, qui couraient et hurlaient, et aux confins de la ville nous avons continué à courir, et les vagues d'avions arrivaient derrière nous, sans cesser de lâcher impitoyablement leurs bombes, et une heure plus tard, ou peut-être plus, je ne saurais dire, j'étais perché au bord d'une énorme montagne noire et je regardais derrière moi, et Belfast était un immense lac de feu qui brûlait, brûlait, les flammes bondissaient comme des créatures rouges, des tigres et ce genre de bêtes, haut très haut dans le ciel, et ceux qui avaient couru avec moi regardaient aussi et pleuraient en émettant des bruits qui ressemblaient aux lamentations de la Bible. Et j'ai pensé au passage de la Bible qu'ils aiment distribuer dans les missions pour les marins, que j'avais l'habitude de fréquenter avant la guerre, n'étant qu'un homme errant : *Ceux qui ne sont pas inscrits dans le livre de la vie seront jetés dans le lac de feu* – et je tremblais tremblais de voir la colère de Dieu, sauf que ce n'était pas Dieu, mais les Allemands là-haut près des étoiles, contemplant leur travail et j'en suis sûr s'étonnant, s'étonnant autant que nous. »

Cet homme, Eneas, se tut. Il tremblait de nouveau. Il était dans un sale état. Le reflet de ce lac de feu brûlait encore dans ses yeux.

« Entrez, juste une minute, et reposez-vous », dis-je. S'agissait-il d'un instinct maternel ou fraternel, je ne saurais dire. Mais tout à coup un immense élan de tendresse alla de moi vers lui. Je me dis qu'il était comme moi, un peu. Il avait été mis au ban de son monde, ce monde de Sligo. Et je peux dire qu'il n'avait pas l'air d'un traître. Je peux dire qu'il n'avait pas l'air d'un ancien policier assassin, celui de sa légende – même si je ne connaissais pas sa légende à l'époque. D'ailleurs et en fait, je ne savais pas grand-chose de lui, ses frères en avaient parlé si rarement – uniquement avec de gros soupirs et des regards éloquents.

« Non, je ne peux pas, dit-il. Vous ne me connaissez pas. Je ne suis pas le genre d'homme que vous voulez voir chez vous. Je vais vous causer des ennuis. On ne vous a pas dit ? On m'a condamné à mort. Je ne devrais même pas être ici à Sligo. Je suis sorti de Belfast, je suis passé par Enniskillen et je suis arrivé ici, comme un pigeon qui vole vers son pigeonnier et ne peut s'en empêcher.

— Entrez et ne vous en faites pas pour ça, dis-je. Je suis votre belle-sœur après tout. Entrez. »

Et il entra. Tandis qu'il marchait, de petits amas de poussière noire tombaient de ses vêtements. Il était venu à pied de Belfast, une longue longue marche vraiment, était revenu à Sligo comme un pigeon – comme un saumon cherchant l'embouchure de la Garravoge. Je crois que je n'avais jamais vu d'homme aussi triste.

Une fois qu'il fut entré dans la cabane, je lui indiquai sans plus de cérémonie d'ôter son uniforme. La première chose dont il avait besoin, c'était d'un verre d'eau, qu'il but avec une férocité miniature, comme si le feu brûlait aussi dans ses entrailles et qu'il lui fallait l'éteindre. J'avais une vieille baignoire en tôle pour mon usage personnel et je la remplis en quelques visites au puits, essayant que l'eau reste propre, tandis que la bouilloire chauffait sur le feu. Je réussis alors à rendre l'eau moins glaciale grâce à l'eau bouillante, mais rien de plus. Durant tout ce temps le petit homme couvert de cendres se tenait debout au milieu de la pièce en caleçon long et la propreté de ce vêtement me surprit. C'était un homme à l'ossature fine, bien bâti, sans la moindre trace des rondeurs de Tom, non, pas une trace.

« Je vais aller dans l'arrière-cuisine et mettre un peu de fromage dans un sandwich », dis-je.

Par pudeur, je le laissai seul, et je l'entendis chanceler un peu en ôtant son caleçon long, puis entrer dans la baignoire et se laver. J'imagine que tous les soldats comme lui avaient l'habitude de se laver à l'eau froide, je l'espérais du moins. Quoi qu'il en soit, il ne poussa pas le moindre cri de surprise. Quand je jugeai le moment venu, je revins dans la pièce. Il s'était bien savonné, la baignoire était pleine d'un bouillon de mousse maculée de cendre, il se tenait de nouveau au centre de la pièce et reboutonnait son caleçon long. Je découvris que ses cheveux étaient brun-roux, brûlés même si près de son crâne. Le soleil avait foncé et marqué sa peau, et ses mains aux doigts épais étaient rugueuses. Je lui fis un signe de tête comme pour dire : *Tout va bien ?* Et il me répondit par un autre signe de tête, comme pour dire : *Oui*. Je lui tendis la grosse tranche de pain et de fromage qu'il engloutit doucement sur place.

« Bon, dit-il en souriant. C'est bien d'avoir de la famille. »

Je me mis à rire.

« Je sais ce que vous voulez dire », répondis-je.

Dehors la nuit tombait et ma vieille compagne la chouette mit son moteur en route. À présent je ne savais plus quoi faire de lui. J'avais l'impression de bien le connaître, du moins la façon dont étaient composés son corps et son visage, et bien sûr je ne le connaissais ni d'Ève ni d'Adam. Et pourtant je n'avais jamais rencontré d'homme aussi doux et étrange. Il se tenait parfaitement immobile comme un chevreuil sur la montagne quand il entend une branche qui craque.

« Je vous remercie », dit-il, en toute simplicité et sincérité. Je fus extrêmement touchée d'être remerciée par un autre être humain. Je fus extrêmement touchée d'entendre un autre être humain me parler avec gentillesse et respect. Moi aussi je me tenais immobile et je le contemplais, presque abasourdie.

« Je peux aller battre l'uniforme dehors, dis-je. Sinon il ne sera jamais sec demain.

— Non, laissez-le, répondit-il. Je ne suis pas censé le porter dans l'État libre. Ça ira comme il est, tout couvert de cendre. Je vais partir pour Dublin et de là essayer de rejoindre mon unité. Le sergent doit s'inquiéter pour moi.

— J'en suis sûre, dis-je.

— Je suis un bon soldat, vous savez, poursuivit-il.

— J'en suis sûre, répétai-je.

— Pas du genre à déserter », dit-il, inutilement. Je savais qu'il disait vrai.

« Vous savez, reprit-il, je ne pense pas à mal, je veux dire, debout comme ça en caleçon long, et vous que je ne connais pas, mais si je suis venu à Strandhill c'est parce que je connaissais une fille, et elle et moi nous venions ici, pour danser bien sûr, elle s'appelait Viv et on l'a mise en garde contre moi, vous savez, et je ne la vois plus. Mais je voulais venir sur la plage, à l'endroit où nous nous tenions et regardions la baie. Vous savez, une chose toute simple. Et Viv était une fille ravissante, elle l'était vraiment. Et je voulais dire, et sans penser à mal, que vous êtes aussi la personne la plus belle que j'aie jamais vue, vous et elle, toutes les deux. »

Ça, c'étaient des paroles charmantes. Et il ne pensait pas à mal, il voulait juste dire ce qu'il croyait être la vérité. Je rougis soudain d'une sorte de fierté que je n'avais pas éprouvée depuis longtemps. Cet homme, et il ne le savait pas, parlait comme mon père quand mon père voulait dire quelque chose d'important. Il y avait une sorte d'emphase étrange et démodée dans ses paroles, comme si elles sortaient d'un livre, ce même livre que je conservais et qui m'était cher, le vieux volume de Thomas Browne, *Religio medici*. C'était un homme du XVIIe siècle et je ne sais pas comment sa façon de parler s'était glissée en Eneas McNulty.

« Je sais que vous êtes une femme mariée, alors je vous prie de m'excuser, et vous êtes mariée à mon frère, dit-il.

— Non », répondis-je, aussi dans l'intérêt de la vérité. Et avant que j'aie le temps de réfléchir : « Je ne suis pas une femme mariée. C'est du moins ce qu'on m'a dit.

— Oh ? dit-il.

— Non, répondis-je. Voyez-vous, contre moi aussi on a prononcé la peine de mort. »

Il se tenait là et je me tenais là. Je m'approchai de lui comme une souris, doucement, doucement, de peur de l'effrayer, je pris une de ses mains calleuses et le conduisis dans la chambre derrière, là où on entendait mieux la chouette et où on voyait mieux Knocknarea, du mauvais lit en plumes.

Et après cela, plus tard, nous étions étendus comme deux statues de pierre sur une tombe, aussi heureux qu'à n'importe quel moment de l'enfance.

« Je crois que Jack m'a dit que votre père était dans la marine marchande, dit-il au bout d'un petit moment.

— Oh, oui, c'est vrai, répondis-je.

— Comme moi – et Jack aussi, vous savez.

— Ah oui ?

— Ah, oui. Et il a dit qu'ensuite votre père était dans l'ancienne police, c'est bien cela ?

— Jack a dit ça ? demandai-je.

— Je crois bien. Et cela m'a intéressé de l'entendre bien sûr, parce que moi aussi j'y étais. Ce qui naturellement m'a coûté cher à la fin. Mais sûr, nous ne savions pas. Apparemment nous aimons bien nous engager dans des trucs, nous les garçons McNulty. Jack fait maintenant partie des Ingénieurs de la Couronne. Et même le Jeune Tom en personne qui est parti en Espagne avec ce type, Duffy, non ?

— O'Duffy. Ah bon ? Je ne savais pas.

— O'Duffy, c'est ça. Je devrais le savoir parce qu'il a été chef de la nouvelle police après. Oui, Tom est parti, il paraît.

— Et comment ça s'est passé ?

— Jack m'a dit qu'il est rentré au bout de deux semaines. Il faut dire que Jack n'était pas très chaud pour que Tom parte soutenir Franco. Non. De toute façon, Tom est rentré. Dégoûté qu'il était. Il a complètement rompu avec O'Duffy. Il les avait collés dans des tranchées où les rats leur mangeaient les doigts de pied, et O'Duffy lui-même était parti ailleurs, à Salamanque certainement. Pour mener la grande vie. Ah oui, pour sûr.

— Pauvre Tom, dis-je. Ce bel uniforme, quel gaspillage.

— Oh, c'est vrai, dit Eneas. Alors il n'était donc pas dans la police, votre père ? » demanda-t-il avec innocence. Simple bavardage au clair de lune.

« Qu'est-ce que c'est que cette conversation d'amoureux ? »

dis-je, sans vouloir offenser un homme aussi innocent. Il se mit à rire de toute façon.

« Une conversation d'amoureux irlandais, dit-il. Batailles, quel est votre camp et tout le reste. »

Il rit de nouveau.

« Quand cela s'est-il passé de toute façon, son voyage en Espagne et tout le reste ? demandai-je.

— Oh, en 37, je crois. Cela fait longtemps, non ? Ça paraît loin.

— Et avez-vous d'autres nouvelles plus récentes de Tom ?

— Oh, juste qu'il réussit, vous savez. L'homme qui monte et tout ça, vous voyez. »

Il me regarda, craignant peut-être de me faire de la peine. Mais il ne me faisait pas vraiment de la peine. C'était bien de l'avoir à côté de moi. Sa jambe était très chaude contre la mienne. Non, il ne me dérangeait pas.

Le médecin est venu me voir il y a un moment. La rougeur sur mon visage ne lui a pas plu, et en fait il en a trouvé une autre dans mon dos. À vrai dire, je me sentais un peu fatiguée et je le lui ai dit. C'était bizarre, car d'habitude quand le printemps commençait dehors je me sentais ragaillardie. Je voyais en imagination les jonquilles flamboyantes dans l'allée et j'aurais voulu sortir les contempler et les saluer de ma vieille main. Tapies si longtemps sous la terre froide et humide pour sortir dans toute leur joie resplendissante. Je trouvais donc cela étrange et je le lui ai dit.

Il a ajouté que ma respiration ne lui plaisait pas non plus et j'ai répondu que moi elle me convenait, ce qui l'a fait rire et il a ajouté : « Non, je veux dire que ce petit souffle bizarre dans votre poitrine ne me plaît pas, je crois que je vais vous donner des antibiotiques. »

Après quoi il m'a donné de vraies nouvelles. Il m'a dit que le corps principal de l'hôpital avait été vidé et que les deux ailes de mon côté étaient les seules encore en service. Je lui ai demandé si les vieilles dames avaient été évacuées et il m'a répondu que oui. Il a expliqué que cela avait été très difficile, à cause des escarres et des douleurs. Il a dit que j'avais bien raison de continuer à bouger et qu'ainsi je n'avais pas d'escarres. Je lui ai répondu que j'en avais eu au début à Sligo et que ça ne m'avait pas plu. Il a dit : « Je sais.

— Est-ce que le docteur Grene est au courant de ces changements ? ai-je demandé.

— Oh, oui, a-t-il répondu. C'est lui qui a tout organisé.

— Et que va devenir ce vieux bâtiment ?

— Il va être démoli en temps voulu, a-t-il dit. Et bien sûr vous serez installée dans un bel endroit tout neuf.

— Oh », ai-je dit.

L'affolement m'a soudain gagnée, car j'ai pensé à mes pages sous le plancher. Comment les rassembler et les garder secrètes si on me déménageait ? Et où allait-on me mettre ? J'étais en émoi, agitée comme ce trou dans la falaise derrière la baie de Sligo quand la marée monte et envoie l'eau dans le rocher.

« Je croyais que le docteur Grene vous en avait parlé, sinon je n'aurais rien dit. Vous ne devez pas vous inquiéter.

— Que vont devenir l'arbre en bas et les jonquilles ?

— Quoi ? a-t-il dit. Oh, je ne sais pas. Écoutez, je vais dire au docteur Grene de venir parler de tout cela avec vous. Vous savez. C'est son rayon et j'ai bien peur de m'y être égaré, madame McNulty. »

J'étais trop lasse pour expliquer de nouveau, pour la millionième fois en soixante ans et plus, que je n'étais pas Mme McNulty. Que je n'étais personne, que je n'étais en fait la femme de personne. J'étais juste Roseanne Clear.

20

Carnet du docteur Grene

Catastrophe. Le médecin, M. Wynn, qui est allé soigner Roseanne sur ma demande, a par inadvertance vendu la mèche à propos de l'hôpital. Je veux dire, je pensais qu'elle savait, que quelqu'un lui en avait parlé. Dans ce cas, l'information a dû lui sortir de l'esprit. J'aurais dû me méfier et la préparer. En même temps, je ne sais pas comment j'aurais abordé le sujet sans obtenir le même résultat. Elle a l'air bouleversée par le départ des vieilles dames grabataires. À vrai dire j'ai l'impression que nous avons tous été déménagés beaucoup plus vite que nous ne le voulions, mais les nouvelles installations de Roscommon seront bientôt prêtes et des gens se sont plaints dans le journal qu'elles risquaient de rester inoccupées. Alors nous nous sommes activés et avons donné un dernier coup de collier. Il ne reste plus à présent que les gens du service de Roseanne et les hommes de l'aile ouest. La plupart sont de drôles de vieux bonshommes, d'une manière ou d'une autre, dans leurs vêtements noirs de l'hôpital. Ils sont également très inquiets d'apprendre les changements imminents et en fait, ce qui retarde les choses à présent, c'est qu'il n'y a de place pour eux nulle part. On ne peut pas les mettre dehors et leur dire : très bien, les gars, allez-vous-en. Ils se rassemblent autour de moi comme des corbeaux quand je vais leur parler dans la cour où ils viennent marcher un peu et fumer. Certains de ces types ont été très efficaces la nuit où il y a eu le feu à l'hôpital, beaucoup ont porté des vieilles dames sur leur dos, descendu le long escalier, vraiment étonnant, et ont plaisanté après coup en disant que cela faisait longtemps qu'ils n'étaient pas sortis avec une fille, et n'était-ce pas agréable de danser de nouveau le fox-trot et autres plaisanteries dans le même style. La plupart ne sont assurément pas des malades mentaux, ce sont seulement les « détritus » du système, selon le terme par lequel je les ai un jour entendus désignés. L'un d'eux que je connais bien s'est battu au Congo avec l'armée irlandaise. Bon nombre d'entre eux sont en fait d'anciens soldats. Il nous manque sans doute un endroit comme la caserne de Chelsea ou les Invalides à Paris. Qui a envie d'être un ancien soldat en Irlande ?

Roseanne était véritablement en sueur dans son lit quand je suis allé la voir. C'est peut-être une réaction aux antibiotiques, mais je crois plutôt qu'elle a tout simplement peur. C'est peut-être un endroit horrible et une situation horrible, mais elle est un être humain comme nous tous et elle est chez elle, Dieu lui vienne en aide. J'ai été étonné de trouver John Kane dans sa chambre. Avec sa façon de parler en gloussant comme un dindon, le pauvre homme, et bien que je me méfie de lui, il semblait vraiment inquiet, même si c'est une vieille canaille et pire.

À dire vrai, tout cela ne me rend pas très optimiste et j'ai l'impression d'être bousculé et harcelé, mais tout de même c'est sans doute une bonne chose d'emménager dans de nouveaux locaux, des locaux sans taches d'humidité comme dans certaines chambres et sans trous dans le toit que personne ne veut se risquer à réparer parce qu'on m'a assuré que la charpente elle-même est pourrie. Oui, oui, le bâtiment dans son ensemble est dangereux, mais en même temps l'état de dégradation a été scandaleusement ignoré et aucune somme n'a été investie, on a laissé aller au diable ce qui aurait pu être entretenu. Et il ressemble certainement à l'enfer pour des yeux non avertis. Pas aux yeux de Roseanne.

Roseanne s'est ragaillardie en me voyant et m'a demandé de

prendre pour elle un livre sur sa table. C'était un livre intitulé *Religio medici*, un exemplaire très vieux et très usé que j'avais souvent remarqué en passant. Elle m'a confié que c'était le livre préféré de son père, me l'avait-elle déjà dit, et oui répondis-je, oui, je croyais. J'ai ajouté que je pensais même qu'elle avait dû me montrer un jour le nom de son père à l'intérieur, oui.

« J'ai cent ans, a-t-elle dit alors, et je veux que vous fassiez quelque chose pour moi.

— Quoi donc ? » ai-je demandé, m'émerveillant sur elle qui surmontait si courageusement son affolement, si c'était de l'affolement, la voix de nouveau ferme, même si son vieux visage était encore enflammé par cette fichue rougeur. On aurait dit qu'elle avait traversé un feu de joie et plongé le visage dans la chaleur.

« Je veux que vous le donniez à mon fils, a-t-elle dit. À mon fils.

— À votre fils ? Et Roseanne, où est votre fils ?

— Je ne sais pas », a-t-elle répondu. Son regard s'est voilé soudain, s'est presque éteint, puis elle a paru se secouer et s'éclaircir les idées. « Je ne sais pas. À Nazareth.

— Nazareth est très loin, ai-je dit pour lui faire plaisir.

— Docteur Grene, le ferez-vous ?

— Je le ferai, je le ferai », ai-je répondu, absolument certain que non, je ne le pourrais pas, compte tenu de ce que je savais par l'affirmation brutale du père Gaunt dans son document. Et de toute façon, tant de temps s'était écoulé. Son enfant devait être vieux lui aussi, même s'il était vivant. J'aurais sans doute dû lui demander : avez-vous tué votre enfant ? J'aurais sans doute dû lui poser cette question, si j'avais été fou moi-même. Non, ce n'était pas une question qu'on pouvait poser gentiment, pas même professionnellement je crois. Et de toute façon, elle ne m'avait jamais donné aucune réponse véritablement. Aucune qui puisse modifier mon opinion sur sa situation, médicalement parlant.

Oh, et je me sentais tout à coup las, si las, comme si je comptais autant d'années qu'elle et plus. Las, parce que j'étais incapable de la ramener dans la « vie ». J'en étais incapable. J'étais même incapable de m'y ramener moi-même.

« Je crois que vous le ferez, a-t-elle dit en me regardant intensément. J'espère en tout cas. »

Et, de façon assez incongrue, elle m'a pris le livre des mains puis me l'a rendu, a hoché la tête, comme pour dire : ne manquez pas de le faire.

Témoignage de Roseanne sur elle-même

Je ne vais pas très bien, apparemment, je suis souffrante, mais je dois continuer à écrire ici car j'arrive à la partie que j'ai besoin de vous raconter.

Cher lecteur, Dieu, docteur Grene, qui que vous soyez.

Qui que vous soyez, je vous assure encore de mon amour.

Étant un ange à présent. Je plaisante.

Battant de mes ailes pesantes au ciel.

Peut-être. Qu'en pensez-vous ?

Le temps affreux, sombre, sinistre de février je m'en souviens et des jours les pires, les plus effrayants de ma vie.

J'en étais environ à sept mois à cette époque. Mais je ne pouvais pas les compter avec certitude.

J'étais devenue si grosse que mon vieux manteau ne cachait plus mon « état » à la boutique de Strandhill, même si je choisissais toujours les dernières heures pendant que les gens travaillaient et qu'il faisait déjà nuit pour m'y rendre, et en ce sens l'hiver était une bénédiction, la nuit tombait à quatre heures.

Quand je me regardais dans le miroir de mon armoire, je voyais une femme fantôme blafarde au visage bizarrement allongé, comme si le poids de mon ventre attirait tout mon corps vers le bas, telle une statue qui fond. Mon nombril ressortait comme un petit nez et les poils sous mon ventre semblaient avoir doublé de longueur.

J'avais quelque chose en moi, comme la rivière avait quelque chose en elle quand les saumons la remontaient. S'il y avait encore des saumons dans la pauvre Garravoge. Parfois la conversation dans la boutique portait sur la rivière, sur le fait qu'elle s'ensablait à cause de la guerre, parce que les quais et le port en amont dans la ville elle-même étaient fermés pendant les hostilités et que les dragueurs ne remontaient plus les grands seaux de boue et de sable. On parlait de sous-marins dans la baie de Sligo, de pénurie, du manque de thé et de l'abondance bizarre de choses comme la poudre Beecham. On aurait aussi pu évoquer la pénurie de la pitié. Il n'y avait presque pas de voitures sur les routes et ma cabane était silencieuse presque toutes les nuits, même si des bicyclettes, des piétons et des charrettes attelées se rendaient au dancing. Quelqu'un de Sligo avait déniché un char à bancs qui se traînait sur le sable avec sa cargaison de fêtards comme un véhicule égaré d'un autre siècle. Le Plaza émettait quelques rayons de lumière qui auraient pu servir de balises aux avions allemands dans le ciel, comme ceux que j'avais vus rentrer de leur expédition sur Belfast, mais rien ne pleuvait sur ces danseurs sinon le temps.

Je me contentais d'observer. Je me demande quelle était ma réputation en ce temps-là, la femme dans la cabane en tôle ondulée, la femme perdue, la sorcière, celle « qui a franchi les limites ». Comme s'il y avait une cascade aux limites de leur monde qui pouvait emporter une femme, invisibles chutes du Niagara de la vie quotidienne. Un grand mur d'eau bouillonnante, nébuleuse.

Une femme élégante en manteau à col d'hermine me regarda un jour en passant. Elle semblait très aisée, bottines noires cirées, cheveux bruns dont la perfection était le résultat de nombreuses heures chez le coiffeur. Elle se rendait dans la vieille maison entourée d'un haut mur en face de ma cabane de l'autre côté de la route, et j'entendais le bruit d'une fête, un gramophone jouait la chanson que chantait Greta Garbo à l'époque. Croyant la connaître, je m'étais arrêtée sur la route contrairement à mon habitude, sans en avoir l'intention, comme en d'autres temps. À mon grand étonnement, en jetant un regard par la grille, je vis Jack McNulty, vêtu d'un manteau extraordinaire comme à l'accoutumée, mais je dois dire également le visage hagard, épuisé. Ou peut-être voyais-je tout de cette façon à l'époque. Je me demandai donc s'il s'agissait de la fameuse Mai, la prestigieuse fille de Galway qu'il avait épousée. Je supposai que oui. Elle était ma belle-sœur, sans doute – en quelque sorte.

Elle parut soudain fâchée et ennuyée. Je suis sûre que j'offrais un spectacle à faire peur dans mon manteau minable qui n'avait jamais cassé trois pattes à un canard, mes chaussures marron devenues des espèces de galoches parce que je n'avais pas de lacets, il leur fallait de longs lacets fins que la boutique dont s'enorgueillissait Sligo ne vendait pas. Oui, peut-être voyait-on que je n'avais pas de bas sur mes jambes, ce qui je le savais était un crime, quant au ventre gonflé sous le manteau…

« On est tombée bien bas, hein ? » dit-elle, et rien de plus. Elle franchit la grille. Je la regardai s'éloigner, m'étonnant de ses paroles, mais me demandant également ce qu'elle y mettait, cruauté, désespoir, constatation ? Impossible pour moi de le savoir. Le couple entra en même temps dans la maison, sans se retourner, au cas sans doute où Mai se transformerait en statue de sel si elle regardait Sodome derrière elle.

Le temps empirait et je ne me sentais pas bien. Ce n'était pas seulement les nausées du matin, quand j'allais derrière la cabane vomir dans le vent sur les oyats et la bruyère. C'était un autre genre de malaise, quelque chose qui semblait bouillir dans mes jambes et me faire mal au ventre. J'étais devenue si lourde que je commençais à trouver difficile de me lever de ma chaise et j'avais très peur d'être brusquement coincée là, en rade, et j'avais encore plus peur pour mon enfant. Je voyais de temps en temps un petit coude ou un petit genou saillir sous ma peau, et comment mettre en danger un tel être ? Je ne savais pas à quel mois j'en étais et j'étais absolument terrifiée à l'idée de commencer à accoucher du bébé, loin de quiconque qui pourrait m'aider. Je ne cessais de regretter de ne pas avoir parlé à Mai, de ne pas avoir appelé Jack, et je ne sais pas pourquoi je ne l'ai pas fait, sinon que mon état était visible et évident pour eux et qu'ils n'avaient pas pensé à m'aider. Je savais que les femmes sauvages dans les plaines d'Amérique donnaient naissance toutes seules à leurs enfants dans la brousse, mais je ne voulais pas que Strandhill soit mon Amérique et qu'il me faille entreprendre un acte aussi solitaire, aussi dangereux. Tant qu'il ne s'agissait que de moi, j'avais appris une petite stratégie de secret et de survie, mais maintenant je dérivais bien au-delà. Je priais Dieu pour qu'Il me vienne en aide, je récitais le Notre Père des milliers et des milliers de fois, non pas à genoux, mais par obligation sur ma chaise. Je savais que je devais faire quelque chose, pas pour moi, car il était évident que j'étais au-delà de l'aide et de la compassion, mais pour le bébé.

Un de ces jours de février je me mis en route pour la ville de Sligo. J'avais passé une ou deux heures à me laver. La veille au soir j'avais lavé ma robe et tenté de la faire sécher toute la nuit devant le feu mourant. Elle était un peu humide quand je l'enfilai. Debout devant le miroir je passai un long moment à me peigner avec mes doigts car il m'était impossible de trouver ma brosse. Il me restait une dernière trace de rouge à lèvres au fond d'un tube, vraiment juste une trace pour mes lèvres. J'aurais voulu avoir un peu de poudre pour ma peau, mais je ne réussis à trouver qu'un peu de vieux plâtre sur la partie de la cabane qui constituait la cheminée, construite en pierre. Je le réduisis en poudre dans mes mains et essayai de l'étaler uniformément. Je me rendais en ville et je devais avoir, jusqu'à un certain point, l'air respectable. Je travaillai à mon apparence comme Michel-

Ange à son plafond. Je ne pouvais rien faire pour mon manteau, mais je déchirai une bande de drap sur mon lit et me l'enroulai autour du cou en guise d'écharpe. Je n'avais pas de chapeau mais, de toute façon, le vent était si violent qu'il n'aurait pas tenu longtemps. Je me mis en route, montai plus haut sur la colline que je ne l'avais fait depuis une éternité, passai devant l'église de l'Église d'Irlande au coin et pris la route de Strandhill. J'aurais bien aimé être prise en stop sous le ventre d'un des avions allemands que j'avais vus, car la route s'étendait devant moi, longue et menaçante. La colline se dressait sur ma droite et je m'étonnais d'avoir pu y monter si volontiers, si facilement. J'avais l'impression que cent ans s'étaient écoulés.

Je ne sais pas combien d'heures de marche il me fallut, mais la route était longue et pénible. Mon malaise sembla toutefois quitter mon corps à mesure que j'avançais, comme s'il n'y avait pas de place pour lui dans l'urgence du moment. Je devins petit à petit étonnamment optimiste et remplie d'espoir, comme si ma mission était bénie après tout. Je commençais à me dire : elle va m'aider, bien sûr qu'elle va m'aider, c'est une femme elle aussi et j'étais mariée à son fils. Ou j'aurais pu l'être si Rome n'avait pas annulé le mariage. Je me disais que, malgré sa froideur des années plus tôt, la première fois que j'étais entrée dans son bungalow, sa longue expérience du monde l'obligerait sans aucun doute à mettre de côté son aversion et – et ainsi de suite.

Ces idées tournaient dans ma tête, kilomètre après kilomètre, tandis que mes pieds poursuivaient leur chemin, avec cette sorte de démarche en canard due à mon gros ventre, pas un beau spectacle pour sûr, et que je me persuadais de cette certitude

Carnet du docteur Grene

Nous avons une date pour la démolition à présent, assez proche. Je dois la garder à l'esprit. C'est quelque part très difficile d'envisager cette éventualité, même si partout dans l'hôpital des objets sont emballés dans des caisses, prêts à partir. Tous les jours des camions et des camionnettes emportent des trucs, des masses de correspondance et d'archives ont été entreposées, des dizaines de patients ont été déménagés, des places ont été trouvées tout à coup, inopinément, à la manière incongrue dont cela arrive, même pour mes pauvres bonshommes en noir, et certains ont été remis à titre d'expérience parmi – parmi les vivants ai-je failli dire. Foyer d'hébergement est le terme officiel, pour une fois un terme convenable, humain. À la suite de mon évaluation, pour ce qu'elle vaut. Un dernier petit groupe ira dans les nouvelles installations. Oh, mais, j'ai sacrément envie de parvenir à une conclusion à propos de Roseanne.

Une bonne lettre de Percy Quinn à Sligo me disant de venir quand je veux. Je dois donc trouver un moment pour le faire. Il écrit si chaleureusement que, en lui répondant, je lui ai demandé s'il savait où se trouvaient à Sligo les archives de la police royale irlandaise et, dans ce cas, s'il aurait la gentillesse d'y chercher le nom de Joseph Clear. Les années de guerre civile ont apporté tant de perturbation et de destruction que je ne sais même pas si de tels arcanes existent encore, et dans l'affirmative si quelqu'un s'est donné la peine de les protéger. L'armée de l'État libre, en tentant de bombarder les Irréguliers pour les faire sortir des Four Courts à Dublin, a réduit en cendres la majeure partie de l'état civil, naissances, décès, mariages et autres documents inestimables, effaçant les archives de la nation à laquelle ils essayaient de donner une nouvelle vie, brûlant véritablement la mémoire dans ses boîtes. Grâce à des fusils donnés ou prêtés si je m'en souviens bien par l'armée britannique sortante, voulant sans doute être utile au nouveau gouvernement, avec ce côté émouvant, magnanime propre aux Anglais, par opposition à leurs habitudes meurtrières concomitantes. Je n'ai bien sûr rien dit de tout cela à Percy. Je me suis rappelé tout à coup en répondant à sa lettre qu'il assistait à cette conférence fatidique de Bundoran, mais il n'en a assurément rien dit et je n'en ai assurément pas parlé non plus.

Hier après-midi, après être rentré de bonne heure et fatigué, je suis monté assez courageusement, pensai-je, dans la chambre de Bet. Je crois que j'ai dépassé le stade des récriminations contre moi-même et de la culpabilité. Après tout, au bout du compte, je suis seul maintenant et notre histoire est terminée. Je me suis allongé sur son lit et j'ai essayé d'être proche d'elle. J'ai senti la faible odeur de son parfum, Eau de Rochas, que j'achetais dans les boutiques hors taxes des aéroports quand elles existaient encore. Je me sentais simplement un peu léger et étrange, mais pas malheureux. Je demandais à son absence d'être là comme une sorte de réconfort bizarre et inversé. Quelques minutes seulement j'ai senti que j'étais elle, allongée là, et que moi, l'autre moi réel, se trouvait en bas dans l'ancienne chambre, et je me suis demandé ce que je pensais de moi-même. Un homme inadéquat, déloyal, peu affectueux ? Une présence curieusement nécessaire, même avec un plancher et un plafond entre nous ? Je ne savais pas. Même en étant Bet, je ne connaissais pas Bet. Mais durant quelques minutes à peine j'ai eu aussi quelque chose de sa force, de sa gentillesse, de son intégrité. Un sentiment merveilleux.

Mes yeux sont tombés sur sa bibliothèque de choix sur les roses, j'ai pris un livre et j'ai commencé à lire. Je dois dire que c'était très intéressant, poétique même. Je me suis redressé, j'ai soigneusement placé mes mains de part et d'autre de la collection, j'ai soulevé tous les livres ensemble et les ai tournés de côté pour les emporter en bas, comme un butin, comme si je les avais volés. Je me suis allongé sur mon lit et j'ai continué à lire, tard dans la nuit. J'avais l'impression de lire une lettre d'elle, ou d'avoir le privilège d'entrer dans un sujet qui tapissait sans doute son esprit comme du papier peint. La première était *Rosa gallica*, une petite rose toute simple comme celle qu'on voit sculptée sur les édifices médiévaux et nommée *Rosa Mundi*. Les roses récentes sont les énormes roses thé qui dans les jardins ressemblaient à des derrières de danseuses en tutus à dentelle. Quels drôles d'êtres sommes-nous qui transformons ainsi une fleur simple au cours des siècles et qui faisons d'animaux galeux et voleurs à la lisière de nos antiques feux de camp des lévriers et des caniches. La chose en soi, la chose originelle ne nous conviendra jamais telle quelle, il nous faut élaborer, améliorer, poétiser. « Pour pallier la brièveté de nos vies », sans doute, comme l'a écrit Thomas Browne dans le livre que Roseanne m'a donné pour que je le donne à son fils. Entre *Religio medici* et les *Roses* de la Société royale d'horticulture j'ai dressé une tente, si l'on peut dire. Et le fait que Bet ait voulu et ait eu besoin de savoir tant de choses sur les roses m'a tout à coup rempli de joie et de fierté. Assez curieusement ce sentiment n'a pas fait place au regret et à la culpabilité. Non, il a ouvert une pièce après l'autre, une rose après l'autre, vers une joie plus grande. Ce n'était pas seulement le meilleur jour que je vivais depuis sa mort, mais aussi un des meilleurs jours de ma vie. J'avais l'impression qu'elle m'avait transmis du ciel quelque chose de son essence et qu'elle m'aidait. Je lui en étais sacrément reconnaissant.

Oh, et j'ai oublié de dire (mais à qui le dis-je ?) que, en posant soigneusement le livre de Roseanne pour me concentrer sur les volumes de Bet, une lettre a failli en tomber. C'était une lettre très curieuse, en ceci que l'enveloppe semblait ne pas avoir été ouverte, à moins que l'humidité de la pièce l'ait refermée. De plus le cachet de la poste datait de mai 1987, c'est-à-dire il y a vingt ans. Je ne savais pas quoi en penser, ni quoi en faire. Mon père m'avait appris que le courrier était sacré d'une certaine façon, et qu'ouvrir le courrier de quelqu'un d'autre ne constituait pas seulement un véritable délit, comme je le pense, mais aussi une grave faute morale. J'ai bien peur d'être cruellement tenté de commettre cette faute morale. D'autre part, peut-être devrais-je la rendre. Ou la brûler ? Non, difficilement. Ou la laisser ?

Témoignage de Roseanne sur elle-même

Les abords de la ville me reçurent froidement. J'avais sans doute l'air d'une sauvage échappée des marais. Une petite fille assise avec sa poupée à la fenêtre de chez elle, coincée à l'intérieur par la tempête, m'adressa un signe de la main, avec la clémence des petites filles. J'étais contente de ne pas avoir à entrer vraiment en ville. Les pavés de la rue semblaient résonner dans mon ventre, mais je continuais à avancer. J'atteignis la grille du bungalow de Mme McNulty.

Le jardin du Vieux Tom était un arpent de beauté sur le point de s'épanouir. Je voyais tous ses parterres bien préparés de plantes et de fleurs essayant d'éclore, le tout défendu contre le vent par des bambous. Le spectacle allait être magnifique d'ici à quelques semaines. Dans le coin opposé du jardin un homme indistinct creusait, peut-être le Vieux Tom. Il creusait, sans se soucier des rafales tourbillonnantes et de la neige fondue, en gros manteau et en suroît solennel. Je pensai un instant aller le voir mais je ne savais pas qui était mon ennemi. Ou plutôt je pensais, à cause du regard glacial de Jack à la grille en face de la cabane, qu'ils étaient tous mes ennemis. Je décidai de ne pas m'approcher de lui. Je décidai de tenter ma chance à la porte. Je me souviens qu'en cet instant j'avais l'impression que des acrobates se servaient des muscles de mon ventre comme de balançoires.

Je suppose que j'étais crottée et trempée, je le suppose. Tous mes efforts pour paraître présentable avaient sans doute été complètement anéantis par le trajet. Je n'avais pas de miroir pour m'arranger, sinon les fenêtres obscures de chaque côté de la porte et, en m'y regardant, je ne vis qu'une goule aux cheveux en bataille. Cela n'allait pas m'aider. Mais que pouvais-je faire ? Retourner d'où je venais, en silence, vaincue ? J'avais peur, j'étais terrifiée par cette maison, mais j'avais encore plus peur de ce qui allait arriver si je n'appuyais pas sur la sonnette.

Je suis assise là à écrire ces mots, vieille et desséchée, les tibias tout maigres. Ce n'est pas comme si c'était il y a longtemps, ce n'est pas comme si c'était une histoire, ce n'est pas comme si c'était fini et bien fini. Tout reste à faire. Cela ressemble aux portes de saint Pierre, frapper aux portes, demander à entrer au ciel, savoir dans mon cœur lourd, trop de péchés, trop de péchés. Mais peut-être la miséricorde !

J'appuyai sur la grosse sonnette en bakélite. Elle n'émit aucun son quand je l'actionnai mais, en retirant la main, j'entendis son crépitement irrité résonner dans l'entrée. Rien ne se passa pendant un long moment. J'entendais ma respiration entrecoupée sous le porche. J'avais l'impression d'entendre les battements de mon cœur. J'avais l'impression d'entendre les battements du cœur de mon enfant qui me poussait à continuer. J'appuyai de nouveau sur le gros bouton. Si seulement j'étais quelqu'un d'autre qui sonnait, un garçon boucher, un voyageur de commerce, et pas cette créature embarrassante, lourde et haletante. J'eus la vision de la silhouette minuscule de Mme McNulty, de sa netteté, de son visage aussi blanc que la lunaire et, à ce moment précis, j'entendis des pas traînants derrière la porte, la porte s'ouvrit et elle apparut dans l'entrebâillement.

Elle me regarda. Je ne sais pas si elle me reconnut tout de suite. Elle me prit peut-être pour une mendiante, une romanichelle, ou une folle échappée de l'asile où elle travaillait. J'étais effectivement une sorte de mendiante, suppliant une autre femme de comprendre ma détresse. Abandonnée, abandonnée, c'était le mot qui commençait à résonner dans ma tête.

« Qu'est-ce que vous voulez ? » demanda-t-elle, ce qui se comprenait, s'apercevant sans doute enfin que c'était moi, la femme indésirable que son fils avait épousée et pas épousée. Je supposais qu'elle avait conspiré contre moi des années plus tôt, mais cela ne m'inquiétait pas pour le moment. Je ne savais pas à combien de semaines j'en étais. J'avais presque peur de me mettre à accoucher du bébé sur le pas de sa porte. Cela aurait peut-être mieux valu pour le bébé.

Je ne savais pas quoi lui dire. Je n'avais jamais connu personne dans ma situation. Je ne savais pas quelle était ma situation. J'avais besoin – j'avais désespérément besoin de quelqu'un pour…

« Qu'est-ce que vous voulez ? répéta-t-elle, comme si elle était prête à refermer la porte si je ne répondais pas.

— Je suis dans une situation difficile, dis-je.

— Je vois cela, mon enfant », dit-elle.

Je tentai de scruter son visage. Mon enfant. Ce mot sonnait là sous le porche avec une force magnifique.

« Je suis dans une situation désespérée, dis-je.

— Vous n'avez plus rien à faire avec nous, dit-elle. Rien.

— Je le sais. Mais je n'ai nulle part où aller. Nulle part.

— Rien et nulle part, dit-elle.

— Madame McNulty, je vous supplie de m'aider.

— Je ne peux rien faire. Que pourrais-je faire pour vous ? J'ai peur de vous. »

Cela me donna soudain à réfléchir. Je n'y avais pas pensé. Peur de moi.

« Il ne faut pas avoir peur de moi, Madame McNulty. J'ai besoin d'aide. Je suis, je suis… »

J'essayais de dire enceinte, mais je n'avais pas l'impression de pouvoir prononcer ce mot. Je savais que si je le prononçais il aurait à ses oreilles le même sens que putain, prostituée. Ou bien elle entendrait l'ombre de ces mots dans le mot enceinte. J'avais l'impression d'avoir du bois dans la bouche, de la forme exacte de ma bouche. Une grosse rafale de vent remonta l'allée derrière moi et tenta de me pousser dans la maison. Elle pensa sans doute que j'essayais d'entrer de force. Mes jambes se mirent tout à coup à flageoler et je crus que j'allais m'évanouir.

« Je sais que vous avez eu aussi des ennuis dans le passé », dis-je, tentant désespérément de me souvenir de ce qu'avait dit Jack au Plaza. Mais avait-il dit quelque chose ? Quoi que vous disiez, ne dites rien.

« Des vicissitudes, a-t-il dit. Il y a longtemps ?

— Taisez-vous ! » cria-t-elle. Et elle appela : « Tom ! »

Puis elle chuchota, aussi vulnérable qu'un oiseau blessé.

« Qu'est-ce qu'il vous a dit, qu'est-ce que Jack vous a dit ?

— Rien. Des vicissitudes.

— De sales rumeurs, dit-elle. Rien de plus. »

J'ignore comment avait fait le Vieux Tom pour l'entendre, peut-être à cause de la longue habitude qu'il avait de sa voix, mais il ne lui fallut que quelques instants pour apparaître devant la maison, vêtu de son manteau et de son chapeau, l'air d'un marin à moitié noyé.

« Jésus, Marie, Joseph, dit-il. Roseanne.

— Il faut que tu la fasses partir, dit Mme McNulty.

— Venez, Roseanne, dit le Vieux Tom. Venez, retournez à la grille. »

Je fis docilement ce qu'il me demandait. Sa voix était amicale. Il hochait la tête tout en me ramenant d'où je venais.

« Allez, allez », disait-il, comme si j'étais un veau égaré dans le mauvais champ.

« Allez. »

Et je me retrouvai dans la rue. Le vent s'y engouffrait comme un convoi de camions invisibles, avec un bruit perçant et assourdissant.

« Allez, dit le Vieux Tom.

— Où ? demandai-je, avec le plus extrême désespoir.

— Rentrez, dit-il. Rentrez.

— Il faut que vous m'aidiez.

— Il n'y a personne pour vous aider.

— Demandez à Tom de m'aider, je vous en prie.

— Tom ne peut pas vous aider, ma fille. Tom va se marier. Vous savez ? Tom ne peut pas vous aider. »

Se marier ? Mon Dieu.

« Mais qu'est-ce que je vais faire ?

— Reprendre la route, dit-il. Allez. »

Je ne repris pas la route parce qu'il me l'avait ordonné mais parce que je n'avais pas d'autre choix.

Mon idée était que, si j'arrivais à atteindre la cabane, je pourrais me sécher, me reposer et réfléchir à un autre plan. Si seulement je parvenais à me mettre à l'abri de la pluie et du vent pour réfléchir.

Tom se mariait de nouveau. Non, pas de nouveau, pour la première fois.

S'il s'était trouvé en face de moi, j'aurais été capable de le tuer avec n'importe quel instrument qui me serait tombé sous la main. J'aurais pu arracher une pierre d'un mur, un bâton d'une clôture, le frapper et le tuer.

Pour m'avoir entraînée par l'amour dans cet épouvantable danger.

Je crois que je ne marchais pas vraiment mais plutôt que je me traînais. La petite fille était toujours derrière la vitre quand je passai, toujours avec sa poupée, toujours en train d'attendre que la tempête se calme, pour aller jouer dehors. Cette fois, pour je ne sais quelle raison, elle n'agita pas la main.

Il paraît que nous descendons du singe et peut-être l'animal tapi en nous sait-il des choses au plus profond de nous que nous n'avons presque pas conscience de connaître. Quelque chose, une sorte d'horloge ou de moteur, commençait à s'agiter en moi. Mon instinct me disait de hâter le pas, de hâter le pas, et de trouver un endroit calme et protégé où je pourrais essayer de comprendre ce moteur. Il y avait une urgence en lui et une odeur en lui, un bruit étrange montait en moi et était balayé par le vent. J'étais sur la route goudronnée de Strandhill, entourée de champs verts et de murs de pierre, et la pluie battante heurtait la surface de la route en bondissant avec une sorte de colère. J'avais l'impression d'une musique dans mon ventre, une musique forte, pressante qui tambourinait, *Black Bottom Stomp* frappé de folie, le pianiste s'excitant de plus en plus sur les touches.

Après un long virage la baie commença à se dévoiler plus bas. Qui avais-je pour m'aider ? Personne. Où était le monde ? Comment se faisait-il que j'avais réussi à vivre dans le monde sans personne ? Comment se faisait-il que les habitants des rares maisons sur la route ne sortaient pas précipitamment pour me faire entrer chez eux, pour me tenir dans leurs bras ? Je fus pénétrée par le sentiment violent d'être de si peu d'importance dans le monde que personne n'allait m'aider, que les prêtres, les hommes et les femmes avaient publié un décret proclamant qu'il ne fallait pas m'aider, qu'il fallait me laisser affronter les éléments, exactement comme je le faisais, un animal qui marchait, abandonné.

C'est peut-être à ce moment-là qu'une partie de moi bondit hors de moi-même, s'enfuit de mon esprit, je ne sais pas.

Un refuge. Un être délaissé cherche refuge. J'avais recouvert le feu de cendres dans ma cabane, il me suffirait de débarrasser la tourbe des cendres, d'en rajouter quelques morceaux et j'aurais vite un feu convenable. Je pourrais me débarrasser de mon vieux manteau, de ma robe, de ma combinaison, de mes chaussures et me sécher joyeusement dans la pièce sèche, en riant, triomphante, ayant remporté une victoire sur les tempêtes et les familles. J'avais préparé un ragoût tout simple dans une marmite couverte et je le mangerais et, quand je serais sèche et rassasiée, j'irais au lit et étendue là je regarderais Knocknarea, la pauvre vieille reine Maeve là-haut dans son lit de pierres, sentant sans doute encore plus la tempête tout là-haut, et je regarderais mon ventre comme j'aimais le faire, je verrais les coudes et les genoux dépasser et disparaître quand mon bébé s'étirerait et remuerait. Il me restait environ dix kilomètres à parcourir pour atteindre cette sécurité tant désirée. Là où je me trouvais, je savais que, si je descendais sur la plage comme le faisaient les voitures à marée basse, je raccourcirais le trajet de trois bons kilomètres. Je remarquai malgré ma détresse que la mer s'était complètement retirée, même s'il était difficile de la distinguer avec les armées et les légions de pluie qui la fouettaient. Je quittai donc la route par un sentier raide, sans trop me soucier des gros cailloux, contente de raccourcir mon chemin, et à vrai dire les pieds et les jambes si engourdis que je crois bien que je n’y sentais presque plus de douleur. La douleur était tout entière dans mon ventre, la douleur était tout entière en rapport avec mon enfant, et j’étais effroyablement anxieuse de prendre le pas sur elle.

Belle autrefois, mais fin de la beauté.

En bas sur le sable tout ressemblait à un dancing, comme si le Plaza s’était étendu au point de remplir la baie de Sligo. La pluie formait des jupes immenses qui tourbillonnaient et se soulevaient, des jambes tels des piliers martelaient le sable et s’y enfonçaient, tout le rivage et la mer entre Strandhill et Rosses étaient effacés par un million de coups de pinceau de gris sur gris. Je me dis alors que ce n’était pas très raisonnable d’avoir choisi de passer par la plage ou, du moins, j’avais le malheur de subir un changement dans l’intensité du mauvais temps, un gonflement et un rugissement infinis de la tempête, déchirant mon corps et mon ventre, mon petit être de coudes et de genoux.

Puis je me mis à patauger dans les courants d’une eau peu profonde et je compris que je n’allais pas dans la bonne direction. Le sable que les voitures choisissaient quand elles se dirigeaient en vrombissant vers le dancing se trouvait plus haut et restait sec pendant les nuits d’été. Je craignis de me diriger vers l’embouchure de la Garravoge, catastrophe inimaginable, et je ne sus plus de quel côté me tourner. Où était la colline, où était le renflement de la terre ? Où était Strandhill et où était Coney ?

Devant moi tout à coup apparut un monstre – non, ce n’était pas un monstre, c’était un cône de pierres de taille, c’était une des bornes placées en ligne pour indiquer le chemin vers l’île, sur le meilleur sable, le dernier à être recouvert par la marée montante. Chose qui commençait à se produire, je le savais, car j’entendais, au milieu du rugissement de la tempête, le bruit galopant de la mer, qui se précipitait impatiemment pour prendre dans ses bras les endroits vides. J'atteignis la borne et me cramponnai quelques instants à ses pierres, essayant de me calmer, éprouvant au moins une trace de réconfort dans le fait de l'avoir atteinte. À moins de m'être complètement retournée, j'estimai que la rivière devait être sur ma droite, et Strandhill quelque part sur ma gauche. En haut de la borne était fixée une flèche en métal rouillé qui indiquait l'île.

Intrépide dans la tempête le Metal Man devait se tenir debout sur son rocher et indiquer l'eau profonde, l'indiquer, l'indiquer. Il n'aurait pas le temps d'aider les gens comme moi.

Je savais que je devais continuer à avancer, si je restais où j'étais la marée monterait, recouvrirait le sable à mes pieds et grimperait lentement lentement le long de la borne. Je n'osais pas regarder vers le rivage où l'eau devait affluer. Mais à marée haute, la plupart des bornes étaient recouvertes et je ne serais pas en sécurité près d'elles. Ce serait le domaine des courants et des poissons. Je laissai la borne derrière moi, pris la direction de la flèche et avançai dans la tempête en priant pour marcher en droite ligne à partir de ce repère et atteindre Coney.

Une bande de lumière bleue et furieuse zébra la tempête, comme une tranche de gâteau fou, et j'aperçus soudain la grande proue de Ben Bulben, tel un paquebot sur le point de m'écraser. Non, non, il était à des kilomètres. Mais il se trouvait aussi là où je l'attendais et je fus donc capable d'atteindre la borne suivante. Oh, j'envoyais une pensée pleine de gratitude au Metal Man. J'apercevais indistinctement, mais assez distinctement tout de même, la masse de l'île de Coney devant moi. J'avançais péniblement dans cette direction. En quittant la borne suivante je sentis de l'eau jaillir de mon corps et réchauffer brièvement mes jambes. Après une centaine de pas douloureux j'atteignis les premiers rochers et les algues noires et je me hissai sur le chemin escarpé. Sans cette accalmie dans la tempête je ne sais pas ce que j'aurais fait, sinon me noyer dans la mer qui se précipitait. Car à présent la tempête se refermait sur moi comme une chambre remplie de folie, murs d'eau et plafond de feu assourdissant, semblait-il, et j'étais couchée dans un nid de rochers, haletante et à moitié morte.

Je m'éveillai. La tempête hurlait toujours autour de moi. Je savais à peine qui j'étais. Je me souviens que je fouillais dans ma tête pour trouver les mots. Dans mon sommeil ou quel que soit l'état dans lequel j'étais, j'avais calé mon dos contre un rocher moussu, je ne sais pas pourquoi. La tempête hurlait et déversait d'énormes paquets de pluie. J'étais couchée, immobile au point que l'idée folle que j'étais morte me traversa l'esprit. Mais j'étais loin d'être morte. De temps à autre, était-ce des minutes ou des heures je l'ignorais, quelque chose s'emparait de moi, comme si on me tordait de la tête aux pieds. C'était tellement douloureux que j'avais l'impression d'avoir dépassé la douleur, je ne sais pas comment décrire cela autrement. Je me mis à quatre pattes, encore une fois sans vraiment en décider, mais pour répondre à une volonté inconnue. En jetant un regard éperdu devant moi, je crus voir à travers les rideaux de pluie tombant en cascade une personne debout qui m'observait. Puis la tempête effaça la silhouette. Je hurlai vers elle, qui qu'elle fût, je hurlai, je hurlai. Puis une nouvelle vague de douleur s'empara de moi, comme si on me fendait la colonne vertébrale d'un coup de hache. Qui donc m'observait sous la pluie ? Pas quelqu'un qui allait s'approcher et m'aider. D'autres heures passèrent. Je sentis la marée se retirer de nouveau, je la sentis dans mes veines. La tempête tombait du ciel comme un incendie. Ou plutôt, j'étais en feu dans toute cette pluie. J'avais l'impression que mon ventre était un four à pain qui accumulait la chaleur. Non, non, cela ne se pouvait pas. Le temps des horloges humaines s'envolait, le va-et-vient de la douleur constituait la nouvelle échelle du temps. Les vagues de douleur se rapprochaient-elles ? L'espace entre elles diminuait-il ?

La nuit était-elle tombée en secret pour obscurcir la tempête ? Étais-je aveugle ? Et brusquement, l'arrivée, le sang. Je regardai entre mes jambes. Je sentis que mes bras étaient tendus comme des ailes, prêts à saisir quelque chose qui tombait du ciel. Mais cela ne tombait pas du ciel, cela tombait de moi en me traversant. Mon sang tombait sur la bruyère détrempée et criait à Dieu de m'aider, Sa créature qui luttait. La voix de mon sang appelait à grands cris. Non, non, c'était seulement de la folie, de la folie. Entre mes jambes il n'y avait que du charbon, un cercle de charbon si ardent que rien ne pouvait survivre en le traversant. En cet instant de folie il y eut le sommet d'une petite tête, et tout de suite après une épaule, maculées de peau et de sang. Il y eut un visage, il y eut une poitrine, il y eut un ventre et deux jambes, et même la tempête parut retenir son souffle en silence, il y eut un silence, je regardai, je pris le petit être, il traînait après lui un cordon palpitant, je levai le bébé vers mon visage et, toujours sans vraiment réfléchir, je mordis le cordon, la tempête se gonfla et hurla, hurla, et mon enfant se gonfla aussi, parut se former dans les ténèbres cinglantes, rassembla son premier diamant de souffle et hurla en miniature, cria de façon minuscule vers l'île, vers Sligo, vers moi, vers moi.

Quand je m'éveillai de nouveau, la tempête s'était éloignée comme une robe féroce sortant majestueusement de la pièce de Sligo. Où était le petit être ? Il y avait le sang, la peau, le cordon et le placenta. Je me levai brusquement. J'étais moi-même étourdie et faible comme un faon nouveau-né. Où était mon bébé ? Un immense sentiment de panique et de perte m'envahit. Je cherchais autour de moi avec le désir affolé et l'esprit enflammé d'une mère, humaine ou animale. J'écartais les brindilles et les bouquets de bruyère, je cherchais en cercle autour de moi. J'appelais à l'aide. Le ciel était immense et bleu jusqu'au paradis.

Depuis combien de temps la tempête s'était-elle éloignée ? Je ne le savais pas.

Je retombai en me cognant la hanche contre le rocher. Un filet de sang régulier s'écoulait encore de moi, du sang noir, chaud et noir. J'étais couchée là, regardant fixement le monde comme une femme qui a reçu une balle dans la tête, la plage paisible, les oiseaux des sables plongeant leur long bec dans la ligne de la marée qui se retirait. « Je vous en prie aidez-moi », disais-je sans cesse, mais apparemment personne ne m'entendait sinon ces oiseaux. N'y avait-il pas quelques maisons sur l'île, se protégeant ici et là du vent ? Quelqu'un ne viendrait-il pas m'aider à trouver mon bébé ? Quelqu'un ne viendrait-il pas ?

Tandis que j'étais couchée là une douleur aiguë et inconnue se fit sentir dans ma poitrine, le lait qui montait, me dis-je. Le lait était là, à présent, tout prêt. Où, où était mon bébé pour le boire ?

Je vis soudain une camionnette blanche qui descendait la route serpentant vers la plage. Je compris tout de suite que c'était une ambulance, car, bien qu'elle fût loin, j'entendais sa sirène dans le silence. Elle atteignit le sable et continua à avancer, cherchant sa route, comme moi pendant la tempête, de borne en borne. Je me redressai de nouveau et agitai les bras, comme un marin qui a fait naufrage et voit enfin le lointain bateau qui va le sauver. Mais ce n'était pas moi qu'il fallait secourir, c'était cet être minuscule disparu de l'espace qu'il aurait dû occuper. Quand les hommes s'approchèrent de moi avec leur brancard, je leur demandai de me dire où était mon bébé, je les en suppliai.

« Nous ne savons pas, madame, dit l'un d'eux avec une politesse parfaite. Qu'est-ce que vous faites là à Coney à accoucher ? Ce n'est pas un endroit pour accoucher, ça, c'est sûr.

— Mais où est-il, où est mon bébé ?

— Est-ce que la marée était haute et l'a emporté, Dieu bénisse le pauvre petit ?

— Non, non, je le tenais dans mes bras et j'ai dormi, je le

tenais serré et au chaud. Je savais qu'il aurait chaud contre moi. Regardez, je le tenais là, sur mon sein, regardez, les boutons sont défaits, il était au chaud et en sécurité.

— D'accord, dit un autre. D'accord. Calmez-vous. Ça saigne encore, dit-il à son collègue. Il va falloir essayer d'arrêter ça.

— Tu n'y arriveras sans doute pas, dit l'homme.

— Nous allons vite l'emmener à Sligo. »

Et ils me chargèrent à l'arrière. Mais abandonnions-nous mon enfant ? Je ne savais pas. Je grattai la porte quand elle se ferma.

« Regardez partout, dis-je. Il y avait un enfant. Je vous assure. »

Oh, quand ils mirent le moteur en route, j'eus l'impression de dégringoler les étages, je m'évanouis.

À présent je commence à rencontrer des difficultés. À présent les routes paraissent prendre deux directions différentes dans la forêt, et la forêt est si enneigée qu'on ne voit que du blanc.

Quelqu'un a pris mon enfant. L'ambulance m'a emmenée à l'hôpital. Je sais que pendant des jours j'ai continué à saigner à l'intérieur et on ne pensait pas que je vivrais. De cela je me souviens. Je me souviens qu'on m'a opérée parce que je sais que j'ai cessé de saigner et que j'ai vécu. Je me souviens que le père Gaunt est venu et m'a dit qu'on allait s'occuper de moi, qu'il savait où me mettre pour que je sois en sécurité, que l'endroit me plairait et que je ne devais pas m'inquiéter. Je demandais sans arrêt où était mon enfant et il me répondait chaque fois par le mot « Nazareth ». Je ne savais pas ce qu'il voulait dire. J'étais si faible que je crois avoir fait ce que le prisonnier fait avec son geôlier, j'espérais que le père Gaunt allait m'aider. Il se peut que je lui aie demandé son aide. J'ai assurément beaucoup pleuré et je me souviens même qu'il me tenait pendant que je pleurais. Quelqu'un d'autre était-il là ? Je ne m'en souviens plus. Bientôt je vis les deux tours de l'asile se dessiner au-dessus de moi et je fus envoyée en enfer.

Je criai que je voulais voir ma mère, mais on me dit : « Vous ne pouvez pas la voir, personne ne peut la voir, elle a dépassé le stade d'être vue. »

Et là ma mémoire vacille. Oui. Elle frémit, comme un moteur qu'on essaie de démarrer à la manivelle, mais sans succès. Teuf, teuf, teuf. Oh, est-ce le Vieux Tom et Mme McNulty là dans la pénombre, dans une pièce obscure peut-être, et moi aussi, et prennent-ils mes mesures avec leur ruban de couturière, pour une blouse de l'asile, sans rien dire, sauf mes mesures, le buste, la taille, les hanches ? Comme ils ont pris les mesures de toutes les autres internées, pour leur blouse, à leur entrée.

Là s'arrêtent les souvenirs. Ils sont complètement absents. Je ne me rappelle même pas la souffrance, la détresse. Elles sont absentes. Je me souviens d'Eneas arrivant un soir dans son uniforme de soldat, faisant du charme au personnel pour me voir. Il portait un uniforme d'officier ce jour-là et je savais qu'il n'était que simple soldat, mais il m'avoua qu'il avait emprunté celui de son frère Jack et il avait fière allure ainsi, avec les épaulettes. Il me dit de m'habiller rapidement, que mon bébé était dehors et qu'il était venu me libérer. Nous devions partir ensemble vers d'autres contrées. Je n'avais rien d'autre à me mettre que les loques que je portais, je savais que j'étais sale, pleine de poux, couverte de sang séché, et nous nous sommes glissés dans le couloir sombre, Eneas et moi, il a ouvert la grande porte de l'asile qui grinçait et nous sommes sortis sous les vieilles tours dans l'allée de gravier, les cailloux pointus ne me gênaient pas du tout, et il a pris le bébé dans la grande poussette où il nous attendait, un ravissant petit garçon, il a serré dans ses bras le bébé emmailloté et m'a fait traverser la pelouse sur mes pieds qui saignaient, et il nous fallait franchir une petite rivière à l'eau fraîche en bas de la pente. Il a traversé et il est monté vers une très belle prairie d'herbe haute et verdoyante. La lune mouchetait l'eau de la rivière, ma vieille chouette hululait et quand je suis entrée dans la rivière ma robe s'est dissoute et l'eau m'a lavée. Je suis sortie des joncs de l'autre côté et Eneas m'a regardée, je sais au fond de moi que j'étais de nouveau belle, il m'a tendu mon bébé et j'ai senti le lait monter dans mes seins. Eneas et moi et notre enfant étions debout dans la prairie au clair de lune et un chaud vent d'été agitait doucement une rangée d'immenses arbres verts. Eneas a ôté son uniforme inutile, tant il faisait doux, et nous nous tenions là aussi contents qu'on peut l'être et nous étions les premières et les dernières personnes sur terre.

Un souvenir si clair, si merveilleux, tellement au-delà des limites du possible.

Je le sais.

Mon esprit est clair comme de l'eau de roche.

Si vous lisez ces mots, les souris, les vers et les scarabées ont dû épargner ce cahier.

Que puis-je dire de plus ? J'ai jadis vécu au milieu des hommes et je les ai trouvés dans l'ensemble cruels et froids, et pourtant je pourrais citer les noms de trois ou quatre d'entre eux qui étaient des anges.

Je pense qu'il est possible de mesurer l'importance de notre vie à l'aune de ces quelques anges que nous apercevons parmi nous, sans pour autant être comme eux.

Si nos souffrances sont grandes à cause de cela, à la fin de notre temps sur terre le don de la vie est cependant une chose immense. Plus grande que les vieilles collines de Sligo, difficile mais étrangement brillante, qui rend égaux dans leur chute les marteaux et les plumes.

Et comme l'élan qui conduit la vieille fille à faire un jardin, avec une rose chétive et une jonquille dégingandée, cela donne une petite idée d'un éventuel paradis à venir.

Tout ce qu'il reste de moi à présent est une réminiscence de beauté.

21

Carnet du docteur Grene

Bon, j'ai finalement fait le voyage jusqu'à Sligo, ayant trouvé une brèche dans tous ces préparatifs pour quitter l'hôpital. Un trajet très court en fait et pourtant je l'ai rarement fait au cours de ces années. Belle journée de printemps. Pourtant, même par une telle journée, l'hôpital psychiatrique de Sligo paraissait terriblement lugubre avec ses tours jumelles peu engageantes. C'était un bâtiment important. Dans le parler populaire on l'appelle l'Hôtel de Leitrim, comme me l'a expliqué Roseanne, car on dit que la moitié de Leitrim y vit. Mais ce n'est sans doute qu'un préjugé local.

Percy Quinn et moi ayant été autrefois très amis, il est sans doute étrange que nous ne soyons pas réellement restés en contact, alors que si peu de kilomètres nous séparent. Certaines amitiés toutefois, si solides et intéressantes qu'elles soient, semblent devoir être de courte durée et ne peuvent pas être prolongées. Quoi qu'il en soit, Percy, avec son front dégarni et un récent embonpoint dont je ne me souvenais pas, a été extrêmement cordial quand je suis arrivé dans son bureau qui occupe une des tours. Je ne sais pas grand-chose de sa réputation, s'il est progressiste ou jusqu'à quel point il se contente de laisser les choses suivre leur cours, comme j'ai bien peur d'en avoir moi-même été souvent coupable, je crois. Je ne l'avouerais nulle part ailleurs qu'ici, mais je suis sûr que saint Pierre prend des notes en ma défaveur.

« J'ai été vraiment navré d'apprendre ton deuil, dit-il. J'avais l'intention de venir à l'office, mais je n'ai pas pu me libérer ce jour-là.

— Oh, pas de problème, ne t'en fais pas, dis-je. Merci. » Je ne savais pas comment poursuivre. « Tout s'est très bien passé.

— Je ne crois pas avoir rencontré ta femme, n'est-ce pas ?

— Non, non, je suis sûr que non. Après ton époque.

— Bon, alors tu fais des recherches ? demanda-t-il.

— Eh bien, j'essaie d'évaluer la patiente dont je t'ai parlé, Roseanne Clear, pour différentes raisons, et comme elle est très réticente j'ai dû essayer par des moyens détournés et prendre des chemins de traverse, en quelque sorte.

— J'ai fouillé un peu pour toi, dit-il. J'ai trouvé quelques trucs. En fait, ça m'a intrigué. Tout le monde a sans doute des secrets dans sa vie. Écoute, veux-tu que j'appelle Maggie pour qu'elle nous apporte du thé ?

— Non, ça va, dis-je. Pas pour moi en tout cas. Toi peut-être ?

— Non, non, dit-il vivement. Première chose qui peut t'intéresser : il *existe* encore des archives de la police royale irlandaise. Tu ne vas pas me croire mais elles étaient à la mairie. Le nom que tu m'as donné était Joseph Clear, n'est-ce pas ? Et, oui, ce nom y figurait, dans les années dix ou vingt je crois bien. »

J'étais déçu, je dois l'avouer. J'espérais, je pense, que le démenti de Roseanne se révélerait correct. Mais voilà.

« C'est sans doute le même homme, dit Percy.

— Ce n'est pas un nom très courant.

— Non. Et j'ai regardé de nouveau ce que nous avions en dehors du récit très curieux de ce père Gaunt, que j'ai relu. Tu t'inquiétais de savoir si elle avait tué son enfant, c'est cela ?

— Enfin, je ne m'inquiétais pas vraiment. J'essayais d'établir la vérité, parce qu'elle nie l'avoir fait.

— Oh ? C'est intéressant. Qu'est-ce qu'elle dit ?

— Je lui ai demandé ce qu'était devenu le bébé, puisque le père Gaunt en avait parlé et que c'était sans doute la raison principale de son internement ici, et elle a répondu que l'enfant était à Nazareth, ce qui ne veut pas dire grand-chose.

— Oui, eh bien, je crois que je sais ce qu'elle essaie de dire. L'orphelinat ici à Sligo était appelé Maison de Nazareth. Il n'abrite plus d'orphelins, c'est devenu une sorte de maison de retraite, mais j'essaie d'y envoyer des gens, plutôt que… Tu comprends.

— Oh, je vois, eh bien, ça correspond très bien.

— Oui. Et, je dois dire, cela aurait été très injuste, illégal même, de la part du père Gaunt, d'insinuer une chose aussi terrible s'il savait que c'était faux. Je me creuse la tête pour trouver une interprétation de ses mots. Je ne peux que conclure qu'il voulait dire tué spirituellement. À cette époque bien sûr, on pensait qu'un enfant illégitime portait le péché de sa mère. C'était probablement ce que voulait dire notre curé plein d'initiative. Soyons généreux rétrospectivement. Enfin, s'il s'avère qu'elle n'a pas tué son enfant bien sûr.

— Crois-tu que je peux aller à la Maison de Nazareth et leur demander s'ils ont quelque chose dans leurs archives ?

— Je crois que oui. Les religieuses étaient bien sûr très secrètes sur ce genre de sujet, sauf si on savait comment les faire parler. Je suis certain qu'elles sont toujours enclines à la réserve mais, comme dans beaucoup de ces institutions, elles ont été assaillies récemment par toutes sortes d'accusations. Il existe beaucoup de Maisons de Nazareth et certaines ont été accusées d'une cruauté assez terrible par le passé. Donc tu les trouveras peut-être plus coopératives que tu ne t'y attends. Et elles ont l'habitude d'avoir affaire à moi. Je les ai toujours trouvées très serviables. Des nonnes, bien sûr. Un ordre mendiant à l'origine. Un concept noble, vraiment. »

Il se tut un moment. Il « cogitait » comme disait Bet.

« Il y avait autre chose, reprit-il. Pour être tout à fait franc je crois pouvoir t'en parler. Malheureusement cela faisait partie de nos archives confidentielles. Les enquêtes internes, tu vois, ce genre de choses.

— Ah, oui ? dis-je avec précaution.

— Oui. En rapport avec ta patiente. Il y avait ici un homme du nom de Sean Keane, un garçon de salle, lui-même un peu bizarre dans sa tête apparemment, pour employer un terme de profane, qui a déposé une plainte contre un autre garçon de salle. Bon, cela se passait bien sûr il y a longtemps, à la fin des années cinquante, je n'ai même pas reconnu le nom de l'homme qui l'a écrite, il s'appelait Richardson. Sean Keane accusait cet autre homme, Brady, de menacer et j'en ai peur d'importuner ta patiente durant une longue période. Elle est décrite comme une personne d'une « beauté tout à fait exceptionnelle », si tu permets. Tu sais, William, je devine rien qu'à l'écriture hâtive que celui qui a rédigé la plainte l'a fait avec réticence. Rien n'a beaucoup changé, je ne te le fais pas dire. »

Mais je n'avais rien dit. Je hochai la tête pour l'encourager.

« Quoi qu'il en soit, je crois qu'il a été décidé à ce moment-là de transférer ta patiente à Roscommon et de ne pas faire de vagues.

— Qu'est-il arrivé à l'agresseur présumé ?

— Eh bien, c'est assez tragique, car il est resté ici jusqu'à la retraite, je retrouve très facilement sa présence jusqu'à la fin des années soixante-dix. Mais, tu sais.

— Je sais. Tout cela est très difficile.

— Oui, dit Percy. Le bateau est toujours au milieu de la tempête et on fait de son mieux pour maintenir le cap.

— Oui, dis-je.

— Également, chose guère surprenante, Sean Keane disparaît en même temps que Roseanne Clear des archives, ils ont donc dû le laisser partir. Richardson choisissant sans doute de se tenir tranquille. »

Nous sommes restés assis tous les deux, pensifs, nous demandant si vraiment les choses avaient beaucoup changé.

« Sa mère est morte ici. Tu le savais ? En 1941.

— Non.

— Oh, oui. Sérieusement dérangée.

— C'est très intéressant. Je l'ignorais.

— C'est drôle que nos hôpitaux soient si proches et que nous ne nous voyions jamais, dit-il alors.

— Je pensais exactement la même chose sur la route en venant ici.

— Eh bien, c'est la vie.

— C'est la vie, dis-je.

— Je suis très content que tu sois venu aujourd'hui, dit-il Nous devrions essayer d'en faire une habitude.

— Merci de t'être occupé de cela pour moi. Je te remercie beaucoup, Percy.

— Pas de problème, dit-il. Écoute, je vais passer un coup de fil à la Maison de Nazareth, leur dire de s'attendre à ta venue, qui tu es et tout le reste. D'accord ?

— Merci, Percy. »

Nous nous sommes serré la main chaleureusement, mais pas aussi chaleureusement que ça, ai-je pensé. Il y a eu une hésitation chez chacun de nous. C'est la vie, effectivement.

La partie de la Maison de Nazareth qu'on m'indiqua était récente, mais semblait tout de même avoir acquis une certaine morosité institutionnelle, même si elle n'était pas aussi lugubre que le vieil asile. Quand j'étais très jeune je pensais qu'il fallait rendre gais et attrayants les lieux pour les malades et les fous, leur donner une sorte de caractère festif pour adoucir les souffrances des hommes. Mais ces endroits ressemblent peut-être aux animaux et ne peuvent pas plus changer leurs taches et leurs rayures que les léopards et les tigres. La responsable des archives était une religieuse, comme moi d'âge mûr sinon avancé, habillée en tenue moderne et décontractée. Je m'étais plus ou moins attendu à une guimpe et à une robe de nonne. Elle me dit que le bon Percy l'avait déjà appelée, lui avait donné en détail les noms et les dates et qu'elle avait quelques informations pour moi. « Des nouvelles », dit-elle.

« Mais il vous faudra vous rendre en Angleterre si vous voulez vraiment aller plus loin.

— En Angleterre ? dis-je.

— Oui », répondit-elle, avec un accent de la campagne impossible à situer, dont je me dis néanmoins qu'il venait peut-être de Monaghan ou même de plus au nord. « Il y a bien une référence ici, mais tous les documents en rapport avec ces noms se trouvent dans notre maison de Bexhill-on-Sea.

— Que font-ils là-bas, ma sœur ?

— Eh bien, je l'ignore, mais comme vous le savez tout cela est très ancien et vous en apprendrez peut-être davantage en Angleterre.

— Mais l'enfant est-il toujours vivant ? Un enfant est-il arrivé ici ?

— Il y a une référence en face du nom et c'était un cas dont s'occupait particulièrement une de nos sœurs de Bexhill, sœur Declan, qui était d'ici bien sûr. Elle est morte aujourd'hui, qu'elle repose en paix. Bien sûr, docteur Grene, c'était une McNulty. Saviez-vous que la vieille Mme McNulty était chez nous dans sa vieillesse ? Oui. Elle est morte à quatre-vingt-dix ans. J'ai son dossier devant moi, que Dieu la garde. Que Dieu les garde toutes les deux.

— Vous est-il possible de leur téléphoner ?

— Non, non, ce ne sont pas des sujets dont on parle au téléphone.

— La fille de Mme McNulty était religieuse en Angleterre ?

— Exactement. Mme McNulty était une grande bienfaitrice de l'ordre. Elle avait quelques biens qu'elle nous a laissés. C'était une très grande dame et je me souviens très bien d'elle. Une toute petite femme avec le visage le plus doux que vous puissiez imaginer, essayant toujours de faire de son mieux pour tout le monde.

— Je n'en doute pas, dis-je.

— Oh, oui. Elle voulait prendre le voile elle-même, mais ne pouvait pas tant que son mari était en vie et n'a-t-il pas vécu jusqu'à quatre-vingt-seize ans, et puis bien sûr il y avait les fils. Cela ne leur aurait peut-être pas plu. Puis-je vous demander si vous êtes catholique, docteur Grene ? J'ai l'impression que vous êtes anglais, à cause de votre accent.

— Je suis catholique, oui, dis-je tranquillement, sans embarras.

— Alors vous savez à quel point nous sommes bizarres », dit la petite religieuse.

J'ai repris la route pour rentrer dans un étrange état d'esprit. Je pensais combien il était curieux qu'en disparaissant les gens laissent quelques traces sur lesquelles on peut se pencher et s'interroger, quant à ce qui est de les comprendre véritablement, j'en doutais. Apparemment, Roseanne a effectivement beaucoup souffert, comme je le craignais. C'est effroyable de perdre son enfant, et pourtant c'est ce qui lui était arrivé, puis d'être victime des attentions d'un misérable salaud qui ne la considérait que comme une occasion de plaisir. Je peux imaginer également que, ayant été séparée de son bébé, ou l'ayant perdu, ou même tué si le père Gaunt dit la vérité après tout, il est possible qu'en fin de compte elle ait aussi perdu la tête. Un traumatisme de cette ampleur a très bien pu provoquer une psychose radicale. Elle devait constituer une cible facile pour n'importe quel mauvais élément du personnel, avec sa « beauté exceptionnelle ». Dieu lui vienne en aide. Je pensais à la vieille dame desséchée dans sa chambre ici à Roscommon. Bien qu'étant psychiatre, j'avoue que je me sens vraiment navré pour elle. Et rétrospectivement, assez coupable. Oui. En premier lieu parce j'aurais probablement été enclin à faire comme Richardson.

D'autre part, me disais-je tout en conduisant, il est peu probable que je trouve le temps d'aller en Angleterre. Et je me demandais : Au nom du ciel, qu'est-ce que tu fais, William ? Tu sais que tu ne vas pas recommander de la remettre dans la communauté. Il faudra la transférer quelque part (note : pas à la Maison de Nazareth de Sligo et pas à l'hôpital psychiatrique de Sligo, tout bien considéré) car elle est bien entendu trop vieille à présent pour autre chose. Alors qu'est-ce qui me poussait à continuer ? Eh bien, à dire vrai, cela m'était d'un grand réconfort. Il y avait aussi là-dedans quelque chose que je trouvais presque irrésistible. Je crois que je dois considérer cet élan comme une forme de deuil. Le deuil de Bet et de la nature des vies en général. Le deuil de l'ensemble des êtres humains. Mais, me disais-je, l'Angleterre est un pas trop loin, même si je dois reconnaître que j'aimerais découvrir la vérité sur l'enfant de Roseanne, ou l'absence d'enfant, étant arrivé jusque-là. Mais la charge de travail est bien trop grande en ce moment (j'essaie d'écrire une version des pensées qui me sont venues dans la voiture, et ce n'est pas facile), et peut-être, puisque les moments les plus essentiels et les plus importants de la vie semblent après tout revêtir les caractéristiques d'un chat qui dort, je ne devrais pas les réveiller. Tout cela est de l'histoire ancienne et à quoi cela servirait-il maintenant de déterrer le passé ? Tout à coup la réalité m'a sauté aux yeux. J'avais regardé cette affaire sous le mauvais angle. Parce que, s'il existe un document sur cet enfant, Roseanne ne tirerait-elle pas un grand réconfort de savoir, même si la personne est impossible à contacter – de savoir « avant de mourir » qu'elle a mis au monde un enfant et qu'il a vécu après tout ? Ou cela n'aurait-il pour effet que davantage de désordres et de traumatismes mentaux ? Voudrait-elle entrer en contact avec cette personne et cette personne voudrait-elle – oh, la fameuse boîte de Pandore. Bien, bien, de toute façon je n'ai pas le temps, me suis-je dit. Mais j'abandonnerai cette quête à contrecœur.

J'ai garé ma voiture comme d'habitude et je suis entré dans l'hôpital. J'ai écouté l'infirmière de jour me faire le compte rendu de la journée et, entre autres, elle m'a dit que la respiration de Roseanne Clear s'était dégradée et qu'on avait même hésité à la descendre dans le service de médecine générale, tant elle était en équilibre délicat entre la vie et la mort, mais qu'on avait finalement réussi sous le contrôle du docteur Wynn et qu'elle était sous masque à oxygène. Les poumons ont besoin de fonctionner à 98 pour cent afin que les échanges gazeux soient suffisants pour oxygéner le sang, et elle n'a qu'environ 74 pour cent, à cause de la congestion. Même si au bout du compte elle n'est qu'une « patiente comme une autre », je dois dire que c'était très inquiétant et dérangeant. Je me suis précipité dans la salle voisine de peur de la trouver déjà morte et j'ai été inexplicablement soulagé de la voir vivante, bien qu'inconsciente et respirant avec un bruit désagréable.

Après être resté un moment assis là, j'ai commencé à me sentir très désœuvré, car je devais m'occuper des papiers dans mon bureau. Je m'y suis rendu et j'ai attaqué la pile. Sous les formulaires et les lettres il y avait un paquet, une liasse de feuilles dans une grande enveloppe usagée, en fait une enveloppe que j'avais ouverte il y a quelques jours et jetée dans la corbeille à papiers. Quelqu'un l'avait récupérée et y avait mis ces feuilles. Elles étaient couvertes d'une petite écriture très soignée au stylo bleu et j'ai dû mettre mes lunettes de lecture, chose que bien sûr j'essaie d'éviter, par pure vanité.

Il ne m'a pas fallu longtemps pour me rendre compte qu'il s'agissait d'un récit de la vie de Roseanne, écrit apparemment de sa main. J'étais complètement stupéfait. J'ai été immédiatement et assez étrangement content de ne pas avoir poussé mon avantage le jour où elle m'a dit qu'elle avait eu un enfant. Car tout était là de toute façon, sans le sentiment de l'avoir forcée à se « trahir » en employant toutes les ruses et les astuces de mon métier. Je savais que je n'aurais pas le temps de lire ce récit correctement avant de rentrer chez moi le soir (hier), mais je voyais déjà qu'elle donnait d'abondantes informations, en opposition marquée avec ses réponses laconiques à mes questions. Mais, en même temps, d'où venait-il ? Et qui l'avait posé sur mon bureau ? Pas elle, assurément. En toute conscience, je ne pouvais que soupçonner John Kane, car c'était la personne la plus souvent présente dans sa chambre. Ou l'une des infirmières. Naturellement, avec tout le remue-ménage dans sa chambre aujourd'hui, ça pouvait être n'importe qui. J'ai appelé le bureau des infirmières et j'ai demandé si quelqu'un était au courant. Doran, un homme assez compétent et agréable, a dit qu'il poserait la question. Où était John Kane ? ai-je demandé. Doran a répondu que Kane était chez lui dans son petit appartement de la vieille écurie derrière l'institution (qui doit aussi être démolie d'ici peu). Il a dit que John Kane ne se sentait pas bien après une matinée de travail et avait demandé qu'on le laisse aller se coucher. Le docteur Wynn l'avait volontiers excusé. John Kane n'est bien sûr pas en bonne santé.

J'ai lu le récit de Roseanne avec les yeux d'un spécialiste de sa vie, en faisant concorder mentalement les faits et les événements.

Ma première impression en le lisant fut celle d'un privilège. C'était vraiment étrange de penser qu'elle écrivait en secret, comme un moine dans un scriptorium, pendant que je m'efforçais de l'évaluer et que je n'arrivais pratiquement à rien. L'impression qu'elle m'adressait peut-être ce récit m'envahit.

Il diffère à bien des égards du rapport du père Gaunt, notamment dans le long récit sur son père et ses expériences. Pour une femme qui ne connaît pratiquement personne et qui a passé les soixante dernières années de sa vie dans un endroit comme l'hôpital, elle me semble de temps en temps glorifier la vie et les gens d'une façon surprenante. De nombreux mystères demeurent. J'ai toutefois tenté d'orchestrer le peu que je sais et je suis tombé sur des noms que j'ai reconnus avec gratitude. Sean Keane qui figure dans les archives de Percy Quinn a l'air d'être le fils de John Lavelle. En outre il semble qu'il ait été atteint dans une certaine mesure de lésions cérébrales. Je connais une personne à qui je peux poser la question, car je soupçonne que notre John Kane est le même homme. Il y a là une étrange histoire de loyauté et de protection. Son père lui a demandé de veiller sur Roseanne et il a apparemment fait tout son possible pour tenir sa parole.

La question de savoir qui a pris le bébé de Roseanne ne trouve pas réellement de réponse, et les preuves la contredisent quant au travail de son père. Si ce qu'elle écrit à ce propos est faux, d'autres faits peuvent aussi être « faux ». On ne peut pas prendre ce qu'elle dit au pied de la lettre, mais pas plus peut-être que ce que dit le père Gaunt, qui était manifestement sain d'esprit au point que la santé mentale devient presque indésirable.

Je crois pouvoir vraiment supposer qu'elle a été accusée à tort en ce qui concerne John Lavelle, à moins que je ne me trompe en la lisant, même si je reconnais que, d'après les mœurs de l'époque, j'ai failli écrire marais, le simple fait d'être vue avec lui ainsi, le simple soupçon était déjà un crime. La morale a ses propres guerres civiles, et ses propres victimes en leurs temps et lieu. En se retrouvant enceinte cependant, elle était complètement condamnée. Une femme mariée qui n'a jamais été mariée. Elle n'aurait jamais pu gagner ce combat.

J'écris ces phrases et immédiatement plusieurs choses me tracassent. L'emploi du mot « faux » par exemple. Qu'y a-t-il de faux dans son récit si elle le croit sincère ? L'histoire n'est-elle pas presque toujours écrite avec une sorte de sincérité orientée ? Je le soupçonne. Dans son récit, elle raconte de façon très sincère et même touchante comment son père a voulu lui montrer que tout tombe pareillement, les marteaux comme les plumes. Elle devait avoir à peu près douze ans à cette époque (là je suis obligé de reprendre son manuscrit, parce que c'est peut-être *moi* qui suis en train de réécrire l'histoire). Oui, à peu près douze ans. Et les événements sinistres du cimetière, et la chasse aux rats, et finalement, vers ses quinze ans (mince, je dois encore vérifier), la mort de son père. Mais le père Gaunt prétend qu'il a été tué par les rebelles, première tentative dans la tour ronde dont Roseanne se souvient avec tant de tendresse, la bouche bourrée de plumes et frappé à coups de maillet ou de marteau, ce qui, en termes de stress post-traumatique, semble s'être réellement produit et laisse penser que Roseanne par mesure de survie a complètement édulcoré l'événement, qu'elle a même déplacé et situé à une période de relative innocence. Mais d'après mon expérience cela me paraît un transfert gigantesque et inhabituel, tout bien considéré. Il y a aussi le fait que l'homme que le père Gaunt suggère à Roseanne d'épouser, Joe Brady, l'héritier du travail de son père au cimetière, est présenté dans le récit de Roseanne comme tentant de la violer, passage qui à la lecture me semble très « bizarre ». Et non seulement cela, mais le père Gaunt mentionne en passant le même nom sur la pierre tombale où sont enterrés les fusils, alors qu'il aurait dû savoir. Et puis, bien sûr, je me dis que le père Gaunt, s'il était sincère dans son grand désir de la faire interner, pouvait être sujet à un simple défaut de mémoire. Ce nom lui trottait peut-être dans la tête et il l'aurait attribué par erreur à la tombe. La chose la plus désastreuse dans la lecture de l'histoire impromptue c'est le désir injustifié d'exactitude. Cela n'existe pas.

Ainsi, comme pour le prouver, je viens de reprendre la déposition du père Gaunt, que j'ai résumée ici plus que je ne l'ai transposée, et je me suis aperçu à mon grand étonnement et même à ma grande honte que, dans ce récit des événements de la tour, il ne dit pas en fait que la bouche du père de Roseanne était bourrée de plumes, mais seulement qu'il a été frappé à coups de marteau.

Pour une raison que j'ignore, dans la brèche entre la lecture de sa déposition et le résumé que j'en fais, mon cerveau a dû ajouter ce détail, j'aimerais croire en le volant à Roseanne, sauf qu'à ce moment-là naturellement *je n'avais pas lu son récit.* À ce point de jonction je me retrouve dans les jungles les plus sauvages, les plus nébuleuses de Laing en personne. Je suis presque dégoûté à l'idée d'être allé pêcher intuitivement ce détail dans l'éther et de l'avoir ajouté inconsciemment, anticipant une histoire que je n'avais pas encore lue. Car cela suggère toutes sortes d'horribles théories des années soixante sur la nature circulaire et réversible du temps, auxquelles je ne souscris pas. Nous avons assez de problèmes avec le récit linéaire et la vraie mémoire. Quoi qu'il en soit je dois conclure que, dans une large mesure, Roseanne et le père Gaunt se sont tous deux montrés aussi sincères qu'il leur était possible, compte tenu des caprices et des ruses de l'esprit humain. Les « péchés » de Roseanne en tant qu'historienne de sa vie sont des « péchés par omission ». Son père lui a montré la nature de la gravité à la tour et quelques années plus tard on a tenté de tuer son père dans la tour, événements auxquels elle a assisté, mais sans vouloir se souvenir du second. De sorte que ma tendance première à définir sa mémoire comme traumatique, avec des détails transposés et altérés, son âge modifié, était, même si c'est improbable, vraiment trop simple. Et il y a eu bien sûr ma propre interpolation mystérieuse – oh mon Dieu, mon Dieu. Bien sûr, bien sûr, il est fort possible que jadis, il y a bien des années, elle m'ait parlé des marteaux et des plumes comme d'une anecdote et que je l'aie simplement oubliée. Et que la lecture dans la déposition du père Gaunt de l'épisode de la tour me l'ait remise en mémoire. Et effectivement, tout en faisant cette hypothèse, tout en l'« inventant », j'ai réellement l'impression d'en avoir un vague souvenir. Un désastre ! Mais si je laisse cela de côté, il y a un aspect positif dans cette conclusion. Je peux déclarer devant Dieu (plus que devant tout autre, je m'entends dire) que je crois qu'ils ont écrit non pas des histoires injustifiées, ni même des histoires contradictoires, mais tous deux à leur manière très humaine des histoires très fidèles, et qu'à partir de toutes deux on peut percevoir des vérités utiles au-dessus et au-delà de la vérité réelle des « faits ». Je commence à penser qu'il n'existe pas de vérité factuelle, même si j'entends Bet me dire à l'oreille : « Vraiment, William ? »

J'ai en tout cas décidé sur la foi de la lecture de son récit de faire le voyage en Angleterre. Elle semble m'avoir presque adressé son histoire, ou à certains moments l'avoir adressée au moins à moi, me considérant peut-être comme son ami, et je pense que c'est non seulement mon devoir mais aussi mon grand désir de suivre ce fil jusqu'au bout et de voir comment il se termine. Je ne pense pas que cela servira à grand-chose, car le docteur Wynn n'espère pas qu'elle reprenne conscience : « de très tristes nouvelles », a-t-il dit et il m'a demandé si elle avait de la famille qu'il fallait contacter. J'ai bien entendu été en mesure de lui dire non. Je ne pensais pas. Pas âme qui vive ne pouvant être désignée ainsi, sauf ce mystérieux enfant. Et c'est une raison supplémentaire d'aller en Angleterre, dans l'éventualité très improbable où il y aurait quelqu'un à prévenir en cas de décès de cette personne que certains jugeraient une moins-que-rien, mais qui pour moi a pris les proportions d'une amie, et qui est une sorte de justification de mon travail ici, pour ce qu'il a valu, et de mon choix de cette profession, pour ce qu'il vaut.

Je ne dois jamais oublier qu'au moment de mon plus grand chagrin elle a traversé la chambre et a posé sa main sur mon épaule, un geste d'une très grande simplicité peut-être, mais plus gracieux et plus efficace pour moi que le don d'un royaume. Par ce geste elle cherchait à me soigner, moi le prétendu soigneur. Comme je ne semble pas très capable de soigner, peut-être puis-je simplement être un témoin responsable du miracle de l'âme ordinaire.

Je suis extrêmement heureux de ne pas m'être servi de la déposition du père Gaunt pour l'interroger, de façon agressive ou subtile, peu importe, et d'avoir suivi mon intuition. Je comprends à présent que cela aurait été une agression contre sa mémoire. Pareillement son propre récit ne doit pas servir d'instrument pour continuer à l'interroger.

Je me dis en substance : laisse-la tranquille.

J'ai vite été prêt à partir mais, avant cela, j'ai décidé d'écrire un mot à John Kane, au cas où les mots écrits aient plus de chance de lui entrer dans la tête.

Cher John (ai-je écrit), *il a été porté à ma connaissance certains actes de gentillesse que vous avez accomplis à l'égard de notre patiente Roseanne Clear, anciennement Mme McNulty. Je crois que je sais qui était votre père, John, je crois que c'était le patriote John Lavelle, et j'aimerais beaucoup vous poser quelques questions à mon retour d'Angleterre, où j'espère en apprendre davantage sur l'enfant de Roseanne Clear. Peut-être pourrions-nous comparer nos notes ?*

Bien à vous, etc.

J'espérais qu'il comprendrait. J'ai choisi le mot patriote pour retirer toute trace possible de menace. Je me trompais peut-être complètement et il risquait de considérer cela comme l'œuvre d'un fou.

Je n'y comprenais pas grand-chose moi-même, mais je suis parti tout de même.

Le vol le moins cher était un Dublin-Gatwick, et je me retrouvai donc au volant de ma voiture pour cinq heures de route vers l'est. Je pense que Roseanne serait surprise d'apprendre qu'il y a maintenant un aérodrome à Sligo, je l'ai vu sur un site Web, à Strandhill précisément. Mais les petits avions ne vont qu'à Manchester.

J'ai emporté mon passeport, naturellement, ainsi que tous les documents que je possède en rapport avec Roseanne, les différentes histoires et un mot de la religieuse de Sligo. J'ai bien conscience à quel point ces vieilles institutions sont célèbres ou tristement célèbres pour leur goût du secret, tout autant que nous, un mélange de soucis, de pouvoir perdu, peut-être même d'inquiétude que la vérité ne soit pas toujours souhaitable, qu'une chose mène à une autre, que les faits n'aboutissent pas seulement à une résolution, mais ramènent dans les ténèbres et parfois dans les différents petits enfers que nous fabriquons les uns pour les autres. Par conséquent, en dépit de la gentille religieuse, qui de toute façon n'avait pas proposé de téléphoner à Bexhill ni d'intervenir de quelque autre façon, et en dépit de la recommandation de Percy, je m'attendais tout à fait à recevoir des réponses évasives ou à être déçu dans mes espoirs.

Bien sûr, j'ai aussi emporté l'exemplaire de *Religio medici* de Roseanne, à tout hasard. Je dois avouer que j'ai risqué que mon père se retourne dans sa tombe, car dans l'avion j'ai ouvert le livre, j'ai sorti hardiment la lettre et je l'ai décachetée, au cas où elle pourrait s'avérer d'une aide quelconque. J'ignore pourquoi j'ai pensé cela. Il y avait peut-être un motif moins avouable, de l'indiscrétion ou de la curiosité pure.

J'ai eu la surprise de constater que c'était une lettre de Jack McNulty. J'ai relu la date à laquelle elle avait été postée et je me suis rendu compte qu'il devait lui-même être vieux quand il l'avait écrite. Les pattes de mouche irrégulières de son écriture le laissaient assurément penser. L'adresse qui y figurait était King James Hospital, Swansea. J'ai la lettre devant les yeux, alors autant la copier ici pour la conserver.

Chère Roseanne,

Je suis alité ici à l'hôpital de Swansea et malheureusement je suis attaqué par un cancer du côlon. Je t'écris parce que je me suis renseigné à ton sujet et j'ai appris de source sûre je l'espère que tu es toujours vivante. J'ai moi-même reçu ma feuille de route et je suppose que c'est la volonté de Dieu mais il est peu probable que je reste encore très longtemps parmi les vivants. Je dois dire que j'ai eu une vie intéressante et que j'en ai profité comme on dit mais quand on appelle votre numéro il faut y aller. Je ne sais pas si tu sais que j'ai servi dans l'armée pendant la guerre, en Inde près de la passe de Khyber avec les fusiliers Gurkha je suis fier de le dire, même si je n'ai vu ni Allemands ni Japonais ni rien de tout cela. Quoi qu'il en soit si les moustiques avaient été du côté des Allemands nous aurions perdu la guerre. Je t'écris parce que quand on dit à quelqu'un qu'il va partir beaucoup de choses lui traversent l'esprit. Par exemple, le fait que ma femme Mai après avoir lutté contre l'alcool est morte à l'âge de cinquante-cinq ans. Même si elle m'a vite donné du fil à retordre je n'ai pas regretté un instant de l'avoir épousée, car je l'adorais. Je pense néanmoins que c'était une femme arrogante, blessante pour certains, pour toi en particulier. Voilà pourquoi je t'écris. Cela me pèse lourdement sur la conscience ce qui s'est passé il y a si longtemps, et je voulais t'écrire pour te le dire. Tu n'as pas besoin de me pardonner et en fait je pense qu'il est peu probable que tu le fasses, mais je t'écris pour te dire que je le regrette énormément, et ne sais pas trop quoi faire de cet épisode de nos vies. Tout cela s'est passé il y a très très longtemps, mais pas assez longtemps pour que ça ne semble pas hier, et j'y pense et j'en rêve souvent. Je voulais te dire que Tom s'est remarié et a eu des enfants, mais tu n'as peut-être pas envie de le savoir. Tom est mort il y a une dizaine d'années d'une affection de l'estomac, il est mort au centre hospitalier de Roscommon, sa seconde femme étant déjà morte elle aussi. Nous ne parlions jamais de toi même si nous nous voyions souvent, et pourtant j'ai l'impression que c'était toujours là inexprimé entre nous quand nous étions ensemble. En vérité cette période de sa vie l'a transformé à jamais, il n'a plus jamais été le même homme après, plus jamais le Tom décontracté que nous connaissions.

Tu diras peut-être : bien fait, je ne sais pas. Tu auras peut-être raison. Je veux dire quelques mots à présent sur ma mère, qui comme tu dois le savoir a été le principal instrument de ton malheur pendant toute cette période. Je veux te raconter des choses à son sujet dont je ne peux parler que parce que je suis en train de mourir, et peut-être seulement ainsi, sans que tu me voies, sous couvert d'une lettre. Parce qu'il est aussi vrai qu'elle a traité ton – j'allais écrire « cas » mais tu sais ce que je veux dire – avec une dureté qui ne lui ressemblait pas.

Il y a environ vingt ans, quand elle-même était mourante, elle m'a raconté l'histoire de sa naissance. On murmurait parfois à Sligo qu'elle était une enfant illégitime, mais tu n'as peut-être pas entendu ces rumeurs. Il se trouve qu'elle a été adoptée, sa véritable mère étant morte jeune, et sa famille, qui était riche et n'approuvait pas le mariage pour commencer, s'est ensuite arrangée pour l'abandonner. Sa mère était une presbytérienne qui s'appelait Lizzie Finn. Son vrai père était officier et il semble qu'il l'ait donnée à son ordonnance, un catholique bien sûr, pour qu'il l'élève comme sa fille. C'est une histoire confuse, mais j'ai vu de mes propres yeux le certificat de mariage de ses parents à Christ Church quelques années après sa mort. Je ne peux dire à quel point elle aurait été soulagée de savoir qu'ils étaient mariés. Peut-être qu'au ciel ces choses n'ont guère d'importance.

Avant de mourir, Tom a aussi eu l'occasion de me confier son secret, qui par certains côtés te concerne davantage et te fera peut-être te demander pourquoi elle n'a pas montré plus de compassion à ton égard. Car il m'a avoué que lui et moi n'avions qu'une mère en commun, son propre père n'étant pas le Vieux Tom, bien qu'il ne sache pas qui c'était et qu'il ait pourtant essayé de le découvrir, en particulier auprès de ma mère. Ma mère n'a jamais parlé de cela à personne et a emporté dans la tombe le nom de cet homme. Il faut garder à l'esprit que ma mère n'avait que seize ans à ma naissance, et guère plus quand mon frère Tom est arrivé (mon demi-frère devrais-je dire).

Pourquoi est-ce que je te raconte tout ceci ? Parce que bien sûr cela explique en partie, à défaut d'excuser, son immense désir que Tom ne subisse pas une vie aussi confuse que la sienne et parce qu'elle était esclave de ses propres idées de droiture, comme seul quelqu'un qui pense être déchu peut en avoir.

Eneas ? Dans les années soixante je l'ai retrouvé grâce au ministère de la Guerre dans un hôtel sur l'île des Chiens à Londres J'y suis allé un soir, on m'a dit qu'il était sorti et que je devais revenir le lendemain. Le lendemain matin en arrivant à l'asile de nuit, j'ai trouvé un tas de ruines fumantes. Peut-être alarmé en apprenant que quelqu'un de Sligo venait le voir, croyant que c'étaient ses vieux ennemis et qu'ils allaient l'assassiner, même après tant d'années, il a sans doute mis lui-même le feu à l'hôtel, pour brouiller sa piste. Ou peut-être m'a-t-on suivi pendant que je le cherchais et a-t-on liquidé le pauvre homme. Quoi qu'il en soit, je n'ai plus jamais retrouvé sa trace. Il a complètement disparu. Je suppose qu'il est mort, qu'il repose en paix.

Voici ma lettre et peut-être ne te fera-t-elle aucun bien. Tout cela pèse lourdement sur ma conscience. Roseanne, la vérité c'est que Tom t'aimait vraiment mais a failli à son amour. J'ai bien peur que nous n'ayons tous été plus qu'un peu amoureux de toi. Pardonne-nous si tu peux. Adieu.

Reçois mon respect et mon amitié,

Jack

Une lettre étrange et inattendue à bien des égards. Elle comportait des choses que je ne comprenais pas très bien. Tout à coup, bien entendu, j'espérais et je priais pour que ce soit l'humidité qui ait refermé la lettre et que Roseanne l'ait un jour ouverte. En tout cas, elle l'avait conservée, à moins qu'elle ne l'ait glissée sans l'ouvrir dans le livre et l'ait oubliée. Peut-être était-ce la seule lettre qu'elle ait jamais reçue. Mon Dieu. J'étais assurément très pensif quand l'avion a atterri à Gatwick.

Bexhill se trouve à environ quatre-vingts kilomètres de Gatwick dans cette région d'Angleterre si anglaise qu'elle en devient presque autre chose, inqualifiable. Les noms empestent la barbe à papa et les vieilles batailles. Brighton, Hastings. Bexhill est situé sur la côte où, comble de l'ironie, se succèdent les lieux de vacances de millions d'enfants, ce qu'ils étaient bien loin d'être pour les orphelins d'autrefois. En cherchant des vols et un itinéraire pour Bexhill sur internet, j'ai trouvé un forum de discussion auquel participaient des survivants de cette époque. La souffrance à l'état brut explosait dans leurs témoignages. Deux filles s'étaient noyées ici dans les années cinquante, les autres filles avaient essayé de former une chaîne pour les sauver, tandis que les religieuses priaient bizarrement sur la plage. On aurait dit un tableau volé dans le musée de la cruauté inexplicable. J'avoue que je me posais des questions sur la fille de Mme McNulty, et j'avoue aussi que pour une raison inconnue j'espérais qu'elle ne s'était pas trouvée parmi ces religieuses en prière. Si l'enfant de Roseanne avait échoué ici dans les années quarante... Telles étaient mes pensées confuses quand j'ai pris le train à la gare Victoria.

On dirait que je suis voué à consigner la consternante désolation des institutions. C'est une constante inébranlable. La Maison de Nazareth à Bexhill ne faisait pas exception. Leurs histoires semblent inscrites dans le mortier comme dans les vieux coquillages, dans la rougeur des briques. Impossible de les effacer, me suis-je dit. Le silence du lieu évoquait d'autres silences. J'ai sonné à la porte d'entrée et je me suis soudain senti très petit et pas très bien, comme si j'étais moi-même un orphelin arrivant là. Bientôt la porte s'est ouverte, j'ai exposé le motif de ma visite à la femme, une laïque, et elle m'a conduit dans un long couloir au linoléum sombre et brillant et aux meubles en acajou massif dont l'un était orné d'une statue italienne de saint Joseph. Je sais que c'était saint Joseph car son nom était inscrit sur le socle. La femme s'est arrêtée devant une porte et m'a souri, j'ai souri et je suis entré dans la pièce.

C'était une sorte de petite salle à manger, du moins des assiettes de sandwichs et de gâteaux étaient posées sur la table qui était mise pour une personne, avec une tasse à thé. Je ne savais pas trop quoi faire, alors je me suis assis, en me demandant si j'étais au bon endroit, ou si j'étais la bonne personne au bon endroit. Mais bientôt une grande religieuse souriante est entrée sans bruit avec une théière en céramique et a rempli ma tasse. J'ai remarqué qu'elle était ornée d'une représentation du front de mer de Bexhill.

« Merci, ma sœur, ai-je dit, car je ne savais pas quoi dire d'autre.

— Je suis sûre que votre voyage vous a donné très faim, a-t-elle déclaré.

— Eh bien, c'est vrai, merci, ai-je répondu.

— Sœur Miriam vous recevra ensuite. »

J'ai donc mangé avec une certaine perplexité et, quand j'ai eu terminé – la religieuse devait avoir un sixième sens pour ces choses, car seule une personne affamée comme je l'étais pouvait venir à bout de tout cela –, on m'a conduit dans les profondeurs du couvent et fait entrer dans une pièce plus petite.

La pièce était remplie des habituels classeurs. J'ai été saisi immédiatement par une impression de silence et d'histoire. Je me suis douté que dans ces classeurs figuraient des dossiers dont l'ouverture nécessiterait de faire appel à des avocats, et encore. Une religieuse soignée au visage terreux régnait sur la pièce.

« Sœur Miriam ? ai-je demandé.

— Oui, a-t-elle dit. Vous êtes le docteur Grene.

— Oui, ai-je répondu.

— Et vous êtes venu, je pense, pour consulter certains dossiers ?

— Oui, j'ai aussi apporté quelques documents qui pourraient nous aider à identifier…

— J'ai reçu un coup de téléphone de Sligo et j'ai été en mesure de commencer avant votre arrivée.

— Oh, je vois, elle vous a donc téléphoné, je pensais qu'elle avait dit…

— Ce dossier a une double référence, a-t-elle dit en ouvrant une chemise peu épaisse. L'enfant que vous recherchez n'est pas resté très longtemps chez nous.»

J'ai failli dire : Dieu merci, mais j'ai réussi à garder ces mots pour moi.

«Bien que le dossier appartienne à un passé lointain, j'ai cru comprendre que la mère est toujours vivante et, bien sûr, l'enfant...

— Il y avait donc un enfant, il y a un enfant ?

— Oh oui, absolument», a-t-elle dit avec un grand sourire. Bien que je ne sache pas situer les accents irlandais, j'essaie inévitablement, et je penchai pour Kerry, ou en tout cas l'ouest. Son choix un peu officiel des mots venait sans doute de sa longue fréquentation des archives. Je dois dire qu'elle était attendrissante, très polie et apparemment intelligente.

«Vous me suivez jusqu'ici ? a-t-elle demandé.

— Oh, oui.

— Il y a un certificat de naissance, a-t-elle dit. Il y a aussi le nom des gens auxquels l'enfant a été donné en adoption. Ceux-ci n'ont cependant jamais dû voir le document en question, ou seulement brièvement. Savoir que l'enfant était irlandais, en bonne santé et catholique suffisait.

— Cela semble raisonnable», ai-je dit, assez stupidement ai-je pensé en entendant les mots sortir de ma bouche. J'étais en fait un peu intimidé par cette femme, elle avait quelque chose d'impressionnant.

«Ce qui a donné à la communauté un certain désir de trouver un bon foyer pour l'enfant était bien sûr sa parenté avec sœur Declan, que Dieu ait son âme. Je me souviens bien d'elle quand j'étais jeune. C'était une femme charmante de l'ouest de l'Irlande, un immense honneur pour sa mère et pour nous. Elle était en fait à son époque la meilleure sœur mendiante de Bexhill. C'était un très grand accomplissement. Et les orphelins dans leur ensemble l'adoraient. Ils l'adoraient.»

Il y avait une note d'insistance légère mais évidente dans ses paroles.

« Vous voudrez peut-être aller voir plus tard sa petite tombe ?

— Oh, j'en serais ravi...

— Oui. Nous reconnaissons que les choses étaient très différentes ici à Bexhill dans les années quarante, et personnellement je trouve qu'il est impossible de revenir dans le passé de manière adéquate pour apprécier ces différences. Le docteur Who en personne trouverait cela difficile. » Elle a de nouveau souri.

« Ce que vous dites est très vrai, ai-je répondu, mes paroles semblant immédiatement pontifiantes même à mes oreilles. Dans le domaine de la santé mentale. Grands dieux ! Mais en même temps, il faut...

— Faire ce qu'on peut ?

— Oui.

— Pour réparer les blessures ? »

J'ai été très surpris de l'entendre dire cela.

« Oui, ai-je dit, troublé par son honnêteté inattendue.

— Je suis d'accord », a-t-elle déclaré. Et comme un joueur de poker imperturbable, elle a déposé deux documents sur le bureau devant moi. « Voici l'acte de naissance. Voici le certificat d'adoption. »

Je me suis penché, j'ai sorti mes lunettes de lecture et j'ai regardé les papiers. Je crois que mon cœur s'est arrêté de battre un instant et que le sang est resté en suspens dans mon corps. Un instant les milliers de rivières et de ruisseaux de sang ont cessé de circuler. Puis le sang a repris son cours, avec une sensation presque violente de force et de mouvement.

Le nom de l'enfant était William Clear, né de Roseanne Clear, serveuse. La paternité était attribuée à Eneas McNulty, soldat. L'enfant avait été adopté par M. et Mme Grene de Padstow, Cornouailles, en 1945.

J'étais assis devant sœur Miriam, médusé.

« Eh bien ? a-t-elle dit très doucement. Alors, vous ne saviez pas ?

— Non, non, bien sûr que non… je suis ici à titre… pour aider une vieille dame que je soigne…

— Nous pensions que vous saviez peut-être. Nous ignorions si vous saviez.

— Je ne savais pas.

— Il y a d'autres éléments ici, des notes sur des conversations entre sœur Declan et un certain Sean Keane dans les années soixante-dix. En savez-vous quelque chose ?

— Non.

— M. Keane tenait beaucoup à vous retrouver et sœur Declan a été en mesure de lui rendre ce service. A-t-il fini par vous trouver ?

— Je ne sais pas. Non. Si.

— Vous êtes très troublé et bien sûr c'est compréhensible. C'est comme un tsunami, non ? Quelque chose qui vous engloutit. Qui emporte les gens et les choses.

— Ma sœur, excusez-moi, je crois que je vais vomir. Ces gâteaux…

— Oh, oui, bien sûr, a-t-elle dit. Venez par ici. »

Quand j'ai été suffisamment remis, j'ai fait l'expérience bizarre de contempler la tombe de ma « tante ». Puis j'ai quitté Bexhill et je suis rentré à Londres.

J'aurais tant souhaité, tant souhaité, tant désiré que Bet soit encore en vie pour lui raconter, ce fut ma première pensée.

À chaque pensée qui me vint ensuite, je secouais la tête. Les autres passagers devaient croire que j'avais la maladie de Parkinson. Non, non, c'était impossible. Il n'existait pas de porte dans ma tête pour faire entrer cette nouvelle.

Cette vieille dame, à qui j'avais à peine fait attention pendant des années, et qui avait pourtant pris une telle importance dans mon imagination ces derniers temps, cette vieille dame, avec ses bizarreries, ses histoires, ses actes contestés et, oui, son amitié, était ma mère.

Je suis rentré en hâte, je suis rentré en hâte chez moi, pourrait-on dire. Les heures de la journée n'ont guère apporté de clarté. Je rentrais chez moi, en hâte, craignant soudain qu'elle meure avant mon arrivée. Je ne pouvais expliquer à personne ce sentiment. Un pur sentiment, rien d'autre. Un sentiment sans réflexion. Rentrer seulement, continuer à avancer et rentrer. Je fonçais à travers l'Irlande, conduisant avec une stupidité frisant la folie. Je me suis garé maladroitement sur le parking de mon hôpital et, sans même saluer mon personnel, je suis entré au plus vite dans la salle où j'espérais encore la trouver tout en priant pour qu'elle y soit. Un rideau était tiré autour de son lit, bien qu'il n'y eût personne d'autre dans la pièce. Je me suis dit : oh, oui, bien sûr c'est la conclusion, elle est morte. J'ai écarté le rideau et j'ai vu son visage bien réveillé et vivant se tourner de quelques degrés et me regarder d'un air interrogateur.

« Docteur Grene, a-t-elle dit. Où étiez-vous ? Je suis de retour d'entre les morts, apparemment. »

J'ai essayé de le lui dire, sur-le-champ. Mais je n'ai pas trouvé les mots. Je vais devoir attendre les mots justes, ai-je pensé.

Elle a paru sentir quelque chose, tandis que je m'attardais devant le rideau entrouvert. On en sait davantage instinctivement que consciemment (notion peut-être médicalement contestable, mais c'est ainsi).

« Alors, docteur. M'avez-vous évaluée ? a-t-elle demandé.

— Quoi ?

— Avez-vous fait votre évaluation ?

— Oh, oui. Je crois.

— Et quel est le verdict ?

— Vous êtes irréprochable.

— Irréprochable ? Je crois que cela n'est donné à aucun mortel.

— Irréprochable. Internée à tort. Je vous présente mes excuses. Je vous présente mes excuses au nom de ma profession. Je vous présente mes excuses en mon nom, parce que je ne me suis pas démené pour étudier tout cela plus tôt. Parce qu'il a fallu la démolition de l'hôpital pour que je le fasse. Et je sais que mes excuses vous semblent inutiles et dégoûtantes. »

Malgré sa faiblesse, elle s'est mise à rire.

« Mais ce n'est pas vrai, a-t-elle dit. On m'a montré la brochure du nouvel hôpital. Je suppose que vous me permettrez d'y vivre un petit moment ?

— La décision vous appartient entièrement. Vous êtes une femme libre.

— Je n'ai pas toujours été une femme libre. Je vous remercie pour ma liberté.

— J'ai le privilège de vous déclarer libre, ai-je dit, tout à coup très gêné et cérémonieux, mais elle ne s'est pas laissé démonter.

— Pouvez-vous vous rapprocher du lit ? » a-t-elle demandé.

J'ai fait ce qu'elle demandait. Je ne savais pas ce qu'elle voulait. Elle s'est contentée de prendre ma main et de la serrer.

« Je me demande si vous me permettez de vous excuser ? a-t-elle dit.

— Mon Dieu, oui », ai-je répondu.

Il y a eu un bref silence, un silence juste suffisant pour que le souffle d'une douzaine de pensées me traverse l'esprit.

« Eh bien, je vous excuse », a-t-elle dit.

Le lendemain matin, je me suis rendu dans l'ancienne écurie. Je voulais poser quelques questions à John Kane tant que je le pouvais encore, avec à présent d'autant plus de raisons de le faire. Je savais qu'il était peu probable qu'il soit capable de me répondre ou qu'il en ait même envie. Je pense qu'au minimum je devais le remercier du fond du cœur pour tout son étrange travail.

Il n'y avait absolument aucun signe de lui. Il vivait dans une pièce unique qui abritait un antique meuble de gramophone, de ceux dont il fallait ouvrir la porte de droite pour laisser échapper le son, car la porte cachait un simple amplificateur en bois. Une collection de 78 tours était rangée dans la niche prévue par le fabricant (Shepherds, Bristol). Y figuraient des disques de Benny Goodman, Bubber Miley, Jelly Roll Morton, Fletcher Henderson et Billy Mayerl. À part cela, la pièce était vide, à l'exception d'un petit lit en fer à la couverture parsemée de fleurs grossièrement cousues. J'ai pensé immédiatement à la façon de coudre de Mme McNulty telle que Roseanne l'a décrite. Je ne doute pas que, pour obtenir ce qu'il voulait ou ce qu'il considérait comme la meilleure façon de rendre service à Roseanne, il a fait pression autant qu'il a pu sur les McNulty et leur secret. La première épouse qui n'avait pas d'existence légale et dont la seconde famille de Tom McNulty n'entendit probablement jamais parler. L'épouse folle qui n'était pas une épouse, mais était néanmoins une femme. Je suis sûr que Mme McNulty et sa fille si bonne ont fait tout ce qui leur était humainement possible pour contenter John Kane, allant même jusqu'à me procurer mon nouveau nom et mon histoire jusqu'à aujourd'hui. Je ne sais pas ce qu'il avait l'intention de faire après m'avoir trouvé et je peux seulement supposer que, ayant découvert que j'exerçais la profession de psychiatre, il s'était adapté et avait imaginé un meilleur plan que le premier, qui après tout, s'il avait en tête une simple réunion, aurait pu avoir comme résultat mon refus de voir Roseanne ou, l'ayant vue, mon rejet. Car pourquoi ne l'aurais-je pas rejetée, quand tout le monde l'avait fait ?

Tout ceci n'était que suppositions. Ce n'est pas l'histoire. Mais je commence à me demander sérieusement ce qu'est la nature de l'histoire. Est-ce seulement la mémoire organisée en phrases convenables et, dans ce cas, à quel point est-elle fiable ? Pas très, je crois. Et par conséquent la plupart des vérités et des faits exposés par ce moyen syntaxique sont traîtres et peu fiables. Je reconnais pourtant que nous vivons nos vies, et que nous conservons même notre santé mentale, à la lumière de cette traîtrise et de ce manque de fiabilité, tout comme nous construisons notre amour du pays sur ces mondes de papier que sont les malentendus et les contrevérités. Notre nature est peut-être ainsi et cela fait peut-être inexplicablement partie de notre gloire en tant qu'hommes de construire nos édifices les plus beaux et les plus permanents sur des fondations de pure poussière.

Il me faut aussi mentionner une boîte de cigares cubains au pied du lit de John Kane. En l'ouvrant, je l'ai trouvée à moitié vide. Ou à moitié pleine.

Sinon rien, sauf ce petit mot étrange et important sur le gramophone.

Cher Docteur Green,

Je suis pas un ange mais j'ai pris le bébé sur l'île. J'ai couru au docteur avec lui. Je voudrais vous en parlé mais y faut que je parte. Vous vous demandé pourquoi j'ai fait tout ça pour Roseanne et la réponse c'est que c'est parce que j'aimais mon père. Mon père a été tué par Peerpoint. J'ai demandé au docteur Sing de vous écrir une lettre et c'est un miracle parce qu'il l'a fait et que vous êtes venu. Je suis content que vous êtes venu. Un jour je vous aurais dit la vérité et maintenant ce jour est venu. Vous savez la vérité et je suis certin et s'il vous plais maintenant rejetez pas votre mère. Personne est parfait regardez moi mais c'est pas le problème. Si nous ne nous présentons pas aux portes du paradis avec amour, saint Pierre ne peut pas nous laisser entrer. *Maintenant je vous dis au revoir, Docteur, pardonnez-moi, et Dieu aussi pardonnez-moi.*

Fidèlement.

Seanin Keane Lavelle (John Kane)

P.S. C'est Doran qui a attaqué la femme de Leitrim, celle qui est bien rentrée chez elle.

Les autres infirmières et garçons de salle ne savaient pas où il était. Ce n'était pas comme s'il avait fait son sac ou s'était glissé dans le bois derrière l'institution pour mourir. Il n'y avait tout simplement aucune trace de lui. La police a bien sûr été prévenue, je suis sûr qu'elle veille au grain et qu'elle le voit partout et nulle part. Max Doran, le garçon de salle dont parle John Kane, un jeune type plutôt bien de sa personne qui a une petite amie, a reconnu en privé sa culpabilité au sujet de la femme de Leitrim. Il en est manifestement honteux et, plus judicieusement, inquiet. Il a avoué, mais s'est ensuite rétracté. Quand les avocats seront prêts, il sera jugé, ce qui peut prendre un certain temps. L'hôpital et son personnel étant dispersés, je ne peux pas dire que le moral a souffert. On a peut-être gagné un petit quelque chose. J'aimerais penser que c'est le début de la sécurité pour nos patients, mais hélas je ne suis pas idiot à ce point.

22

L'automne est arrivé et elle est bien installée. Construit spécialement, dernier cri, réellement, en vérité, un asile digne de ce nom ancien et désirable. Sans doute à cause de son grand âge n'est-ce qu'une question de temps mais, en même temps, qu'est-ce qui ne l'est pas ? Beaucoup d'hommes sont morts bien avant d'avoir atteint mon âge. Très souvent elle reste silencieuse, elle devient difficile, ne veut pas manger et me demande d'un ton brusque pourquoi je suis venu. Parfois elle me dit qu'elle n'a pas besoin que je vienne.

Comme John Kane, j'essaie de trouver le moment. Je comprends très bien les difficultés qu'il a eues.

Un jour que je m'en allais, elle s'est levée, s'est approchée de moi de quelques centimètres comme un morceau de parchemin, m'a enlacé et m'a remercié. Même ses os ne pèsent plus rien. J'étais si ému que j'ai failli le lui dire. Mais je ne l'ai encore pas fait.

Je crois que j'ai peur que, même si avec un peu de chance elle est contente de moi en tant que médecin et ami, elle soit déçue par moi en tant que fils, que je ne sois pas une récompense suffisante pour toutes ses épreuves – un Anglo-Irlandais ridicule, sérieux, vieillissant, confus. De plus je suis terrifié à l'idée de la bouleverser dans le mauvais sens, médicalement et psychiquement. Là-dessus, je devrais m'entretenir avec le docteur Wynn, mais cela pourrait être un choc allant bien au-delà des compétences de la médecine, au-delà de ce qu'il sait et de ce que je sais. Un élément subtil, léger et fragile pourrait être brisé, sans que nous réussissions à le réparer avec nos moyens maladroits. Le noyau de son endurance. Mais je crois qu'il tiendra, qu'il tiendra. Ce qui importe, c'est qu'elle soit en sécurité et qu'on s'occupe d'elle. Et elle est libre.

Le mois après mon retour d'Angleterre, l'asile a été démoli. Ils ont décidé de le détruire par une explosion contrôlée, de sorte que les quatre étages se sont écroulés quand le rez-de-chaussée a été soufflé. Ce matin-là, j'avais l'impression d'aller voir ma vie qu'on effaçait par des fils, de la dynamite et de beaux calculs. Nous étions tous rassemblés sur une petite colline, à environ quatre cents mètres du bâtiment. À l'heure convenue l'ingénieur a appuyé sur la boîte et, au bout d'une seconde éternelle, nous avons entendu un grand bruit et nous avons vu le dessous du vieux bâtiment se dissoudre dans une couronne flamboyante de mortier et de vieilles pierres. L'énorme édifice a instantanément touché terre, ne laissant qu'un souvenir en suspens de son ancienne silhouette sur l'horizon. Derrière lui s'est dessiné un ange, un immense homme de feu de la hauteur de l'asile, aux ailes déployées d'est en ouest. C'était évidemment John Kane. J'ai regardé mes compagnons autour de moi et je leur ai demandé s'ils voyaient ce que je voyais. Ils m'ont dévisagé comme si j'étais fou et j'imagine, ayant perdu mon asile et n'étant plus que le directeur d'une immense absence, remplie d'un ange improbable, j'imagine que je l'étais.

C'était bien sûr mon deuil qui voyait l'ange. Je le sais à présent. Je croyais que j'en avais fini avec Bet, que Bet était un souvenir sans danger, mais cela ne faisait que commencer. Le deuil dure environ deux ans, paraît-il, c'est une platitude sortie des manuels pour endeuillés. Mais nous portons le deuil de notre mère avant même d'être nés.

Je vais le lui dire. Dès que j'aurai trouvé les mots. Dès que nous aurons atteint cette partie de l'histoire.

Aujourd'hui, je suis retourné à Sligo. En haut de la ville, je suis passé devant le cimetière municipal et je me suis demandé ce que le temps avait fait au temple en béton et aux allées des tombes. Je suis passé voir Percy finalement et je l'ai remercié de m'avoir aidé. Je ne sais pas s'il a été surpris. Quand je lui ai dit ce qui était arrivé il m'a vraiment regardé avec des yeux ronds quelques instants. Puis il s'est levé de son bureau. Je me tenais près de la porte, ne sachant pas trop si je devais entrer vraiment ou rester à moitié dehors pour ne pas le déranger.

« Mon cher ami », a-t-il dit.

Je ne sais pas, j'ai cru qu'il allait me serrer dans ses bras. Je souriais comme un petit garçon, j'avais l'impression d'en être un, et j'ai émis un rire de bonheur. Alors seulement j'en ai pris conscience. Je suis heureux de déclarer que, au centre de tout ceci, compte tenu de tout ceci, la nature de son histoire et de la mienne, se logeait une émotion toute simple.

J'avais envie de dire à Percy qu'à mon avis ce n'était pas tant la question de savoir si elle avait écrit la vérité sur elle-même, si elle avait raconté la vérité, si elle croyait que ce qu'elle écrivait et disait était vrai, ou même si l'essence de ces choses était vraie. Ce qui me semblait important c'était que la personne qui écrivait et parlait était admirable, vivante et entière. Je voulais lui dire, lui avouer d'une certaine manière, que d'un point de vue psychiatrique j'avais complètement échoué dans ma tentative de l'« aider », d'ouvrir de force les couvercles verrouillés de son passé. En même temps, ma première intention n'était pas de l'aider, mais de l'évaluer. Tout le temps où j'aurais pu l'aider, toutes les années où elle était là, je l'avais plus ou moins laissée tranquille. Je voulais lui dire qu'elle s'était aidée elle-même, s'était parlé, s'était écoutée. C'est une victoire. Et que, en ce qui concerne son père, en définitive je préférais la contrevérité de Roseanne à la vérité du père Gaunt, parce que la première rayonnait de santé.

Que de plus je croyais que, si le merveilleux Amurdat Singh ne m'avait pas fait venir, je n'aurais sans doute jamais pratiqué la psychiatrie, et pensais n'avoir jamais été un bon psychiatre, pas plus qu'un homme bon. Que Roseanne m'avait enseigné le mystère du silence et l'efficacité du retrait face aux questions. Mais je n'ai pas été capable de dire ces choses.

Il a alors fait une remarque qui aurait pu sembler déplaisante, mais qui je crois constituait en fait une intuition de sa part, dont il était très fier et dont je lui ai su gré, vu les circonstances.

« Tu vas bientôt prendre ta retraite, a-t-il dit. Et pourtant, à bien des égards, tu commences tout juste. »

J'ai encore remercié Percy, j'ai repris la voiture et suis parti pour Strandhill. D'une certaine manière je connaissais la route grâce au récit de Roseanne et je m'y suis rendu comme si j'y étais déjà allé. En arrivant à l'église d'Irlande, docilement placée là où elle était censée se trouver, je suis sorti de la voiture et j'ai regardé autour de moi. J'ai vu le mont de Knocknarea comme elle l'avait souvent décrit, cabré comme s'il fuyait dans le passé, le passé lointain et insondable. Au-dessous s'étendait la baie de Sligo, avec Rosses sur la droite et Ben Bulben où Willie Lavelle avait été tué, j'ai vu les bornes toujours sur la grève menant à l'île de Coney. Ce n'était qu'une petite élévation, quelques champs et quelques maisons. Je parvenais à peine à me dire *c'est là que je suis né*. Quelque part ici à la lisière des choses, assez à propos, car Roseanne avait toujours vécu à la lisière de notre monde connu et John Kane aussi. J'étais né à la lisière des choses et encore maintenant, en tant que gardien des malades mentaux, j'ai instinctivement planté ma tente dans un endroit similaire. Au-delà de l'île, au loin, la silhouette fidèle du Metal Man indiquait éternellement l'eau profonde.

À ma gauche se trouvait le petit village, guère changé ai-je envie de dire, mais il y a bien sûr beaucoup plus de maisons à Strandhill qu'à l'époque de Roseanne. J'ai néanmoins discerné en bas la façade d'un vieil hôtel près de la plage et la grande dune de sable qui avait donné son nom simple au village, et j'ai même cru voir la façade de ce qui ressemblait à un humble dancing.

J'avais apparemment bien choisi mon jour car, en roulant vers le bord de mer, j'ai remarqué le canon et l'eau inoffensive et j'ai vu des hommes travailler au dancing. Ils avaient l'air d'en préparer la démolition. Une pancarte disait qu'on allait y construire des appartements. La salle elle-même paraissait ridiculement petite, la bosse en tôle ondulée derrière, la façade qui semblait effectivement avoir appartenu jadis à une maison de vacances. Le drapeau qui portait autrefois son nom avait disparu, mais plus tard on avait fixé cinq lettres en fer sur la façade, aujourd'hui toutes grises et rouillées : P-L-A-Z-A. C'était extraordinaire pour moi de penser à toute l'histoire disparue de cet endroit. De penser à Eneas McNulty arrivant dans son uniforme brûlé, à Tom entrant avec ses instruments, aux voitures sortant de Sligo sur la grève scintillante, à la musique s'échappant dans l'atmosphère estivale irlandaise si peu fiable et s'égarant peut-être même jusqu'aux antiques oreilles de la reine Maeve. En tout cas jusqu'aux oreilles de Roseanne qui écoutait enterrée dans son propre exil.

J'ai eu plus de mal à localiser sa cabane. Je me suis aperçu que j'avais dépassé l'endroit où elle devait se trouver, car j'ai réussi à reconnaître le beau mur de la grande maison d'en face et la grille où la femme de Jack avait humilié Roseanne. Tout d'abord j'ai cru qu'il n'en restait plus que des ronces et des ruines, mais la vieille cheminée en pierre était encore presque intacte, bien que couverte de lichen et de plantes grimpantes. Les pièces où Roseanne avait vécu sa sentence de mort en sursis n'existaient plus.

J'ai franchi le vide laissé par la petite grille et me suis arrêté au milieu des mauvaises herbes. Il n'y avait rien à voir, mais je voyais tout en imagination, car elle avait décrit l'ancien cadre de la cabane. Rien sinon un rosier à l'abandon parmi les ronces, avec quelques dernières fleurs. Malgré ma lecture des livres de Bet, je me suis aperçu que je n'en connaissais pas le nom. Roseanne ne l'avait-elle pas mentionné ? Quelque chose, quelque chose… J'étais absolument incapable de me souvenir de ce qu'elle avait écrit. J'ai avancé au milieu des épineux et des mauvaises herbes, pensant emporter quelques fleurs à Roscommon en souvenir. Toutes les fleurs étaient identiques, des roses en boutons serrés, sauf sur une branche où elles étaient différentes, ouvertes et de couleur vive. Je sentais les ronces me griffer les jambes et tirer ma veste comme des mendiantes, mais soudain j'ai su ce que je devais faire. J'ai soigneusement dénudé une tige comme le recommandaient dans les livres les chapitres sur le bouturage et je l'ai glissée dans ma poche, me sentant presque coupable, comme si je volais quelque chose qui ne m'appartenait pas.

Composition Entrelignes (64).
Achevé d'imprimer
par CPI Firmin-Didot
à Mesnil-sur-l'Estrée, le 9 septembre 2009.
1er Dépôt légal : juin 2009.
Dépôt légal : septembre 2009
Numéro d'imprimeur : 96938.

Imprimé en France.

172689